现实的背叛者　艺术的追求者
——写真主义视角下的哈姆林·加兰小说研究

Betrayer of Reality and Pursuer of Art
——A Study of Hamlin Garland's Novels from a Perspective of Veritism

范能维　著

东南大学出版社
SOUTHEAST UNIVERSITY PRESS
·南京·

内容简介

该书追溯了影响加兰创作的 19 世纪末 20 世纪初美国文学思潮,洞悉了写真主义文学思想内涵以及它与现实主义、自然主义和印象主义文学思想的关联,从写真主义角度全面、系统、客观地探讨了加兰早期以美国西部边疆为阵地、中期以落基山脉地区为背景的作品以及晚期创作的自传体小说,分析了它们的创作思路、创作历程、创作主题,发掘了其中所表现的社会问题,具有独特的思想和美学价值。

图书在版编目(CIP)数据

现实的背叛者 艺术的追求者:写真主义视角下的哈姆林·加兰小说研究/范能维著.—南京:东南大学出版社,2020.10
ISBN 978-7-5641-9131-3

Ⅰ.①现… Ⅱ.①范… Ⅲ.①哈姆林·加兰—小说研究 Ⅳ.①I712.074

中国版本图书馆 CIP 数据核字(2020)第 181040 号

现实的背叛者 艺术的追求者——写真主义视角下的哈姆林·加兰小说研究
Xianshi De Beipanzhe Yishu De Zhuiqiuzhe——Xiezhen Zhuyi Shijiao Xia De Hamlin Garland Xiaoshuo Yanjiu

著　　者:	范能维
责任编辑:	翟　宇
出版发行:	东南大学出版社
出 版 人:	江建中
社　　址:	南京市四牌楼 2 号(邮编:210096)
网　　址:	http://www.seupress.com
经　　销:	全国各地新华书店
印　　刷:	江苏凤凰数码印务有限公司
开　　本:	700 mm×1000 mm　1/16
印　　张:	19.75
字　　数:	280 千字
版　　次:	2020 年 10 月第 1 版
印　　次:	2020 年 10 月第 1 次印刷
书　　号:	ISBN 978-7-5641-9131-3
定　　价:	68.00 元

本社图书若有印装质量问题,请直接与营销部联系。电话(传真):025-83791830

本书获江苏省社会科学基金资助,项目名称为"哈姆林小说中的写真主义研究"(项目号:19WWB004),亦获江苏高校哲学社会科学研究基金资助,项目名称为"哈姆林·加兰小说中农民主题的写真主义书写研究"(项目号:2018SJA1511)。

目录
CONTENTS

001 | 引言

第一章 哈姆林·加兰生平及其创作生涯 …… 006
  第一节 哈姆林·加兰生平 …… 007
  第二节 哈姆林·加兰创作生涯 …… 024

第二章 写真主义理论产生的时代背景及其内涵 …… 029
  第一节 写真主义理论产生的时代背景 …… 030
  第二节 写真主义理论特色和内涵 …… 056

第三章 哈姆林·加兰早期小说创作中的写真主义创作与实践 …… 073
  第一节 早期西部边疆农场为主题的写真主义创作与实践 …… 073
  第二节 早期西部农村政治经济为主题的写真主义创作与实践 …… 103
  第三节 早期西部农村女性形象为主题的写真主义创作与实践 …… 127

第四章 哈姆林·加兰中期小说创作中的写真主义创作与实践 …… 156
  第一节 "淘金人"为主题的写真主义创作与实践 …… 161
  第二节 "牛仔英雄"为主题的写真主义创作与实践 …… 172
  第三节 "印第安人"为主题的写真主义创作与实践 …… 178
  第四节 "守林人"为主题的写真主义创作与实践 …… 199

第五章 哈姆林·加兰自传体及晚期小说的写真主义创作与实践 …… 206
  第一节 自传体小说《草原上的少年时光》写真主义创作与实践 …… 207

| 223 | 第二节 《中部边地之子》《中部边地之女》等晚期小说写真主义创作与实践 |

231	第六章　哈姆林·加兰小说系列主题的写真主义研究
231	第一节 "道路"为主题的写真主义研究
251	第二节 "改革"为主题的写真主义研究
273	第三节 "怀旧"为主题的写真主义研究

| 290 | 结　语 |

| 293 | 附　录:哈姆林·加兰生平和职业生涯年表 |
| 296 | 参考文献 |

引 言

哈姆林·加兰(Hamlin Garland, 1860—1940),美国19世纪末20世纪初西部重要的小说家、诗人、理论家。在其50多年的文学生涯中,加兰出版了包含小说、诗歌和文学评论在内的图书47部,并书写了5 000多封信件,来表达对美国社会的看法以及对文学青年的成长进行指导。这些作品,无论是长篇的、短篇的,还是一些自传性的文字,都具有一定的历史性价值,因为大部分作品都与当时美国西部的农民生活和社会政治经济现实有关。加兰结合自身早年的西部生活经历,在作品中融入了现实生活的诸多素材,形象地再现了西部边疆的农村生活,真实地反映了美国西部移民在西进运动时期所面临的残酷的自然灾害、不合理的社会机制及当时落后无知的思想观念,生动地勾勒了广大移民在西部农场艰苦劳作,一生孤独,受压迫、受剥削的悲惨命运,淋漓尽致地展现了美国移民在国家早期发展进程中做出的卓越贡献和无私牺牲,以及二代移民的成长。

在哈姆林·加兰创作的年代,美国出现了历史上第一次大规模的城市化进程,结果导致西部农业垮了、农民完了的突出现象,而加兰的西部小说创作正是"探索了美国西部和远西部的'新地域',记录了随着铁路的延伸,农民的土地逐渐丧失的真实状况,并以极具概括性的笔触和正确的历史态度记录了一个朴实纯洁的西部农村的消亡"①。美国现实主义文学中坚人物豪威尔斯(William D. Howells, 1837—1920)认为加兰的小说是"历史性小说,充满痛苦、灼热的真理,是对西部乡村生活进行真实描写的力作"②,是"对西部农场生活强有力的、引人深思的刻画"③。约瑟夫·柯克兰德(Joseph Kirkland, 1830—1894)称加兰为"美国小说中第一个真正的农民"④。库尔特·梅耶(Kurt Meyer)则指出:"加兰是第一批倡导对农场生活进行现实描绘的作家之一,他说出了关于西部边疆农民生活的真相。"⑤也有评论家认为"加兰小说创作的突出价值在于其改变了人们长期以来对美国西部农民的看法。人们终于可以把西部农民作为人类看待,不再受文学传统、阶级偏见或社会理论束缚"⑥。《哥伦比亚美国文学史》(*Columbia Literary History of the United States*)中亦指出:"在中西部现实主义文学传统中,哈姆林·加兰成就最大。"⑦

哈姆林·加兰对美国文学的贡献还在于他所提出的独特的文学理论主张——写真主义(Veritism)。他抨击了当时流行的美国浪漫主义,首次提出了写真主义文学理论——"把自己最了解、最关心的事情写下来"⑧。加兰认为作家应该"从一个崭新的角度来表现农村生活,让读者领略西部农场的严酷现实"⑨。通过写真主义手法恰到好处的运用,加兰的文学创作给美国社

---

① Joseph B. McCullough, *Hamlin Garland* (Boston: Twayne Publisher, Inc., 1978), p.51.
② Edwin H. Cady, *The Realist at War: The Mature Years 1885-1920 of William Dean Howells* (New York: Syracuse University Press, 1958), p.135.
③ 同①, p. 40.
④ 同①, p. 114.
⑤ Kurt Meyer, "Why Hamlin Garland is Relevant even Today?," Globe Gazette, last modified September 15, 2010, https://globegazette.com/community/mcpress/news/local/why-hamlin-garland-is-relevant-even-today/article_65c5920a-c0e1-11df-b7f2-001cc4c03286.html.
⑥ [美]亨利·史密斯:《处女地:作为象征和神话的美国西部》,薛蕃康、费翰章译,上海外语教育出版社,1991,第 255 页。
⑦ [美]埃默里·埃利奥特:《哥伦比亚美国文学史》,朱通伯等译,四川辞书出版社,1994,第 425 页。
⑧ Hamlin Garland, *Crumbling Idols* (Chicago: Stone and Kimball, 1894), p.35.
⑨ 同①, p.116.

会各界带来了巨大的震动,收到了意想不到的效果。一位评论家说:"加兰的叙事艺术很高,通过构建复杂的情节安排,逐渐过渡到问题的解决。这种安排总是直接服务主题。加兰充分利用自己对西部详细知识的掌握,但绝不做这种知识的奴隶……他不仅是关注道德问题的宣传品的作家,而且把思想和最可信的现实细节相结合,这些细节内容十分丰富,具有很强的生命力和重要性。"①美国第一位诺贝尔文学奖获得者辛克莱·刘易斯(Sinclair Lewis, 1885—1951)在获奖感言中就曾说加兰是"美国文学界的一员大将"②,他的写真主义文学理论"启示性"地激发了美国20世纪的那一代作家。

哈姆林·加兰去世前曾对自己的文学作品做出了这样的评价:"我的作品既没有令人钦佩的伟大成就,也不是一钱不值的垃圾无人问津。我的作品也许有一些值得阅读的段落和片段,但从整体来看,我的创作属于平庸之作。"③虽然加兰对自己的文学作品评价非常谦虚,但是评论界还是认为他是美国著名的乡土现实主义作家代表之一。美国文学批评家詹姆斯·纳格尔(James Nagel)说:"在当代学术界,哈姆林·加兰的生活通常可以这样表述:'他经历了一系列差异性很大而且几乎是相反的时期,从青少年时代及其早期教育到一位中西部乡土作家,再到对社会变革的关注,到落基山脉地区近二十年的浪漫传奇创作时代,到创作自传作为结束,这就是当时美国乡土作家典型的生活轨迹。'"④

1999年,随着"哈姆林·加兰研究协会"(Hamlin Garland Society)成立,全世界兴起了对加兰作品研究的新热潮;2010年,在纪念加兰150周年诞辰的大规模学术活动中,学者们一致认为:加兰没有过时;2018年,美国艾奥瓦

---

① Joseph B. McCullough, *Hamlin Garland* (Boston: Twayne Publisher, Inc., 1978), pp. 113-115.
② 见 Sinclair Lewis 诺贝尔演讲词 *The American Fear of Literature*, 1930年12月。
③ Donald Pizer (eds.), *Hamlin Garland's Diary* (San Marino: The Huntington Library, 1968), p. 107.
④ James Nagel (eds.), *Critical Essays on Hamlin Garland* (Boston: G. K. Hall Co., 1982), p. 2.

州米切尔县将 6 月 17 日至 23 日确定为"哈姆林·加兰周"(Hamlin Garland Week)以纪念他的贡献。评论家唐纳德·皮泽尔(Donald Pizer)总结加兰在美国文学中的地位时说:"总之,加兰直言不讳、强有力地、一贯性地吸收了那个时代可以应用的重要思想潮流和表现形式——进化论、单一税制、地方色彩、印象画派——给予美国梦和美国个人自由信念以响亮的声音,并在发挥个人能力和需求方面尽可能地表现自己真正的生活方式。"①

我国文学界关于加兰的研究相对不足,译作和相关论文均不多见。当前,国内学者对加兰的批评论文中,有对加兰小说的乡土特点和边疆色彩进行评析的;有对加兰单个作品中写真主义的研究;也有借鉴比较文学的思路,将其置于相似语境而进行的乡土文学研究等。学术专著方面,大多聚焦于加兰创作风格在美国文学上的地位以及其对后世美国文学的影响等方面,具有代表性的有陈许的《美国西部小说研究》、张新宇的《美国西部小说评析》和方成的《美国自然主义文学传统的文化建构与价值传承》等。这些研究有些从宏观方面论述了加兰一生的成就和贡献,有些侧重于评论加兰的写真主义艺术追求,有些梳理了评论界对加兰的一般看法和观点,有些则指出了对加兰个人创作和作品的认知误区,强调应该更加全面理性地去了解和认识加兰。可惜的是,各类研究中鲜有从写真主义视角对加兰各时期创作和文学作品深入、系统和全面的研究。

《现实的背叛者 艺术的追求者——写真主义视角下的哈姆林·加兰小说研究》主要基于作者对加兰文艺理论的系统学习及对其文学作品的多年研究,追溯了影响加兰创作的 19 世纪末及 20 世纪初美国文学思潮,洞悉了写真主义文学思想内涵以及它与现实主义、自然主义和印象主义文学思想的关联,探讨了加兰早期以美国西部边疆为阵地、中期以落基山脉地区为背景的作品以及其晚期创作的自传体小说,分析了它们的创作思路、创作历程、创作主题和创作美学,并剖析了加兰在不同时期文学创作的可鉴之处和

---

① Donald Pizer, *Hamlin Garland's Early Work and Career* (Berkeley: University of California Press, 1960), p.3.

不足之处,力求让读者对加兰的作品有更全面、更客观的了解。

由于加兰是一个思想前卫、立意创新、独具一格的文学家,他的作品几乎涉及了19世纪末及20世纪美国社会的方方面面,创作体裁也是多种多样。囿于作者的学识广度和能力高度,本书的重点主要落脚于加兰的美国西部边疆小说、以落基山脉地区为背景的小说和自传体小说,没有涉及他的诗歌、散文和书信等。作品中难免错误及不妥之处,祈盼各界专家、学者批评指正。

第一章 哈姆林·加兰生平及其创作生涯

1890年,哈姆林·加兰正式发表了他的第一部戏剧作品《在车轮下》(*Under the Wheel*)。自其正式进入文学界以来,加兰和他的作品就遭到了一轮又一轮的攻击,时至今日,仍在美国学术界引发广泛争论。一直以来,学术界对他的质疑主要集中于他在文学创作中的题材选择、写作风格、文学追求、西部和远西部主题以及他在美国文学中的地位等。但在2010年加兰150周年诞辰之时,库尔特·梅耶大声疾呼:"哈姆林·加兰在今天依然很重要,他没有过时。"① 显然,要确定加兰最终的文学价值,还有很多值得探讨的地方。尽管对加兰的评价一直存在种种争议,但是从某种程度上来说,在过去的160年里,或许正是因为这些争议,关于加兰的作品,关于他在美国文学史、思想史上的地位,才有了更多值得探讨的可能,才有了更多的文章和评论源源不断地涌现出来……

---

① Kurt Meyer, "Why Hamlin Garland is Relevant even Today?," *Globe Gazette*, September 15, 2010, https://globegazette.com/community/mcpress/news/local/why-hamlin-garland-is-relevant-even-today/article_65c5920a-c0e1-11df-b7f2-001cc4c03286.html.

第一节
哈姆林·加兰生平

一 艰辛的青少年生活

1860 年 9 月 14 日,哈姆林·加兰出生于威斯康星州西塞勒姆附近的一个农场,在家里四个孩子中排行老二。他的父亲理查德·加兰(Richard Garland, 1830—1914)是缅因州牛津郡人,"一身军人的脾气和习惯,一个出类拔萃的人物,一个纪律严明的人"①, 是一个极具边疆意识的拓荒者。为了寻求更好的发展,他经常把家从一个舒适的地方搬到一个环境恶劣的地区,从一个简朴但舒适的大房子搬到一个简陋且漏雨的小屋子。虽然在生活中他遇到了种种挫折,但他"从来不走回头路"②,他拒绝退却,拒绝接受安逸的生活,一生都在拼搏。由于父亲坚毅又专横的性格,加兰与母亲更亲近,深受他母亲夏洛特·伊莎贝尔·加兰(Charlotte Isabelle McClintock Garland, 1838—1900)的影响。尽管经历了数次移民迁居的痛苦和艰辛,加兰还是平静地接受了父亲这种不安分、喜欢挑战的天性。同时,他也更加怀念母亲那份女性独特的柔情——这种柔情后来也反复成为他小说中的主题。1861 年美国内战爆发时,理查德·加兰像许多男人一样,带着坚定而平静的信念,离开了家庭,为反对奴隶制而战,1864 年他又回到家乡。

摆脱了战争的重担之后,理查德·加兰再次举家西迁,寻找新的土地,追求拓荒者的自由,开启新的生活模式。他们离开了威斯康星州,离开了绿

---

① Hamlin Garland, *A Son of the Middle Border* (New York: Macmillan, 1917), p.7.
② 同①, p.267.

色的山谷和连绵起伏的山丘,来到了位于艾奥瓦州的一个落后的、原始的、几乎与世隔绝的农场。其间,理查德·加兰在当地农庄组织做了一段时间的村代表,但不久就又回到了农场。加兰就是在这几乎与世隔绝、艰苦劳动的环境中成长的。在那里,他过的生活十分煎熬,从小就要工作——不是因为父母的严酷,而是生活所迫。加兰曾多次问自己:"艾奥瓦州阴冷的天气,除了一种令人抓狂的挫败感,还能带来什么呢?如果暴风雨、干旱或害虫就能毁坏所有的庄稼,这种累人的劳作又有什么意义呢?从早到晚,人们每时每刻都在劳动,会有什么机会实现自己的理想和抱负呢?"① 对生活在这里的人们来说,孤独、孤立和缺乏文化似乎是无法避免的,而这一切更是引起了加兰对西部农场生活的强烈不满和抵制。

当然,加兰的生活环境尽管物质上十分贫乏,精神上也有些空虚,但也并非一无是处、毫无魅力。他的父亲喜欢音乐和诗歌,并经常展示出凯尔特人血统和边疆生活赋予他的独有的演讲才能。加兰年轻的叔辈们热爱音乐,他们在音乐中得到了一种心灵的满足和暂时的平静,他们都满怀着青春的骄傲,充满了正能量的激情。年轻的加兰看到了他们身上最优秀的西部边疆男子气概——收割时每天工作14个小时,平日里他们或开心地在农场摔跤,或只是纯粹地为了好玩在院子里翻筋斗。但他们有时也很伤感,"他们都带有一种浓厚诗意和意识模糊的凯尔特人式的忧郁性情"②。他们的音乐品味虽然不是高雅的,但从他们破旧的小提琴里弹出来的曲调,激励着心思缜密的加兰。他坐在炉火旁,看着闪烁着的妖艳的火焰,陷入沉思。每当此时,母亲那常常带着疲倦之色的脸上,便露出轻松的、满足的笑容。

虽然加兰的童年时光看起来似乎平淡无奇,但也洋溢着西部拓荒者的先驱精神。像西部农场的任何一个普通男孩一样,加兰经常要在寒冷的清晨起床,在做繁重的"劳务"之前吃一顿还算丰盛的早餐。随着年龄的增长,他必须学会犁地、拉树桩、修篱笆、照料牲畜、打扫马厩,过着命中注定一般

---

① Hamlin Garland, *A Son of the Middle Border* (New York: Macmillan, 1917), p.18.
② 同①, p.23.

的农民生活。偶尔会有一场乡村舞会,或者一个巡回的马戏团演出,这些能够给他提供一个短暂的充满幻境的瞬间,但他青春的大部分时光干的都是体力劳动。他后来回忆说:"等到回家吃晚饭的时候,连一瘸一拐地走都不行,满以为自己明天恐怕再也干不下去了——但是你还得干下去——至少我是干下去了。"①

1876年,加兰被允许进入奥萨奇的雪松谷神学院学习,但每年他只有半年的时间在学校,因为到了春天他就要回到农场帮忙干农活,这样的生活一直持续到他1881年毕业。加兰第一次接触到文学就是在雪松谷神学院学习期间。冬天的夜晚给了他读书的闲暇时间,他读过弥尔顿(John Milton, 1608—1674)、莎士比亚(William Shakespeare, 1564—1616)、霍桑(Nathaniel Hawthorne, 1804—1864)和雨果(Victor Hugo, 1802—1885)等作家的作品。他很快便发现了书籍的魅力,"身体虽然关在冰封雪盖的小木房里,心却飘到了波斯古国的金殿里"②。他俯卧在一个大火炉旁,享受着炉火的温暖,阅读着报纸杂志里的趣闻轶事,"因为我生来就酷爱念书"③。他欣赏着周围环境的魅力,他很容易被壮丽的自然景色打动:碧绿金黄的玉米海洋,起伏的大草原和森林覆盖的山谷,壮丽的天际弧线和经常被野花覆盖的广阔田野。当他还是个孩子的时候,他就感受到了父辈们所代表的那种西部拓荒男人所固有的个人英雄主义精神。后来,他在《中部边地之子》(*A Son of the Middle Border*)中写道:"我自认为幸运极了,我的童年时代竟是在一个景色宜人的地区度过的,并且正值一个向西部拓荒的壮烈时期。"④加兰知道西部农场生活既不轻松也不愉快,但是当时那些多愁善感的浪漫主义小说家们显然不知道这一点,他们大谈特谈农村农场的风景宜人、大自然的富饶和生活的自由自在。虽然这些听起来都非常美好,但是只有身在其中

---

① Hamlin Garland, *A Son of the Middle Border* (New York: Macmillan, 1917), p.100.
② 同①, p.69.
③ 同①, p.35.
④ 同①, p.5.

的人知道真实的情形,"多数的作家在写到'快乐、快乐的农民'时,他们忘记了成群结队的小虫、苍蝇和酷暑,以及棚里的臭味和苦活"①。

虽然父亲并不理解加兰的文学追求,但也并不专横地干涉他。他的母亲则默默地支持他,希望他能成就属于自己的一番事业。在加兰15岁生日那天,母亲用自己的积蓄给他买了一本弥尔顿的《失乐园》(*Paradise Lost*)。加兰常常会对着一群犁骡慷慨激昂地朗诵这些诗歌,直到把它们吓跑。

动荡不安、不断迁移就是美国西部边疆生活的历史写照。接着,加兰一家离开了艾奥瓦州,搬到了南达科他州的一个农场。在那里,天气更加恶劣,更加与世隔绝,年轻的加兰则尽他最大的努力帮助全家,不断战胜恶劣的天气,没日没夜地在农场干活。然而一场暴风雪几乎要了他的命,也使他们全家在农场一年的辛劳变成了徒劳。于是,他发誓要离开这西部农场,到文明安定的东部去。他"渴望逃离这片没有树木,只有恐怖和孤独的土地,计划到别的地方去干其他的工作"②。但是如何逃离呢?他自己也知道,一个几乎没有受过正规教育的西部农场男孩去发达的大城市,如去波士顿或纽约谋生几乎是没有希望的,也是没有前途的。

1881年,在威斯康星州、艾奥瓦州和南达科他州的农场度过了21个春秋之后,加兰终于下定决心告别落后的西部农场,迈出了他人生道路上重要的第一步,来到了他一生的转折点。他抱着渺茫的希望离开了家,先是到新英格兰地区流浪了近2年。其间,他的弟弟富兰克林(Franklin Garland)也加入了他的行列。后来,富兰克林成了一名著名的演员。当时身无分文的兄弟俩在石林场辛勤劳作,在找工作时他们还遭到当地农民的敌视。后来,他又回到了南达科他州自家农场,父母仍然在这块土地上艰辛劳作,度日如年。他很快又离开了,并于1882年至1883年间在伊利诺伊州找到了一份教师的工作。他发现,乡村学校和艾奥瓦州奥萨奇的雪松谷神学院为他提供的教育太贫乏了,于是便利用业余时间如饥似渴地阅读书籍,吮吸知识的养

---

① Hamlin Garland, *A Son of the Middle Border* (New York: Macmillan, 1917), p.129.
② 同①,p.312.

料,努力提高自己。当时的加兰觉得自己有着无限希望,但路在何方,他仍然觉得很迷茫。

二 颠沛的波士顿生活

1884年,加兰为了寻求更好的个人发展机会,只身前往当时美国知识分子的聚集中心——波士顿。尽管当时波士顿已经不再是美国文化中心了,加兰也见证了芝加哥和纽约作为美国艺术中心的最终胜利,但是在他年轻的时候,波士顿的吸引力仍然是惊人的,还有哪个城市能拥有像奥利弗·霍姆斯(Oliver W. Holmes, 1841—1935)①、拉尔夫·爱默生(Ralph W. Emerson, 1803—1882)②、亨利·朗费罗(Henry W. Longfellow, 1807—1882)③那样让人引以为豪的人物呢?这些都是反映这个国家伟大过去的名字。

加兰初到波士顿,从火车站出来,没有余钱打车,只能双手拎着廉价的行李箱,向警察和路人问路。"我是一个迷茫的平原人,一个对大都市内心感到恐惧的乡下人。在这段时间里,我脑子里只有两个明确的想法:一个是尽可能地少花钱;另一个是尽可能地多学习。"④当然,这是一次很勇敢的尝试。当时他身上只剩140美元,但要用来维持在波士顿整个冬天的生活。他只能小心翼翼地省吃俭用,但由于他吃得很少,强壮的身体开始变得虚弱,棕色的皮肤开始变得苍白。加兰试图通过学习弥补他逝去的青春,他在公共图书馆里"拼命地阅读"⑤。他仔细品味着惠特曼(Walt Whitman, 1819—

---

① 奥利弗·霍姆斯,美国历史上著名的法学家,美国联邦最高法院大法官。
② 拉尔夫·爱默生,美国思想家、文学家、诗人,是确立美国文化精神的代表人物。美国前总统林肯称他为"美国的孔子""美国文明之父"。
③ 亨利·朗费罗,美国诗人、翻译家,被认为是美国最伟大的浪漫主义诗人。
④ Hamlin Garland, *Roadside Meetings* (New York: Kessinger Publishing, LLC., 1930), pp.6-7.
⑤ 同④,p.9.

1892)的诗句,潜心研读达尔文(Charles Darwin, 1809—1882)、斯宾塞(Herbert Spencer, 1820—1903)的著作,还有一些社会学和历史学著作,这些作品让他感受到了进化论的思想。他试图用这些理论了解自然界的生物从简单的形式发展到复杂形式的进化过程,以及这些过程又是如何被应用于社会的。他对斯宾塞的《综合哲学》(*Synthetic Philosophy*)特别着迷,他曾说道:

> 赫伯特·斯宾塞至今仍然是我的哲学家和导师。我迫切地力求领悟他的"综合哲学"……这世界呈现出秩序与和谐。能理会到任何东西都是由简单的发展到复杂的——例如弓弦是怎样变成竖琴的,鸡蛋是怎样变成小鸡的……我的身体逐渐变得柔弱起来,我的肌肉因不用而衰弱下来,我像一只不耐烦的蝙蝠一样,在知识世界里到处乱飞。在眼前有那么多山峰,我也就没有时间去挖掘山谷中的泥土。①

像大多数年轻人一样,他"每样东西都学了一点,但没有一样是精通的"②,但他走了一条正确的道路。当图书馆的门打开时,他穿着破旧的鞋子,穿着单薄的大衣瑟瑟发抖地站在那里。有一个晚上,由于没有图书证,他被赶出了阅览室,心里十分懊恼,恨自己连学习的机会都没有了。作为一个非本地居民,他既不能把书带回家,也不能在哈佛大学旁听课程。但幸运的是,他遇到了著名作家爱德华·黑尔(Edward E. Hale, 1822—1909),黑尔不仅帮助他获得了阅览证,还将他介绍给了当地的一些著名作家。有了这位值得信赖的人的支持和帮助,他开始加倍努力,更加废寝忘食地学习,抓住一切向他人学习的机会,全方位提高自己。

加兰在波士顿的生活也并不全是读书。当时的波士顿充满了喧嚣、活力和魅力,到处都能看到著名政治家和艺术家的名字。加兰也常有机会去听一些交响音乐会,观看剧院演出和旁听公开讲座。但到了晚上,他要么独自一人在图书馆读书,要么闷闷不乐地在廉租房里想着自己的贫穷。他拼

---

① Hamlin Garland, *A Son of the Middle Border* (New York: Macmillan, 1917), p.323.
② 同①, p.323.

命地在自己的生活中寻找一个突破口,打造尚未成形的创作能力。他把既迷人又冷酷无情的现实融入所创作的小说中,重现了"痛苦的和愉快的真实情况,这在后来成了他创作的作品的特色"①。

加兰在波士顿还忙于各种各样的社交活动。坦率地说,当时的他雄心勃勃,想方设法去拜见他的偶像和可能帮助他的人。在随后的几年里,由于他顽强地坚持他的新兴的文学理想,他得到了去卡姆登拜访惠特曼的机会,惠特曼亲切地接待了这位有理想的年轻人。初见惠特曼,加兰觉得"那位老人像一位'海神'一样威严,坐在一张扶手椅子里……他的旁边搁着一大堆读了一半的书、做了记号的报纸、剪报资料和信件"②。后来,他既谦逊又鲁莽地拜见了新英格兰的杂志社编辑们,并在他们的帮助下发表了自己的一些诗歌和散文。当时,他心中真正的偶像是豪威尔斯,虽然加兰曾经批评过豪威尔斯的作品,但后来十分钦佩他。加兰刚开始学习写作时,像豪威尔斯一样是一个现实主义者。他凭着一位编辑给他的介绍信(这位编辑曾发表过他对豪威尔斯作品的一些评论),终于得到拜访豪威尔斯的机会。多年后他回忆道,"帘子拉开了,一个长着英俊面孔的矮个子男人站在我面前,他面无表情,但他的眼神是我所见过的最犀利的眼神之一。就在那一瞬间,他看出了我的性格,猜透了我的心思,很可能还把我穿什么都记了下来"③。豪威尔斯一如既往地表现出对年轻人的善意和兴趣,他意识到加兰身上有一种来自西部的潜在力量,因此鼓励加兰按照自己的风格和文学理念去写作。豪威尔斯回忆起他们的相遇时说:"我年轻时和当时的加兰一样穷,加兰有着重要的经济和社会意义,但他自己并不知道。"④

当加兰积累了丰富的西部文学资源,却发现当时美国文学界书写西部的小说甚是缺乏,只有"一些关于拓荒者生活的庸俗小说,真正的小说却很

---

① Hamlin Garland, *A Son of the Middle Border* (New York: Macmillan, 1917), p.351.
② 同①, p.408.
③ Hamlin Garland, *Roadside Meetings* (New York: Kessinger Publishing, LLC., 1930), p.58.
④ William D. Howells, "Mr. Garland's Books," *North American Review* 196(1912):523.

少,对他们的语言和生活的精确研究更是少之又少"①。像爱德华·埃格斯顿(Edward Eggleston, 1837—1902)的《印第安人校长》(*The Hoosier School-Master*)和《骑车人》(*The Circuit Rider*),这两部小说虽然还很粗糙,而且只是部分反映了西部农场的生活现状,但因为它们至少具有西部原始的魅力和对生活的忠诚,所以显示出了西部乡村生活给小说家带来的巨大创作潜力。

文学使加兰着迷,但当时西部的经济和政治似乎更加引起他的关注。他阅读了亨利·乔治(Henry George, 1839—1897)的《进步与贫困》(*Progress and Poverty*)后,立刻就成了一名单一税的倡导者。他积极参加了正在兴起的民粹主义运动,《进步与贫困》那"结尾几页中的号召让我充满了要为正义而斗争的愿望"②,他还在小说中对"吃人"的社会制度进行了大量的揭露和批判。亨利·乔治的《进步与贫困》使他着迷,不是因为他认为这是什么高级理论,而是因为他在自己的生活中看到了书中所叙述的点点滴滴。《进步与贫困》为他所知道的西部农场与城市里的严酷、艰苦和绝望提供了一个合理的解释。

作为一个欣赏惠特曼、斯宾塞、豪威尔斯、马克·吐温(Mark Twain, 1835—1910)和地方色彩作家作品的人,加兰不仅能看到作品的内涵,也能看到作品的困惑。这也表明,他努力在生活的意义中寻找一种模式,并为社会和艺术目的而现实地创作。加兰天生思维敏捷,他很快融入所处的生活环境,融入了波士顿的知识分子圈子。虽然他还很贫穷,还在为生计苦苦挣扎,但他还是参加了很多社交活动,并学会了与人相处之道,"尽管在宣传单一税或在定义小说中的地方色彩流派时,我感到非常无聊,但我也有过与人和睦相处的时候"③。通过努力学习,他与社会上流和知识分子逐步建立了重要的联系。慢慢地,他的评论、报告、文章和短篇小说越来越多地发表在

---

① Hamlin Garland, *Crumbling Idols* (Chicago: Stone and Kimball, 1894), p.16.
② Hamlin Garland, *A Son of the Middle Border* (New York: Macmillan, 1917), p.314.
③ Hamlin Garland, *Roadside Meetings* (New York: Kessinger Publishing, LLC., 1930), pp. 86-87.

当地的报纸和杂志上。他一度一贫如洗,灰心丧气,想放弃学业,但在朋友们的帮助下,他成了一位著名的演讲家和文学教授。尽管他自己对着装、演讲的举止方面还是有些不满意,但他的讲话充满自信,听众能够感受到他与生俱来的活力和天赋。无论是谈论埃德温·布斯(Edwin Booth,1833—1893)①的表演艺术和豪威尔斯的现实主义小说,还是谈论地方色彩小说的创作,他都充满力量,充满激情。一位记者听了他的演讲后说:"他的评论深邃,结论不偏不倚。"②

三 独特的文学创作之路

个人外出闯荡的成功始终代替不了他对故乡的魂牵梦萦。1887年,哈姆林·加兰从波士顿回到南达科他州,回到他父亲的西部农场,探望阔别6年的双亲。同年,柯克兰德的《朱里:斯普林县最卑劣的人》(*Zury: The Meanest Man in Spring County*)一书出版,加兰认为这是"迄今为止美国内陆社会最现实主义的小说。这本书完全不同于传统小说——没有一点旧世界文学或社会的痕迹——而且每个角色都是全新的、本土的"③。因此,加兰在回家途中特地在芝加哥逗留,看望了柯克兰德。对加兰来说,从波士顿到南达科他州就像是一次经历两个不同世界的旅行:当他走到他的老邻居中间,看到那些沿着铁轨排列的可怜的小镇时,怜悯、悔恨和愤怒涌上心头。那些土褐色房子里住的都是些衣衫褴褛的女人,而这些女人几年前还是年轻漂亮的少女,这使他的内心感到一阵阵的刺痛。他看到和他同龄的朋友们因农场劳作而伤痕累累、双手粗糙、身体佝偻,连思想也被野蛮的劳动束缚。

---

① 埃德温·布斯是美国有史以来广受好评的莎士比亚演员之一,也是19世纪美国极为著名的演员之一。
② Jean Holloway, *Hamlin Garland: A Biography* (Austin: University of Texas Press, 1960), p.14.
③ Clyde E. Henson, *Joseph Kirkland* (New York: Twayne Publisher, Inc., 1962), p.93.

这与他在波士顿的经历形成了鲜明的对比,西部农场生活的孤寂和特有的孤独使他十分震惊。悲剧笼罩着整个家乡,在这种痛苦下,他决定做点什么,"在我们的社会迅速变得冷酷无情,大多数人生活中最本质的悲剧和绝望使我感到痛苦,我觉得需要把它们暴露出来,但是那时我也不知道是否已经找到了我的创作主题"①。

回到家中,母亲的身体状况更是让他震惊,母亲在西部农场生活的重压之下已经苍老得可怕,而他的父亲仍然像以前一样不安于现状,东奔西走,忙于生计。加兰更加坚定地认为,那种把西部农场生活描述得充满浪漫色彩的观念是荒谬的。回到波士顿后,他决心为改变自己的经济状况、帮助自己和家人逃离苦海而战,他的愤怒成了他写作的动力:

> 我看不出农村有什么诗情画意,有什么田园气氛,也看不出有什么幽默风趣的地方:一个手像爪子一样锋利的男人,在租来的农场的土地上勉强糊口;而他的妻子则忙碌于从一个桶转到另一个桶,又从另一个桶转到另一个桶。恰恰相反,在我看来,这样一个家庭的生活是一种几乎无法摆脱的悲惨的徒劳无益的生活。②

这次他终于找到了自己的写作主题和方向:"在我的脑海中模糊两可地形成了两个伟大的文学概念——真理高于美;传播正义应该是艺术家的首要职责。"③

如果说加兰还不知道如何准确地阐明他的主题,至少他明白当前对乡村生活的看法存在着什么问题:

> 到目前为止,作家们把农场生活和天气都描述得很美好。六月的天气总是很晴朗,干草工人们戴着时髦的宽边帽子,"抛下芳香的三叶草",而姑娘们则穿着精致的白袍,站在一棵高大的树下观望。每隔一段时间,辛勤劳作的人们就会聚集在长满青苔的井沿上,唱起《古老的橡木桶》(*The Old Oaken*

---

① Hamlin Garland, *A Son of the Middle Border* (New York: Macmillan, 1917), p.366.
② 同①, p.75.
③ 同①, p.374.

Bucket）。剥玉米皮也同样浪漫，十月的一个月色皎洁的夜晚，欢笑的小伙子们和羞红了脸的少女们聚集在谷仓里，剥去玉米穗上的皮……我们所有的乡村戏剧都有一个男声四重唱组，他们都是辛苦劳作的人，大部分时间都待在阴凉处，倚着干草叉在草地上跳舞。①

加兰决定以一种不同的方式、不同的态度呈现西部农场的真实状况，正如他自己所说的那样："看着西部农场的人们，我的心情阴郁而痛苦。"②加兰在19世纪80年代末和90年代初创作的短篇小说和中篇小说有了一个构思中心——真实地描绘西部农场生活以及移民的拓荒精神，以写真的方式讲述，不做任何修饰，不放过任何肮脏的事实：他也会写农场人们剥玉米壳的工作，但那玉米穗会让手流血。他在描写这片土地时，虽从未忘记刻画它的辉煌，但更主要的是表现大自然的残酷、无情和变化无常。民粹主义思想与他的内心创作理念结合在一起，向读者展示了广大西部农民生活的苦闷、愚钝和凄凉。

1891年，加兰将自己早期发表的短篇小说结集出版，命名为《大路条条》（*Main-Travelled Roads*），该小说集被认为是对美国19世纪80年代最彻底、最诚实的写照。那时候，加兰文学创作的主题是美国西部农场、农村、农民生存的现状和西部边疆地区的政治经济问题。1891年8月，加兰到海边的埃文做了一次短暂的旅行，在那里他做了一系列讲座，并遇到了报道讲座的记者斯蒂芬·克莱恩（Stephen Crane，1871—1900），并开始了他们之间亲密的交往。1892年，加兰开始忙于演讲和竞选活动，他的作品虽然也经常能出版，但并没有像他所希望的那样畅销。而且，他的许多作品在全国受到了批评。加兰回忆道：

> 我原来愚蠢地认为西部文学界会以我作品中的地方色彩感到骄傲，哪里料到自己是被几乎所有的评论家唾弃的人，这种情况实在让我吃惊。各种社论和批评如潮水般出现在各大报纸杂志上，所有这些都是为了证明我对中西

---

① Hamlin Garland, *Roadside Meetings* (New York: Kessinger Publishing, LLC., 1930), p.178.
② 同①, p.121.

部边疆农村的描述是完全伪造的。他们还用统计数据表明艾奥瓦州几乎每家农舍都有钢琴和织花地毯。耕种草原被认为是"世界上最高贵的职业,和我这个所谓的东部作家所描写的毫不相同"①。

1892年,加兰参加了民粹主义运动,他越来越意识到西部农场生活正在发生变化。他这样写道:

> 在经过了差不多三分之一世纪的迁移之后,加兰家族即将准备折返原路,而他们的决定是含有深长的意义的。这意味着美国中西部边疆拓荒运动阶段性结束,"森林和草原"都被占用了,除了半干旱的落基山脉的山谷外,已一无所剩了。在我父亲那一代人的耳朵里,"灌溉"是一个陌生的词,一个含糊不清的词,没有密西西比河谷"鲜花盛开的草原"的魅力。1865年至1892年间,美国迅速度过了自由移民的繁荣时期,现在算总账的日子来到了。②

带着青春的活力,以及对严酷生活的认识和对西部农民的同情,加兰终于找到了自己的写作方向和主题。

同年,加兰在《贾森·爱德华兹》(*Jason Edwards*)中,叙述了他关心的西部农村的政治主题,这部作品是"写给农民联盟……包含着对所有特权的憎恨"③。在对租户生活的真实描述,以及对街头性的黑暗存在的描述上面,这本书超越了斯蒂芬·克莱恩的《玛吉》(*Maggie*)。但加兰并不是一个信奉命运的自然主义者,他认为这些罪恶不是来自城市本身,而是来自那些让城市变得庸俗和混乱的人。同时,作为一名环保主义者,加兰认为,社会的罪恶不是来自自然,而是来自人类自身。

这种强烈的愤怒延续到了他创作的小说《第三议会的一名议员》(*A Member of the Third House*)中。在贿赂、腐败的氛围中处理政治问题是民粹主义理论所钟爱的。在这本书中,加兰还指责了公众对政府的漠不关心,这

---

① Hamlin Garland, *A Son of the Middle Border* (New York: Macmillan, 1917), p.415.
② 同①, p.439.
③ Keith Newlin, *Hamlin Garland, A Life* (Lincoln and London: University of Nebraska Press, 2008), p.165.

也反映出了加兰对美国政治问题的许多错误认识。与他前面的作品一样，它包含了加兰对整个改革运动一些不成熟的思想。后来，他决定让他的写真主义思想贯彻小说的始终，这就有了《渎职》(A Spoil of Office)这部小说。小说主要讲述了民粹主义运动中农民抗议团体的崛起，以及它所产生的影响。他把"这本书献给了豪威尔斯——我们共同生活的最重要的历史学家，我们文学中最重要的人物……"[1]加兰曾这样评价他所写的《渎职》："在写作过程中，我一直过多地扮演着演说家的角色，过多地始终如一地倡导我的政治思想。这本书缺乏一定的艺术性。"[2]这本书是民粹主义反抗运动的主要作品，散发着该运动阴谋论式的气息，也是对那个时代复杂问题的一种简单而引人注目的回答，因为其中的故事情节就像豪威尔斯的《一个现代的例证》(A Modern Instance)一样充满了感人的、丰富的内容。

在创作初期的这些小说和他的其他作品中，加兰形成了一种社会思想，隐藏着对社会现实的不满。他信奉诚实的民主政府，认为它之所以失败只是因为人民没有改革它。他相信社会平等，正如他在自己的边疆生活中所看到的那样：睦邻友好、体谅他人、尊重他人。但那个时代缺少平等的经济机会，因此他认为，社会和生活中的罪恶并非来自竞争，而是来自垄断。

考虑到他的好斗性（其本身并非没有魅力）和坚定的信念，加兰在19世纪90年代中期在社会思想和文学创作上取得了很大的进步，这在一定程度上是因为豪威尔斯无私的鼓励和帮助。但是豪威尔斯从不包庇加兰任何的缺点，他会直言不讳地批评加兰的作品。尽管对现实主义文学的爱好和对社会正义的强烈兴趣将两人拉到了一起，但他们并不是艺术上的同路人。豪威尔斯的现实主义反映了他敏锐的观察力，而加兰则成功地以丰富的文字再现了这种观察力，虽然同样充满了强烈的社会正义感，但加兰能够小心翼翼地对其加以渲染和发展。加兰下定决心要改革阻碍进步的体制，相比

---

[1] Jean Holloway, *Hamlin Garland：A Biography* (Austin：University of Texas Press, 1960), p.68.
[2] Hamlin Garland, *Roadside Meetings* (New York：Kessinger Publishing, LLC., 1930), p.186.

豪威尔斯,他的目标更为个性化,也不那么超然,他的影响更直接、更情绪化,而且他的写作更单薄、更不成熟。可以说,如果豪威尔斯是个画家,那么加兰就是个摄影师。

1894年,他发表了自己的文学宣言《崩塌的偶像》(*Crumbling Idols: Twelve Essays on Art, Dealing Chiefly with Literature, Painting and the Drama*)。这本小书的封面是绿色的,上面布满了金色的玉米秸秆。加兰站在现实主义(他自己称之为写真主义)写作的立场上,向西部寻找新的灵感和新素材:那里的土地是崭新的、崎岖的、宏伟的;那里的农民面对的自然,以及生活的现状是残酷的。

四 永恒的真理追求

19世纪90年代中期,加兰站在个人生活和艺术的十字路口。他的作品为日益高涨的现实主义大合唱锦上添花,但他的思想也助长了人们对国家问题的不满情绪。尽管他取得了重大成功,但他的经济回报很微薄。尽管有许多人欣赏或赞扬他,但相对来说,很少有人买他的书。当他人到中年,除了有一个虚名之外,他几乎一无所有。但他还总是充满正能量,能够寻找到一个更深层次、更丰富的主题,这使他在美国作家中名列前茅。1894年至1895年,他创作了长篇小说《德切尔库里的露丝》(*Rose of Dutcher's Coolly*),书中记录了女主人公露丝从乡村到城市的朝圣之旅。他以微观的视角展示了美国女性的成长,宣扬了女性从精神被奴役到精神的独立。如果说《大路条条》是苦涩的,那么《德切尔库里的露丝》就是苦中有乐、苦乐参半的。

在1900年之前的作品中,加兰触及了一些农村主题,这些农村主题后来进一步发展,使他成为一位重要的小说家。没有人能比他更好地描述西部农村生活的狭隘和恐怖。几乎没有人比他更鲜明地阐述美国整个历史中根深蒂固的开拓精神。他对社会主题的处理显示出了强烈的同情心。性的神秘、美国城市和乡村的不断变化、威胁个人主义和自由旧观念的革命性经济改革——这些都清楚地揭示了他具有的但尚未开发的创作才能。随着新世纪的到来,加兰转向了一个逃避现实的浪漫主义世界。经过多年的写真主义实践,他的作品中加入了他曾经反对的浪漫主义色彩,这令人吃惊,但也合乎逻辑。加兰已是中年,几乎没有什么值得炫耀的,加之当时他非常喜欢户外的冒险活动,也得到了家庭的支持,所以毫不犹豫地在1898年加入了阿拉斯加淘金热,回来后和祖莱姆·塔夫脱(Zulime Taft,1870—1942)结了婚。他对自己为之奋斗的社会问题感到失望,对自己在改革方面收效甚微感到痛苦,于是他开始向远西部寻找他在改革或现实主义中得不到的慰藉和回报。

1902年,加兰开始关注印第安人的生活现状,他写了一些关于印第安人的小说。《灰马队队长》(*The Captain of the Gray-Horse Troop*)就是他关于印第安人生活创作的代表作之一。书中借牧牛大亨试图夺取印第安人土地的问题,赞扬了那些正在消失的代表着西部边境历史的印第安人。队长的正直、荣誉感和责任感使他成为一个典型人物,尽管看起来不那么实际,但至少和《大路条条》的人们一样充满个性。加兰在这本书以及随后的书中对西部地区进行了热情洋溢、色彩斑斓的描述,并添加了不可避免的爱情故事。也正是因为加兰这时期的小说充满了浪漫主义色彩,有些评论家就认为他不再奉行写真主义,作品中不再具有写真主义思想,其实这些人都错了。加兰的整个艺术发展是合乎逻辑的——"他的心从未真正离开过自己的家园,他上楼只是为了看得更清楚,呼吸更清新的空气"[①]。

1916年加兰离开芝加哥,搬到了纽约。1917年,他出版了《中部边地之子》(*A Son of the Middle Border*),这也是加兰后期的代表作之一,也被认为是他最好的自传作品。这本书充满了生命的奇迹,充满了乡村的魅力,充满了

[①] Hamlin Garland, *Roadside Meetings* (New York: Kessinger Publishing, LLC., 1930), p.166.

幽默,响应了整个美国历史时代的强烈呼吁,是同类书籍中的经典之作。他知道,西部边疆与其说是一个地方,不如说是一种精神状态。他曾对萧伯纳(Bernard Shaw,1856—1950)说:"它(西部边疆)位于饥民之地和收割者之地之间。而这些一旦消失了,永远不会再回来,除非在一个老人的怀旧的梦中,提醒着整个国家它曾存在过及其重要性。"①《中部边地之子》是"一个更简单、更真实的西部生活的真实写照"②。

20世纪20年代,加兰满怀旺盛的乐观主义精神,在文学上开始了新艺术的实验。1921年,《中部边地之女》(*A Daughter of the Middle Border*)出版,它记载了加兰中年时期的生活、婚姻,双亲的去世、两个女儿的出生以及第一次世界大战的爆发,同时它也反映了加兰由于批评界对其作品的无视和贬低而感到的失望与压抑。1922年他因这部小说获得了普利策传记文学奖。在以后的漫长岁月里,他没有创作出任何重要的小说,但仍然是受人尊敬的文学大师和美国文化的一分子。1926年,他被威斯康星州立大学授予名誉博士学位,1927年当选为美国文学艺术院院士。1930年,他搬回了洛杉矶,转而从事心理学研究,著有《心理研究四十年》(*Forty Years of Psychic Research*)。加兰在洛杉矶生活了10年,1940年3月4日,加兰在美国加利福尼亚州去世。

虽然加兰并不富有,但他四处旅行,并与那些他曾经鄙视过的富人和出身名门的人混在一起。和以往一样,他善于交际,精明能干,并培养了一些年轻的作家。后来,加兰成为一名地产所有者,在俄克拉何马州和加利福尼亚州从事土地投机活动,从事的是不劳而获的增值业务,最后靠微薄的债券收入过活。他逐渐不信任移民的作用,尽管这曾是他所有作品的主题,他开始只赞扬吃苦耐劳的盎格鲁·撒克逊开拓者。与其说他是为先驱而奋斗,不如说他是为先驱精神而奋斗,因此他没有想到他这个芝加哥移民能像自己的父亲那样,开辟出一片新天地。他不信任外国价值观和外国移民,对他

---

① Hamlin Garland, *My Friendly Contemporaries* (New York: Macmillan, 1932), p.519.
② Hamlin Garland, *Companions on the Trail* (New York: Macmillan, 1931), p.492.

周围的民众没有信心,"作为共和国的一个宪章成员,我对这些变化感到厌恶"①。他猛烈抨击了第一次世界大战之后的新文学,抨击了杂志和电影所表达的耸人听闻的大众文化,"在我的一生中,我目睹了美国理想的转变,从一个近乎纯朴的共和国变成了一个玩世不恭、追求享乐、崇拜偶像的乌合之众,他们的思维依赖于广播、杂志、小报和电影"②。他似乎是个贵族,他经常回忆自己的过去,用幽默为自己改变了的生活方式增添情趣。有人认为他是种族主义者,如果真是的话,也不是致命的,因为他反映的是对美国已经变成什么样子的悲伤,而不是任何迫害的欲望。他在正式的文化中寻求庇护,将自己的精力和声望用于建立美国文学艺术院。他希望以法国艺术学院为榜样,用它来阻止文化标准的恶化。

虽然他从来没有把金钱等同于才能,也没有把名声等同于能力,但他现在常常以自己的方式接受权利和财富。像一个小学生一样,他在金钱面前眼花缭乱,他喜欢讲他那些富有的朋友为他所做的事情,他喜欢乘坐私人有轨电车,喜欢在晚餐中遇上那些社会精英,喜欢独家发表演讲的时刻,喜欢加入一些上层俱乐部,喜欢得到社会认可的所有奖章和公共名誉。他忍受过乡村生活的孤独、劳动的残酷和艺术上的挫折,这一切所带来的空虚与痛苦使他内心感到十分凄凉。在接受荣誉学位、金牌和雕刻的卷轴时,他想起了饥饿的痛苦、贫穷的耻辱,以及当他在波士顿的公共图书馆搜寻他错过的教育时所遭受的孤独。

加兰是19世纪美国农业社会的伟大代言人,很少有作家能像他一样如此忠实地反映一种生活标准的消亡和另一种生活标准的诞生。加兰没有一个聪明的头脑,或许也不是伟大的创造性人才,然而,在西部艰苦生活中锻造出来的一种质朴的情感,让他瞬间捕捉到了一种与每个人都相关的人生观。在从乡村到城市、从无知到文化、从过去到未来的过程中,他透过一副

---

① Hamlin Garland, *Back-Trailers from the Middle Border* (New York: Macmillan, 1928), pp. 81-82.
② 同①,p.304.

双重的镜头去看美国正在发生的变化。他的想象力无法从个人经验跨越到普遍经验,但几乎没有人会否认他最好的作品所具有的感人的品质。在一个充满变革和困惑的时代,出于对一个国家的痛苦的感悟,加兰发出了一个召唤,这个召唤至今仍清晰地回响在人们耳边,让他们直面人生的伟大和悲剧。

第二节 哈姆林·加兰创作生涯

哈姆林·加兰的创作生涯大致可分为三个阶段:第一阶段,1884年至1897年,这期间他创作的主题主要是关于西部边疆农村、农场、农民所面临的现实生活以及农村的政治经济问题。第二阶段,1898年至1916年,这一阶段,加兰对通过小说创作解决中西部边疆地区经济问题这一途径感到无望,转而以西部落基山脉为背景,用写真主义手法创作了一系列带有浪漫主义色彩的传奇小说。第三阶段,1917年至1940年,从1917年开始,加兰重新回到熟悉的中西部边疆地区,完成了自传体题材的小说创作。总体来说,加兰每个时期极具个性的写作都受到各种不一样的评论,饱受热议。

第一阶段:1884—1897年

加兰第一阶段的创作起源于他在波士顿学习期间,这一阶段他发表了一些短篇小说。人们对加兰作品的真正关注始于1891年他的第一部短篇小说集《大路条条》(*Main-Travelled Roads*)。在《中部边地之子》(*A Son of the Middle Border*)和《路边偶遇》(*Roadside Meetings*)中,加兰都曾说过,《大路条条》之所以受到攻击，是因为它描绘的都是西部农村生活的真实现状，表现出了西部移民生活的阴暗面。有些评论家认为他的写作不太吸引人，他作品的主题过于粗俗，他的呈现过于悲观。但也有一些评论家认为他的作品很好，甚至觉得他的作品可与托尔斯泰（Leo Tolstoy，1828—1910）或易卜生（Henrik Ibsen，1828—1906）的类似作品相媲美。尽管有些人抱怨他的故事只不过是大同小异，然而他所著的《草原之歌》（*Prairie Songs*）和《草原上的人们》（*Prairie Folks*）还是获得了好评。还有人认为这期间他所创作的《一个小挪威人》（*A Little Norsk；or，O'l Pap's Flaxen*）能与布雷特·哈特（Bret Harte，1836—1902）最好的作品相提并论。但也有人对《渎职》（*A Spoil of Office*）一书提出了异议，甚至有人评论时提出了一个更新、更为严肃的观点：加兰没有能力处理长篇小说。1895年，《德切尔库里的露丝》（*Rose of Dutcher's Coolly*）问世时，批评之声越来越大，最为尖锐的批判是关于小说中性的描写，认为加兰作品过于粗俗、庸俗、荒淫无度。但也有很多评论家认为这本书是加兰这期间写得最好的长篇小说，这也为他赢得了新的声誉。

其实加兰受到严厉批评的最重要的原因是在于他1894年出版了他的文学宣言《崩塌的偶像》（*Crumbling Idols：Twelve Essays on Art，Dealing Chiefly with Literature，Painting and the Drama*）。有学者认为这本书没有什么重要内容，也有学者指出这本书就是表明了加兰个人的文学热情和沙文主义。大多数评论家认为这本书令人困惑，充满了矫揉造作的陈词滥调，陈腐至极。在一些评论中，加兰还遭到了嘲笑，他被认为写作中的论点颇不合理，表达所有信息的处理方法简单至极——他只写自己知道的东西。实际上，加兰在这本书里向美国作家发出了号召，希望他们能够改变原来主要反映富裕的资产阶级生活的倾向，转而描述千万劳苦大众的真实生活，他希望美国小说能够从逃避现实的浪漫主义中解脱出来，以现实主义为出发点，进一步挖掘真实的核心。加兰为此运用了"写真主义"的文学术语，以区别于当时的现实主义。

总体来说,对于加兰早期十几年的文学创作,美国文学界的评论是正面多于负面、表扬多于批评的。

第二阶段:1898—1916 年

到了 20 世纪之初,加兰在美国已经被认为是一位颇有成就的著名作家,他的所有长篇作品几乎都受到了评论界的关注。但他所著的关于西部农村的作品受到了各种抨击,这让加兰十分失望,因而他转向了更远的西部,以落基山脉地区为背景,尝试写了一些带有浪漫主义色彩的小说。人们对他这段时间出版的两部小说《鹰之心》(*The Eagle's Heart*)和《山野情人》(*Her Mountain Lover*)的评价褒贬不一。有人在评价《山野情人》时指出加兰不会写爱情故事,小说的结局太过于伤感,但也有人觉得《鹰之心》写出了西部牛仔的真实生活。1902 年加兰描述印第安人生活的作品《灰马队队长》(*The Captain of the Gray-Horse Troop*)出版,这是加兰自认为最好的小说,受到了广泛的好评。也许是因为这部小说的成功,他随后出版的《海斯珀》(*Hesper*)受到了更大的关注,但该书评价不高,被认为是一部平庸之作。

接下来的 6 部小说,《星光》(*The Light of the Star*)、《黑暗的暴政》(*The Tyranny of the Dark*)、《金钱的魅力》(*Money Magic*)、《卡瓦诺,森林保护员》(*Cavanaugh, Forest Ranger*)、《维克托·奥尔尼的纪律》(*Victor Ollnee's Discipline*)和《森林人的女儿》(*The Forester's Daughter*)均没有获得较高的评价。因此经常有人批评说,加兰不应该放弃将西部农场作为他小说创作的主题,更不应该在他的写真主义写作中夹杂浪漫主义风格。这期间,唯一得到好评的是短篇小说集《他们在高地路上行走》(*They of the High Trails*)。

加兰在第二阶段出版了 20 部小说(集),虽然开辟了新的写作区域,而且在人物塑造和描述方面都有了新的突破,但仍被批评没有很好地处理小说的叙事形式。很明显,在这段时间的美国文学界中,加兰并没有被当作一个重要的、新兴的作家来对待,反而那些批评他的读者似乎已经开始放弃他了。

第三阶段:1917—1940 年

带着失落的心情,加兰重新开始以西部农村为背景的小说创作,主要是以自传体形式进行写作。随着 1917 年他的自传体小说《中部边地之子》(*A Son of the Middle Border*)的出版,加兰再次成为评论界热议的焦点。有评论家认为这部书是一部美国史诗,是一部重要的美国编年史,是一个具有美国西部农场代表性的故事,是一部中西部先驱者的纪念手册。总体来说,这是评论界对加兰作品有史以来最好的评价。其续集《中部边地之女》(*A Daughter of the Middle Border*)也受到了广泛好评,并于 1922 年获得美国普利策传记文学奖。《中部边地的开路先锋》(*Trail-Makers of the Middle Border*)在评论界也颇受好评,被认为是一部历史小说而非虚构作品。《中部回来的拓荒者》(*Back-Trailers from the Middle Border*)虽然故事令人愉快,甚至让人着迷,但总体上不如前三部那么受欢迎。总体来说,加兰这四部书被认为是迄今为止最接近美国西部农村真实生活的史诗般的小说。

然而评论家对上述四部作品也有否定的声音:亨利·门肯(Henry L. Mencken, 1880—1956)认为加兰"不会打破传统",佛瑞德·帕蒂(Fred L. Pattee, 1863—1950)谴责他"极端保守",弗农·帕林顿(Vernon L. Parrington, 1871—1929)认为"加兰拒绝工业化、拒绝现代化,是支持农业的个人主义者,一个'受挫的浪漫主义者',一个对文学作为社会改革而不是艺术更感兴趣的作家"[①]。实际上,加兰自觉地意识到了他是在创作写真主义小说,自己是在满腔热情地讲真话。这四部自传体小说带着浓厚的"地方

---

① Charles L. P. Silet, et al(eds.), *The Critical Reception of Hamlin Garland*, 1891-1978 (Troy: Whitston Publishing Company, 1985), p.8.

色彩",加兰这位早期的现实主义小说家还通过自己的辛勤耕耘,努力在自己的作品中反映美国正在形成的民族主义精神。

1940年加兰去世后,到了20世纪50年代,这个令人困惑的中部之子再次引起了文学界的关注。对于加兰作为艺术家以及他的中西部主题,关注的人数逐年增加,而且丝毫没有减少的迹象。尽管对加兰的争议不断,但不可否认,加兰的小说从不同的侧面讲述了西部边地农村的真实生活,不仅揭示了西部大片荒漠其实难以生存的事实,记录了许多农民美国梦的破灭,反映了父母、亲人在偏远农场一生孤独困苦劳作的真相,也写出了美国农民在国家富强历史进程中的卓绝贡献和牺牲精神,见证了他们艰苦创业的不竭努力和年轻一代的成长过程。

身处美国现实主义文学蓬勃发展期的哈姆林·加兰,为美国乡土文学做出了巨大的贡献。他不但独创了写真主义的创作手法,而且用写真主义方法塑造了底层人民的人物群像,这不仅突出地表现了美国特有的民族精神和率真坦诚的文学特点,也极大地丰富了美国文学中的普通人形象。这些都是加兰小说的独特价值所在。在我国城乡转型和乡土文学热的现状下,重新审视加兰的文学作品,无疑具有必要的现实意义。

第二章 写真主义理论产生的时代背景及其内涵

哈姆林·加兰在 1894 年发表了自己的文学宣言《崩塌的偶像》，并在里面详细阐释了写真主义文学理论，它的产生是当时美国社会政治、经济、文化发展的结果。加兰在构思写真主义理论时受到了豪威尔斯、爱默生、尤金·维龙（Eugène Véron，1825—1889）、左拉（Émile Zola，1840—1902）、易卜生等人的文学思想影响，同时还受到达尔文和斯宾塞的进化论的鼓舞，特别是吸收了当时在美国占重要地位的现实主义、自然主义和印象主义的文学理论的精髓。

19 世纪的美国正处在一系列社会变革中，首先是发生在 19 世纪中叶的一次外来移民潮，南北战争后又出现了西部拓荒运动，在这个过程中，美国的城乡发生了巨大变化。风起云涌的社会浪潮及多元文化的碰撞融合的过程，进一步促进了美国民族精神、民族特性的形成和集体无意识的身份认同。这一时期，美国现实主义文学、自然主义文学、印象主义文学等都得到了长足的发展。哈姆林·加兰正逢这一影响民族前途和个人命运的社会变革时期，其文学生涯不可避免地处于文明的城市和蛮荒落后的乡村的矛盾冲突中，同时受多种文学流派和文化思潮的影响，从而形成了自己独特的文学主张——写真主义。

第一节
写真主义理论产生的时代背景

在那场长达5年的南北战争中,美国几乎投入了全部的人力、物力、财力,倾注了极大的智慧和热情,表现了各自的信仰与追求,在决定北美大陆命运的血与火的斗争中,整个国家被毁灭与重建,迎来了一个新世界。美国南北战争结束后,新的政治势力登上历史舞台。北方的工业派战胜了南方的土地派,并使美国逐步转入了一个高效率、高消费的社会。机械化发展迅速,转眼间农场和工厂开始使用蒸汽机,成套的机器代替了体力劳动。新机器提高了生产效率,显示出巨大的价值和力量,似乎远比操作它们的人都更为有用。在这一历史过程中,人们不断地从农场蜂拥到郊区的工厂去寻找工作。

与此同时,城市中穷困、无技术的人口也在膨胀,他们形成了一股强大的对抗力量,这种力量有力地改变了政治格局和社会观念。传统的政治联盟不得不转向中下层阶级,在那里寻求更多的选票。而这一时期大城市里的垄断集团也进入了昌盛阶段,并将赞助及贿赂的"艺术"上升到新的高度,遍及全国。美国联邦政府的势力在南北战争期间已逐渐强大。随着第一个征兵法的废除,联邦政府又实施了联邦所得税征收,发行了由联邦政府统一控制的国家通用货币。1865年,美国宪法经过第十三次修订后生效,这意味着奴隶制的废除,美国向民族平等迈出了一步。

南北战争后的第一个十年,美国改变了与世界各国隔离的政策。先是在国内架起了电线,1866年又越过大西洋连通了欧洲的电网。1869年横贯大陆的铁路完工,将大西洋与太平洋连接起来。不久,美国又铺设了世界上最大的铁路系统,这套设施承担了繁重的原料、产品的运输,从而为几代人换来了巨大的商业效益。传统的高成本的手工生产品被大工厂标准化的大批量产品替代,整个国家形成了一个庞大的交易市场。

正是由于蓄奴制的废除和黑人劳动力的"解放"、西部的移民和先进技术的采用,也正由于一整套全国性的巩固、统一和发展计划的制订与实施,美国在物质、工业与技术上以最快的速度发展了起来,到了19世纪末,美国工业总值已经跃居世界之首。1893年在芝加哥举办的"哥伦比亚世界博览会"和1895年举办的"亚特兰大博览会",使美国在西方资本主义强国中以领先的生产技术大出风头。在战争中发了横财的资本家、投机商人在政府的支持下积累起大量资金。战争结束后,政府把公有土地分给一伙经营铁路、矿山的商人,造成最快的资本集中,产生了"钢铁大王"和"石油大王"等巨富,并由此造就了金融资产阶级。美国经济的急剧发展使社会面貌发生了根本性变化。战前的美国基本上是一个农业国,处处是农场、村落和小城镇,多数居民从事农业生产和小作坊的劳动,但战后农民们纷纷离开土地,涌向逐渐发展起来的城市,到19世纪末只有三分之一的人留在农村,而城市越变越大,人口越来越多。1850年纽约的人口为50万,到了19世纪末人口膨胀到350多万,像芝加哥这样的城市,五六十年之内人口由2万人剧增至200万人。到第一次世界大战末,美国约有一半人移居到大城市,公司、企业、工厂雇佣的工人超过800万。

伴随经济和生产技术的发展与进步,美国的精神文化生活也经历了被史学家称为民族化、融合与统一和进一步规范化与制度化,以及现在被认定为"职业化"的过程。美国社会的理性认识能力和大众的认识感受能力,都在新的历史条件下有了很大的提高。文学艺术活动,无论是专业作家的,还是大众的,都在社会的精神文化生活中占据了比过去更重要的地位。

工业化和城市化也给劳动人民带来了无数的痛苦。在城市,资本家对工人的劳动条件不加以改善,致使贫富两极分化,权利和财富的集中产生了冒险家和商业巨头,而另一头则是贫民窟、苦难、暴力以及各种邪恶与日俱增;在农村,人们向西部的拓展运动逐渐丧失元气,农户日渐陷入多种力量的挟制中,铁路公司肆意掠夺农民的土地,他们扼住农民的咽喉,迫使农民无家可归、无地可种,使他们处于不断迁移中,生活也变得饥寒交迫,拓殖地中充满怨恨和绝望情绪。因此,这一时期美国爆发了风起云涌的工人、农民运动,而且产生了久远的历史影响。这种影响必然地反映在了当时的文学领域,为现实主义、自然主义、印象主义等文学的产生和发展提供了社会条件。

一　蓬勃发展的美国现实主义文学

美国的西部拓荒运动、南北内战及工业科学技术的发展,造成了浪漫主义文学的萎缩,促进了现实主义文学的发展。新一代的作家开始注重以现实主义手法反映美国的社会生活与阶级对立,揭露现实生活的残酷。现实主义与资本主义发展所带来的物质至上密切相关,"它的发展使整个美国文学打破地区障碍,真正成为民族文学进程不可分割的一部分"[①]。

经济的变革,财富的迅速积累,使得人们对现实的实践活动、现实的物质追求、现实的创造才能产生了极大关注。城市在经济高速发展和人口大量流入中扩大,形成美国文化格局中城市文化地位日高的局面,其鲜明的日常生活性、大众性,也加强了19世纪文学的现实主义倾向。人们对19世纪中后期巴尔扎克(Honoré de Balzac, 1799—1850)、左拉和托尔斯泰的小说所体现的现实主义认知方式,采取理解或接纳的态度。这种倾向,具有浓重的重观察、重行动的实践性特征。

南北战争以后的美国文学界与之前也大不相同。人们对内战的痛苦记忆、对英雄形象的幻灭和实际生活的无情现实使浪漫主义几乎没有立足之地。美国人对浪漫主义"不真实"的思想已感厌倦,极其反对战前浪漫主义文学的"不真实",便生发了新的创作灵感。他们对现实生活产生了浓厚的

[①] 王长荣:《现代美国小说史》,上海外语教育出版社,1992,第3页。

兴趣,试图对生活的各个方面做出他们的解释,主张客观现实,摒弃主观偏颇、唯心主义和浪漫主义的色彩。人们的兴趣逐步转到了日常生活的方方面面,注意到现实的野蛮、肮脏,这时的作家开始直接公开描写阶级斗争,也已能描写人物在各种条件或环境下的反应,描述远西部、新移民和劳动阶级的斗争,受到了广大读者的欢迎。不同写作题材和风格的作家,不约而同地在这个经历重大变革的时代走进了现实主义的潮流。

现实主义,作为文学的一个专门术语,最早出现在18世纪德国的剧作家席勒(Friedrich Schiller,1759—1805)的理论著作中。但是,现实主义作为一种文艺思潮、文学流派和创作方法的名称则首先出现于法国文坛。法语中的Réalisme一词,来源于拉丁文Realistas(现实,实际),"现实主义一词最初在法国美学理论中出现时,指的是一种建立在对生活和自然没有浪漫主义色彩的精确观察之上的艺术,一种通常蔑视传统的艺术"[①]。现实主义文学强调真实地表现客观事实,如实地反映现实生活。它提倡客观地、冷静地观察现实生活,按照生活的本来样式精确细腻地加以描写,力求真实地再现典型环境中的典型人物。

美国现实主义思潮的兴起晚于欧洲。美国现实主义作家一般都是民主主义的信徒,他们的创作题材是日常生活中常见的普通人和平常事,"美国现实主义文学可以说是中产阶级艺术的最高表现,它反映了资产阶级的人生观及其生活方式"[②]。社会生活孕育现实主义小说,并促成它的发展,这其中也包括文学发展自身的原因,即人们所说的各类文学之间的相互影响。因此,美国的现实主义文学非常难以定义,因为它在总体上是指美国南北战争以后的文学创作倾向,但至于什么倾向才属于现实主义则是一个十分模糊的概念。著名批评家森奎斯特(Eric J. Sundquist)就曾这样说过:

[①] [美]埃默里·埃利奥特:《哥伦比亚美国文学史》,朱通伯等译,四川辞书出版社,1994,第412页。
[②] 吴富恒、王誉公主编《美国作家论》,山东教育出版社,1999,第5页。

没有哪种文学类型比现实主义还难以定义,特别是美国现实主义。从题材上讲,它包括情感现实主义、伤感现实主义、庸俗现实主义、科学现实主义、暴力喜剧式的现实主义、悲观哲学化的现实主义;从风格上讲,它既包括亨利·詹姆斯(Henry James,1843—1916)那精细雅致的艺术风格,包括马克·吐温那粗犷响亮的方言土语,也包括西奥多·德莱塞(Theodore Dreiser,1871—1945)那坦率直接的语言表达;从创作目的上讲,有的属于一种文化论文,有的是一种宣传武器,有的是一个试图表述社会风俗的舞台,有的则在试图模仿与讽刺表现中消灭自己。①

美国现实主义作家安布罗斯·比尔斯(Ambrose Bierce,1842—1914)则在其《魔鬼词典》(*The Devil's Dictionary*)中对美国的现实主义进行了这样的定义:

现实主义:名词,用癞蛤蟆的眼光描述自然的一种艺术。它具有鼹鼠绘画山水风景的魅力,或是一个(测量深度的)矜持的蚯蚓所创作的故事。

现实:名词,一个疯狂的哲学家的梦想。如果有人试图从中提炼出一个幻影,那么它就会永远沉积在提炼炉的烤钵里。它是真空的核心。

真实/现实地:副词,明显地,显然地。②

比尔斯对美国现实主义的解释是"在辛辣的讽刺话语中带有一种后现代主义的意味"③。他认为现实主义是以狭隘的眼光透视当时美国现实的一种文学样式,其基本特点就在于作品只停留在社会生活的表层,没有认识到社会深层结构所发生的变化。这种"现实"其实并不是真正的现实,只是作家在某种意识形态的幻想下整合的社会现实。换言之,即使是一种现实,也只是现实生活中的一个"印象"或"概念",永远处于一种主观状态。更具有讽刺意味的是,他认为作家所标榜的现实从本质上讲只是少数人生活范围内的"常识"。总之,比尔斯所说的现实主义作品所建构的"现实"只是一种

---

① Eric J. Sundquist (eds.), *American Realism: New Essays* (Baltimore and London: The John Hopkins University Press, 1982), p.vii.
② [美]安布罗斯·比尔斯:《魔鬼词典》,莫雅平译,漓江出版社,1991,第183页。
③ 方成:《美国自然主义文学传统的文化建构与价值传承》,上海外语教育出版社,2007,第94页。

文学话语而已。

在美国现实主义小说的发展过程中,以入世为情怀的乡土文学具有重要意义。"乡土文学和现实主义文学曾是美国主流批评家对南北战争之后的文学流派与思潮的传统归类,现在已经被许多文学史学家摒弃。其实,乡土文学就是现实主义文学的一种,或是现实主义文学的组成部分。这是因为,'地方色彩'经常是相对于整个欧洲大陆文学来说的,而不是针对美国文学的整体。当时美国还没有所谓统一的民族文学,只有相对于欧洲文学的'地域性美国文学'。"[1]

从19世纪60年代末布雷特·哈特发表《咆哮营的幸运儿》(*The Luck of Roaring Camp*)到第一次世界大战前后,美国出现了多种多样的反映地方风俗人情和中西部边疆生活的现实主义文学作品。这些地域色彩极其强烈、文化氛围非常浓厚的文学就是美国乡土文学。乡土文学作品非常贴近普通人的生活,深受广大读者的欢迎和推崇。正如伊丽莎白·阿蒙斯(Elizabeth Ammons)等人所说:"如果说南北战争解决了这个国家是否在强烈的文化与政治差异中保持统一的问题,那么19世纪后半叶移民与劳动力流动则继续向美国民族特征的种种建构提出挑战。……城市化进程、农村人口减少、移民问题、种族矛盾、伦理冲突、国内劳动力流动就是世纪之交乡土文学的重要主题。"[2]

乡土文学作家认为文学作品必须对普通人的日常生活进行精细入微的描绘,传达其蕴含的生活哲理,反映出它的纯朴和魅力,才能引人入胜,才能彰显价值。他们着力以本地方言描述乡土传说、民间故事或现实生活,以幽默抒情的笔调渲染地域风光、乡俗民情。其作品具有浓厚的人情味和乐观旷达的表现风格。乡土文学的表现题材十分广泛,西部的矿区、南方的种植园、中西部的穷乡僻壤,以及东部的古老乡镇和山林海岸,都可汇于作家笔

---

[1] 方成:《美国自然主义文学传统的文化建构与价值传承》,上海外语教育出版社,2007,第95页。
[2] Elizabeth Ammons and Valerie (eds.), *American Local Color Writing*, 1880-1920 (New York: Penguin Books, 1998), pp.viii-ix.

端,其人物大多善良、朴实、开朗,体现了古朴、纯化的道德风貌。

乡土文学作家长于写实,笔法细腻,同时又融入丰富的想象,善于烘托气氛。尤其值得一提的是,他们明确提出要大胆地描写自己所生活的环境中的材料,强调写真人、真事、真景,注重表现自己熟悉的人物和题材,在创作思想和具体作品中都含有明确的现实主义成分。正如哈特所指出的,"美国乡土故事成功的秘密就在于它真实再现典型的美国生活、它的特点、日常表达方式等,对原材料如有取舍也是出于艺术构思的需要"①。因此,尽管他们对现实的认识和艺术描写还比较肤浅,他们的创作却成为美国文学从浪漫主义到现实主义的中介。从更广阔的角度看,乡土文学在美国各地的涌现,打破了东部地区对文学创作的垄断,对普及和提高美国民族文化水准具有重要意义。

乡土文学中最具有代表性的作家就是马克·吐温。他从西部幽默起步,发展成为以针砭时弊为主要倾向的社会小说家,并以"镀金时代"准确地概括了一个时期美国社会的典型特征。他从底层劳动群众的角度来观察和描写社会现实,从资产阶级人道主义的立场去揭露底层民众的苦难生活,用幽默的讽刺和含泪的微笑来表达作家对民众的同情和对社会的批判。马克·吐温的创作标志着美国现实主义在实践意义上的发展。

但是美国现实主义作家在理论上卓有建树者理应首推豪威尔斯。他"提倡'现实主义',反对'浪漫主义'。在他的推动下,美国现实主义发展得格外迅速,很快成为当时占主导地位的文学潮流"②。豪威尔斯的创作主要在 19 世纪后期,其间发表了 40 部长篇和短篇小说,以及大量的文学和文化批评著述。他通过主编美国重要的文学刊物《大西洋月刊》(*The Atlantic*)影响文坛,奖掖后辈。针对浪漫主义文学后期背离现实、顾影自怜的感伤主义倾向,他提出只有在现实中才会有真实的观点,强调以朴素、自然、真实为创作原则,主张抛弃浪漫主义作品中异常巧合和感伤的结局,希望通过观察,

---

① 常耀信:《美国文学史(上)》,南开大学出版社,1998,第 492 页。
② 毛信德:《美国小说史纲》,北京出版社,1988,第 139 页。

用美国人都熟悉的语言,不多不少地、忠实地描写由普遍动机和情感所支配的男女,以符合单纯、温文尔雅的审美趣味。

豪威尔斯提倡现实主义,并有明确的主张和创作实践,因此被看成美国现实主义文学的倡导者和奠基人之一,但他往往从道德角度去理解和描写现实社会中的各种矛盾(虽然他也强调应当避免通俗作品陈腐的道德观),以至把劳资冲突也归之为观点上的分歧,认为富有的人若能良心发现、改变观点,会使阶级矛盾迎刃而解。在"美国例外论"(即美国不同于西欧,没有资本主义的种种弊端,社会主义不适合美国国情等论调)的思想指导下,他给小说规定的任务是通过描写微笑的美来加强人们对现实生活的乐观主义态度,增强实现基督教社会主义的信心,他的理论主张模糊了或掩盖了美国战后现实生活中人与人之间的真实关系。因此,"他的批评文章和小说中所体现的现实主义,并不代表一种解放力,似乎代表了中产阶级道德节制,甚至道德自我约束的一种手段"①。

豪威尔斯倡导现实主义之时,恰逢战后美国南部修复创伤和西部开发建设时期,具有自由竞争性质的资本主义经济发展,似乎给人们展示了乐观的前景。民主、自由的理想余晖尚存,初期的现实主义小说也染上了这种乐观、雅逸的情调,文学史上故有"微笑的现实主义"之称。但它在传播现实主义的影响,推动普通美国人在心目中确立文学的价值等方面,是有成效的。

豪威尔斯的现实主义提倡实证主义表现模式。在作者生活的时代,科学逐渐成为人们生活中的主导因素,科学实证主义方法也迅速占领了社会的各个文化角落。科学对艺术家的影响逐渐增强,文学艺术正面临科学的大举进攻。正如评论家埃弗雷特·卡特(Everett Carter)所说:"豪威尔斯的时代是这样一个时代——科学,无论是纯科学还是应用科学,正在控制或抑制艺术家的创造性想象。这个时代的作家或吸收着科学理论而继续他们的文学创作,进而接受自己所理解的科学关于客观现实在艺术中的地位;或拒

---

① [美]埃默里·埃利奥特:《哥伦比亚美国文学史》,朱通伯等译,四川辞书出版社,1994,第413页。

绝科学,进而伤感地进行创作,或干脆什么都不写。"① 同时,豪威尔斯"不赞成左拉的自然主义理论,而赞赏托尔斯泰的创作方法,提倡把'平凡的现实生活'写入作品中去,这对推动当时的美国文学从浪漫主义过渡到现实社会中是有积极作用的"②,这也极大地影响了 19 世纪后期的美国文学创作。

美国现实主义文学发展的另一趋势是以亨利·詹姆斯为代表的。他把"真实"当作现实主义的基本原则,他认为一部作品之所以可以称为小说,首要原因就是它的真实性,即对某一事件的真实描绘,不管这一事件在道德和情趣方面有何争议,其真实性是用来衡量该作品质量的基本标准。詹姆斯还认为予人以真实之感是一部小说至高无上的品质。虽然如此,詹姆斯自己却更注重经验在小说创作中的应用,他把经验看作是悬在理想世界里用最优秀的丝织成的网,用来捕捉每一样凌空的东西。

詹姆斯深受豪威尔斯的现实主义理论的影响,同时又受其兄长威廉·詹姆斯(William James, 1842—1910)的心理学影响,其艺术信条主要借鉴了绅士文学以及感伤主义文学,用心理学分析小说。它不同于传统现实主义的宏大叙事,而是诉诸心理现实的刻画。詹姆斯是一个具有国际视野,同时又坚持"美国题材"创作的小说家。他尤其强调人物心理的描写刻画,书写在欧美两种文化碰撞下美国人的心理反应,同时他也追求小说的艺术性,讲究语言的精致考究。詹姆斯因擅长复杂细腻的心理描写而被称为美国"心理现实主义小说"的先行者。

美国现实主义小说中最具有时代意义的是社会批判倾向的形成和发展。豪威尔斯的现实主义主张,曾将温情与微笑带入小说。但几乎与此同时出现的一系列社会问题,宣告了"美国例外论"的终结。欧洲发生的动荡不安,也开始在美国出现了,而且似乎有过之而无不及。政客操纵选举,民主无非是挂羊头卖狗肉;贪污腐化猖獗,从联邦政府到地方当局概莫能外;

---

① Everett Carter, *Howells and the Age of Realism* (Philadelphia: J. B. Lippincott Company, 1954), p.93.
② 毛信德:《美国小说史纲》,北京出版社,1988,第 104 页。

城市贫民剧增,抗议声此起彼伏;农村粮价低贱,信贷紧缩,加剧了农民的破产,整个社会充满危机。1898年,美国发动了旨在夺取西班牙殖民地的美西战争,从此再也没有哪一次国际性的重要战争没有美国介入的,这更加剧了社会的动荡。正视现实的小说家们再也无法"微笑",他们变温情为严峻,现实主义小说的社会批判倾向因此而显露。

总体来说,美国现实主义文学的兴起和发展是美国政治经济发展的必然产物,它的形成和发展带有自身的特征:

一是对社会和统治阶级持强烈批判的态度:美国的现实主义小说家很快发现,过去那个理想的美国已经荡然无存。贪污腐败猖獗,城市贫民人数剧增,农民民不聊生。他们通过小说揭露资本主义发展过程中所存在的贫富悬殊和社会不平,批判资产阶级社会的金钱万能,反对种族歧视,抨击帝国主义的侵略扩张政策。他们继承了美国进步文学的批判传统。许多作家的矛头也直接或间接地指向那些喝劳动人民血的亿万富翁。在他们的作品中,大资产阶级的人物形象是冷酷无情、令人厌恶的。豪威尔斯后期作品中的华尔街老板也不像他早期作品里的资本家那么"可爱"了。这些作家代表中小资产阶级的利益,但在不同程度上"反映了广大人民对于垄断资产阶级的不满情绪,这与歌颂资产阶级美德的、以亨利·詹姆斯为代表的'高雅'文学是有区别的"[①]。

二是创作中心转向社会下层人士:美国现实主义小说不再是贵族沙龙里的雅致摆设,而是勾勒广阔社会画面的工具。作家往往同情被压迫、受剥削的下层人民,反映他们的种种不幸与痛苦,这是美国小说从以浪漫主义为主到以现实主义占主导地位的一个重大转折。小说常常以下层人民为主人公,以他们的不幸遭遇、贫苦生活或精神苦闷为题材,对他们予以同情。工人、农民、贫民、店员、海员、拓荒者、黑人都成了现实主义文学的主要人物形象。他们被剥削、被掠夺,他们的生活暗无天日,他们对垄断资本不满和愤

---

① 董衡巽、朱虹、施咸荣、郑土生:《美国文学简史(上)》,人民文学出版社,1986,第159页。

恨,他们向往自由和幸福,他们梦想超越自己的社会地位向上爬和最后的失败……构成一幅美国资本主义从自由竞争发展到垄断阶段的广阔的社会画面。对于这些人物形象,作家们给予了同情。有的控诉他们不幸的遭遇,有的表现了他们的思想觉悟过程,写出了他们的愤怒和抗议。黑人作家更是用血和泪织成的文字,描绘在战后南部"解放了的黑奴"仍然是种族迫害和种族歧视的牺牲品,仍然处于社会的最底层。他们的作品代表了广大劳动人民和小资产阶级群众的呼声。

三是带有自然主义的倾向:不少美国现实主义小说家受到法国左拉自然主义尤其是达尔文进化论的影响,力图从遗传学和环境的角度解释人类行为,并寻求解决社会问题的办法。不少作品流露出悲观失望和无所作为的情绪。有些作品"现实主义与自然主义的描写混杂在一起;有些作家早期是自然主义而后来转向现实主义;也有些作家基本上是现实主义的,却带有自然主义的痕迹"[1]。

现实主义文学一直是美国文学中的主旋律,它虽有被其他文学思潮暂时替代的时候,但始终难变其主导地位,一以贯之地成为美国文学的主流。美国现实主义作家既不夸张也不隐晦地描写生活。他们张扬进步,肯定正义,正视现实,不尚空想,毫不留情地揭去资产阶级虚伪的有色面纱。事实、观察、文件和确凿的证据,成了现实主义作家艺术创作方法的重要组成部分。美国现实主义作品具有政论性特征,作家通过他们的作品或作品中的人物,对现实社会中各种现象发表评论,言辞激烈,爱憎分明,这使作品具有了突出的批判社会的性质。

19世纪的现实主义掀起了美国文学的第一次新浪潮,它为美国文学的繁荣与发展奠定了坚实的基础,也为现代主义文学的产生铺平了道路,是研究美国文化、社会发展的一条重要的线索。同时,现实主义的"真实思想"和"地方色彩"也为加兰写真主义理论的产生提供了理论基础。

---

[1] 董衡巽、朱虹、施咸荣、郑土生:《美国文学简史(上)》,人民文学出版社,1986,第162页。

二 风起云涌的美国自然主义文学

19世纪90年代的美国文坛,发生了一场戏剧性的变革,这场变革的深刻性和广泛性足以使它被称为一场文学运动。它一开始就令人眼花缭乱、应接不暇。面对这种瞬息万变、扑朔迷离的局面,一些权威评论家一时也感到束手无策,"有的称这场运动为浪漫主义的极端形式;有的坚持说这是科学原理在小说领域中的严肃应用;有的说这是消极悲观宿命论的反映;有的则认为这是对人类自由和进步的乐观肯定"[①],真是众说纷纭,莫衷一是。这场蔚为壮观的文学运动不是别的,正是美国文学史上曾经十分引人瞩目的自然主义的文学运动。在这场运动中逐步形成的自然主义文学流派,在美国文学史上曾经起过不容忽视的重要作用,其影响波及后来的文学创作。

自从自然主义文学思潮在19世纪末出现,文学界对它的定义的讨论就没有停止过:"有些批评家认为对自然表现出极大的兴趣就是自然主义,也有批评家认为探索人与自然关系的创作就可被视为自然主义,还有人认为现实主义就是自然主义。"[②]理查德·蔡斯(Richard Chase)在《美国小说和传统》(*The American Novel and Its Tradition*)一书中说:"自然主义是一种特殊形式的现实主义。尽管人们认为自然主义主要关切特别污秽的现实,实际上是以遵循必然论的思想而成为一种特殊形式的现实主义。从美学观点上讲,这种思想成了命运及人类在宇宙中的地位的具体写照。因此,自然主义开始是作为现实主义范畴里的一种特殊形式,最后它却成为一种富有诗意的形式。"[③]唐纳德·皮泽尔也认为:"在美国无法给自然主义下个非常贴切

---

① Charles C. Walcutt, *American Literary Naturalism, A Divided Stream* (Minneapolis: University of Minnesota Press, 1956), p.3.
② 蒋道超:《德莱塞研究》,上海外语教育出版社,2003,第85页。
③ Richard Chase, *The American Novel and Its Tradition* (Baltimore and London: The Johns Hopkins University Press, 1980), p.186.

的定义,因为美国的自然主义是指那些关于人和被称为自然主义传统的小说的一个变化不定的复杂的假定。"①理查德·勒翰(Richard Lehan)在分析了文学自然主义起源于左拉之后,进一步指出:"讨论自然主义不能割裂当时从农村向城市变化的这个历史过程,包括中产阶级的成长,新技术的出现以及金钱的作用。自然主义远不只是指一场关于被遗传或者人物受环境约束的文学运动,而应是指与历史现代化过程相联系的东西。"②

自然主义的兴起与当时科学技术的进步、工业的高度发展以及物质主义的盛行有着密切的关系。随着西方资本主义的发展和巩固,它所带来的弊病也不可避免地出现了,"在这个变得更加渺小、更为机械化、更具有集体主义倾向的世界中,个人已丧失了自己的尊严,自然主义就是这种情感的表露"③。很显然,"自然主义的兴起表现了人们不满足于启蒙时代所宣扬的理性、进步和信仰等口号,它是这些思想的一种反拨。在自然主义者看来,这个世界并非像卢梭等所说的那样,是向着希望、发展和进步的方向前进的"④,"理想、道德以及宇宙的精神性对他来说都是空洞的梦,它们既没有得到证实,也不可能被证实。上帝已经死去;形而上学只是白费时间"⑤。

美国文学中的自然主义思想源自欧洲,它与启蒙运动以来形成西方精神传统的理性乐观主义,即对人的尊严和道德力量的崇奉、对民主体制的信仰以及对人类发展进步的希望截然相悖。当左拉开始把社会看作生物学机体的实证主义哲学,搬用实验生理学和临床病理学的某些理论完善成一套自然主义文学理论时,他主要基于这样一种看法:"世上没有玄妙的事物;人只不过是现象和现象的条件而已。"⑥如此而言,人仅仅是一种被动的存在,天经地义地要接受自然力或某种社会力量的驱使,理智判断和道德选择失

---

① Marc Ratner, "A Larger 'Slice of Life': Reassessing Literary Naturalism," *College Literature* 24, No.3(1997):169-173.
② 同①。
③ [美]霍顿、爱德华兹:《美国文学思想背景》,房炜、孟昭庆译,人民文学出版社,1991,第293页。
④ 蒋道超:《德莱塞研究》,上海外语教育出版社,2003,第86页。
⑤ 同③,第276页。
⑥ 同③,第276页。

去了意义,生物本能和遗传比心灵及人格更应该引起作家的注意。自然主义盛行之时,虽然左拉在自己的文学实践中未必完全遵从,但它确实造成了欧洲小说发展的一种新异的态势。

由于社会发展阶段和历史条件的差异,美国文学中的自然主义比欧洲晚到了近四分之一世纪。在欧洲自然主义小说大成气候的 19 世纪 50—60 年代,美国文坛还处于浪漫主义同以入世为情怀的现实主义小说的交替时期。后者所蕴含的清新悦目的乡土画面、豁达务实的生活观念及其被认可的写作模式,表明当时美国文化土壤中尚未形成滋生自然主义的条件。

从接受文化影响的传统来说,美国小说家素来在情感上跟从英国文学,而表现出与法国作家完全不同的生活形式,法国自然主义"至多只是件带有异国情调的商品,如同香槟酒一样,只能在偶尔的特殊场合'呷用'或只有在比较放肆的绅士俱乐部中的一些放浪文人当中,或在声誉不佳的'骚人墨客'阶层中,才有人提到它"①。至于专门描写欲望、堕落、痛苦、疾病的自然主义小说,更是难登当时美国文坛的大雅之堂。

但是,进入 19 世纪最后 10 年,法国自然主义却破天荒地在美国文学中产生了广泛影响,并占有了重要的一席之位,这不仅由于它强劲的闯入势头,更是由于美国小说家毫不虚饰的容纳态度。这种自觉的接纳,是世纪之交美国社会日益蔓延的精神失落感和怀疑主义态度的直接结果。美国农村题材文学是在工业化语境中逐渐展开的,经历了从浪漫情绪到现实情绪再到绝望情绪的历史变迁。以农业文明为基础所建构的美国民主理想和社会架构,在 19 世纪初中叶杰弗逊的"农业天然道德论"、泰勒的"田园共和主义"和爱默生的"自然超灵论"这些文化表征沉淀下成为美国大众最朴素的信仰和理想,也是当时社会价值观的典型代表。

自然主义小说家以自然主义理论作为理解和表现人与社会的依据,自然主义理论必然给他们的艺术世界带来一些重要特点。大体而言,他们注

---

① [美]霍顿、爱德华兹:《美国文学思想背景》,房炜、孟昭庆译,人民文学出版社,1991,第 282 页。

重表现本能欲望对人的行为的驱使,对人的命运的支配;遗传和自然环境决定人的特性和行为方式,人与人、人与社会的矛盾冲突往往归于进化程度的高低、适应自然环境能力的大小,"适者生存"和"优胜劣汰"成为表现冲突结果的"艺术法则";生活中的粗鄙、贫困、痛苦和丑恶占据艺术描写的重要位置(贫民窟,黑人聚居区和极其繁重、艰辛的苦役往往成为自然主义作家关注的描写对象),阴沉悲怆的格调隐含一种"残酷的真实"。

美国自然主义文学思潮随着美国工业化进程以及后工业社会的形成而发生与传承,在美国文学史上占有重要地位。19世纪末,自然主义小说已经是美国小说中的一个主要组成部分。它是美国本土文学发展的必然结果,其直接源泉是美国农村题材文学、美国改革文学、美国乡土文学和美国现实主义文学。用某些文学史家的话来说,它是浪漫主义的激情和"微笑现实主义"的柔情锐减之后,美国小说在新世纪开出的一朵"寒气之花"。

随着美国工业化进程的不断深入,原先农业文明的平静和谐被打破,由开始那种对"远方小山村"的回忆转化为后来对农村生活的无奈和悲叹;田园化和理想化的"农村镀金主义"价值观念逐渐为冷漠与恐惧的"自然邪恶论"所代替,并逐渐引发了后来自然主义文学的决定论和悲观主义情绪。伴随着这一过程,美国资本主义几经危机,迅速完成了从自由竞争向垄断阶段的转变,严重的贫富悬殊下,破产和失业成为司空见惯的社会现象,其结果必然导致各种社会矛盾的不断尖锐化和表面化,整个社会滋生了一种对民主制度的怀疑感和对自由理想的幻灭意识。特别是19世纪中叶以后,美国社会的精神危机突现,横扫全国的改革运动就是为解决这种危机而在社会生产、种族歧视、性别差异、个人生活习惯以及贫困化和城市化等层面进行的尝试。在这些轰轰烈烈的改革运动中,涌现出各种各样的"社会改革文学",记录了人们面对工业化种种困惑所进行的艰难求索,而大多数改革的失败导致那些试图通过改革完善社会的认识论和价值观彻底破灭,这种普遍的社会现象给思想文化界造成了极大冲击,也加速了在现实主义冲击下失去主流地位的浪漫主义文学的衰落。为了表现对于理想破灭的深度失望,或传达对欲望与本能粗暴操纵、扭曲人性的憎恨和惶惑,部分作家选择了自然主义。不加修饰的粗犷与直率,便是它的力量所在。

与此同时,美国精神文化中难以消除的加尔文主义,涌入美国思想领域的各种欧洲哲学和社会思潮,似乎也在推动自然主义在美国小说中的渗透。加尔文主义代表了一种对人类存在的看法,它特别强调人类在宇宙宿命论力量面前的软弱性与盲目性。达尔文的生物进化论,打破了上帝造人的神话,阐释了动物演变与人的进化的渊源关系。斯宾塞的社会达尔文主义,以残忍的生物生存竞争法则诠释了社会矛盾冲突及其结果。新的科学理论,则被用来说明人的被动处境和消极状态,进而表明人缺乏尊严和崇高性。美国自然主义文学的形成和滥觞,正是以上各种因素影响的结果。对此,美国当代文学史家斯皮勒(Robert E. Spiller)认为作为一种文学思潮,美国自然主义"源于力图包罗与表现新国家中扩张势力的现实主义文学,后来又从新的进化科学理论获得哲学上的深度,从心理学的初期发展中了解到人的意识,从伴随工业革命产生的新社会制度的制定者身上明确了文学的社会意义,又从对当代法国、德国、俄国和其他欧洲大陆国家的文学更进一步的借鉴中得到启发"[①]。

与欧洲相比,美国自然主义大器晚成,这更加重了它的"科学性"和驳杂性。世纪之交在突飞猛进的科学技术的推动下,美国工业产值跃居世界之首。标榜"科学性"作为"现代性"的重要标志成为一种时尚,作家中便有了让"科学进入文学领域"的提倡,这在一定程度上冲淡了创作上的美学追求,助长了对客观性的苛求。自然主义小说家不仅与亨利·詹姆斯式的精美文体、豪威尔斯式的温情和哈特式的乡土风情保持距离,甚至也不追随其理论上的先驱——左拉创作中版画一般凝重和舒缓进展的古代史诗风格。他们

[①] Robert E. Spiller, *The Cycle of American Literature* (New York: The Macmillan Company, 1961), p.139.

甚至认为:"左拉所理解的自然主义不过是浪漫主义的一种形式。"①他们既强调客观,也遵循自然,叙述平直,详尽密缕;不饰文貌,粗犷浑厚。当然,这不排除自然主义小说家的笔下会产生精美的文字,或某些具有自然主义倾向的作家写出文体讲究之作。

自然主义从欧洲传入美国,影响文坛近半个世纪。自然主义已经作为一种要素,融入整个美国文学之中。不过,美国自然主义作家以及受自然主义影响的作家的创作,是一种十分复杂的文学现象。一方面,就其不同程度地追随法国前辈,强调从观察现象出发,以实证为手段,表现"人和人的情欲",或受到生物学的决定论影响,注重表现支配人的行为的本能因素而言,这必然削弱了他们创作的社会意义和艺术审美价值。另一方面,美国自然主义作家并没有构筑系统的理论,在实际创作中,他们更多地依赖于自己对生活的理解和感受,因而,比之法国前辈,他们能够在更大程度上突破自然主义及其决定论的框框,在开辟美国小说新的题材领域和表现社会悲剧方面,为现实主义的成熟和发展做出了贡献。

总体来说,美国文学自然主义的形成和发展并没有一定的组织和共同的纲领,同时美国自然主义者在不同程度上受到左拉自然主义文学观的影响,但是他们并没有完全接受左拉的文学观。虽然他们对自然主义的信条信奉程度不一,却都显示出对生活的态度和倾向,在文学表现上有相似的特点:

一是材料的选择和处理。自然主义和现实主义相似,强调素材细节的忠实性,但是自然主义又是特殊的、极端的现实主义,在材料选择与组织方面与现实主义有所不同。自然主义者认为事实的重要性并非事实本身,而在于其能反映更广的现实,在于其能通过个体事实的分析得到科学的规律。在事实材料处理上,自然主义更近于医生为病人诊断时开的病历,对细节的忠实及刻画方面甚至走向极端。

---

① Alfred Kazin, *On Native Grounds: An Interpretation of Modern American Prose Literature* (New York: Harcourt Brace Jovanovich, 1970), p.98.

二是在于自然主义描绘的对象。自然主义文学作品中的主要人物一般属于下层阶级。下层阶级的人物往往是激烈的商品竞争中的直接牺牲者，甚至世世代代逃不出生活的厄运，是环境决定论及生物遗传决定论的典型对象。

三是一切活动的生存取向。作品中人物的活动一般由生存的基本要求，如恐惧、饥饿以及性的要求支配。在弱肉强食的丛林一般的世界里，生存具有最重要的意义。因此，自然主义者对人类的生活采取了非道德的态度，对于人类的一切行为，既不谴责，也不颂扬。

四是自然主义文学语言的污秽。自然主义作家所刻画的社会并非"微笑的社会"。自然主义毫不掩盖、毫不回避丑恶现象的存在，并对这些丑恶现象如实地描绘。自然主义作品中的人物"地位卑贱，或漠视道德，公然伤风败俗，或迫于环境，无可奈何地做出与社会规范相悖的行为"[①]。自然主义作品用污秽的文学语言充分再现污秽的现实世界。

五是宿命论的哲学及悲观的人生观。自然主义作家接受了加尔文宿命论的观点，在他们看来，人对自己的命运是无法把握的，只能听之任之。但美国自然主义作家在表现主题时的悲观宿命论观点并非像欧洲自然主义那么突出和强烈。所以，我们不能简单地把所有的美国自然主义作品都冠之以悲观主义，"简单地把美国自然主义小说笼统地说成'悲观'，并不能点出它的真谛"[②]。

美国的自然主义运动是整个世界文学潮流的一部分，在这场运动出现之前，美国作家的创作灵感一直来自古老的英国和欧洲大陆；在这之后，突然转向了法国文学和左拉，在美国文学史上这是个意义深远的变化。自然主义是文艺领域中一场摆脱因袭传统的运动，美国自然主义者力图以新的科学理论作为艺术创作的指导思想，以区别于豪威尔斯美化现实的"微笑现实主义"，这在打破传统的束缚、提倡文艺革新方面有着积极的意义。自然

---

① 史志康：《美国文学背景概观》，上海外语教育出版社，1998，第98-99页。
② 王长荣：《现代美国小说史》，上海外语教育出版社，1992，第65页。

主义作家希望人们能够冲破环境、遗传、现状的束缚来获得自由,这是一种美国梦。虽然许多美国自然主义小说中的主人公没能实现自己的美国梦,以悲剧告终,但是,这种悲剧更震撼读者的心灵,唤起了人们要求改变现状、改变人的生存条件的意识。因此,美国自然主义文学是对美国文明发展史上一个重要阶段的忠实记录,它强调的"忠实性"和书写对象为"社会下层阶级"也为加兰的写真主义文学创作提供了很好的启示。

三 方兴未艾的美国印象主义文学

印象主义(Impressionism)最初指19世纪后半期始于法国的绘画流派,是一种绘画艺术形式,随后逐渐被用来描述与其美学观点相近的艺术流派。印象主义画家们以一种感性印象代替古典主义学院派艺术对形象的精雕细琢,摆脱了自文艺复兴以来形成的理性、科学、严谨的艺术语言,把对客观对象的感觉和印象作为主观感受的主体,呈现对象在光线下的色彩,推崇感受真相与"直观自然",追求色彩的自主性和主体性,这种创新的观察方法更新了整个艺术感觉。

1874年,一批被法国学院派剥夺了在官方沙龙展览权利的年轻画家举办了自己的画展,这些画家不满学院派的教条和浪漫主义思想,试图摆脱学院派的偏见,按照一种革新的方式创作出了自己的作品。他们努力去重新定义人类的感知和艺术的象征,反对千篇一律的复制再现。他们提倡废弃固有的思想并重新审视这个世界,尝试着去勾勒眼睛真正看到的世界,描述稍纵即逝的感觉印象,这种印象即画家在特定时间和特定地点的个人体验。这次画展中克劳德·莫奈(Claude Monet, 1840—1926)的油画《印象·日出》被一位保守的记者在文章中借用,嘲讽这次画展是"一次印象主义画家的展览会",印象主义由此而得名。"它[印象主义]是绘画史上的一场革命,它是这样一种绘画方法,包括重塑一种恰如画家体会到的印象,印象派艺家旨在按照他们自己的个人印象,而并不按照约定俗成的规则去展现所描绘的对象。"① 可以说印象主义最突出的特点,就是坚持一种感性现实而不是一种概念上的现实。为了能够准确无误、毫无偏颇地记录关键的印象,印象派画家注重视觉和反应的自发性和即时性,强调对大自然的独特感觉。

印象派绘画这种新艺术形式从产生开始,便迅速发展成为"自文艺复兴以来欧洲最重要的一种艺术形式"②,成为当时文化思潮的重要组成部分,并且在其他艺术领域留下了深刻的印迹,尤其是对文学创作产生了深刻的影响。到了19世纪晚期,小说家开始认识到传统文学思想过于陈旧,不足以传达作者对个人生活的理解,他们致力于开创一种新的文学思想,继而提出一些新的文学理论主张。1888年,亨利·詹姆斯在其创作随笔中提道:"小说在其最宽泛的定义上就是个人生活印象的直接反映。"③ 他认为小说是个人化的产物,因此文学创作依赖的是作家个人充满想象的洞察力,小说创作应该用直截了当的而不是固定的规则去表现现实。詹姆斯的理论使小说创作思想发生了革命性转变,即从以思考为写作基础发展到以感悟为写作基础。因为这种新的写作技巧跟印象派绘画有着相似的美学追求,所以,这种新的写作技巧被命名为"印象主义",其创作的文学被称为印象主义文学(Literary Impressionism)。

印象派作家注重用主观和直觉的方式来描绘现实,而不是用客观和分析的方式来进行创作,他们更关心的是"情绪或者感觉,而不是细节的观察"④。因此,"印象派作家呈现的现实世界是个人在稍纵即逝的瞬间所看到或者所感受到的印象。他们运用精益求精的语言进行细节描写,这种细节

---

① Bruce Bernard, *The Impressionist Revolution* (London: Orbis, 1986), p.26.
② David Britt, *Modern Art: Impressionism to Post-Modernism* (London: Thames and Hudson, 1999), p.11.
③ Henry James, *The Art of Fiction and Other Essays* (New York: Oxford University Press, 1948), p.8.
④ James D. Hart, *The Oxford Companion to American Literature* (New York: Oxford University Press, 1956), p.531.

的描写意味着把印象印刻到作者身上,或者深化到他的性格之中"①。印象派作家认为生活不是用来记述的,而是给大脑传递印象的,小说应该复制这种过程,然后把这种印象呈现出来用以描述真正的生活。他们认为从历史的角度来看,小说,即使是现实主义小说,也是不自然的、不真实的,这种小说是一种"修正的记述",它把经历从直接经验转变成为一种结构清晰的叙述过程,并把这一过程的时间、地点和没有条理的事件转变为有序的、按时间先后顺序的描述。印象派作家不认为人类是以这种有序的方式来体验生活的,因此他们呈现的是充满困惑的、支离破碎的,然而却是自然的经历。他们关注的更多是回忆的心理过程,认为写作要用中心意识的视角来叙述故事,用精心选取的细节来呈现出感知经历的精确印象。场景和事件的并置也是重要的写作手法,其目的是在不用解释和评论的情况下栩栩如生地刻画印象,对人物性格进行见微知著的展开。对他们来说,现实世界并非现实主义描述的连贯的世界,因此文学作品要讲述生活中大量最初的感触。他们认为生活不是用来"描述的,而是用来使你的大脑中产生印象的。如果我们希望对你的生活产生影响,我们就必须舍弃一些描述,并给予想象"②。

　　美国的印象主义比在这个国家所产生的其他风格更多地受到欧洲前辈的启发和鼓舞。18 世纪中叶,本哲明·威司特(Benjamin West, 1738—1820)横渡大西洋之后,美国艺术家为了学习与寻求灵感络绎不绝地来到欧洲。但是从来也没有像 19 世纪最后 25 年中有那么多的人出国。其时,美国在艺术上的主导思想正转向欧洲,而这种思潮又交织在美国的社会结构与美学观念之中。出现在 19 世纪 80 年代的美国印象主义虽然与法国原型极其相似,其实是这种法国的——国际的——模式与美国传统的现实主义的混合物。美国艺术家要把这两种基本对立的风格结合起来,这需要一个过程,所以直到 19 世纪 90 年代美国印象主义才在艺术家与公众中确立起来。

　　在早期阶段,和其他文学运动相比,文学印象主义的定义比较模糊。它

---

① Ford Ford, *Joseph Conrad : A Personal Remembrance* (Boston: Little Brown, 1924), p.192.
② 同①,p.190.

被认为是"自然主义的产物,或者被认为是一种反对客观现实主义的运动,抑或被认为是一种反浪漫主义的文学形式"①。但是,印象主义作为一场运动只具有"艺术"上的意义,它不像浪漫主义、现实主义和自然主义等那样在文学创作上掀起了同样的运动并形成流派。印象派画家们"主要以作品表达他们的主张,并没有成片断的宣言文字流传后世"②。因此,我们很难准确地概括这场艺术运动的哲学、美学观,进而很难确切地知晓文学家们在借用艺术上的印象主义时所持的审美原则。这也使得印象主义文学在术语、概念的内涵和外延上存在很大的模糊性和不确定性。这样也就给文学史家和文学评论家带来了很大的困扰。那么,作为一种确实存在过的文学艺术手法,我们应该怎样看待印象主义文学呢?

文学史家一般认为,印象主义在19世纪70年代以后进入文学,但文学中的印象主义表现如何,哪些作家和诗人属于印象主义,始终没有一个明确的定论。由于印象主义起源于观觉艺术,同时由于历史上印象主义视觉艺术在文化运动中的重要性,因此大多数评论根据印象主义视觉艺术的表现手法来审视文学印象主义。《牛津美国文学指南》中的解释指出,印象主义是"一种美学运动,在这个运动中艺术家尝试赋予客观实体以印象……而不是再现客观实体。因此印象派作家更关心情绪和感触,并不关注细节的观察"③。在《简明不列颠百科全书》中,印象主义文学的定位是:"文学方面的印象主义一般来说是一种高度个性化的写作方法,反映作家的个人气质。一些作家的作品以其感染力很强而被认为可与绘画方面的印象主义相提并论。"④《中国大百科全书·外国文学卷》中指出,印象主义"能够确定的只是19世纪末20世纪初西欧一些文学家的确有类似印象派绘画和音乐的那种

---

① Maria E. Kronegger, *Literary Impressionism* (New Haven: College and UP, 1973), p.25.
② 唐正序、陈厚诚主编《20世纪中国文学与西方现代主义思潮》,四川人民出版社,1992,第195页。
③ James D. Hart, *The Oxford Companion to American Literature* (New York: Oxford University Press, 1956), p.351.
④ 中国大百科全书出版社《简明不列颠百科全书》编辑部译编《简明不列颠百科全书(第九卷)》,中国大百科全书出版社,1986,第605页。

创作方法,即致力于捕捉模糊不清的转瞬即逝的感觉印象。由于文学创作的特殊性质,文学中的印象主义者更注意这种瞬间感觉经验如何转化为情感状态"①。

事实上,文学印象主义概念模糊的原因是研究者没有抓住印象派绘画和文学印象主义两者的共同内核。印象派绘画所使用的手法和印象主义文学所使用的手法具有一些相似性,如印象的表达、色彩的运用等,但难点在于突破表面现象认知二者的内在关联的本质,如果不去尝试理解其共同拥有的美学特征,不同艺术媒体之间的对比便失去了意义。简言之,印象主义,无论是在文学艺术领域,还是在视觉艺术领域,都在谋求唤醒主观感官上的印象,用它来描绘一个最初的核心客体,客体呈现即真实的呈现——通过特定的主体意识过滤出某个空间和时间中的一个特殊点。正是在这一方面,文学印象主义和印象派绘画具有共同的美学特征。

印象主义作家作品中的印象表达、色彩运用、内视角的选择及并置手法的运用,都体现出文学印象主义作品中的主体意识。小说并"不是对一系列完整事件注解式的记录。小说是印象,不是修正过的编年史"②。他们认为人类经历的体验并不是有序的,小说应该向读者呈现强烈的印象,作家的任务就是将与外界有机互动的人类意识精确地呈现出来,将读者置于生活中某一真实瞬间的场景之中,这样做才会更加贴近真实的生活。他们认为作家应准确地传达转瞬即逝的光色印象带给人们的感知,从而呈现出"某种意境或某种世间少有却温婉的情愫"③。这些作家认为现实是接受者的意识中记录的印象,是观察者对观察客体的主观反映,作品是基于主观经验和印象的传达而得以形成的。对这些作家来说,印象之所以重要,是因为它是"真

---

① 姜椿芳等编《中国大百科全书》,中国大百科全书出版社,1982,第1206页。
② John G. Peter, *Conrad and Impressionism* (Cambridge: Cambridge University Press, 2001), p.22.
③ Ford Ford, *The Pre-Raphaelite Brotherhood* (London: Duckworth, 1906), p.165.

实的而不是实际的,理想的而不是抽象的"①。他们遵循忠实感觉的原则,所呈现的是主观,同时也是真实的感受。同时,印象主义作家常常把色彩的感觉定义为"一种个人意识和周围世界相互作用的产物"②。他们不仅对生理上眼睛如何记录这个世界感兴趣,并且对"心灵"如何处理信息、意识如何强调色彩的情感意义倍加关注。"光色是印象主义绘画的灵魂,也是印象主义文学的灵魂。这是一种文体的风格元素。"③印象主义作家把色彩的运用当作展示心灵的媒介,把情感传达给风景,把自由的灵魂寄托于耀眼的色彩中。印象主义作家追求的是"比以往更加贴近他们对事物外表的第一印象"④,注重氛围与视角。他们饱含情感的构思只有一个目的:以自由尽情表现的构思,表达任意驰骋的主体思想,强调个性化的主体。印象主义作家常采用内化的视角自然流露主体感情,重视外部世界作为客体引起主体的感觉和体验,凸显作者的主体立场。

  印象主义出现和发展的时间和现实主义、自然主义相重合,那么它们之间的相同之处在哪些方面?区别又是什么?现实主义旨在通过观察所能获取的现实,寻求任何观察者都能辨认出的日常事件代表,以再现的方式描写生活。自然主义重客观、科学的处理,从而尽可能精确地再现事物。也就是说,现实主义与自然主义都将确切地、非情感地再现事物作为追求目标。印象主义也处理客观现实,在这方面,印象主义与现实主义、自然主义的追求是一样的。然而在处理手法上,它们之间的差异非常大,从而导致印象主义呈现出独异的特质。

  在现实主义中,整个事物的各个细节被认真观察,如果艺术家创作成功,作品将会是原物的复制品。印象主义重视对事物突出特征的瞬间感知,

---

① Marcel Proust, *In Search of Lost Time*, trans. Andreas Mayor and Terence Kilmartin (New York: Modern Library, 1993), p.264.
② Maria E. Kronegger, *Literary Impressionism* (New Haven: College and UP, 1973), p.48.
③ 同②, p.42.
④ John Rewald, *The History of Impressionism* (New York: Museum of Modern Art, 1973), p.338.

以及由瞬时感知而获取的感觉,因此它指向了一个不同于现实主义的现实。与现实主义不同,印象主义中存在一个主观因素,这个因素便是感觉本身。感觉中总存在某个艺术家潜意识中的内在品质,主观性在印象主义作品中显而易见。理论上来讲,在给定的可控情形下,如果几个现实主义作家观察同一现象或事物,他们会以相同方式将之再现出来,因为他们都有模仿的需要。然而,如果是一群印象派作家的话,结果则会截然不同,其创作成果可能会与作家数目般千差万别,每个成果都是独特的。在此可以看出植根于现实主义的印象主义是如何生成一朵成熟之花,从而形成一种新的文学风格的。

同时,在自然主义思潮影响下的印象派绘画有一个很明显的特征:崇尚科学性。印象派画家走出画室,根据天气和时间的不同条件来描绘自然的无穷变化,他们进一步延伸对自然的研究,对光进行分解,对空气运动、光影差异、色彩及其变化等所有光学现象进行考察,强调"对光与色的效果的实验"。自然主义是要回到自然状态的自然界和人或人在自然界的自然状态,把它们客观地、如实地再现出来,重点在于自然的实际情况。而印象派画家关注的是自然环境下光色之间的变化,主张排斥情节在作品中的主导地位。他们摆脱了讲述故事的传统绘画程式约束,深入原野、乡村和街头,把对自然清新生动的感观放到了首位,认真观察沐浴在光线中的自然景色,寻求并把握色彩的冷暖变化和相互作用,以看似随意实则准确地抓住对象的迅捷手法,把变幻不拘的光色效果记录在画布上,留下瞬间的永恒图像。

总体来说,美国印象主义文学的兴起和发展受到欧洲文学的影响,同时结合了美国实际,它的形成和发展带有自身的特征:

一是印象主义文学主要是要营造一种主观心理氛围。这种氛围笼罩于文本所设的整个世界,统摄一切,将文本中的客观现实描写也融于其间,即文本中的客观现实基本上是通过人物的主观心理感受来传达的。但是,与笼统的"心理描写"不同,这种主观心理完全是一种情感化、情绪化的心理,它居于心理的表层,较少有理性逻辑的性质,颇具"印象性"。而在这种主观化、印象式的情感和情绪状态中,人物又主要直接感知着外界的声、色、形、味等。也就是说,文学上的印象主义以主观化、情绪化的心灵观照世界,着力映现处于某种情感状态下的感官对外界声、色、形、味等的直觉,这里营造一种印象式的、情绪化的主观心理氛围。

二是印象主义文学强调描写主体在某一特定时间和地点对客观世界的主观感受和瞬间印象。印象主义的确有类似印象派绘画和音乐的那种创作方法,即致力于捕捉模糊不清的转瞬即逝的感觉印象。由于文学创作的特殊性质,文学中的印象主义者更注意这种瞬间感觉经验是如何转化为感情状态的。他们与绘画和音乐中的印象主义者相同,也反对对所描写的事物之间的联系进行合乎逻辑或理性的提炼加工,于是他们本人也成了传达外界刺激与本能反应之间的中介。他们非常信赖个人的经验和主观感受,认为现实就是主观的印象与经验,因而他们虽然希望读者不带偏见地直视现实,但因为每个人个体的差异又使作品呈现出了很强的个性化色彩。

三是印象主义文学在内容上和文字处理上,强调抒写情绪、印象和氛围,注重遣词造句和词的色彩及音响效果,同时还强调意义色彩、声音等的结合,使作品呈现出光影声色丰富的特色。印象主义是从绘画领域兴起的,自然地,文学上的印象主义首先是受印象主义绘画的影响并因与之具有相似的特征而得名。印象主义画家完全表现个人的瞬间视觉印象,主张走出室外,将大自然中体现光和色的一切客观事物入画,遵循着"外界刺激——本能反应"的模式。当然,由于用色等各方面的不同,他们的作品仍充满个性、主观化的色彩,这就使得一些作家在创作题材、结构布局、写作技巧等方面都受到影响并随之产生相应的变化。

四是印象主义文学在题材选择上往往趋向于拾取小型题材,同时喜欢采用诗歌和短篇小说等文学形式,用非常简练、客观的笔触来表达客观事物给人的主观印象。作者往往不发表意见,而让读者参与其中。题材方面注重日常琐事,捕捉瞬间印象及感情,很少大型的题材;作品中往往体现出浓郁的大自然中的梦幻气息或是社会中的生活气息,多姿多彩,色彩纷呈;在结构布局方面,经常截取生活的一个片断或场景,用客观简洁的笔触描绘;在写作技巧上,更是直接受到印象绘画技巧的影响,如其中的默写法就激发了作家们特别注重选择最具代表性的一件事情,然后整个作品就围绕着这个中心四处发散,给人留下深刻而富有特征的印象。

处于19世纪末20世纪初日益物化的社会中的印象主义作家积极找寻和追求他们的目标,对那些正在逝去的传统价值的尊崇、对理想道德的不懈求索,成为充满想象和精神价值的创造力量,它所强调的"瞬间印象""色彩运用"都影响了加兰的创作,也成为其写真主义理论的核心内容之一。

第二节 写真主义理论特色和内涵

在美国现实主义文学蓬勃发展时,加兰却认为"现实主义"太"软弱了",并不能真实地反映生活的本来面貌,也不能代表美国文学中的"民主"和"真诚"的精神。他对正在兴起的美国自然主义文学思潮也不欣赏,认为"自然主义"过于单纯地、赤裸裸地去描写生活的原始冲动和毫无态度的写实,而文学作品所触及的应该是生活中最真诚和有希望的一面。尽管加兰对美国现实主义和自然主义有自己的看法,然而他对美国印象主义,尤其是印象主义提出的"忠实真实自然的'写实主义'概念和'瞬间印象'的重要性"十分推崇。其实,加兰的"写真主义是一种地方现实主义的形式,它描写周围的以及可能发生的事物。可是它也是一种印象主义的形式,一种形式上的感应,这一感应建立在瞬间体验的基础上,感受得强烈,表达得及时"[1]。加兰还提出写真主义者应将视角转向社会底层,做一个"诚实的叙述者",希望通过作

---

[1] [美]马尔科姆·布拉德伯利:《美国现代小说论》,王晋华译,北岳文艺出版社,1992,第11页。

家笔下的所见所闻,尤其是亲身感受,不仅使读者能够领略到美国西部农场的真实状况,而且能触动整个国家内心深处的情感,这就是写真主义的价值追求所在。写真主义并不是孤立存在的。尽管他对现实主义、自然主义和印象主义有着不同的看法,但他还是吸收它们的思想精华,并把它们纳入他的写真主义之中,形成了写真主义独特的特色和内涵。

一 独树一帜的写真主义追求

当加兰发表他的写真主义文学宣言时,毫无疑问,他充分吸收了豪威尔斯在《批评和小说》(*Criticism and Fiction*)中表达的大部分观点。此外,他还融合了法国和德国思想家的某些批判理论,其中尤金·维龙的《美学》(*Aesthetics*)和左拉的《实验小说论》(*The Experimental Novel*)对他影响特别大。

贯穿于加兰的文学理念始终的主题:旧的名著不足以作为现代文学的典范,不足以满足独创性的要求,不足以代表美国精神。加兰倡导从大师那里获得自由,坚持创造性和鲜明的美国文学风格,他非常赞赏爱默生在《美国学者》(*The American Scholar*)中的观点:美国知识分子需要独立。他学习了爱默生的修辞风格,特别是爱默生演讲中的修辞。

加兰是一位热心的改革家,他以极大的热情为他的文学理念而战。他反对英国文学对美国文学的长期统治,他坚持认为所谓的经典大多是毫无价值的阅读,只能吸引少数书香门第的读者。他相信:"我们依赖他人的日子,向其他国家学习的漫长学徒期,即将结束。我们周围数以百万计的人正匆忙地投入生活,不能总是靠国外收获的剩余物来养活自己。"① 美国艺术文学院被认为是文学和艺术保守主义的大本营。豪威尔斯和加兰都有同感,

---

① Ralph W. Emerson, *The Essays of Ralph Waldo Emerson* (New York: Literary Classics, Inc., 1945), p.308.

他们都谴责这些传统保守的壁垒。美国艺术文学院是保守的中心,这些学院里的学者还受到了传统文学方法的束缚。他们告诫年轻的作家要借鉴莎士比亚的作品,以狄更斯(Charles Dickens, 1812—1870)、司各特(Walter Scott, 1771—1832)为榜样,以希腊和罗马为灵感,只有学习过去才能正确对待文学。加兰认为,自由之路不应受莎士比亚和莫里哀(Molière, 1622—1673)的束缚,他们不再是学习的榜样,他们都应是被留在书架上尘封的名字,作家创作时,不要模仿过去的榜样,要以自己的方式表达自己。

加兰不仅反对英国古典文学,也反对以英国古典文学为榜样的新英格兰作家流派。他对自命不凡的新英格兰精神进行了相当猛烈的抨击。他呼吁将芝加哥作为一个新的文学中心,因为那里有自己的种族传统,这些传统中和了他们所说的英语,因此他们的思想可以自由地选择最现代的东西。他们不可能以同样的力量接受他们所接受的文学传统,他们发现只有这样才能更少地受到传统文学的束缚。

加兰的早期小说是以西部为中心的,为了更好地描绘西部生活的方方面面,就像需要泰纳(Hippolyte Adolphe Taine, 1828—1893)美学体系中所提出的"种族、环境和时代"三因素一样,他也特地把环境考虑进去,并相信文学创作的独特性源自环境对个体影响的描述。加兰在描写西部农民生活现状和生活环境时的语气比起豪威尔斯那种"生活中微笑的一面"的现实主义写法更为严厉,同时,他的写法也不同于左拉的自然主义。在1886年,加兰还抨击了豪威尔斯和詹姆斯的传统现实主义,他认为一种真正的现实主义形式,应该书写真实的现代生活。为了避免与这两个所谓的"主义"混淆,加兰才提出了写真主义(Veritism)和写真主义者(Veritist)这两个词。

尤金·维龙对加兰的文学思想影响非常大,加兰经常翻阅维龙的《美学》这部作品,书上写满了加兰自己的注释、评论和旁注。在《美学》这本书序言部分的边上,加兰用铅笔写道:这本书对我的影响超过了任何其他艺术作品,多年来,它影响了我所有的理念、言谈和思想。他发现维龙、惠特曼、左拉有很多相似之处,维龙也强调了小说中"真诚"和"自由"的重要性,让作者能够自由地表达自己。这位法国评论家抨击过去,敦促小说家避免模仿。维龙提出的许多思想都被加兰吸收了,并被他修改后写进了《崩塌的偶像》里。

加兰还是一位坚定的进化论者,他很是欣赏达尔文和斯宾塞的著作,他同时也是一位政治改革家和人道主义者。虽然他不喜欢左拉的自然主义理念,但他也从中学到很多自然主义式的叙事方式。同时,他还大量阅读了当时著名的俄罗斯作家托尔斯泰的作品,他还特别欣赏易卜生,并在《崩塌的偶像》一书中专门介绍了易卜生对文学的影响。

在19世纪末美国风起云涌的社会变革浪潮中,文坛可谓是瞬息万变。浪漫主义、现实主义、自然主义、印象主义等各种文学思潮相互交织并行发展,同时,相应的流派作家也是层出不穷。加兰的写真主义就诞生在这样的文学熔炉中,在汲取各家流派营养的基础上,加兰又发挥了自己的独创性——"以真诚写真实,写出某一时刻的个人深刻印象,写出获得深刻理解的人物和他们的人生,让他们生活的这一个个重要时刻得到再现,令人惊奇而又画面完整,内容严肃而又生动传神"[①]。

二 写真主义与现实主义、自然主义、印象主义

1. 写真主义与现实主义

哈姆林·加兰的写真主义文学理论是在当时美国现实主义文学思潮兴起的大背景下提出来的,因此受到了现实主义文学的影响,与现实主义既有联系又有区别。正如前文所述,现实主义十分重视"现实"的创作精神,即正视现实、忠实现实,按照客观世界的固有面目,又按照生活本身的逻辑,真心地、逼真地反映客观生活。契诃夫(Anton Pavlovich Chekhov,1860—1904)曾说过:"现实主义文学就应按生活的本来面目描写生活。它的任务是无条

---

① 潘一禾:《乡土意识与现代民族精神书写——论哈姆林·加兰小说的特点和价值》,《浙江工商大学学报》2014年第3期。

件的、直率的真实。"①应当说真实性是现实主义文学很重要的特征。

恩格斯曾说:"据我看来,现实主义的意思是,除了细节的真实之外,还要再现典型环境中的典型性格。"②现实主义文学创作原则体现在写作手法上,就是强调写实的手法。它追求细节的真实,要求对生活进行精细的描写,要有强烈的生活气息和高度的真实感。在现实主义文学作品中,生活进程中的每一个很小的环节,生活场景中每一个具体的物件,人物的姿态、相貌、动作和衣着的每一个细节,都以准确的笔法写了出来,它所提供的是一幅酷似现实的生活画面和生活场景。然而,在对细节的精心选择上,其细节要具有一定的象征意义,能够表现某种本质特征,特别是一些细节中会蕴含着作者某种思想倾向。但是它所强调的"真实地再现典型环境中的典型性格"注定了作家笔下的人物、事件、环境是按照他们的主观意愿和对生活的理解去加以"典型化"的,他们作品中的人和事都是"按照事物应该有的样子去写的",因而并不一定是现实的真实再现。

结果就是现实主义作家的作品并未如理论家所设想的那样,就真的能够如实客观反映生活的面貌。尤其是豪威尔斯的"微笑现实主义",他文学作品中所反映的题材都是经过精心挑选的,选取最能表现人物性格的那些真实,避免不具有典型性的"现实",即使是真实的事件,如果性质不当,即使真正的艺术家也要在文中回避它。也就是说,对于"现实主义"题材的选取,豪威尔斯是有着自己的喜好的。豪威尔斯的"现实主义"文学主张代表了当时美国文坛的主流趋势,他是想通过文学来倡导一种美国的民族精神,一种大众主流的意识形态。豪威尔斯是一个"平民主义者","他主张社会改革,但不倡导简单的社会革命,而是相信美国人具有很高的文明程度,通过不断探索能够找到合适的发展道路"③。虽然豪威尔斯对小说的形式和内容都做了新的尝试,推动了美国现实主义文学的发展,有时候也表现得十分大胆,

---

① [俄]契诃夫:《契诃夫论文学》,人民文学出版社,1958,第35页。
② [德]马克思、恩格斯:《马克思恩格斯选集(第四卷)》,人民出版社,1972,第462页。
③ 朱刚:《新编美国文学史(第二卷)》,上海外语教育出版社,2002,第288页。

但他基本上还是遵循了新英格兰的绅士传统,不愿意走得太远,具有保守性的一面,倾向于一种理想化、精英化、赞扬式的文学创作。

加兰在深受豪威尔斯等人现实主义影响的同时,又有着自己的独立思考,他竭力想要展示一幅更加真实的现实画面,想要超越传统流行的现实主义。因此加兰提出了写真主义以区别于现实主义,以一种崭新的角度来书写现实生活。与现实主义最大的不同是,写真主义敢于直面惨淡琐碎的现实生活,写别人所未写过的,写底层,写小人物,写自己熟悉的环境和地域。作品的主人公形象也打破了原有的惯例,农民阶级作为正面的人物形象第一次出现在严肃作品中。它第一次打破了传统现实主义文学创作的藩篱,无论是在批判的力度还是在题材的选取方面,都是一次创新。

综上所述,写真主义深受现实主义的影响,并且二者也存在一定的联系,但是二者的区别更是不容忽视的。与现实主义相比,加兰的写真主义书写得更真诚,刻画得更细致,批判得更深刻,表现得也更具有乡土地域特色。

2. 写真主义与自然主义

19世纪中后期,自然科学在众多领域取得的成就鼓舞了人心,尤其是孔德(Auguste Comte, 1798—1857)的实证主义和达尔文进化论学说的传播,导致科学主义盛极一时。关于自然主义的广义含义是,"自然主义指的是环境的力量,不论是自然环境还是城市环境,超过或者压倒了人的力量;个人对具有决定性作用的事件几乎无能为力,外部世界,对个人来说最好也就无动于衷,最坏则充满敌意。"①。在这种时代背景下,左拉构建了自然主义的小说理论。左拉的自然主义要求从科学的角度来认识和对待文学,追求描写的客观性,因此,"自然主义小说必然是纪实性小说,不折不扣地基于活生生的现实,充满可见可及的事实和数据。尽管事实可能会冷酷无情,也必须对它的细枝末节加以精确的描述。……自然主义作家对自己材料的态度必须是完全地脱离,避免做正面或者反面的评论,只是客观地展示事实,绝不可

---

① 朱刚:《新编美国文学史(第二卷)》,上海外语教育出版社,2002,第299-300页。

显露出自己的态度或者寻求读者的同情。自然主义小说既不可说教也不可讥讽,只能客观地展现人类生活,不做任何结论,因为结论已经包含在材料里面了"①。显然,左拉也和现实主义一样强调文学创作的客观真实性。但他所强调的真实是一种跟现实主义不完全一样的真实,是一种绝对的真实。

自然主义主张作家要在平常事物中寻找被掩盖的例外、不正常、奇特、极端、病态和精神错乱等,而这种"不正常"实际上是人的常态,只不过被一种"正常"所掩盖了而已。自然主义者把这种不正常的来源归于遗传和天性,以实验证明其在人体上的秘密作用。受其影响,美国自然主义小说家们也极力采用左拉的文学原理,在美国特定的社会环境下揭示遗传、命运和自然界的不可抗拒的力量。作品中充分暴露了人的兽性,把人还原为自然中的一员。

因此在自然主义的文学作品中,无论是无法无天的上层人物,还是愚昧粗鲁的下层人物,都被困在这无形的囚笼之中,因而必然会从正常走向异常。不同的环境媒体触发着不同阶层人们的动物本能,或酗酒,或堕落,或贪婪,或纵欲,甚至杀人。人们变得如畜生一样,失去了人的尊严、荣耻感、道德感,没有灵魂,没有思想,只凭着本能,或麻木,或疯狂地生活着。这种真实的、纯客观的、让人恐惧的、令人疯狂的环境一旦展示出来,在让人感到恐惧、厌恶的同时,也使读者认清了资本主义的本质,认清了贵族资产阶级及其政治的腐败根源,认清了劳动人民之所以受难的原因,从而达到客观上的真实。

加兰的写真主义因为极力倡导生活的真实性、客观性,而被有些人归入自然主义这一文学流派,甚至他还被有些人奉为美国自然主义文学的鼻祖。但与自然主义相比,加兰的写真主义虽然也提倡作品叙述的"客观真实性",但是加兰的"客观和真实"是有一定的限度的。他认为,"写真主义的暴露和批判必须建立在对生活正确的理解之上,让读者感受到希望所在,通过描述

---

① 朱刚:《新编美国文学史(第二卷)》,上海外语教育出版社,2002,第 301 页。

现在的丑陋和战争,来加速美好和平时代的尽早到来"①。因此加兰是不太喜欢自然主义的,他认为单纯赤裸地去描写生活的原始冲动和毫无态度地写实是不足取的,他希望触及的是生活中真诚和有希望的一面。加兰的作品虽然也写实,却流露出了作者的感情和态度。加兰的西部小说既是美国西部农村生活的真实写照,又是加兰对父辈一代生活的反思,作品中无不流露出加兰的人道主义关怀和道德评判。这就是写真主义和自然主义最大的区别。

3. 写真主义和印象主义

在19世纪的美国,各种科学技术兴起和社会竞争法则出现,以及社会达尔文主义盛行等,使得印象主义备受作家的喜欢。当时的印象主义作家常被这样形容:"他像一个新派的摄影师,随身携带着照相机,拍下生活中倏然闪现的一幕。然而他又像个现代画家,极为关心感受的行为和感受的浓淡色调,极为关心对于转瞬即逝的城市现代真实的模糊印象,以及在这一形成多种对照的世界里所要取的诸种不同的视觉角度。"②这样艺术与生活,印象主义与现实主义、自然主义之间的关系便成为大多数作家的作品和评论的重要主题。

哈姆林·加兰同样受到了印象派艺术的影响,1893年加兰参观芝加哥举办的哥伦比亚世界博览会时从印象派画家的作品中获得灵感,认为其艺术思想与美国正在兴起的"地方色彩"文学有相似之处,加兰指出:"可以有信心地说,未来的文学其观点将变得更加民主化,而方法更加个性化。印象派在这个字眼最具深刻的意义上,表达了由于忠实于真实而引起的对生活和自然的感受。紧接着这一伟大的原则之后出现了规律,根据这一规律,每一个印象应当准确地表达在一个个的画布上,而每一部艺术作品本身是完

---

① 朱刚:《新编美国文学史(第二卷)》,上海外语教育出版社,2002,第56页。
② [美]马尔科姆·布拉德伯利:《美国现代小说论》,王晋华译,北岳文艺出版社,1992,第10页。

整的。"①

  印象派画家在创作时,尽力用色彩去表现大自然中光与影在某一时刻的瞬间效果,表达令他们自己也为之战栗的喜悦印象。印象派强调光和影的关系和相互作用,不是在黑色和白色,而是在颜色。印象派画家首先是色彩画家。他们不画树叶,他们画大量的颜色,他们画树叶对眼睛的影响。他们告诉我们视网膜只能感知平面。他们用眼睛看,第一眼注意到的是颜色,而不是线条。这种观念影响着群体的绘画,最先进的画家永远不会忽视光效果的统一性——不管一个主题多么吸引人,也不管它多么复杂。印象派画家不相信自然需要调剂或协调。他们发现,自然的颜色是主要的,并且是并列摆放的。因此印象派画家不会在调色板上混合颜料。他们描绘大自然的颜色——红色、蓝色、黄色,他们大胆地把它们并排放在画布上,让眼睛把它们混合在一起,就像大自然一样,而这也正是写真主义所追求的。

  加兰认为自己就是地地道道的印象主义者,因为他参照的是大自然,表达了对某一时刻某种焦点的印象。写真主义者和印象主义者一样,试图优雅地打破传统的方法。加兰的写真主义就是将现实主义对细节的逼真表现与印象主义倾向于个人的观察结合在一起。

三 《崩塌的偶像》与写真主义美学特征及其内涵

  1894 年,《崩塌的偶像》出版,这是哈姆林·加兰对美国文学理论的重大贡献,也标志着加兰进入波士顿 10 年后的文学思想的顶峰。通过自身的作品和自己创办的文学论坛,他参与了广泛的关于现实主义和美国文学本质的批评性辩论。尽管加兰的想法来源相对复杂,而且他对这些想法的应用有时相对简单,但他极力坚持认为,美国文学应有自己的主导形式,应该有

---

① [美]惠特曼,杰克·伦敦,托马斯·沃尔夫等:《美国作家论文学》,刘保瑞等译,生活·读书·新知三联书店,1984,第 82 页。

自己的理论。

加兰在《崩塌的偶像》中探讨了当时美国文学界各种各样的关键问题，贯穿全书的是特定主题。加兰强调，作者必须具有独创性和个性，摆脱过去的现代文学模式，并宣布了西部文学的独立性。事实上，加兰显然同意豪威尔斯对当代作家的建议："不要为标准或理论而烦恼；但要做到忠实自然；记住，没有一种伟大，没有一种美丽，不是来自你对事物的认识的真理；坚持写作，即使你的作品没有被人记住。"①

加兰在《崩塌的偶像》中最重要的是全面阐释了他的写真主义理论的基本内涵。在给埃尔登·希尔(Eldon C. Hill)的一封信中，加兰解释了他使用写真主义这个词的原因：

> 你问我为何使用写真主义者这个词。我在90年代末开始使用它。我偶然发现了写真主义者这个词，它可能是我从左拉那里学来的。事实上，我是一个印象画派画家，因为我以我个人的感受来表现生活和风景，但我又在这个词的使用中寻求更深层次的意义，而这个词包含了真实。我想摆脱现实主义这个词的使用，使用这个词意味着性和犯罪，就像左拉和某些德国小说家那样……②

作为写真主义者，作为西部世界的代言人，加兰在《崩塌的偶像》的序言中就对年轻的作家提出，摆脱过去要善于创新，要刻画自己身边的人和事，这也是加兰写真主义所提倡的：

> 青年应该研究过去，不是为了逃避现在，而是为了更好地理解现在，展望未来。我相信强大的关键是现在，我相信活人，不相信死人，我周围的男男女女比其他任何世纪的圣人和英雄更让我感兴趣。我不主张改变大师，而主张从大师那里获得自由。生活、自然，这些才应该是我们的大师，这些大师不会奴役我们。青年应该摆脱死去的大师对他们的统治；因此我捍卫用现代创造

---

① William D. Howells, *Criticism and Fiction* (New York: Harper and Brothers, 1891), p.145.
② Lars Åhnebrink, *The Beginnings of Naturalism in American Fiction* (New York: Russell & Russell, Inc., 1961), pp.139-140.

性思维描绘现实生活人物形象的权利,而不是以任何文学大师的形象出现,无论是去世的还是在世的。①

加兰指出作家的任务"不是模仿,而是创造"②,但几乎可以毫无例外地说,在当时美国的大学里,几乎没有哪一位美国文学教授不受保守主义批评的支配,也几乎没有哪位教授不天天对现代作家冷嘲热讽的。学生们被教导要崇拜过去,以司各特、狄更斯或莎士比亚为榜样去模仿,却对自己时代的文学运动视而不见,因此如果现代人想要理解易卜生、托尔斯泰、豪威尔斯、惠特曼,他就必须超越他的教授们的教导去做。

而那些所谓的善意的教导使人变得麻木不仁,让年轻人没有希望。它蒙蔽了青年人的眼睛,使他们看不见周围生活和文学的力量和美,让年轻人崇拜过去,藐视现在,惧怕未来。这样的教导是极其悲观的,它让青年作家认识不到,美国文学界需要解决的问题不是能否创造出比过去更伟大的作品,而是能否创造出与过去不同的作品。结果是,美国青年作家们不停地回避他们最能掌握、最了解、最热爱的一切,而只有这一切才能使他们独立,使他们充满希望和活力。西部诗人和小说家教导年轻作家们不要看近在咫尺的生活的美丽和意义,使得他们避开了生命在向文明的狂奔中所掩盖的奇妙变化。虽然美国各地都在进行种族融合——其速度之快是不可想象的,而在西部尤其生动逼真——但青年作家们看不出这些活动中有丰富的内容在等着他们去挖掘。即使他们看到了,他们也没有勇气写出来。

加兰则说:"我被我周围的生命的庄严、宇宙的浩瀚和无限的魅力所折服,这些主题迫切需要写出来,只有在肤浅的那些人眼里,西部的种种变化才显得单调乏味。对写真主义者来说,这一切充满了巨大的吸引力和最大的可能性。"③然而,目前的西部小说、戏剧和诗歌中,有着数百万人口的强大的西部仍然没有被描绘出来。但这一切情况正在改变,整个西部世界的年

---

① Hamlin Garland, *Crumbling Idols* (Chicago: Stone and Kimball, 1894), p.viii.
② 同①,p.10.
③ 同①,p.14.

轻人都发现,过去的每一部文学作品都是最具创造性的,而不是模仿性的。更重要的是,在西部的每一个城镇都有一群人,他们坚定的信念和广泛的文化使他们成为当地所有文学作品的主导者,他们正在阅读最现代的西部文学作品,他们的判断并不依赖于纽约或伦敦,他们发现自己与世界各地的进步艺术家完全一致。

在艺术或文学领域获得持久成功的秘诀,首先在于一种强大、真诚、感性的生活理念,其次在于将这种理念传达给他人的能力。这样必然形成作者的个性,并使他从过去的模式中获得自由。加兰指出,写真主义理论就是"对真理和个人思想的激情陈述。而激情不是从理论中产生的,而是从对真理的热爱中产生的,这种热爱在西部世界似乎与日俱增"。因此,就"写真主义者个人而言,不应认为他是教条主义者,他只是全神贯注地陈述他的真诚信念,相信只有这样才能促进真理的事业的发展"①。

加兰还认为,每个地方都必须有自己的文学记录,每个特殊的人生阶段都必须发出自己的声音。真理的太阳以略微不同的角度照射地球的每一部分,正是这个角度赋予文学以生命和无限的多样性。写真主义作家写下的关于地方文学的所有文章,都是他所看到的事实。因此,写真主义者把所有的榜样都放在一边,即使是在世的作家,因为艺术家无论无意识地做什么,都必须自觉地独立于自然和生命之外。今天的创作作家,如果忠于自己,就会发现对同一材料也可以采取不同的处理方式。

加兰说"作为一个'天生的农民和职业的小说家'的自己,我最清楚地看到了农民生活在西部广阔草原中的文学可能性"②。那为什么西方的艺术家和诗人要把目光转向希腊、罗马和波斯来寻找主题呢?原因不难找到:他们没有从他们自己的环境中去感受有意义的和美丽的知觉,或者他们正在寻找创作的效果,却不顾及他们的真诚的信念,他们只是写书的作家,而不是书写生活的诗人。他们这种理念对于任何伟大的艺术作品都是致命的。作

---

① Hamlin Garland, *Crumbling Idols* (Chicago: Stone and Kimball, 1894), p.21.
② 同①, p.25.

家必须被高于金钱的东西感动,被高于希望的赞美感动,他心中一定有一份永恒的爱在催促着他去重新创造他所热爱的生活,它将处理诚实的男人对诚实的女人的健康的爱,以及劳动的英雄主义和同志的友谊。每一种真正伟大的文学所固有的、经久不衰的力量之一就是真诚,真诚的方法取决于当代生活。有人说,鼓励这种地方小说将会剥夺文学的尊严,然而,事实上,文学模仿才没有尊严,那只是伪装的尊严,在形式上追求尊严就像踩高跷。如果青年作家坚持真诚,尊严问题就会迎刃而解,真理是为尊严和美丽所做的良好准备。

  加兰指出:"说白了,艺术是一种个人的东西,就是一个人面对自己看到某些事实,通过文字告诉别人他与这些事实之间的个人关系。这也就是写真主义理论的最核心的精髓:'把你最了解、最关心的事情写下来。只有这样,你才能忠于你自己,忠于你所在的地方,忠于你所处的时代。'"[①]所以,年轻的西部艺术家们画的和写的应该是真实的生活,是他们自己的生活和他们所知道的生活。因为,"过去已经不存在,未来会存在。问题不在于相似,而在于不同"[②]。而这些不同总是在每一个真正伟大的文学作品中表现出来,这就要求青年作家必须真诚,他们必须有意识地站在当下的自然和生命面前。实际上,自米勒(Joaquin Miller,1837—1913)和哈特以来,自然和生活都发生了变化。过去的伟大作家并不企图为所有的时代写作,更不会为将来写作。他们主要是描写自己时代的事。浪漫主义学派,在它全盛时期,有它的代表人物。如司各特和雨果在进行创作的时候,它在文学中的存在也是完全合理的,因为浪漫主义真诚地表现了他们的同情和反感,它直接或间接地反映了他们对旧世界的反叛。当时的浪漫主义是生机勃勃的,但浪漫主义作家已经完成了自己的使命,所以现在任何人也不能再重复他们,因为这样做就是模仿,模仿只能导致毁灭。

  写真主义者不遵循范例,它不模仿,它只对生活和自己负责,他们感兴

[①] Hamlin Garland, *Crumbling Idols* (Chicago: Stone and Kimball, 1894), p.35.
[②] 同[①], p.46.

趣的既不是神仙,也不是英雄,而是生活,是自然,是现实生活中的实实在在的人和物。写真主义作家写作就像印象画派画家画画一样,表达忠于真实而引起的对生活和自然的感受。小说和一切严肃的文学一样,要教导读者,并对他产生影响,但是影响不能是面对面的,作家想象生活显示给他的样子,把生活描绘给读者。现在的生活比以前更和平、更美好,那么文学作品描绘得也应当更和平、更美好,这就是为什么作家们愿意真实而公正地描绘他现在看到的东西,这就是为什么他们能使自己绝对真实。

加兰还特别指出:"写真主义作家实际上是一个乐观主义者,一个梦想家。"[1]他们不仅看到生活现在的样子,也能看到它可能变成的样子,但他们只写现有的。在最好的情况下,他也会说出自己关于生活是怎样设想的,他们渴望更美好的生活。他们疲惫而憔悴。他们厌倦了战争、病态的情欲和贫穷。他们厌恶为了抢夺地盘而进行的战争。他们所写的并不总是令人愉快,但通常都是真实的,而且总是引起人们的思考。他们认为小说要取得成功,就必须具有原创性,并与时代相适应。随着时代的变化,小说内容也要随之发生变化。最可靠的写作方法,就是用最真诚、最坦率的真实,把现在最优美的形象表现出来。

加兰在谈到写真主义者对文学的看法时特别强调了地方色彩,"小说的地方色彩是小说的生命,它是自然元素,它对应于无限元素。它与个人特质的无穷魅力相呼应。如果小说家只记录相似之处,甚至是大量的相似之处,文学就会枯死"[2]。从历史上看,每个国家的文学地方色彩具有美感、启迪性和人文性,每一个时代的作品都越来越多地体现了它的现实生活和社会形态,"现如今,每一部伟大的感人的文学作品几乎都带有地方色彩"[3],诗人或剧作家的地方色彩是最有价值的。地方色彩意味着民族性格,有助于这位年轻作家用最好的艺术来处理他的主题。浪漫主义盛行的时代,是向古人

---

[1] Hamlin Garland, *Crumbling Idols* (Chicago: Stone and Kimball, 1894), p.52.
[2] 同[1], p.57.
[3] 同[1], p.58.

学习的时代,但只有地方色彩才是文学的生命力的源泉,是文学的一项独特的特点。地方色彩可以展现出无穷的、不断涌现出来的魅力。

美国现代小说都应继续真实地反映美国人的生活,这正是现代作家的观点和写真主义者的观点。写真主义作家就应当从当代生活中去寻找主题。作家自发地反映周围的生活,自然地,毫不做作。地方色彩绝不意味着必须描绘美丽的景色,而是描绘自己熟悉的生活,描写土生土长的人。作家无需关心他的作品是否能引起读者的兴趣,他应当相信自己,并由于对乡土的爱而让作品带上地方色彩。加兰的观念和当时刚刚流行的乡土小说不谋而合。乡土小说是最有地方色彩的载体,例如当代日益尖锐的城市和乡村生活的矛盾,应该在乡土小说中反映出来——这些小说将在地方色彩的基础上反映出那些喜剧和悲剧。对写真主义作家来说,现在是至关重要的主题,过去已经过去,未来可以相信自己会照顾好自己。他们的文字和绘画,与其生命力和重要性成正比,反映了他们对生活和历史的自然态度。

除了小说创作之外,戏剧创作也应该有美国地方特色。对题材的热爱帮助作家在某种程度上克服了乏味的传统,创作出栩栩如生的人物形象。正如印象派已经改变了绘画,也改变了文学的潮流一样,写真主义无疑会在戏剧上起作用。写真主义"打破了传统戏剧阴谋和形式的复杂性"[①]。它与生活面对面,从艺术家个人的立场出发,迅速、坚定、始终如一。人物和人物之间的关系比情节更有价值。今天,舞台上每一个显著的和持续的成功,都是一部美国戏剧的特色,或多或少被真诚和真实对待。在任何地方,真理的价值都在增加,不仅在文学方面,而且在商业方面。舞台很快就会充满最有趣的人物,因为在任何一个国家的舞台上都曾出现过最真实、最富有人性的人物。每一个主题都有它的剧作家,因为戏剧的形式和主题没有固定的规律。

加兰指出,艺术作品是一个人类灵魂联系的情感表。艺术家会发现很

---

① Hamlin Garland, *Crumbling Idols* (Chicago: Stone and Kimball, 1894), p.94.

多人有着本质上相同的观点,但作为一个艺术家,他与此无关,他唯一的责任是从他个人的角度来看待生活。写真主义作家以个人艺术家的视角,快速而坚定地、始终如一地直面生活。写真主义不是一种理论,它是一种精神状态。写真主义者只有一条法则——忠于自己;只有一个标准——忠于生活。他必须真诚地热爱他所描绘的,并且是真实的。

加兰在《崩塌的偶像》中还鼓励了青年人的创作。在每一种艺术的发展过程中,都会有这样的时刻:创造性的头脑会重新确立自己,摆脱过去可怕的力量。这种对文学的异见,这种对艺术自由的要求,总是由年轻人提出,总是遭到老年人尖刻和轻蔑的反对。在某些时候,像但丁、莎士比亚、雨果和易卜生这样的伟大作家、伟大的革新者和持不同政见者,他们一生中掌握着对世界的知识统治,这显然是通过他们个人的力量和表达;在他们死后,那些从他们身上汲取艺术准则的评论家们开始崇拜他们,把他们当作"半神"。一旦作家到了这个阶段,他就成了一个妖魔。他个人的缺点被升华为普遍的优点,他成功的方法可以复制。他成为批评家衡量的标准——而没有自己的明辨和判断。

写真主义者还认为文学的力量不是个人的,它在社会的底层。作家的力量来自他所生活的社会。当社会发生变化,当他的读者死去,作家的力量就消失了。这是自然规律,如果没有其他保护和延缓的倾向,就像在动物有机体中一样,它就会很容易、很快地发生作用。当今社会的自然现象是要求艺术家对自然和社会做出新鲜而生动的解释。在美国,一种新的生活方式正在形成,一种民主的生活方式也正在形成,美国人很自然地会说,索福克勒斯(Sophocles,前496—前406)、莎士比亚、莫里哀、席勒都不能使我们满意,他们代表着对过去生活的看法,他们不直接接触我们,他们的生活与我们的生活相差十万八千里。我们更喜欢一种更人性化、更富有同情心的艺术,一种更亲近、更甜美的艺术。艺术不是艺术的再生产,每个时代都必须有自己的艺术。年轻人应该把他们的想法说出来。要重新主张艺术的独立性。文学崇拜是权力的沦丧,原创的天才再一次推动着艺术的标准前进。

事实上,在文学和绘画中,"老偶像就像在中世纪宗教中一样,正在崩塌,正在分崩离析。他们很快就会全部崩塌,剩下的几个也会像其他所有人一样崩塌,生命之河会从另一边流过"①。

尽管《崩塌的偶像》的基调在当时的许多文学评论家看来是激进的,但它揭示了加兰对19世纪90年代流行的文学习俗的接受,以及他对传统道德价值观的坚定信仰。加兰的写真主义在汲取现实主义、自然主义、印象主义等各家文学思潮营养的基础上,形成了他的独创性,即把对现实的把握建立在自己熟悉的生活题材中,投入感情地去描写自己周边的生活和可能发生的事,表现出浓郁的地方特色,而他一生都在为之奋斗:

> 啊,年轻人!
> 生活对你是那么甜蜜,你还怕什么!
> 像以前的人一样,愉快地接受挑战。
> 无论你赢得什么,你都必须一如既往地为之奋斗。
> 记住! 生与死都与你并肩作战。
> 偶像定会崩塌,定会分崩离析,
> 天空会升起它那不动的蓝色拱门,
> 大地会发出有节奏的绿色脉搏,
> 在青春的血液里,
> 涌动着反叛艺术的狂热……②

---

① Hamlin Garland, *Crumbling Idols* (Chicago: Stone and Kimball, 1894), p.187.
② 同①, pp, 191-192.

第三章 哈姆林·加兰早期小说创作中的写真主义创作与实践

哈姆林·加兰早期小说(1884—1897)创作以西部边疆农场生活为主要内容,以西部农村落后的现状为主线,以各种不同人物为依托,叙述了很多关于当时西部农村生活的现状。加兰在他早期相对短暂的职业生涯中,创作了很多有个人特色的作品。很多评论家认为他早期创作的作品将永远在美国文学中占有一席之地,这些小说至今都值得人们去读一读。加兰早期所有出版和未出版的作品,对研究那段时间的美国生活和文学的历史学家来说,都具有永恒的价值。

第一节 早期西部边疆农场为主题的写真主义创作与实践

在波士顿期间,加兰就曾多次尝试创作小说,但都以失败告终:从来没有出版过。当时他主要通过讲学、评论等工作来养活自己。1885 年,加兰终于"在《哈泼月刊》(Harper's Magazine)上发表了一首名为《迷失在北风中》(Lost in a Norther)的诗歌,这是他的作品第一次被发表。

尔后他陆续在《世纪杂志》(*The Century*)、《青年同伴》(后称《全家同伴》)(*The Youth's Companion*)和《竞技场》(*The Arena*)等杂志上发表了一些评论文章和短篇小说"①。

加兰长期生活在西部边疆农场,他对西部农村落后的境况十分熟悉,对当时西部农村经济上的不公正给农民带来的悲剧和绝望也很了解,也感到十分愤怒。因此,围绕西部边疆农场,加兰创作了《一个普通的案例》(*A Common Case*)和《约翰·博伊尔的结论》(*John Boyle's Conclusion*)两部短篇小说,它们都描述了加兰眼中西部农场生活的贫困现状和农场农民的绝望境遇。

《一个普通的案例》和《约翰·博伊尔的结论》这两部短篇小说对加兰个人来说十分重要,因为它们所表达的思想、写作的基调以及叙述的对象也是他后来几年小说的主题。更为重要的是,当时加兰致力的乡土色彩故事和写真主义的叙述地点也与它们一样,都在西部农场。

这一时期,加兰创作了很多以西部边疆农场普通农民生活为主题的短篇小说和长篇小说,本章重点探讨其中当时比较有影响力的两部短篇小说集《大路条条》和《草原上的人们》,以及两部中篇小说《一个小挪威人》和《贾森·爱德华兹》,其他作品在前面加兰生涯综述中已有提及,不再赘述。

一 《大路条条》《草原上的人们》中西部边疆农场为主题的写真主义创作与实践

正如前文所述,哈姆林·加兰早期的创作并非一帆风顺,最大的问题在于没有人愿意出版他的作品。幸运的是,在波士顿求学期间,他认识了当时赫赫有名的《竞技场》杂志主编本杰明·弗劳尔(Benjamin Flower, 1858—1918),正是在弗劳尔资助下,他才得以回老家南达科他州去收集关于西部

---

① Donald Pizer, *Hamlin Garland's Early Work and Career* (Berkeley: University of California Press, 1960), p.31.

农村状况的写作素材,并开始创作一些他所熟悉的西部农场和农民生活的作品。

1887年,加兰回到南达科他州探望父母,并在他父亲的农场劳动。在劳动过程中,加兰再次深切地感受到西部农场的衰败和农民生活的艰辛,决心创作小说来反映西部农场广大农民的不幸遭遇,以唤起整个国家,特别是东部读者的关注,于是便有了最初的短篇小说集《大路条条》中的6个故事。因此,1891年出版时,小说集也被命名为《大路条条——密西西比山谷中的6个故事》(Main-Travelled Roads : Six Mississippi Valley Stories)。其中《老兵归乡》(The Return of the Private)已经在《竞技场》上发表,《在魔爪下》(Under the Lion's Paw)、《在玉米林间》(Among the Corn Rows)和《李布雷太太回娘家》(Mrs. Ripley's Trip)则在《哈泼月刊》上刊登过,《岔道》(A Branch Road)和《兄弟》(Up the Coule)则是第一次出版。1899年再版的时候,加兰又在原有的基础上增加了《撇奶油的工人》(The Creamery Man)、《一天的快乐》(A Day's Pleasure)和《伊森·李布雷大叔》(Uncle Ethan Ripley)等3个故事,将原来只有6个故事的《大路条条》增加到了9个短篇故事。1922年的版本,增加了《神鸦》(God's Ravens)和《"好人"之妻》(A Good Fellow's Wife)2个故事,并加入了加兰亲自所作的序言,构成了《大路条条》的扩增版。最后1930年加兰又把《玛莎的壁炉》(Martha's Fireplace)加了进去。

《草原上的人们》的出版比《大路条条》晚了两年,但它的故事写于差不多同一时期。事实上,加兰本人也认为《草原上的人们》是《大路条条》的续篇。1893年版的《草原上的人们》最初包含了9个故事,但后来,就像《大路条条》一样,加兰做了补充。虽然《草原上的人们》从未被赋予《大路条条》般的突出地位,但这两部短篇小说集紧密相连,构成了姊妹篇。这两部短篇小说集的主题都是西部边疆农场农民生活,两部短篇小说集中都出现了许多相同的人物。

1891年,《大路条条》一经发表,立即引起了美国社会各界的广泛关注。它真实地描写了作者亲身经历过的西部农场生活,人物的愤懑心情是发自肺腑的,那些富有悲剧性的人物遭遇也具有很强的感染力。但有评论家指责他"把家丑外扬"①,整个作品就是一叶障目,严重歪曲了美国西部乡村的生活现状。也有评论家们批评该作品"说教味太重,忽视审美形式,导致作品显得刻板平淡"②,"对美的神圣内在,对美的本身理解,都超不过一个普通警察"③。还有学者批评他的作品不留余地暴露了西部农村生活的现实,甚至是那些让人难以忍受的肮脏、丑陋、琐碎的现实,太过于刻画现实,以至于作品略显粗糙。然而,这部作品引起了豪威尔斯的关注,他在读完小说后赞扬加兰有足够的勇气留给读者一个未加遮掩粉饰的事实,这在盎格鲁-撒克逊作家里是极为罕见的。他在《哈泼月刊》中评论道:

> 如果有人还不知道如何解释西部农场主的反抗……我劝他读一读《大路条条》,读完后他就明白了,实际上加兰描述的不是特殊状况而是普遍事实。这些故事里充满了日常生活中的痛苦,燃烧的尘土和被践踏的泥泞,过这种生活的人无望痛苦地创造着财富,这些财富使游手好闲的人穷奢极欲,使生产者贫困潦倒。他们觉得有什么不对劲,他们知道不对劲的不是他们。加兰书中描写的那种人并不漂亮,而且常常很可笑,但他的绝望令人心碎。④

在《大路条条》中,加兰将西部的"路"作为整个象征结构的中心,他在第一版中每个故事之前都使用了一段有关"路"的文字来引领该篇故事,正如小说开篇的作者题记所说:

> 西部的大路(跟其他地方的一样)在炎炎夏日里被烤得火热发烫,尘土飞扬;春秋季节,大路泥泞不堪,行人稀少;冬季,寒风席卷着积雪,掠过荒凉的大路。偶尔也能在大路两旁看见一两块富饶的草地,还有云雀、画眉、山鸟们在草地里歌唱的景象。沿着大路向远方走去,会经过一条河的浅滩,河水在浅滩

---

① Hamlin Garland, *A Son of the Middle Border* (New York: Macmillan, 1917), p.415.
② 朱刚:《新编美国文学史(第二卷)》,上海外语教育出版社,2002,第57页。
③ James Nagel (eds.), *Critical Essays on Hamlin Garland* (Boston: G. K. Hall Co., 1982), p.145.
④ William D. Howells, *Prefaces to Contemporaries* 1882-1920 (Gainesville, Fla.: Scholars' Facsimiles & Reprints, 1957), p.38.

上永恒地欢唱。

　　然而,漫长的大路总是令人厌倦的;它的一端是贫穷的小镇,另一端连着劳苦之乡。正如生命的大道一样,有形形色色的人走过,但贫穷和疲倦者居多。①

从以上这段文字我们能看出,西部的农场生活虽然看似也有一些令人愉悦的时刻(如有鸟儿歌唱、行人欢唱),但总体来说是悲惨的、凄凉的和沉闷的(一端是贫穷的小镇,另一端连着劳苦之乡)。

在那个时代,许多作家将西部带有地方色彩的故事充满感情地渲染成了颇有魅力的典雅乡村,把美国西部的乡村生活描绘成了一曲曲田园牧歌。也许是因为美国从开始有人定居之日起,就被视为一片充满无限生机的土地。在人们心里,西部农场就是象征着伊甸园的天堂。因而,加兰觉得有必要向美国整个国家,特别是东部读者讲述西部农场生活的真实情况。在加兰所讲的每个故事中,他都清晰地体现了要打破那些神话的想法,几乎所有的故事都描述了西部边疆农场普通农民生活中的简陋、单调和绝望。尽管那时加兰的小说中充满了绝望,然而还是带有一丝伦理的理想主义,而这种理想主义显然与自然主义者强调的并不一样。自然主义者认为,既然人类是由他无法控制的力量决定的,那么他没有必要承担那么多的道德责任。但这也正是加兰的写真主义与自然主义的区别——写真主义强调写实,但也提倡人道主义,总是给人以希望。

在《大路条条》中,加兰用写真主义式的写实手法,对苦难的西部生活进行了真实的描绘,粉碎了人们关于美国西部农村田园牧歌的浪漫主义幻想。然而,小说中许多主人公明知自己的努力是徒劳无功的,但他们仍旧继续拼搏,对生活抱着希望,而且许多故事都留有一个充满希望的结尾。这些都透露出了加兰对生活在西部农场的农民的同情和热爱之情。在加兰心中,尽管生活艰难,爱仍然是存在的。如果爱不能减轻负担,它至少是一种补偿,

---

① [美]哈姆林·加兰:《大路条条》,邹文华译,长江文艺出版社,2010年,前言。

使生活可以继续下去。而且,由于有了爱,快乐就变成可能,孤独也是可以消除的。这种充满希望的乐观主义精神与故事中弥漫的悲观主义相矛盾,然而正是这种矛盾给加兰的作品和他笔下的人物带来了更大价值和活力。

加兰一直被认为是一个具有人文主义和古典情感的知识分子。这种感觉不仅与他的个人性格有关,而且与他的创作追求有关。写真主义者"描述生活时力求真实,并批判和揭露现实生活的丑陋,他的作品中却不知不觉地流露出一种悲伤音调,渴望更美好的生活"[①]。这些观点在《大路条条》中体现得十分明显。

在《大路条条》中,繁重的体力劳动和孤独的乡村生活是西部农场的潜台词。在严酷的自然环境和不公平的社会经济体制下,农民在无望的劳动中挣扎,他们对贫困的物质生活和贫乏的精神世界感到绝望。然而,加兰对乡村生活的乐观态度依然存在。尽管在农村各种力量的压迫下,人们过着拥挤、狭窄的生活,然而他们从来没有完全失去对生活的信心和希望,心中始终保留着一丝善良和爱心。在《老兵归乡》中,格雷,一位热心的邻居,邀请史密斯夫人的家人共进午餐,并在她最孤独、最绝望的时候,细心地安慰她。《在魔爪下》中,当哈斯金一家饥寒交迫,在暴风雪的夜晚无处可去时,康斯尔夫妇不仅帮助他们渡过了当下的窘境,后来还帮助他们建造了一座新房子。在《一天的快乐》和《神鸦》中,当主人公遇到麻烦时,总会有热情善良的陌生人或邻居及时伸出援助之手。加兰的小说中有很多这样的细节,让人觉得温暖而感动,这也使西部农场人在艰难而绝望的生活中得到些许的精神寄托。

虽然加兰出生在美国社会发生巨大变化的年代,但他是一个尊重传统文化的知识分子,这在一定程度上与他早期受到的家庭教育有关,他尤其受到了母亲的影响。加兰不仅追求生活的完美,更加追求家庭和社会的道德责任,这使得他倾向于创作兼具智慧和美德的人物。例如,《岔道》中的威尔

---

① Hamlin Garland, *Crumbling Idols* (Chicago: Stone and Kimball, 1894), p.52.

和《兄弟》中的霍华德都勇敢地站出来,为陷入困境的亲人而战。加兰塑造的这些人物都是在社会变革时期涌现出来的杰出人物,他们乐观、善良的道德品质不仅是加兰作为一个知识分子的道德追求,也是他对西部农场人民理解和欣赏的体现。正是他所具有的人文主义和古典主义的感性,使他笔下绝望的世界变得没有那么难以忍受,他想通过这种方式给人们一种情感上的震撼和安慰,表达他写真主义中对美好生活的追求。

《大路条条》中,加兰的故事大多有着充满希望的结尾,有些甚至是快乐的结尾。以开放式乐观的形式结尾是加兰文学创作的一大特色,这也展现了加兰对生活的信念和态度。加兰这种充满希望的结局通常被人们称为"大团圆式结尾",是文学创作中的一种形态。"从哲学美学的层面分析,大团圆结局是'贵和尚中'的文化习性在文学叙事中的表现;从伦理道德的层面分析,是正义原则的体现和伦理信念的表达;从社会审美心理的层面分析,是接受者与创作者消愁补恨的社会心理的载体。"①加兰的创作中,故事的结尾不但是光明美好的,而且是开放性的,给人们留下了无限想象的空间。加兰认为,写作的暴露和批判都必须建立在对生活正确的理解之上,小说应该"通过描绘当今的丑恶与战争来表达对美好与和平的时代的渴望"②。

《老兵归乡》就是这样的故事,它讲述了一个普通的老兵爱德华·史密斯在美国内战后理想破灭但仍坚持为家人而拼搏的感人故事。史密斯退伍返乡途中心里充满了期望,满脑子都是离家时家乡的欣欣向荣。尽管途中景色优美,邻居们热情好客,但这位精疲力竭的老兵对归来并不十分高兴,因为到家之后,他发现自己的西部农场一片狼藉,家人过着饥寒交迫的生活。但故事并没有在这种沮丧的基调下结束,故事结束时史密斯逐渐转变成了典型的"惠特曼式"英雄形象:"他与南方的战争已经结束了,然而他每天都得进行的、对大自然以及人们不公正行为的战斗才刚刚开始。在那个偏远村落的黄昏里,他的形象隐隐约约地显得非常高大,他的个人特征慢慢

---

① 李志琴:《大团圆结局的文化意蕴》,《长江大学学报(社会科学版)》2013 年第 12 期。
② Hamlin Garland, *Crumbling Idols* (Chicago: Stone and Kimball, 1894), p.52.

消退,变成了一个伟大的形象代表。"①更重要的是,最终他和家人团圆了,他与妻子、孩子们的团聚消除了他的孤独,弥补了他现在必须面对的新征程的痛苦,全家在他归来之后,重新燃起了希望。

在《岔道》中,这种矛盾情绪表现得更为明显。这个故事的题目似乎就给人以双重暗示:一是这部小说的基调是悲剧性的——主人公走进了生活的岔道;二是表明加兰对美国移民到西部拓荒的态度——移民走进了人生的岔道。故事讲述了西部农村一个普通的小伙子威尔在放暑假时爱上了邻村的姑娘艾格尼丝,本是彼此爱慕的一对恋人却由于种种误会,产生了矛盾,最后俩人分开。男主人公一怒之下,写下了一封绝情信去了西部。若干年后等他衣锦还乡时发现,昔日的恋人已经成了他人的妻母并饱受生活的折磨,昔日曾让众人爱慕、充满青春活力的少女如今已经完全丧失了魅力,成了病入膏肓的垂死之人。但最终,故事的结尾是美好的,是给人以希望的。威尔决定带着艾格尼丝和她的孩子私奔,远离那块让她生不如死的西部农场。

在故事的前半部分,加兰描写了质朴的田园风光,人与自然相映成趣,人人陶醉其中,这种陶醉就像惠特曼的诗一样抒情而富有诗意。威尔,一个浪漫的年轻人,他似乎对大自然的神圣之美异常敏感,读者看到了一个又一个大自然美丽富饶的场景:

> 这一幅劳动景象是西部农场最欢快、最友好的场面之一,除了人类情同手足的情谊之外,还具有一种魅力。美丽的黄色麦穗进入滚麦筒,新鲜的黄棕色麦粒被冲到了一旁;被碾碎的麦草、麦壳、尘土随风扬起,落在庞大的堆垛机上。车夫快活地吹着口哨,时不时对人吆喝。②

当威尔久别故土,重新回到这片土地上时,他发现了同样的田园风光,胜似人间天堂。他站在一座桥上,凝视着一条小溪,"看着清澈见底的溪水,

---

① [美]哈姆林·加兰:《大路条条》,邹文华译,长江文艺出版社,2010,第141页。
② 同①,第2-7页。

听着柳树上山鸟清脆悦耳的歌唱,火红的百合花点缀着绿色的草地,黄花和菊苣到处都是"①,感觉家乡还像以前一样,好像一切依旧,一切依然美好。突然,天堂里却有麻烦:一条水蛇出现了,把正在快乐游动的鱼儿赶到桥下,他"惋惜地叹了一口气,抬起头往前走,刚才一幕似乎预示着什么,他深深地吸了一口气。当年就是这样,他所有的梦想都如泡影一样破灭消失了"②。而这一切就像加兰本人在波士顿待了几年回到西部老家,发现母亲生活在困苦中一样。威尔发现他的心上人嫁给了一个麻木不仁的当地农民,她生活在痛苦中,美貌消失了,健康衰退了,已经彻底被农场辛劳生活打败了。

这种回归故土的主题,在《大路条条》中反复出现,这也是美国典型的"浪子回头"式的小说版本。小说中的那些年轻人因各种原因离家出走,然后挣了钱回到家乡。威尔就是这样,当他功成名就,到家却发现他曾经的爱人艾格尼丝因为他的遗弃和社会的不公而被毁的时候,这种懊恼和悔恨增加了他的罪恶感。故事没有以悲剧收场,威尔成功地说服了艾格尼丝跟他开始一个全新的生活。故事是这样结束的:

> "艾格尼丝,你愿不愿意跟我走?""愿意,我愿意!我之前就想说。我相信你,威尔,你是——"她又忘情地笑了。威尔突然害怕得发抖,她是那么虚弱,那么疲倦。但是,阳光照耀着沙沙作响的麦子,发出耀眼的光;像大海一般一望无垠的苍穹高高地立于他们之上——新的世界就摆在他们面前。③

在《大路条条》中,很多故事的主题都弥漫着一种负罪感的情绪。毫无疑问,这种情绪都源于加兰自身对家庭,尤其是对他母亲所怀有的负罪感。《兄弟》在某种意义上是加兰的自传故事:他把自己对家人的愧疚感,以及无法弥补的遗憾,寄托在了男主人公霍华德身上。霍华德,一个成功的东部演员(就像加兰自己,一个成功的东部作家),从纽约回到威斯康星看望生活在农场的母亲和弟弟格兰特。在故事中,加兰用了几个对比来表达他的主题:

---

① [美]哈姆林·加兰:《大路条条》,邹文华译,长江文艺出版社,2010,第 24 页。
② 同①,第 24 页。
③ 同①,第 43-44 页。

乡村美景之"美"与农民生活之"丑"相比，霍华德舒适的生活和格兰特艰难的生活相比，最引人注目的是兄弟之间成功与失败的对比。这些对比给人营造了一种强烈的感觉——农场生活的空虚和无望，也更加突出了负罪感这一主题。

当霍华德回家的时候，他被山峦和山谷的美景以及他童年时田园般宁静的景色所征服：

> 从密尔沃基乘火车到密西西比河去，在任何季节都令人惬意，尤其以夏季为甚。任列车风驰电掣地往前冲，越过湖泊，经过橡树林，越过正在收割的麦田，经过干草地——茂密的干草在快速飞舞的镰刀下纷纷倒地——一幅令人愉快的全景图。一路上到处是令人惊喜的美丽风景：有时候，忽见一条狭长的林荫道，在它的尽头有开阔的湖泊；有时候，远处一座树林茂密的墨绿山岭隐隐约约映入眼帘；有时候顺高山巨石奔腾而下的急流从窗口为旅客送来阵阵凉风。①

到了威斯康星，他看到的家乡风景也是"群山环绕而成的圆形剧场之处，夕阳正沿西墙缓缓落下，几朵散落的云彩正随西风飘零，它们的影子滑落在长满绿色小草和紫色鲜花的山坡上。炫目的夕阳洒落在甘美柔软的草地上，照射在远处丰满的深色山峰之间，倾泻出一道道金色和深红色的光芒，穿透了飘浮在略显狭窄的深谷之上的蓝色暮霭"②。

他看着窗外的美景，陷入了沉思："对他而言，这里的风景有着一种神秘的魅力；在他的眼里，这里的湖水似乎更清澈，更凉爽；绿色的草木更加新鲜，金黄色的麦穗显得格外耀眼，似乎因他而与众不同。毕竟，他离开了十年才重返故里。再说，这是他的西部啊！至今为止，他仍然以自己是个西部人而自豪。"③那些在火车站闲荡的人，又穷又脏，在他眼里却有一种单纯的天真。霍华德很高兴；威廉姆·麦克塔格送他回家时一路上保持沉默，因为

---

① ［美］哈姆林·加兰：《大路条条》，邹文华译，长江文艺出版社，2010，第 45 页。
② 同①，第 50 页。
③ 同①，第 46 页。

他知道行走在这样的美景中沉默是唯一的语言。但讽刺的是,小说中的麦克塔格并不是个喜欢沉默的人,只不过他已被生存的重担压垮了,他不觉得西部农场有什么美丽的地方,所以不想再说什么了。

其实,当霍华德刚一下车站时,他所看到的景象就不再是他想象中的风景如画的农村了:

> 一眼看上去,小镇显得那么贫瘠,阴暗破旧,死气沉沉!唯一的主干道一端止于他左手边的小山旁,另一端则通往北面;道路两旁立着两排普通的小店铺,旁边没有一棵树,一点给人以美感的点缀都没有。路面没有铺筑;仍然带有城垛的灰褐色木质房屋破败不堪,长满蛀虫——还是那个小镇,只是更加破败。①

当霍华德面对他的兄弟格兰特和他的家人时,他发现他们生活在一个贫穷的、非常小的而且没有什么生产力的农场。他们家的房产已经被卖掉用来支付抵押贷款。那个灰蒙蒙的、泥泞的农场与霍华德衬衫上闪闪发光的白色袖口和衣领形成了鲜明的对比。

> 他看了看小房间的四周,干净倒是挺干净的,可是,哎,多么贫穷!多么单调!四面是冰冷的泥灰墙,一只廉价的脸盆架,一套三件套的盥洗用品,每一件上都有一圈蓝色的花边;窗户是长方形的,上面配着稀奇古怪的绿色阴影图案。②

当他看到妈妈的时候,他的喉咙哽咽,简直觉得自己要窒息:"一位头发花白的妇人坐在走廊上的摇椅里,她双手放在膝盖上,双眼模糊地盯着昏黄的天空;群山深暗的轮廓倒映在天空的背景上,洋槐树纤细的影子仿佛蚀刻在天上的花边。妇人的眼神里充满了悲伤、隐忍和无言的绝望。"③格兰特明确表示,他把农场卖了完全是因为霍华德。因为他深信,如果霍华德能帮他一把,他就能挽救这个农场,也就不会让他母亲遭受那么多的痛苦,这让霍

---

① [美]哈姆林·加兰:《大路条条》,邹文华译,长江文艺出版社,2010,第46页。
② 同①,第62页。
③ 同①,第56页。

华德的负罪感越发强烈。

霍华德送弟弟一本与他同名的美国总统格兰特将军的自传,这更激怒了他的弟弟。但是社会的压力和不公正不可避免地导致了格兰特忧郁的人生观,他绝望地陷入了困境:

>"现在种地也不如以前那样自由了。养牲畜、制黄油,把人弄得像黑奴一样,辛辛苦苦地拼命干活,到头来却什么都没得到,这多叫人痛心啊。我们辛辛苦苦,只是在为别人做嫁衣。我真不知道,像咱们这样辛苦地过日子到底有什么意思?我们的生活比以前黑奴的生活好得了多少?"
>
>"这话千真万确,格兰特。"顿了一会儿,年轻的克斯格罗夫说道。
>
>"像我这样的人已经是没什么用了。"格兰特说,"就像糖锅里的苍蝇无路可退,越是挣扎、就越容易折断腿。"①

霍华德觉得自己比弟弟生活优越,这让他陷入那种负罪感无法自拔。他承认自己的自私和漠不关心导致这一切的发生,并提出通过买回农场来补偿自己的罪过。但故事的结尾是格兰特拒绝了霍华德的帮助,因为所有的希望都破灭了。但加兰在这里也暗示,格兰特的毁灭主要不是霍华德忽视的结果,它实际上是当时西部农村现行制度造成的。换句话说,格兰特的生活最终是由他无法控制的西部社会因素决定的。

《神鸦》也是关于从东部回归西部的故事。一个在西部农场里长大的名叫罗伯特·布卢姆的人,他在芝加哥城市里成了一名作家,获得了成功的职业生涯,但他渴望回到西部的农村老家。罗伯特从一场似乎是由城市生活引起的不明疾病中康复后,懒洋洋地坐在《星空》(Stars)报社的办公室里,被从窗户吹进来的西风吹得神往:"那种风干燥而富有魅力。夏天吹过,充满着一望无垠的庄稼成长的气息;秋天吹过,弥漫着成熟玉米和小麦的芬芳。冬天来时,空气中便会闪耀着令人难以置信的光辉。"②

在这座城市的"监狱"里,罗伯特失去了进取的力量和对生活的热情。

---

① [美]哈姆林·加兰:《大路条条》,邹文华译,长江文艺出版社,2010,第81页。
② 同①,第216页。

正如叙述者所言,他在报纸工作之外取得了一些文学上的成功:他有两篇故事被东部一家杂志接受了,但是还没有出版。由于每天的工作使身体里的鲜血被一天天榨干,他准备回到大自然,回到他年轻时所熟悉的事物,回到昔日善良的人们中间。他决定带着妻子和两个儿子离开芝加哥,搬回到威斯康星州的老家,让自己恢复健康,也给自己时间进行创作。

他回忆着并幻想着小时候的生活,以及他认为他回去后可以过上的生活。他想象着描绘那些到处都是的樱桃树、白杨树、绿草和刚刚发芽的嫩麦。他回忆着那个小镇上的人们,在他的记忆中,他们就像加兰后来在《崩塌的偶像》中塑造的那些直率、脚踏实地的人物一样。罗伯特告诉他的妻子梅蒂:"回到那些不会踩着你的肩膀向上爬的人中间才能得到真正的休息。"①他计划到麦迪逊山地或更远的地方待一年,回到他年轻时开阔的乡村空间里恢复健康,孩子们也可以接受大自然教育。而且罗伯特相信,跟那些善良、从容平静的人们待上一年,会得到足够几年用的写作素材。

他兴高采烈地来到赛廷崖老家,满怀着重生的希望。当他们看到新家时,"空气里洋溢着春天的气息,"梅蒂高兴地喊道,"我想我们会喜欢这里的。"②然而,社会和商业活动很快就破坏了他们对乡村小镇的幻想。在他们的第一个社交活动中,罗伯特全家欢迎福尔索姆夫妇来他们的新家做客。尽管梅蒂很欣赏他们朴实无华的举止,但她不喜欢福尔索姆太太俗气的言谈,正如她后来对罗伯特抱怨说:"她那么庸俗……对这种人我说点什么才好呢?你听见没有,她对我说'我们这些家伙'?……不知道他们是不是都这样?"③罗伯特表示同意,但他建议说:"好了,梅蒂,我们必须尽量避免冒犯他们。我们努力融入他们。"④

然而,融入赛廷崖人的生活,说起来容易做起来难。他渴望回到西部农

---

① [美]哈姆林·加兰:《大路条条》,邹文华译,长江文艺出版社,2010,第219页。
② 同①,第223页。
③ 同①,第227页。
④ 同①,第227页。

村生活,远离东部他的报纸书桌,但他又无法拉近自己和新邻居之间因文化差异而产生的距离。他跟邻居们在一起时太正式了,又过于疏远,使他们感到不舒服。例如,有一次当地人在帮他搬箱子和家具时,他就指手画脚,而且他的语气总是不对劲,声音冷冰冰的,显得非常疏远。人家主动向他表示友好,他却没有用友好的态度回应,因为他认为(他并不是故意的)他们是工人,而不是他的邻居。因此,他们觉得他脾气古怪、高傲自大。

罗伯特融入当地人生活的想法最终消失。因为他离不开他的城市生活或他的都市化的自我,"看见在烂泥里走来走去的人们,或者听见他们在街上开心地大声说笑时,他几乎产生了一种仇恨。他恨他们的闲言碎语,恨他们的无聊说笑。他觉得,这单调的小镇已经变得庸俗、低级、凄凉"①。他以为如画般的"乡村生活"将使他回到童年时代,恢复健康,并为他的写作提供奇特的"素材",结果他告诉他老婆乡村生活摧残了他的身体和灵魂,把他们俩弄得都跟这些乡下人一样德性。在他遥远的记忆中,乡下是平等的。然而,近距离观察时,如果不能提供审美观念所需要的距离,这些邻居的生活就失去了吸引力,他们似乎也很羞怯而且陌生,不像他原先想象的那个样子。

罗伯特病倒回到家,他醒过来时发现那些"粗俗"和"怪异"的邻居们都在竭尽全力地帮助他。他感激不尽。现在他不再评判他们蓬乱的外表,当邻居威廉姆·麦克特格的"巨臂"将他放在病床上,邻居们和周围的景色似乎都得到了救赎。他又回到了最初对他们的看法:"以往美好世界新的一部分展现在他眼前。阳光透过摇曳的紫丁香叶子照进窗口,在地毯上泻下一片珍贵无比的光辉。"②那些穿着油腻坎肩、留着蓬乱胡子的男人们每天都来看望他、帮助他,扶他到窗户边去欣赏外面生机勃勃的野草。

他对乡下人和土地的理想回归了,他带着爱人的喜悦凝视着光辉的远景:"六月里金色的阳光从四面八方照耀着山谷,给周围的山峦染上一圈圈

---

① [美]哈姆林·加兰:《大路条条》,邹文华译,长江文艺出版社,2010,第 228 页。
② 同①,第 230 页。

的紫色。夕阳西下,在山的一边放射着光芒,在李子树和樱桃树之间交相辉映,照亮了榆树底下绿油油的青草,并将一条粉色的光带缠绕在放牧牛羊的、长满绿草的山坡上。"①

对于罗伯特来说,乡村人们和小镇最终实现了他的理想,因为他们亲切地跟他大声谈话,他们的声音像是从广袤空间吹来的新鲜空气。他终于觉得好像回到了他的农村老家,求生的激情重新又回到他身上。"噢,上主,让我活下去吧!生活是如此美好!哦,上主,重新给我力量吧,让我享受太阳的光照!让我看绿草荣枯。"②

故事的结尾,这位都市化的作家相信他已经回到了他的农村老家——他相信他对这个"古怪而美好"的小镇的先入之见与现实相符,他终于真正回归了。

《在魔爪下》是一篇描写西部农村农民生活真实现状的代表作。文中的主人公是一个叫哈斯金的农民,他因遭蝗虫灾害逃到西部,在老农民康斯尔的帮助下租种了地主巴特勒废弃的农庄,哈斯金全家像奴隶一样苦干了三年,一心想通过自己的辛勤劳作买下这个农庄,然而丰收在望之际,农场主巴特勒却把地租价格翻了一番,让哈斯金三年的辛苦劳作分文未获。

哈斯金生活的时代,正值美国经济即将陷入大萧条的泥沼。当时农业科技还不够发达,农业机械化还没有开始,农民在农田里以手工劳作为主,老天掌控着农民的命运。哈斯金之所以逃离家乡堪萨斯来到西部,就是因为在老家遭遇了可怕的蝗灾:

"你的庄稼连续四年都被蝗虫吃光了,是吗?"

"何止是吃光啊!它们将我们赶出来了。它们啃掉了所有绿色的东西。它们还等在我们周围,等我们饿死,就把我们也吃掉。"③

蝗灾让哈斯金彻底破产,让他穷得连买种子的钱都没有了,让哈斯金太

---

① [美]哈姆林·加兰:《大路条条》,邹文华译,长江文艺出版社,2010,第231页。
② 同①,第232页。
③ 同①,第148页。

太觉得真想躺倒死了算了。在他们去西部的路上,老天也没有给他们好日子过,一路雨雪交加,泥泞难行,哈斯金太太生病了,经过两英里地没有人家愿意收留他们,连马也累得精疲力竭。

当他们历经千难万险之后,到了梦想中的西部,又怎么样呢?"农场上的农民们顶着飞扬的雪花在劳作,落在身上的雪花融化了,他们浑身湿透。然而他们不顾阵阵寒风夹带着雪花,不顾脚底下那又黑又黏柏油似的粪土,顽强地耕耘着。"①这就是西部农场恶劣的生存环境,是西部农民劳作的真实写照。在哈斯金的生活记忆中,也只有冒雨踩着烂泥犁地,顶着如同刀割的刺骨寒风干着活。经过一年的艰苦劳动,当收获的时刻即将到来之时,神秘莫测的上帝再一次主宰了哈斯金的命运,"大风袭来,麦子吹得东倒西歪,雨水将麦子打得贴在地面上,收割的工作量增加了三倍"②。

无论在家乡,还是在西部这片人民向往的充满梦想的"乐土",无论是拓荒者,还是固守家园的耕者,上天的恩赐就是王道,就是衣食父母。小说中哈斯金必须战胜蝗虫、大风、暴雨等自然灾害,才能顽强地生存下来,其艰难让人深深为之动容。

《大路条条》反映了美国历史上重大转折时期西部农场农民的日常遭遇。这些人被困在农场,遭受着经济贫困的困扰,在美国从农业国家向工业国家转变时被抛弃。加兰如实、客观地记录他们日常生活中的喜怒哀乐,表达的不仅是作者的道德追求和时代精神。作为一个认真朴素的乡村作家,加兰从现实环境中获得创作灵感,创作的目的是记录普通人的真实生活,分享自己生活的真相。比如,当他和母亲交谈时,他对于李布雷太太回家的故事有了灵感。《大路条条》出版后,母亲给加兰写了一封信,信中表达了她对故事真实性的惊讶之情。还有一位女士写信给加兰说他写得完全正确,他把真相告诉了世界。这两个例子有力地证明了加兰小说的受欢迎之处,因为其中充满了对普通人的关心,以及对普通人愿望的真实而鲜明的表达。

---

① [美]哈姆林·加兰:《大路条条》,邹文华译,长江文艺出版社,2010,第142页。
② 同①,第155页。

田园诗般的自由、平等和繁荣面临灭绝。自由农民曾经认为自己是美国社会的主流,后来痛苦地、沮丧地意识到他们已经不是了。严酷的天气、艰苦的工作以及西部边境地区无休止的孤独和无聊,都是令人无法忍受的。加兰通过对作品中乡村世界的描写,强调了日益增长的幻灭感,在这种氛围下,可以感受到农民价值观从乐观到绝望的必然变化。

《大路条条》中,加兰从聚焦于西部农场的民生凋敝、"弥漫着痛苦情绪"的苦难叙事,到主题深化,渲染要重回故土的"乡愁",转而批判美国不公正的经济制度和土地政策,同时描述乡村巨变进程中"新的发展",书写普通劳动者在大变革过程中的心路历程及命运等。他的创作通过描写诚实男女之间健康的爱情、崇高的劳动以及普通人之间的兄弟之情等人性"伟大的光辉",展现、弘扬了美国现代转型过程中西部民众身上体现出来的坚韧品格和新型道德感,从写真的侧面形象地揭示了"美国梦"的另一个重要源头——平民百姓身上"贫贱忧戚、玉汝于成"的西进精神,丰富了美国文学的精神内涵。

总体来说,《大路条条》是加兰写得最好的一本短篇小说集。它是一部19世纪美国农村重要的社会和历史文献,其中对中西部农村苦难生活的描写彻底动摇了美国人对西部边疆田园般美景的浪漫幻想,是对美国西部农村生活现状最真实的写照。

《大路条条》每个故事之前使用了一段有关"路"的文字来引领本篇故事,而《草原上的人们》则在每个故事前都写了一首诗,为后面的故事定下了基调。

《草原上的人们》和《大路条条》尽管是姊妹篇,但两者之间还是存在着很多的不同:《大路条条》重点描述的是个人为了实现梦想而如何奋斗的;而《草原上的人们》描述的重点是人们对社会生活的执着。《草原上的人们》中故事的基调与后来加兰在1899年再版的《大路条条》中增加的故事情节相似,基本上也与1895年以后加兰的小说相同,都属于加兰较温和的小说,而这一点也符合加兰写真主义的理念:"写真主义作家实际上是一个乐观主义者,一个梦想家"①,他们终身追求的是人类美好的生活。

《草原上的人们》中的《春天浪漫故事》(A Spring Romance)就属于人类追求美好的故事之一。它没有描绘农场生活的艰辛和辛劳,而是讲了一个发生在西部农场的爱情故事。威廉·培根的长工莱曼·吉尔曼爱上了他的女儿玛丽埃塔,事初,培根由于刚失去妻子和儿子,深陷痛苦之中,坚决不同意两人的婚事,并把吉尔曼赶出农场。但吉尔曼在晚上说服了玛丽埃塔和他私奔后,培根终于接受了这桩婚事,并和女儿女婿生活在了一起。就像在《大路条条》中经常做的那样,在这个故事里加兰也使用了逃避和回归的主题,也暗示了女性为获得自由而面临困难。但与他的其他故事不同的是,当这对夫妇(尤其是玛丽埃塔)重新回到农场时,加兰并没有过多刻画农场的辛劳生活。

《埃尔德·皮尔的考验》(The Test of Elder Pill)和《格蕾丝的一天》(A Day of Grace)都带有当时时代的气息,尤其是中世纪宗教的气息。加兰一贯提倡进行宗教改革,在《崩塌的偶像》中也屡次提到宗教"要给予个人完全的自由,事实上的自由"②。这两个故事则是对那些受苦的底层民众人道主义的呼吁:如果天堂存在,人们必须知道如何在这个世界上找到它。唐纳德·皮泽尔认为,《埃尔德·皮尔的考验》戏剧化地表现了斯宾塞对福音主义的不信任,并呼吁皮尔进城布道时"用一种认真的道德来取代过时的宗教荒诞行径"③。然而,在皮尔的一次布道中,威廉·培根打断了他的说教,愤世嫉俗的拉德伯恩也一起谴责他,皮尔被打败了。在向拉德伯恩寻求建议后,皮尔开始思考他的旧宗教思想,他意识到,虽然他已经没有了宗教信仰,但他仍然有自己的道德。《格蕾丝的一天》也有一个相似的宗教主题,讲述了一个年轻女人格蕾丝在教堂经历的一天生活,以及她如何反抗宗教压迫取得

---

① Hamlin Garland, *Crumbling Idols* (Chicago: Stone and Kimball, 1894), p.47.
② 同①, p.46.
③ Donald Pizer, *Hamlin Garland's Early Work and Career* (Berkeley: University of California Press, 1960), p.76.

自由的故事。

《草原上的人们》中写得最让人痛心的故事是《西姆·伯恩斯的妻子》(Sim Burns' Wife)。这个故事刻画了一个绝望的、悲观的农村妇女卢克丽霞·伯恩斯的形象。加兰在这篇故事里把写真主义的"写实"发挥到了极致。卢克丽霞·伯恩斯是这样被描写的:"这是一张憔悴得令人心碎的脸——一张长长的、瘦削的、灰黄色的、眼眶深陷的脸。那张嘴早已忘记怎样噘拢来亲吻,嘴角下坠,仿佛随时都会坍塌,一咧嘴便会导致一场嚎啕大哭。没有衣领的脖颈和瘦棱棱的肩膀也令人心酸地显露出来。"① 这个故事描述了加兰对这个绝望农妇的同情。卢克丽霞无法摆脱单调、乏味的生活,她曾想过自杀,但最终为了几个孩子还是决定要活下去。就像《大路条条》里的几个故事一样,故事的基调倾向于绝望。加兰再次把造成这种痛苦的原因归咎于农场的经济状况。加兰通过小说中年轻的激进分子拉德伯恩,明确表达了他对农村经济体系的看法,特别强调农民的衰败可以直接归因于当时的经济制度。

在《一些乡村密友》(Some Village Cronies)中,加兰讲述了一个冬天的晚上,乡绅戈登在镇上杂货店下跳棋时拿皮维上校的秃头来戏弄对方的简单故事。这是一个幽默的故事,加兰精心描绘了农村丰富多彩的美景,满满的都是对童年生活的怀旧回忆。和《一些乡村密友》一样,《迪尔林老爹》(Daddy Deering)也属于加兰作品中较为温和的小说。这是一个简单、不复杂的故事,讲述了一个充满活力、喜欢玩乐的男人简单地变老然后死去的故事。故事中并没有太多戏剧性的紧张,只是在最后有那么一瞬间,我们怀疑老爹迪尔林自杀了。但是我们发现,老爹知道他将会死去,他走到雪地里勇敢地迎接他的死亡。这个故事没有描写农场生活的悲剧和艰辛。小说中指出,只要他能工作,他就充满活力。只有当他不能正常工作,当他老去,过去成为一种怀旧的回忆时,这个角色才显得可怜,但他从不屈服于

---

① Hamlin Garland, *Prairie Folks* (New York: The Macmillan Company, 1899), p.84.

绝望。

《居夫汀·克莱恩》(*Drifting Crane*)是加兰关注印第安人问题的第一部作品。印第安人老酋长克莱恩试图说服一个西部拓荒者威尔逊离开与印第安人保留地接壤的牧场。但是威尔逊拒绝了，并试图向克莱恩解释，印第安人的命运是注定的，白人定居者最终会来。加兰简要地指出了白人在对待印第安人和土地上的不公正，对大势已去的印第安人表现了极大的同情和悲哀，作品中真实描写了印第安人对白人拓荒者的友好和热情，揭露和批判了白人对印第安人的欺骗。

总体来说，《草原上的人们》就像《大路条条》一样，按照他的写真主义理论，真诚地讲述了作者自己熟悉的事情——加兰熟悉的西部发生的事。虽然《草原上的人们》的故事描绘出来的风景如画的场景是令人难忘的，虽然有抒情的诗歌贯穿，但由于它没有像《大路条条》那样触及一个更深层次的生活，所以它的影响远远不及《大路条条》那样大。但这也反映了加兰创作初期写真主义实践的结果，对于了解美国 19 世纪末中西部农村的真实生活还是有很大的历史价值的。

二 《一个小挪威人》《贾森·爱德华兹》中西部边疆农场为主题的写真主义创作与实践

加兰早期所创作的反映美国西部边疆农场生活的两部中篇小说《一个小挪威人》和《贾森·爱德华兹》与短篇小说集《大路条条》一样，都控诉了给农民带来痛苦的无休止的、累人的"谷仓院子里的日常劳作"[①]，以及压迫西部农民的外部力量，包括铁路垄断、国家货币政策和土地制度等。这种痛苦反过来又可以解释为何大批西部移民逃往东部或更远的西部。

---

① Hamlin Garland, *A Son of the Middle Border* (New York: Macmillan, 1917), p.376.

《一个小挪威人》重点叙述了"西部新定居者所面临的更加个人化的,同时也更加客观的困难"①。在《一个小挪威人》中,加兰描述了造成西部的平原生活几乎让人无法忍受的地理条件,尤其是气候和地形;在这个过程中,加兰揭露了西部殖民中最狡猾的骗局之一,即"雨随犁至"的谎言。那些移民到西部的人们面临着同样的困境——日常的劳作、难以耕种的土地、恶劣的气候、强取豪夺的房地产经纪人和银行家,以及鼓励人们到西部定居的政客们。他们还受到新西部社会和文化的严重孤立,各项法律和文化禁忌也使他们无法逃脱。这篇小说的特点是故事的主人公意识到自己所处的现实环境,并以此认识为基础,试图远离西部,重新回到东部去开始新的生活。

对西部农村土地政策的幻灭是《一个小挪威人》的主题之一。这部小说于1892年初首次在《世纪杂志》上发表,并于当年晚些时候以书的形式出版。小说中有两个主要人物,安斯和伯特,他们怀着很高的热情移民到达科他州,但后来和《在魔爪下》的哈斯金一样梦想破灭。在小说中,无休止的农场生活的艰辛是造成这种悲剧的主要原因。加兰以写真主义写实的手法描述了一个典型的西部农民辛苦的生活:"这两个人开始拼命地播种。清晨,在广阔而甜美的晨曦中起床,在耙和播种机的后面辛苦地劳作一整天,中午回来吃一顿粗劣的饭菜,他们又急急忙忙地跑回田里,一直干到天黑,太阳下山时才回来,累得一条腿都拖不动了——这就是他们的日常生活。"②

此外,他们几乎没有任何社交或文化娱乐活动。"这里的人他们什么也不做,"安斯抱怨道,"这里什么也看不见,什么也听不见。"③附近仅有的几间棚户区在几英里之外,最近的城镇贝勒普来恩小镇上只有一条小街,即使是在周六晚上,也没有什么好玩的。但最让他们绝望的还是大平原的气候。在这部中篇小说的开篇,圣诞节的暴风雪就把安斯和伯特困在了他们的茅

---

① Ray A. Billington, *Western Expansion: A History of the American Frontier* (New York: Macmillan, 1967), p.705.
② Hamlin Garland, *A Little Norsk; or, Ol' Pap's Flaxen* (New York: Appleton, 1892), pp.93-94.
③ 同②,p.119.

草小屋里。伯特望着窗外,被眼前的景象弄得心灰意冷:"这片平原几乎和极地海洋一样孤独、平坦、光秃秃的,在那里,死亡和寂静毫无疑问地主宰着一切。眼前一棵树也看不见,草都被烧了,或者被雪埋了,另外三四个小棚屋也几乎看不见了,可以说是半埋在雪堆里……要是这些拓荒者中有谁能预测到冬天是这样的,他们就不会在这平原上过冬了。"①

另外,他们发现离他们最近的棚户区已经好几天没有灯亮,也没有冒过烟了。安斯决定冒着暴雪,步行两英里去那里看看。到那里他看到一个可怕的景象:"一个女人,身上只穿着睡衣,冻死了,冻得像铁一样硬","老鼠在她身上跑来跑去"②,她上衣覆盖在一个小挪威女孩身上,小姑娘也快冻死了。这个小挪威女孩叫弗莱森。她的父亲在早些时候试图穿越平原获取补给时冻死了,所以现在她彻底成了孤儿。安斯把弗莱森抱在怀里,把她带回他和伯特的棚屋,两个粗野的单身汉收养了她。

《一个小挪威人》的前几页刻画了暴风雪袭击的场景,表现了达科他州恶劣的气候对试图定居在那里的人们毁灭性的打击。在这种环境下,人类的渺小和无能为力在加兰的一首诗中得到了体现,这首诗也是小说序言:

> 上帝!风的力量有多大啊!
> 把我的脸吹得贴在茅草屋的一侧
> 感受着它巨大的双手的力量
> 就像无情的、冰冷的流沙里的一只苍蝇。③

这不是诗意的夸张,事实上在这片平坦空旷的平原上,大风卷走了数以百万计的冰冷尘埃,带来了一场令人炫目、痛苦和刺骨的寒风。达科他州历史学家赫伯特·谢尔(Herbert S. Schell)描述了西部可怕的风是如何对移民造成巨大冲击的。"这并非偶然,"谢尔写道,"对达科他州严酷的气候毫无

---

① Hamlin Garland, *A Little Norsk; or, Ol' Pap's Flaxen* (New York: Appleton, 1892), pp.3-4.
② 同①, pp.14-25.
③ 同①, Preface.

准备的定居者,常常会被发现冻死在他们的小屋棚屋里。"①埃弗雷特·迪克(Everett Dick)写道:"暴风雪是一场只有开阔平原才会出现的风暴,平原上有一团名副其实的冰粒云……那么冷,人也好,兽也好,都受不了……通常在暴风雪期间,人们有必要把晾衣绳或绳子从房子拉到谷仓,然后顺着绳子走,以免在两座建筑物之间迷了路。"②在《草原上的少年时光》中,加兰对这些特别可怕的达科他州暴风雪进行了类似的描述:"当这些人试图面对暴风雪时,他们发现空气中密密麻麻地充满了细小的粉状雪,夹杂着可怕的爆炸声,从农场耕地中扬起的尘土,以每小时90英里的速度移动着。"③

这种恶劣的气候并不局限于冬天,夏天的天气同样可怕。平原上的炎热和热风对人们所种植的农作物有更大的破坏性影响。《一个小挪威人》描述了一个典型的西部农场的夏日,与小说开头所描述的典型的冬季环境如出一辙:"这是达科他大平原特有的令人难以忍受的一天。中午将近一点钟时,外面刮起了一阵酷热、令人窒息、猛烈的风。气温表即使在阴凉处差不多也有一百度,风不但不能使人松一口气,而且它带来的热气和它吹来的灰尘,使人窒息。"④伯特、安斯和其他农民最担心这种大风会摧毁那些没有成熟的小麦和玉米。他们"小心地观察着……祈祷或诅咒,因为这时候的小麦最容易被摧毁"⑤。几天后,他们担心的事最终还是发生了,他们的麦田被酷暑和大风彻底摧毁了。

《一个小挪威人》以及加兰的其他关于达科他州小说都曾提及,干旱是那里农业耕作最主要的问题,而这个跟政府当初对西部所做的宣传是相矛盾的。那些鼓吹西部是农业天堂、怂恿移民的人曾宣称:西部大草原和大平

---

① Herbert S. Schell, *History of South Dakota* (Lincoln: University of Nebraska Press, 1968), p.190.
② Everett Dick, *The Sod-House Frontier*, 1854-1890 (Lincoln: Jensen, 1954), pp.223-225.
③ Hamlin Garland, *Boy Life on the Prairie* (Lincoln: University of Nebraska Press, 1961), pp.41-42.
④ Hamlin Garland, *A Little Norsk; or, Ol' Pap's Flaxen* (New York: Appleton, 1892), p.115.
⑤ 同④,pp.116-117.

原的降水足以种植各类经济农作物。事实上,他们所说的适宜耕作的西部其实就是一片沙漠地,并且在地图上被标记为"美国伟大的沙漠"。那些政客们的宣传都是胡说八道,甚至有人说人类活动,如西部新安装的电报线和机车的叮当声,都会增加降水。1871年出版的《堪萨斯资源》(*Resources of Kansas*)一书竟声称:"铁路和电报确实会对气候产生影响,并导致降雨量增加,降雨更加频繁。"①那些鼓吹让东部人移民到西部的人中包括铁路铺设者、城镇创建者和土地拥有者,他们的宣传语中还毫不犹豫地用了"科学"这一词来证明降水会增加。太平洋联合铁路公司宣传册里声称,内布拉斯加州的普拉特河流域是一个"肥沃的鲜花草地,覆盖着营养丰富的青草,由无数溪流灌溉"②。1875年,圣塔菲铁路(Atchison, Topeka and Santa Fe Railway)在建设时,铁路公司出版了一系列由不同记者写的关于西部的报道。一位记者说:"堪萨斯州的土地肯定是世界上最适合种植谷物的土地之一。"另一位写道:"谁说堪萨斯州没有水?那里一年的降雨量比俄亥俄州还多。"③

加兰在他早期未出版的小说《布姆小镇的崛起》(*The Rise of Boomtown*)中,讽刺了这些鼓吹者及其夸张的言论。《布姆小镇的崛起》故事发生的地点与《一个小挪威人》一样都在达科他州。布姆镇的报纸上反复刊登着关于当地环境优美、土地肥沃、易于耕种、气候宜人的广告。这个城镇的名字本身,就像《一个小挪威人》中的贝勒普莱恩镇(Belleplain),模仿了西方城镇选择名字的做法,让它们听起来很繁荣,值得定居和投资(Boomtown原意新兴的小镇;Belleplain原意美丽的平原小镇)。内布拉斯加州的一个小镇,为了消除人们对西部降水的怀疑,直接取名"雨镇"(Raintwon)。但是就像布姆镇没有变得繁荣、贝勒普莱恩镇也没有变美一样,雨也很少降临到

---

① David Dary, *Entrepreneurs of the Old West* (New York: Alfred A. Knopf, 1986), p.235.
② John D. Hicks, *The Populist Revolt: A History of the Farmers' Alliance and the People's Party* (Lincoln: University of Nebraska Press, 1961), p.6.
③ 同①, p.286.

雨镇。

但关于西部气候的欺骗性言论，无论是无知还是欺骗的产物，最终结果都是灾难性的。一份地质调查局撰写的报告指出，大平原是一个半干旱的地区，结果硬是被一些政客们强迫地从"半干旱地区改成半湿润地区"[1]。为了应对始于1887年的严重干旱，美国政府开始修建灌溉渠道，但是这也被达科他州的政客们抵制了，因为"修建灌溉渠道的提议表明当地气候干旱"，他们不允许出现"任何负面的宣传"[2]。甚至由于当地缺水而采取的抗旱措施也被取消了，因为那些人"担心如果东部的人们听说达科他州的拓荒者正在抗旱灾，移民就会停止"[3]。

《一个小挪威人》叙述了这些欺骗的言论给人们带来的痛苦。伯特和安斯，就像数以百万计被骗的其他移民者一样，相信在日落小径的尽头，有潮湿的土地等待着他们，但现实的干旱让他们失去了财富，几乎要了他们的命。大多数州的农业机构掩盖了西部平原的严峻现实，并低估了应对这一现实所需的农业投入。因此，大多数移民不了解任何已知的旱地耕作方法，例如灌溉、建造水井、使用肥料、培植抗旱作物等。他们也没有考虑农业多样化，例如混合种植经济谷物和饲料谷物作物。因此，毫不奇怪，大多数平原上的农民——天真地用马或牛驱动的犁耕地，使用无特殊抗旱性的种子，在没有水井、灌溉、化肥或杀虫剂的情况下种植玉米和小麦，仅仅在自家那小块土地种植一两种需要大规模种植的农作物，结果是没几年他们就破产了。

加兰本人目睹了这种由于对西部农业的误判而造成的悲剧性的、毁灭性的结果。他于18世纪80年代末两次回到达科他州，发现自他上次在达科他州的湿润年份（1884年）以来，一种不祥的变化悄然降临平原。加兰指出，

---

[1] Frederick Merk, *History of the Westward Movement* (New York: Alfred A. Knopf, 1978), p.473.
[2] Herbert S. Schell, *History of South Dakota* (Lincoln: University of Nebraska Press, 1968), p.345.
[3] Everett Dick, *The Sod-House Frontier*, 1854-1890 (Lincoln: Jensen, 1954), p.208.

在19世纪80年代末的干旱时期,脸上还能带有微笑的人已经很少见了,人们怯怯地问道:"难道达科他州的夏天都是这样吗?"那些一度活跃的定居者也痛苦地意识到,西部并不是宣传的那种湿润的仙境,而是一片顽固干旱的土地,一切的农业努力结果常常是徒劳无功的。一位移民者凝视着这片"炙热的土地",不无遗憾地总结道,达科他州"就像是撒哈拉沙漠"①。随着"撒哈拉沙漠"这个词的出现,人们对西部的看法回到了1865年移民潮以前的状态,也就是说,这里是一片巨大的沙漠,而不是一片肥沃的土地,覆盖着营养丰富的青草,被无数溪流灌溉着。尽管被大肆鼓吹,但西部仍然是一片沙漠,而被蒙蔽的定居者现在被困在一个半干旱的环境中,埋在灰尘和债务的阴云之下,看不到摆脱它们的希望。

伯特和安斯在不断长大的弗莱森的帮助下,顶着暴风雪和火炉般的干旱,在达科他州平原完成了大约十年的农业劳作。但最终,这些困难将他们生存下去的勇气消磨殆尽。在一场暴风雪之后,伯特感到近乎绝望,他觉得自己已是在浪费生命。"我到底为什么要这么辛苦呢?"他问自己,"这么来回奔波有什么意义? ……对我来说,生活是一场无声的、黑暗的、几乎没有希望的斗争。"②这些曾经热情奔放的移民者,就像加兰小说中的其他角色一样,已经沦落为一种毫无希望的失落者。事实上,开篇的那首诗也谈到了人类在这种环境中是毫无希望的。这两个绝望的人只能想到一个办法:卖掉他们的土地,逃离这片被诅咒的平原。像达科他州和整个西部的大多数移民者一样,伯特和安斯的梦想已经完全破灭了。他们本以为这里气候宜人,土地肥沃,结果却是夏天尘土飞扬、冬天大雪纷飞的荒地。气候让伯特、安斯和其他西部平原居民觉醒了,看到了西部农场生活的残酷现实。

伯特和安斯回到了明尼苏达州的大草原,在那里,弗莱森就读于一所寄

---

① Hamlin Garland, *A Little Norsk*; *or, Ol' Pap's Flaxen* (New York: Appleton, 1892), p.386.
② 同①, p.97.

宿学校。明尼苏达州有着"树叶斑驳的溪流,摇曳的树木和深邃凉爽的森林"①。这让伯特和安斯想起了他们去过的那片一望无际、干燥、没有树木的西部大平原。对这些在"雨林出生"的人来说,到了明尼苏达州"就像从一个陌生的沙漠国家回到自己的家乡一样,这里到处都是森林和草原"②。在"无树的大平原"上生活了这么多年之后,光是这些树就使明尼苏达州看起来像一个"仙境"③。在《李布雷太太回娘家》中,女主人公困在艾奥瓦州的大平原上,渴望回到纽约州,部分原因是她"没日没夜地思念那些树和那些山"④。最终明尼苏达州和达科他州不同的地理环境说服伯特和安斯放弃了到西部平原生活的想法。严酷的极端气候、毁坏庄稼的干旱以及平坦无树的景象,让他们感到生活难以忍受,特别是因为他们和大平原的其他大多数移民者一样,被误导西部是一片"健康和财富"⑤的土地。

总之,《一个小挪威人》是一部重要而令人印象深刻的作品,正如加兰在《崩塌的偶像》中所提倡的那样,描写了西部农村"生活的现实",叙述了在当时经济制度下西部农村人生活的困境和无望的现实。

《贾森·爱德华兹》也是哈姆林·加兰于1892年创作的一部中篇小说,故事发生在美国历史上的镀金时期,那时候阶级间社会差距不断扩大,下层人民,特别是西部农场的农民,所遭受的待遇越来越不公平。

《贾森·爱德华兹》出版后评论家们没有发现什么值得称赞的地方。基思·纽林(Keith Newlin)在《哈姆林·加兰的一生》(*Hamlin Garland, A Life*)一书中指出:"《贾森·爱德华兹》这本书除了因善于描述现实可以受到赞扬外,其他一切似乎都平淡无奇。它有一种注重外在而非内在的倾向。"⑥

---

① Hamlin Garland, *A Little Norsk; or, Ol' Pap's Flaxen* (New York: Appleton, 1892), p.127.
② 同①,p.127.
③ 同①,p.136.
④ [美]哈姆林·加兰:《大路条条》,邹文华译,长江文艺出版社,2010,第162页。
⑤ 同④,第307页。
⑥ Keith Newlin, *Hamlin Garland, A Life* (Lincoln and London: University of Nebraska Press, 2008), p.429.

但也有评论家认为这是加兰控诉土地垄断导致农场农民无处安生的力作。

这篇作品最初于 1890 年 7 月以《在车轮下》为名,以戏剧作品的形式发表在《竞技场》杂志上。两部作品的故事情节、人物和对话都是相同的,不同之处在于,加兰在小说中提供了更广泛的故事背景。加兰以屠格涅夫(Ivan Turgenev, 1818—1883)《父与子》(*Fathers and Sons*)里巴扎罗夫的临终遗言中——我完了,掉到车轮下去了①——的这句话作为剧本的标题,预示着贾森·爱德华兹命运注定是一场悲剧。

在《在车轮下》的序言中,加兰为这部作品定下了基调,并表明了他的政治创作意图:

> 本故事首先要展示美国人生活的某些阶段;其次呈现一个问题,因为生活中任何一个阶段,经过仔细体会,都会有不足、不公平和痛苦的问题,而这些问题的出现都是经过精心设计的,可以使有思想的人陷入深思。八年来,我一直坚信,我听到了斯芬克斯之谜的答案,不是一个声音,而是许多人的声音。我对补救行动的路线有非常明确的信念,但我并不坚信我的信念是绝对正确的。我只是说,我感到满意的是,政府对土地的社会价值或地点价值征收的一项简单的税收,打破了所有对土地的垄断,这是治愈我们社会生活中大部分(如果不是全部)疾病和畸形的英勇之举。②

加兰将这部小说献给了当时的农民联盟运动。尽管他没有把贾森·爱德华兹写为农民联盟运动的宣传者,但他显然试图把这部小说引向一种新的政治力量(如单一税),而这种力量是为反对西部农村的不公正而兴起的。

这部小说分为两部分。第一部分发生在 1884 年的波士顿,20 年前移民到美国的贾森·爱德华兹是一名机械师;第二部分发生在 5 年后的 1889 年布姆镇农场,贾森·爱德华兹因为波士顿工资下降和租金上涨,那里的生活条件变得难以忍受,全家被迫离开波士顿迁到这里。他原本希望带着妻子和女儿移民到西部去寻找自由的土地,但到了以后他发现,这片土地不再是

---

① [俄]屠格涅夫:《父与子》,张冰、李毓榛译,中国画报出版社,2016,第 250 页。
② Hamlin Garland, *Under the Wheel* (Boston: Barta Press, 1890), Preface.

自由的，所有的一切都掌握在高利贷者和投机者手中，他的境况并不比在波士顿时好多少。高利贷使得贾森·爱德华兹身无分文，一场毁灭性的冰雹最终摧毁了他的庄稼，使他瘫痪在他的房子里。他的女儿爱丽丝之前拒绝嫁给沃特·里弗斯，陪着父亲到西部追逐梦想，但最终她屈服了。贾森·爱德华兹全家幻想破灭后，她接受了沃特的建议，回到波士顿与他一起生活。

故事重点叙述了贾森·爱德华兹一家到西部农场后的故事。从城市到乡村的迁徙并没有带来贾森·爱德华兹所希望的自由。免费的土地离铁路太远；其他土地以每英亩10美元的价格买卖。而且，贾森·爱德华兹无论是作为机械师还是农民，他都是受害者。在农场，正面临着连续第三个季节的干旱和歉收。天气就像在波士顿时一样酷热难耐，这是一种不祥的预兆。一切似乎都在与他作对——天气、土地价格、农作物以及拥有土地的人，他试图想生存下来，但他所有努力都于事无补。

暴风雨来了，还带来了冰雹。贾森·爱德华兹不仅是当时经济体系的一个受害者，而且老天爷似乎也在与他作对。

> 轰隆隆的雷鸣、翻滚的云浪、令人眼花缭乱的亮晶晶的闪电……以嘶嘶的、咆哮的声音传入耳内，麦子被即将来到的暴风雨踩躏着。①

这些对暴风雨来临之前可怕景象的描写，暗示着贾森·爱德华兹一家的悲剧即将上演。

> 暴风冲进屋子，扯下了窗户上的窗帘，将墙上的画像和小装饰品吹落在地，地上到处是打碎的玻璃；它好像要将屋顶从他们头上掀开，让他们毫无遮蔽地暴露在暴风雨中……
>
> 只要有经验的人都看得出来，暴风雨给小麦带来的后果多么可怕。一小时以前，金黄的小麦还高高地挺立着，此刻却被折断了贴在地面上，乱糟糟地打成了结浸泡在水里，已经毫无复原的希望了；久旱之后的它们，如今被践踏在泥泞的土地上。②

---

① [美]哈姆林·加兰：《大路条条》，邹文华译，长江文艺出版社，2010，第363页。
② 同①，第363-364页。

这场风暴不仅摧毁了贾森·爱德华兹的庄稼,也摧毁了他的身体。贾森·爱德华兹被描绘成一个可悲的人、一个悲剧式的人。"这个冤屈、受骗的男人,他那死人一般苍白的脸向着天空——那双可怜的、松软的双手空空地落在两旁……"①

里弗斯看到这一切,感觉到"自己见证了一个典型的美国悲剧——一个普通劳动者的崩溃,……爱德华兹双眼里已经布满了死亡的阴影,四肢已经麻木……耐心地、平静地等待死亡。生活没有给他任何馈赠——死亡已不再恐怖"②。但加兰在文中明确表示,主要是当时的社会经济体系而不是自然造成了这种局面。"(自然)它既不懂爱也不识恨。它的暴风雨与生命无关。它的晴朗美好并不认识死亡。有时候,它的暴风雨恰好造成死亡,有时候它的平静与人类欲望相似。它不懂,也不在乎。"③

暴风雨后,加兰借助两个当地老百姓的对话充分体现了他对当时农村社会经济制度的不满:

"这个你不能再责怪政府、税收或者其他机构了吧?"

"怎么不能?如果我们没有征收那么多土地来铺铁路,没有让那些非法占用公地的人吞食那么多地,或者如果我们也照样征收他们的地税,我们就不会都拥挤到这里来了;这个鬼地方要么滴雨不下,要么暴风雨肆虐——"④

最后,贾森·爱德华兹拖着残废的身体,跟着里弗斯回到他的故乡——东部的那个小镇。贾森·爱德华兹从东部小镇到了波士顿的大城市,又从波士顿到了西部,他的一次次旅程可以看作是一个个追逐梦想的过程,特别是去西部农场的梦想,那是当时许多美国人的梦想——"美国梦",然而,贾森·爱德华兹就和《一个小挪威人》里的安斯和伯特一样,在西部农村遭遇了失败,最后回到了东部,这说明他们追求的西部"美国梦"都破碎了。

---

① [美]哈姆林·加兰:《大路条条》,邹文华译,长江文艺出版社,2010,第368页。
② 同①,第364-368页。
③ 同①,第369页。
④ 同①,第371页。

第二节
早期西部农村政治经济为主题的写真主义创作与实践

在哈姆林·加兰的早期作品中,政治、经济和社会问题,特别是西部农村的政治、经济和社会问题一直是他关注的焦点之一。在政治上,加兰属于传统民主派,对一场表面上为人类自由事业而进行的英勇斗争"南北战争"的记忆使这一传统更加突出;在经济上,他接受了西进运动的农村经济原则,推崇社会经济改革和单一税制;在社会交往方面,他一直认为他的家人在娱乐、在教堂、在社区集市和在农场的社交活动中应该是平等的。当他在达科他州的时候,亨利·乔治的《进步与贫困》这本书唤起了他对社会问题的严肃思考。

亨利·乔治是美国19世纪末期知名的社会活动家和经济学家。《进步与贫困》是一本犀利的书,描绘了富足和贫穷、太阳和阴影的强烈对比。书中提出土地占有是社会不平等的主要根源,它以单一税的形式提出18世纪的一种重农主义理论,把它应用到资本主义制度的复杂性中,其目的在于吸收土地价值的自然增值,从根本上打击贫富不均的严重现象。这个主张曾经在欧美一些国家盛行一时,颇有影响。乔治主张土地国有,征收地价税归公共所有,废除一切其他税收,使社会财富趋于平均。乔治认为应该设法把大部分的地租收益分配给全体农民。他还认为:"只要现代进步所带来的全部增加的财富只是为个人积累巨大财产,增加奢侈,使富裕之家和贫困之家的差距更加悬殊,进步就不是真正的进步,它也难以持久,这种情形必定会产生反作用。塔楼在根基倾斜了,每增加一层只能加速它的最终崩溃。对注定必然贫穷的人进行教育,只是使他们骚动不安。把理论上人人平等的政治制度建筑在非常显著的社会不平等状况之上,等于把金字塔尖顶朝下竖立在地上。"①

同亨利·乔治一样,加兰清楚、敏锐地注意到了贫困人群痛苦的负担,他对社会不公也有着同样强烈的仇视。他认为人类苦难的主要原因在于不完善和不公正的法律和制度,废除土地垄断是经济改革的关键任务,也是确保西部开发后国家恢复繁荣昌盛的前提。加兰认为社会受害者的痛苦并不是由于自由竞争,而是由于缺乏自由竞争,简而言之就是垄断。普通美国公民需要的不仅仅是政府的关爱,更是机会,一个公平竞争的机会。

虽然加兰一直同情农民的反抗,但他主要关心的是单一税制问题,他认为这是农民对改革最有效的希望。加兰读过《进步与贫困》,并同意乔治的观点,认为社会上最普遍的罪恶是土地垄断。正如乔治所言,要消除贫困,就必须打破土地的垄断,为了打破垄断,只需要对土地征收一种单一的税,这种税足以把所有来自土地本身的收入,包括使用者自己的劳动或改良所得中的部分,收回给社会。这项工作一旦完成,土地投机和开发就会停止。

正如前文所述,在搬到波士顿后的 8~10 年,加兰在波士顿公共图书馆的书架上每天读 14 个小时的书。开始时他住在一个昏暗的廉价宿舍里,不久便在一所演讲学校里找到了一份教师的工作,后来在《竞技场》主编的援助下重回西部,目睹了民粹主义运动。在此期间,他形成了自己的哲学观、文学观和经济学观点。在波士顿,他接受约翰·菲斯克(John Fiske,1842—1901)和达尔文的进化论观点,最重要的是,他接受了斯宾塞的综合哲学理论,而这些理论都激起了他对社会经济改革的兴趣。

加兰在 1881 年至 1892 年间创作的小说都跟他参与的民粹主义运动有着密切的关系。民粹主义并不代表一定要采取激烈与暴力的手段,也包括

---

① [美]亨利·乔治:《进步与贫困》,吴良健、王翼龙译,商务印书馆,1995,第 17 页。

诸如演讲、静坐、绝食等温和的手段,而且近代采取温和手段抗议的成功率也较高。在美国,大约是在 19 世纪晚期到 20 世纪早期,历史上也称之为进步主义时期。这段时期出现了许多民粹亲农工政党,像人民党、美钞党、亨利·乔治的土地单一税运动党、进步党、农工党、美利坚联盟党等等,这些政党都反对托拉斯及共和党的亲大企业政策。早期的美国民粹主义主张,包括保障农民利益、主张自由使用银矿来铸造货币、提倡政府管制垄断现象以及反对美国插手拉丁美洲国家的政治和经济事务等等。尽管各个政党的主张之间有较大分歧,但他们的绝大多数内容后来被民主党吸收。

在这段时间里,加兰也加入了反贫困协会,四处奔走,支持农民的各种合理诉求。1891 年 11 月,他在艾奥瓦州为农民联盟积极奔走;1892 年 11 月,他在艾奥瓦州为人民党的竞选造势。然而,加兰在 1892 年大选后没有参与民粹主义运动,原因很简单,就是民粹主义者并不支持单一税。尽管他在 1892 年之后继续为他的单一税制四处活动,但他把农民在土地改革中的不满寄托于一个国家政党身上的期望已彻底破灭了。加兰多年来一直认为自己是改革者,但他的改革热情再也没有达到 1887 年至 1892 年期间的高度。

加兰的政治经济观点也充分地体现在了他的作品之中。前文讨论过的《大路条条》和《草原上的人们》里讲述的许多故事都和当时政治经济有关。如《兄弟》里的格兰特、《老兵归乡》里的史密斯、《西姆·伯恩斯的妻子》里的伯恩斯和《在魔爪下》里的哈斯金,他们都是由于受到不公正的社会和经济制度的影响,特别是土地政策的蹂躏,过着凄惨的农村生活。

早期创作中,加兰写了一系列关于农村政治经济问题的小说。例如前面讨论过的短篇小说集《大路条条》《草原上的人们》和中篇小说《一个小挪威人》《贾森·爱德华兹》,描写的都是西部农场农民的生活,不可避免地和农村政治经济有关。这里主要讨论以农村政治为主题的《渎职》和《第三议会的一名议员》这两部中篇小说,以及《大路条条》中反映农村突出的经济问题的短篇小说《老兵归乡》和《在魔爪下》。

一 《渎职》《第三议会的一名议员》中农村政治为主题的写真主义创作与实践

1892年,美国人民党的声望达到顶峰,在总统选举中赢得了西部4个州,同年加兰出版了他的2部西部农村政治小说:《渎职》和《第三议会的一名议员》,前者描绘了人民党的一个分党派农民联盟的兴起,后者以美国马萨诸塞州的政治贿赂丑闻为背景。这两部进步作品都以加兰进步的政治思想和经济理论为基础,记录了民粹主义运动的兴起和消亡的历程。

《渎职》从1892年1月到6月在《竞技场》上连载,并于1892年9月以长篇小说的形式正式出版。有评论家认为这部小说是加兰的"政治宣传手册,是一部失败的艺术之作"[①]。沃尔特·泰勒(Walter F.Taylor)认为:"《渎职》缺乏一个足够清晰的主题,缺乏一个足够戏剧化的故事来制造悬念,同时也缺乏足够有趣的角色来吸引读者的兴趣。加兰没有把作品融合成一个艺术上有效的整体。"[②]但这显然是在歪曲这部作品,因为评论家们忽略了小说中一些非常重要的特征,这些特征对研究加兰作为小说家的成长和美国现实主义小说的发展趋势提供了很有价值的见解。

在《渎职》以书的形式出版之前,加兰就给豪威尔斯寄了一份合刊,豪威尔斯给加兰回了一封简短的贺信:

> 我一拿到《渎职》这本书稿,就立即读了一遍。我一直想告诉你我有多喜欢它,我对这个故事很感兴趣,你简单而深刻地刻画了男主人公。我了解他,

---

① Henry Smith, *Virgin Land: The American West as Symbol and Myth* (New York: Vintage Books, 1957), p.289.
② Walter F. Taylor, *The Economic Novel in America* (Chapel Hill: University of North Carolina Press, 1942), pp.168-171.

从头到尾都很同情他。你敢把一个女权运动者当作女主人公,这是勇敢的;内蒂·拉塞尔的人性价值不菲;拉塞尔说的是实话,千真万确。这本书对当前政治是一种新的挑战,我为此感到自豪。①

《竞技场》主编弗劳尔称《渎职》这部作品"是西部地区有史以来发生过的最伟大的生活故事,是金钱对腐败立法影响的最生动写照"②。昆汀·马丁(Quentin Martin)认为,"《渎职》是哈姆林·加兰最经久不衰的民粹主义小说,与其他美国内战后的美国小说相比,它更好地叙述了西部农民起义的兴起和面临的巨大困难"③。唐纳德·皮泽尔也认为"《渎职》作为一部社会史作品非常出色"④。

的确,正如加兰自己所认为的,《渎职》这部小说很好地体现了他的写真主义理论:小说以感伤的剧情为基础,写真主义为表现手段,表现了加兰对政治腐败的痛恨。对加兰来说,感伤的剧情让他能够想象一个乌托邦式的未来,而写真主义则暴露了政治力量的腐败。正如最近几位学者所指出的,为了促进一种新的社会秩序,并揭示为什么需要这样一种转变,加兰采用了复杂的文学表达模式:感伤的剧情和写真主义的混合。例如,在《哈姆林·加兰的现代主义》(*Hamlin Garland's Modernism*)中,克里斯汀·霍尔波(Christine Holbo)欣然接受了加兰复杂的文学表达模式,并表明在加兰的小说中发现了现代主义的特点:"中西部现实主义被简化为代表中西部的身份,很快就变得不完全相同,而是自相矛盾。只有将现实主义解读为现代主义,现实主义的社会关怀与象征主义的审美反叛之间的对立才会消失。"⑤

---

① The letter is dated September 14, 1892. See Eldon C. Hill, "A Biographical Study of Hamlin Garland from 1860 to 1895," Unpublished Dissertation, Ohio State University, 1940, pp.145-146.
② James Nagel (eds.), *Critical Essays on Hamlin Garland* (Boston: G. K. Hall Co., 1982), p.43.
③ Quentin E. Martin, "'This Spreading Radicalism': Hamlin Garland's 'A Spoil of Office' and the Creation of True Populism," *Studies in American Fiction*, No.26 (1998):29.
④ Donald Pizer, *Hamlin Garland's Early Work and Career* (Berkeley: University of California Press, 1960), p.105.
⑤ Christine Holbo, "Hamlin Garland's 'Modernism'," *English Literary History*, No. 80(2013): 1231.

作为现实与理想的结合体,加兰的政治小说以民粹主义与乌托邦式混合的解决方案作为情感故事的结局,他用写实的写真主义来呼吁这种结局,但也对民粹主义是否是灵丹妙药提出质疑。在准确描述了西部农民政治上的失败,使得乌托邦式解决方案不可能成功后,加兰不得不接受政治现实——游说者通过贿赂控制立法者,金融家和政客之间结成联盟,进一步推动城市化、工业化和向西部扩张。在真实地表现了资本大鳄和立法机构相互勾结后,加兰的政治主题出现了——它不是乌托邦式的答案,也不是反乌托邦式的警告,而是一种务实的探索,描绘了普通人对民粹主义解决方案的渴望,当然,对他们来说,这些解决方案可能弊大于利。

这两部政治小说同年出现,加兰将其构成了一个连续的故事,一个情节相对夸张的成功故事。在这两个情节中,主角都是坚守原则的正义立法者,他们不仅是成功的政治家,还是成功的恋人。每一部政治小说都以夸张的情节为架构,讲述一个爱情故事,而这个故事象征着国家的进步。与他后期的西部爱情小说不同,这两部作品以流行的、感伤的情感描写为依托,聚焦于早期相遇的两个情人,他们克服了难以置信的障碍,最终幸福地结合在一起。

《渎职》故事发生在 1877 年至 1884 年末,以 19 世纪三大主要的农业运动——农庄兴起、农民联盟运动和民粹主义党成立——为背景,追溯了主人公布拉德利·塔尔科特的政治生涯,他从一个无知的艾奥瓦农场工人成长为美国国会议员和农民联盟的支持者;另一个主要角色艾达·威尔伯也经历了类似的发展,从一个年轻而有些天真的格兰奇女讲师,成长为一个充满激情的女权主义者和联盟组织者。在小说的结尾,塔尔科特和艾达·威尔伯都献身于西部的农场生活,变成了民粹主义者。

加兰认为,要想成为真正的民粹主义者,西部人民必须改变传统观念,切断对传统的依恋。起初民粹主义提出创建一个农民联盟,必须用合并和合作来取代分散和竞争,以免农民永远成为金融机构、铁路公司、土地公司和制造业利益集团的牺牲品,而这些利益集团正在迅速地合并。"农民必须学会帮助自己,他必须帮助别人,"艾达·威尔伯说。"这,"她补充道,"是现代社会的一大教训。"①"在我看来,"另一个人说,"除了农民,每个人都为自己着想。"②对于19世纪末的农民来说,唯一可能的反应是要么组织起来,要么灭亡。

正如加兰在《渎职》中所展示的,农场运动为西部农民提供了实现这一目标的最佳方式。后来随着社会的发展,加兰发现,政治权力必须从它在西部的传统基地城镇转移到农场;否则,农民将永远无法真正对抗剥削他们的力量。因此,尽管农庄作为一个庞大的组织力量有着巨大的重要性,但由于其非政治性,它在小说中不得不被抛弃。然而当西部农民进入政界后,他必须清除另一个障碍,认识到另一个痛苦的现实,即政治的腐败性。在通常的政治结构中,通过改革立法的机会非常小。因此,农民们被迫迈出历史性的一步,成立一个独立的政治组织(农民联盟),然后成立一个独立的政党(人民党),以规避一切照旧的政治问题。然而塔尔科特、艾达·威尔伯发现,追求农民的利益必须与其他被剥削群体的利益联系在一起。任何将政治行动限制在纯粹的农业问题上的反对运动都注定是失败的。塔尔科特在艾达·威尔伯的帮助下逐渐认识到,西部农民的问题在许多方面与其他群体面临的问题是类似的,特别是城市工业工人、黑人和妇女。

小说的开篇描述了19世纪70年代西部生活中一个显著的现象:一年一度的农庄野餐。这个农庄成立于1867年,最初是一个面向所有美国农民的社会和教育组织。到19世纪70年代中期,该农庄在当地2万个大大小小的庄园中拥有超过80万名成员,其中大部分在西部。《渎职》中描绘的农庄野餐是由位于艾奥瓦州洛克县及其附近的3个庄园赞助的,加兰创作的所有艾奥瓦小说都是以这里作为背景的。庄园里挤满了各种车辆,车辆上坐满了男男女女、老老少少,其中许多人戴着围裙、腰带和白色、橙色、浅黄色和红色的带子,聚集在一个露天的集会场所。在那里,一场欢乐的音乐、歌唱、社

---

① Hamlin Garland, *A Spoil of Office* (New York: D. Appleton and Company, 1897), p.150.
② 同①,p.20.

交、求爱、吃饭和演讲一直持续到天黑。正如一位演讲者所说,由于农庄,在共同利益和需求下,农民现在联系在一起了,代表了历史上第一个伟大的农民运动。农庄挂的横幅显示了这一转变:"团结则存,分裂则亡。"①艾达·威尔伯宣称:"这是农民的历史上最伟大的运动……我从中看到了联合思想的兴起。"②

《渎职》一直在说明,城市和乡村之间的冲突是有文化但腐败、物质的城市居民和没有受过教育但诚实、节俭的农民之间的冲突。在小说的前半部分,加兰将这种矛盾主要集中在农村地方层面。这场冲突始于1870年代,农民与乡村的政客之间展开了政治斗争,这些政客本应该代表农民的利益,但实际上是代表银行家、房地产商和经纪人的利益,通过不断提高抵押贷款利率和租金以及降低农产品价格,使许多农民处于饥饿的边缘。农民们意识到,只有在政治上组织起来,利用庄园,他们才有力量保护自己。

在《渎职》的开篇部分,加兰仔细地描绘了农庄最强大的时刻,同时指出那也是最脆弱的时刻。农庄确实是一股巨大的社会、教育和部分经济力量的变革结果。它成功地对抗了压迫性的机构,特别是铁路集团,并通过建立合作购买在与生产企业以及商业机构的竞争中赢得了几次经济战役。然而,正如加兰明确指出的,庄园家族不愿以任何系统性的方式进入政界,这就预示着它必将灭亡。野餐时,年轻的詹宁斯表达了农场主对农庄日益增长的不满。詹宁斯宣称:"我支持斗争!我赞成为农民的利益而斗争。这不仅是一场防御战,而且是一场进攻战。我们必须在投票箱前团结起来,我们必须在州立法机关有代表。"③

后来,艾奥瓦州的大大小小庄园确实创建了他们自己的"庄园票",让农民参与到所有政府重要的部门,并分发了一份名为"新政:郡县政治改革"的竞选传单。此外,他们宣布形成"人民票"。作者说,农民的起义开始了,不

---

① Hamlin Garland, *A Spoil of Office* (New York: D. Appleton and Company, 1897), p.7.
② 同①,p.13.
③ 同①,p.10.

久"新政成了全县的话题"①。在实现了历史性的联盟之后,农民们现在开始采取政治行动,这一切都是农庄组织的结果。作者一再明确表示,正是农庄使这场起义成为可能。它把农民们紧紧团结在一起,使他们认识他们自己的人、他们自己的领袖。

当庄园的候选人获胜时,农民们欣喜若狂。他们知道在该县的历史上,农民第一次维护了自己的权利。事实上,这是美国农民历史上第一次有了团结的感觉。这是农庄的划时代的成就,但这还不够,因为农民在政治上仍然没有组织起来,还没有认识到所有生产利益的团结,这需要进行更多的民粹主义改革。小说中艾奥瓦州农民在选举中获得的微弱胜利就证明了这一点。庄园的活力很快就消失了,塔尔科特、艾达·威尔伯和其他人很快对农业组织的想法失去了兴趣。塔尔科特后来告诉艾达·威尔伯,庄园似乎正在走下坡路。艾达·威尔伯表示同意,她说:"农民们似乎无法团结起来。奇怪,不是吗?其他行业和职业都有自己的组织,相互支持,但农民似乎感觉不到自己的血缘关系。在他们吸取教训之前,农民将遭受更大的苦难。"②

在小说的后半部分,加兰扩展了城市和乡村的冲突,并在全国范围内处理它。这本书的后半部分是关于联盟运动导致民粹主义政党的兴起。加兰现在不仅与农民打交道,而且还将两个更大群体的利益放在一起——那些控制着政府的土地所有者、货币兑换商和那些辛苦劳作、创造了所有财富的数百万农民,但后者从未控制过立法,因此被不公正的法律弄得一贫如洗。尽管加兰深信改革的必要性,他也认识到团结穷人和实现有意义的社会变革存在着的障碍。加兰认识到了政治进程中的腐败程度,小说中塔尔科特的优柔寡断让我们深入了解了加兰的政治观点——他对政治进程的排斥和怀疑,以及他对如何处理农业问题的困惑。显然,到1892年,加兰对民粹主义政党的方向已经完全失望了,以至于没有像艾达·威尔伯那样充满热情,她说:"我希望看到我们的改革在我头发花白之前能实现。如果我们忠于自

---

① Hamlin Garland, *A Spoil of Office* (New York: D. Appleton and Company, 1897), p.89.
② 同①,p.149.

己,如果我们的领导人忠于自己,如果他们不成为官职的俘虏,如果他们忠实于自己的最佳信念,说出自己的新想法,它就会实现。"①

评论家对加兰这种处理艺术和政治之间的关系的做法有着根本错误的认识。正如欧文·豪(Irving Howe, 1920—1993)的著名论断,这种错误的观念在许多美国作家的作品中反复出现,他们认为"抽象的思想总是会污染艺术作品,应该与之保持安全的距离"②。许多美国小说家和评论家都认为,政治本身就与小说的艺术性相违背。但真正的问题是如何处理好这些政治因素,而不是忽视它们的存在。

总体来说,《渎职》这部作品正如罗亚尔·科蒂索斯(Royal Cortissoz, 1869—1948)在《大西洋月刊》上发表的一篇文章说的那样:"这本书的主题是宏伟的,这是一个适合'伟大的美国小说'的主题。这本书在艺术上是成功的,因为加兰坚守了他自己的写真主义信条——写自己所知道的。他把自己的英雄形象塑造成了一个有个性的代言人——他指控政党腐败,呼吁农民运动,宣扬民粹主义和女权运动。"③

《第三议会的一名议员》起初是以戏剧的形式出现的,1892年经过加兰的改编后又以小说的形式出版。加兰的写真主义提出美国作家要创作具有地方色彩的小说,"小说的乡土色彩是小说的生命,地方色彩意味着作者自发地反映了他周围的生活"④。《第三议会的一名议员》就是最能体现其想法的作品,而且较以前的作品,这部更进步、更现实。故事发生在20世纪初的美国新英格兰地区,故事围绕着一个当地官员威尔逊·塔特尔如何打破铁路垄断展开,故事也清楚地表明了加兰民粹的政治观点。由于这部小说揭露了当时美国西部农村许多重要的政治问题,具有很强的批评现实主义精神,深受广大读者和学界的关注,这使得它在美国文学领域一直占有重要

---

① Hamlin Garland, *A Spoil of Office* (New York: D. Appleton and Company, 1897), p.371.
② Irving Howe, *Politics and the Novel* (New York: Horizon-Meridian, 1957), p.20.
③ Royal Cortissoz, "New Figures in Literature and Art," *Atlantic Monthly*, No.76(1895):840-844.
④ Hamlin Garland, *Crumbling Idols* (Chicago: Stone and Kimball, 1894), p.53.

位置。

加兰的写真主义也是现实主义文学运动的产物,他把自己的政治观点运用到写作中。创作题材从浪漫主义爱情转向诚实、正直和普通人的生活。《第三议会的一名议员》内战后的美国新英格兰为背景,讲述了一场政治战争。加兰将这段时期描绘成一个社会和道德价值观腐朽的时代,这个时代充斥着犬儒主义,充满着对贪婪、娱乐、权力的追求。在整部小说中,加兰塑造了鲜明的人物形象,体现了写真主义的视角,加兰还将他的写真主义写作风格与他的政治观点结合了起来。他坚持的民粹主义观点敦促社会和政治体制进行有利于普通民众的改革。铁路垄断最终导致相关人员的死亡,这集中体现了加兰的政治和写真主义观点。

《第三议会的一名议员》的主题是政治腐败,这是土地私有制和垄断所有制造成的,这一问题似乎无法避免。他从《贾森·爱德华兹》中关注个人如何成为垄断受害者,转向《第三议会的一名议员》中对那些剥削者和政治腐败进行研究。

威尔逊·塔特尔在这部小说中代表了现实主义英雄形象。他是一位年轻的政治知识分子,他要求联合委员会对联合铁路公司进行调查,调查内容涉及垄断行为和贿赂政府官员,尽管后来调查最终还涉及联合铁路公司的老板,塔特尔的情人海伦的父亲——"铁公爵"劳伦斯·戴维斯。当时所有的对州官员和立法者的贿赂主要都是由臭名昭著的说客汤姆·布伦南和戴维斯的律师塞缪尔·福克斯经办的。没有贿赂的证据,也得不到大众对调查的支持,看来调查将以失败而告终。幸运的是,关键时刻,一位第三议院的议员本·沃德挺身而出,作证说戴维斯的行贿行为,最终逼得戴维斯自杀。

用塔特尔的话来说,"汤姆·布伦南才是真正的反派,而不是舞台上的漫画人物"[1]。加兰成功地塑造了这个角色,在这部作品中,善与恶得以充分

---

[1] Hamlin Garland, *A Member of the Third House* (Chicago: F. J. Schulte & Company Publishers, 1892), p.19.

地展示。布伦南被认为是"社会的产物,尤其是政治的产物,就像随处可见的铁路、电话或牛奶代卖点……他善于谋划。他双手紧握钞票,并不认为自己是个恶棍,在他的世界里,普通的道德观念并不适用。他把自己的行为看作是正义的一部分"[1]。在贿赂参议员沃德之后,布伦南决定成为戴维斯公司的股东和他的女婿。他还敲诈戴维斯并威胁要揭发他。

加兰对布伦南多少有些同情。在书中,布伦南被说成一个现代的、勤奋的商人,他只是不得不做着不道德的事情,他是一个贫穷的爱尔兰男孩,只是为了成功而不得不做这些事情。在为自己作为说客的非法行为辩护时,布伦南大胆地表示,他支持公共利益,正是他的支持使得有轨电车线路成为可能。在小说的结尾,加兰把布伦南塑造成了一个可悲的角色,而不仅仅是情节剧中的反派,他同情那些务实的政治代理人,那些谈判交易的代理人。布伦南和加兰本人一样,被证明是一个聪明、现代的人,无论他身在何处,都会茁壮成长。

尽管戴维斯被认为是一个强大的人,但实际上他更多地被描绘成一个剥削者,同时也是一个腐败体系的受害者。正如司法部部长在委员会听证会结束时总结的那样:"只要立法者有权将公共财富通过投票投进私人口袋,游说团就会继续存在,而沃德参议员和戴维斯先生就是被这样的人毁灭的。在我看来,他们既是腐败者,也是这个贪腐制度的受害者。"[2]就连布伦南也认为戴维斯是英格尔斯所说的彩虹之梦的受害者。

在小说中,加兰通过一个名叫拉德伯恩的新闻记者,阐述了他的单一税想法,并通过这名记者来让塔特尔转变为他的单一税支持者,这样塔特尔不仅在他的调查中受到拉德伯恩的单一税的影响,而且还提出了一项法案,对享有土地特权的人征收累进的年度租金。事实上,加兰是这个故事的叙述者,通过他的写作和声音,民粹主义和他的单一税得到了宣传。

---

[1] Hamlin Garland, *A Member of the Third House* (Chicago: F. J. Schulte & Company Publishers, 1892), p.48.
[2] 同[1], p.198.

尽管这篇小说的政治环境过于简单,海伦和塔特尔肤浅的爱情故事,以及戴维斯戏剧性的自杀,都削弱了小说的中心冲突,但是若干年后,一位观察家可能会对美国人对腐败活动的极度漠视感到惋惜。从这样的角度来判断,这部小说在19世纪末成为一部很好的关于一个理想主义者、一个普通美国人的文献。尽管作为西部农村政治小说,《渎职》《第三议会的一名议员》都存在着种种问题,但它们仍然是优秀的社会史作品,因为它们对19世纪晚期农民面临的困境以及在改革时期发展起来的政党提供了深刻的见解。

二 《老兵归乡》《在魔爪下》中农村经济问题为主题的写真主义创作与实践

1891年,来自堪萨斯州的民粹主义参议员威廉·佩弗(William Peffer, 1831—1912)在《农民的一方》(*The Farmer's Side*)一书中宣称:"金钱的力量是那个时代的巨大罪恶;钱是个大问题,在金钱面前其他所有的问题都变得无足轻重。"[①]同年,哈姆林·加兰的《大路条条》出版,其中有两部短篇小说《老兵归乡》《在魔爪下》,也是将"金钱的力量"作为写作的重要主题。在这两个故事中,加兰描述了金钱的垄断是如何摧毁典型的西部农民生活的。

在这两个故事中,加兰刻意地建立了一个时间顺序,展示了金钱的垄断如何摧毁了典型的农民,并最终导致民粹主义运动的。佩弗和加兰的书出版一年多后,人民党领导的民粹主义运动在美国全境兴起。1892年,人民党成为美国历史上第一个在总统选举中获得超过100万张选票的第三党;他们的候选人詹姆斯·韦弗(James B. Weaver,1833—1912)赢得了4个州的支持,赢得了22张选举人票。此外,人民党赢得了美国参议院的5个席位和众议院的10个席位,在州一级赢得了3个州长职位(堪萨斯州、北达科他州和

---

① William Peffer, *The Farmer's Side : His Troubles and Their Remedy* (New York: Appleton, 1891), p.123.

科罗拉多州)和大约 1500 个立法席位。由于一群农民的努力,这个国家的传统统治变得摇摇欲坠。农民的反抗在很大程度上是由于美国那种特殊而掠夺性的经济制度。这一体系的细节和后果,以及民粹主义运动的源头,都可以在《老兵归乡》《在魔爪下》这两部作品中找到。

由于内战引发金融危机,美国开始发行美钞纸币。到 1865 年,美国的货币供应量翻了一番,达到约 20 亿美元。然而,当战争结束时,大多数银行家和其他金融家认为,这种紧急措施应该结束。此外,为了让美元完全走强,他们敦促美国政府用黄金代替白银作为货币基础。这些金融家受英国黄金本位制的影响,希望美国采纳他们所推荐的健全而传统的黄金本位制度。在这些金融家看来,黄金是真实的货币,是健全经济体系的基础;纸币美元和白银是伪造的货币,是粗制滥造的经济体系的基础。1873 年的金融危机证明了他们的论点,他们将其归咎于不健全的白银和纸币的使用。这些金融大鳄们不顾那些建议扩大货币人士的反对,在控制着国会的共和党的支持下,通过了两项法案,将美国纳入黄金本位制:1873 年,白银被正式废止停用,黄金成为美国货币的唯一基础;1879 年,《恢复硬币法》(1875 年通过)生效,该法案要求财政部赎回"硬币"(1873 年后,"硬币"仅指金币)中的所有美元,这一政策旨在让纸币退出流通。第二项措施的影响比第一项大得多,因为白银多年来没有得到广泛使用;银币作为商品更值钱,所以总是被熔化。

这些法案起到了作用,尽管 1878 年(布兰德-艾利森)和 1890 年(谢尔曼)通过了《小型银器购买法案》,以平息美元运动和其他政党的反对。然而,"在《恢复硬币法》通过后的十年内,流通中的货币总量下降了整整一半"[1]。到了 1890 年,美国流通的货币又增加了大约 20 亿美元,与内战结束时相同。但在 1865 年至 1890 年的四分之一世纪里,正如约翰·希克斯

---

[1] William Peffer, *The Farmer's Side : His Troubles and Their Remedy* (New York: Appleton, 1891), p.119.

(John D. Hicks)所写的那样,"人口翻了一番,业务量可能增长了两倍"①。考虑到这些情形,货币相对萎缩的结果是不言自明的:越来越多的人渴望一种更稀缺的商品,而这种商品与任何其他商品一样,会增加其价值,结果就是货币美元升值了。

货币升值有利于债权人阶层,并将债务人置于极端风险之中。如果有人在1880年借了5 000美元,"以近年来美元的升值速度大致相当于非升值美元的年利率的20%至25%"②。把这个数字加上农民可以找到的贷款利率——6%的长期贷款加上4%到5%的佣金利率——就可以得到30%的长期贷款的最低实际年利率,比如土地和房屋贷款。因此,在1880年借了5 000美元并在这些利率下签署了10年期票据的农民,需要每年支付1 581.7美元来偿还贷款,总共支付15 817美元本金和利息。而且,如果农民被迫以更高的利息借款,高于"18%这个常见的长期利率"③,随着美元升值和上述佣金率的上升(即25%和5%),农民们将面临48%的净利率。1880年,这个农民借了5 000美元,10年后,他总共支付24 218美元本金和利息。一些农民支付高达40%的动产贷款和50%的一年期贷款;在后一种情况下,净利率将为80%。

因此,债权人阶层从原始贷款中获得了巨额利润。这种情况促使民粹主义者调查这一现象,并指责这一阶层——主要是东部的银行家和投资者,以及他们在两大主要政党中的支持者——这是一项精心策划的政策,旨在以牺牲中西部劳动力为代价来充实他们的资金。正如詹姆斯·韦弗所宣称的:"资本家和高利贷者是社会的主人,货币欺诈代表着这个时代最重大的

---

① John D. Hicks, *The Populist Revolt: A History of the Farmers' Alliance and the People's Party* (Lincoln: University of Nebraska Press, 1961), p.88.
② 同①,p.90.
③ Lawrence Goodwyn, *Democratic Promise: The Populist Movement in America* (New York: Oxford University Press, 1976), p.97.

罪行。"① 1892年的民粹主义政党纲领声称:"货币供应被故意限制,助长高利贷者利益,伤害了农民的利益。"②

除了货币升值之外,货币供应的收缩还会造成一个额外的问题:商品价格的下行压力(或称"通货紧缩",即通货膨胀的反面)。劳伦斯·古德温(Lawrence Goodwyn, 1928—2013)解释了这一现象:

> 如果让10个农民代表整个人口,10美元代表整个货币供应量,10蒲式耳代表整个经济的产量,那么一蒲式耳小麦的售价立刻就会是1美元。如果人口、生产和货币供应在两代人的时间内增加到20,农民的回报仍然是每蒲式耳1美元。但是,如果人口和产量翻一番达到20,而货币供应保持在10货币收缩,小麦的价格就会下降到50美分。这个国家的农民从20蒲式耳小麦中得到的收入,并不比他们以前从10蒲式耳小麦中得到的多。③

威廉·佩弗指出,美国内战后的"钱荒"压低了大多数农产品的价格。与此同时,在税收的支撑下,许多非农业产品的价格仍然居高不下。从19世纪70年代初到90年代,农作物价格逐年下降。1871年,"农民每英斗小麦的价格大约为1美元,但到了19世纪90年代,农民每英斗小麦的收入仅为35美分,而当时种植一英斗的成本在45美分至67美分之间"④。仅仅因为这种情况,麦农注定要破产。因此,随着货币升值、价格下跌、税收和中间商的剥削,农民们不断抱怨"一分钱小麦,一分钱利息",农民们不断指出,他们把玉米当作燃料,而不是亏本出售,就像埃里克·戈德曼(Eric Goldman)指出的那样:"树下有苹果,牛奶喂猪,玉米和棉花被用作燃料。"⑤ 1891年的西

---

① James B. Weaver, *A Call to Action : An Interpretation of the Great Uprising*, *Its Source and Cause* (Des Moines: Iowa Printing Co., 1892), p.314.
② John D. Hicks, *The Populist Revolt : A History of the Farmers' Alliance and the People's Party* (Lincoln: University of Nebraska Press, 1961), p.40.
③ Lawrence Goodwyn, *Democratic Promise : The Populist Movement in America* (New York: Oxford University Press, 1976), p.19.
④ 同③, p.114.
⑤ Eric Goldman, *Rendezvous with Destiny : A History of Modern American Reform* (New York: Vintage-Random, 1955), p.3.

部民粹主义竞选演讲中,加兰问道:"为什么在我们的城市里,孩子们哭喊着要食物,而在农村,水果在蔓藤上腐烂,农民不愿意收割田里的小麦?"①

物价的通货紧缩,加上货币的升值,导致了大量西方农业移民的金融灾难。一个农民必须在货币升值而产品贬值的情况下来偿还债务;农民的债务"增加了100%,而他的产品的价值平均减少了近50%"。因此,对于西方农民来说,"黄金西部"这一古老的繁荣词汇已经变成了一个残酷的双关语:西部的确是"黄金"的,却被"黄金"阶层利用,他们用强制的"金本位"制控制着西部的土地。正如沃尔特·麦考斯(Walter B. Michaels)所说:"贪婪不会杀人,但金本位会。"②

对当时的农民,以及后来的大多数历史学家来说,19世纪晚期西部农业的巨大失败,最大的原因就是对金钱的垄断的经济制度。"我们被诅咒了,"一位西部农民写道,"与其说是被炎热的气候诅咒,还不如说是被银行家和高利贷者的诈骗游戏诅咒了。"③佩弗认为,货币的收缩和它的两个主要后果——货币升值和价格紧缩,"迅速地把西部农场土地交到大地主手中,使农场农民成为租客"④。民粹主义者愤怒地宣称:"由于东部的投票机制和资本家们为了私自利益,造成了资金的不断减少,东部的人已经把它的手放在了西部农场的脖子上。"⑤对其中一些改革者来说,1873年废除银元的行为可称为"73年的罪行",这个口号与布莱恩的"黄金十字架"一样,至今仍是整个民粹主义运动中最令人难忘的口号。对农民来说,他们被夹在不断上升的利率和不断下降的农产品价格之间,采用金本位制构成了"一场巨大的悲

---

① Hamlin Garland, *A Son of the Middle Border* (New York: Macmillan, 1917), p.427.
② Walter B. Michaels, *The Gold Standard and the Logic of Naturalism: American Literature at the Turn of the Century* (Berkeley: University of California Press, 1987), p.150.
③ Norman Pollack, *The Populist Mind* (Indianapolis: Bobbs-Merrill Company, 1967), p.34.
④ William Peffer, *The Farmer's Side: His Troubles and Their Remedy* (New York: Appleton, 1891), p.165.
⑤ John D. Hicks, *The Populist Revolt: A History of the Farmers' Alliance and the People's Party* (Lincoln: University of Nebraska Press, 1961), pp.90-91.

剧,最终导致了民粹主义运动的兴起"①。

加兰的《老兵归乡》《在魔爪下》就是叙述金钱制度是如何制造了一场场摧毁西部典型农民的"大规模悲剧"的。历史学家艾伦·内文斯(Allan Nevins)称:"《老兵归乡》是关于内战的最好故事。"②故事发生在1865年8月,爱德华·史密斯(他的名字表明了他的故事的共性,就像故事标题中的不定冠词一样)和其他一些士兵——大多数都是像史密斯这样的农民——正在完成从新奥尔良到威斯康星州拉克罗斯的返乡铁路之旅。他们的蓝色制服落满了灰尘,十分肮脏。他们没有钱,被迫吃战时的硬面饼,而史密斯本人也得了疟疾,他发烧,部分耳聋,憔悴苍白。到了凌晨两点,史密斯和其他人发现车站空无一人,一片漆黑:归来的士兵,尤其是无名小卒,不再引起轰动。总之,这种情况与海明威短篇小说《士兵之家》(Soldier's Home)中的哈罗德·克雷布斯(Harold Krebs)所面临的情况类似:当他们坐的火车经过一个个当年用欢呼和呐喊将他们送往前线的小镇,车站已经没有乐队欢迎他们,也没有一排排打扮得花枝招展的女士朝他们挥舞手帕喊棒小伙儿!

这种残酷的回归,不同于将军甚至上尉们胜利后回家时的情形,这标志了故事的主要观点:尽管这场战争可能是值得的,甚至是英勇的,但实际上,它剥削了自愿参战的贫困农民。他们被挤进了一辆货车的车厢里,表明他们的牺牲没有得到赞赏和回报,预示着他们在后内战时期的美国经济格局中处于较低的地位。北方的工业城市现在把农村、南方和西部的农业都束缚在火车的后面,这些地方都无力减缓北方的火车头冲进经济社会的速度,这个经济社会以牺牲其他所有人的利益为代价来维护自己的利益。而对于西部农民来说,这种情况更加令人难堪和具有讽刺意味,因为他们实际上已经铺好了让城市人来侵占他们土地的道路。他们赢得了战争,但失去了家

---

① Lawrence Goodwyn, *Democratic Promise: The Populist Movement in America* (New York: Oxford University Press, 1976), p.13.
② James Nagel(eds.), *Critical Essays on Hamlin Garland* (Boston: G. K. Hall Co., 1982), p.113.

庭。豪威尔斯写道,史密斯回家时,"脚疼,心疼,跟他帮助建立的安全和富裕的国家没有任何利害关系"①。

此外,当这些农民军人重返负债累累的农场时,他们已经意识到这年头想要赚到一块钱,可真要搏斗一番。史密斯开始意识到那不可改变的抵押已经张开大嘴等着吞没他的一半积蓄。他跟大多数人一样,被迫买下农场,付了一部分钱,其余的钱用抵押的办法拖欠着,尽管他感觉"抵押"这个词有邪恶的意味——这是一个吃穷人肉的怪物。正是这贪得无厌的抵押贷款使得货币升值和农产品贬值,这使他本已严峻的回报形势雪上加霜。他那越来越没有价值的庄稼的收入将赶不上他那越来越多的债务。他看到的是"他自己,一个在西部天堂生活多年后负债累累的人,那个他曾如此满怀希望地寻求与他人分享的地方"②。正如加兰预测史密斯在内战后的几十年里成功的机会一样,士兵们的实际战斗经历可能已经结束了,但是"他每天都得进行的、对大自然以及人们不公正进行的斗争,才刚刚开始"③。

加兰还指出史密斯现在每日的作战不同于内战,是"一场没有希望的战斗"④。因此,从一场战争中归来,实际上是另一场战争的开始:交战的士兵已回归,交战的农民又出发了。虽然他在与南方的实际战斗中幸运逃生,但他很可能在与北方的金融斗争中失去自己的农场和生计。事实将证明,与南方的冲突相比,美元的"混战"将更加可怕。在故事的开始,加兰痛斥了那些腐败自私的北方人,他们剥削了那些使他们的地位成为可能的士兵,"当百万富翁们把钱弄到英格兰保管起来的时候,这个人(史密斯)扔下他那个小姑娘似的妻子以及三个嗷嗷待哺的孩子在抵押出去的农场上,离开家乡为一个理想而战斗"⑤。由于内战时期的法律草案允许男性买断兵役,正如

---

① Charles L. P. Silet, et al (eds.), *The Critical Reception of Hamlin Garland*, 1891-1978 (Troy: Whitston Publishing Company, 1985), p.16.
② Hamlin Garland, *Trail-Makers of the Middle Border* (New York: Macmillan, 1926), p.233.
③ [美]哈姆林·加兰:《大路条条》,邹文华译,长江文艺出版社,2010,第141页。
④ 同③,第141页。
⑤ 同③,第130页。

约翰·张伯伦(John Chamberlain)所指出的那样,许多富人"待在家里不去打仗,却从中获益"①。因此,当典型的爱国的西部农民,如史密斯,正在为把美国从奴隶束缚中解放出来而战斗时,东部的商业和制造业利益集团正在创造另一种形式的奴役,或者是如加兰在其他地方所说的工业奴役。然而,现在金钱的垄断,以及其他如土地所有权、通信和运输行业、石油、糖和其他行业的垄断,都成了桎梏。

威廉·佩弗尖锐地指出:"当富人炫耀他们的爱国主义行为——以'12%'的利息将数百万不义之财借给濒临破产的国家的政府银行,而成千上万的农民和各种各样、条件各异的老百姓冒着生命和家庭的危险自愿参军去战场。"②这些新的奴隶主,主要是通过他们对金钱的垄断,让史密斯试图清除他土地上债务的行为成为一场"无望的战斗"。

加兰谨慎地使用了"英格兰"一词,因为它被认为是社会保守分子的意识形态家园,而且确实是黄金本位制国家:英格兰是第一个采用独家金本位制的西方国家。1811年的英国金本位制报告使美国金融家相信了"货币内在价值理论"。此后,他们成为"典型的英格兰派的追随者"。因此,史密斯和这个国家只是把主人(南方)换成了另一位主人(东北方,英格兰的一个分支),他自己永远是金钱的奴隶,一直遭受美国现有的社会制度的压榨。

在《大路条条》中,《在魔爪下》紧随《老兵归乡》之后,老兵史密斯在1865年遭遇的不公,在19世纪80年代末的《在魔爪下》中得到了充分体现。这个故事解释了史密斯的战斗为什么是无望的。吉姆·巴特勒是一个邪恶的土地投机商,他把一个农场租给了哈斯金一家,他的个人历史充分表明了金钱和土地垄断对他们的意义。

众所周知,美国的1862年《宅地法》(Homestead Act)曾使西部农民获得

---

① John Chamberlain, *Farewell to Reform : The Rise , Life and Decay of the Progressive Mind in America* (Chicago: Quadrange, 1965), p.26.

② William Peffer, *The Farmer's Side : His Troubles and Their Remedy* (New York: Appleton, 1891), p.122.

了数量可观的自有土地,创造了美国资本主义农业的发展模式。但是随着工业进一步发展,土地投机商依仗商业资本获得了大量廉价的土地,然后转手高价零售或者出租,这使得农村现存的经济结构瓦解,引起农民经济上的彻底崩溃,那些自食其力、占有少量土地和生产工具的农民不得不随之破产,陷入失业、贫困,变成雇佣农民,甚至是远离家乡的悲惨境地。

巴特勒很早就来到了故事的发生地——艾奥瓦州的洛克河郡。他原本是一个努力工作的杂货商,"每天起早贪黑,什么能赚钱的活儿他都干"①。但是,当他以四倍于买价的价格出售一块土地时,"好运降临到他的头上,从那时起,他开始相信土地买卖绝对是最稳当的致富捷径"②。他意识到,对西部的过高期望导致了土地价值的增加,对西部充满希望的移民潮、不断上涨的土地价值、不断升值的货币以及不断上升的利率,使土地所有者和债权人占据了主导地位。他参加了全县所有的土地买卖和抵押贷款,正如《西姆·伯恩斯的妻子》中所说的:"吉姆·巴特勒是个靠抵押方式拥有十来个农场的人,他还用官价置地等涨价时卖掉以此致富。"③他卖掉了自己的杂货店,"现在下雨天就找个地方抽抽烟,跟小伙子们吹吹牛,好天就去钓钓鱼,打打猎"④。巴特勒身价值5万美元,但现在很明显,他不再是当初那个努力工作、什么能赚钱的活儿都干的杂货商了。正如佩弗所写的,"农民劳动的利润被那些不干活的人吸走了"⑤。

巴特勒租给刚到艾奥瓦州的提姆·哈斯金夫妇的农场是个"上好的农场,以前是希格利的地方,照例落入他的手中……可怜的希格利自己在这个农场里卖命地干活儿,想把农场赎回来,可是最后不得不放弃农场去了达科他州;临走时,留下来对巴特勒的诅咒"⑥。巴特勒尽管表示他不想要任何人

---

① [美]哈姆林·加兰:《大路条条》,邹文华译,长江文艺出版社,2010,第149页。
② 同①,第150页。
③ Hamlin Garland, *Prairie Folks* (New York: The Macmillan Company, 1899), p.101.
④ 同①,第150页。
⑤ William Peffer, *The Farmer's Side : His Troubles and Their Remedy* (New York: Appleton, 1891), p.137.
⑥ 同①,第150-151页。

的土地,他只要他那些钱的利息,但显然他的利润来自高破产率,至少在移民热潮持续期间是如此。这让他可以获得更多的土地,并不断提高每一个新租户的价格。如果一个农民在农场上取得成功,并从巴特勒那里购买了它,巴特勒就不能再利用土地价值的上升挣钱了。但巴特勒知道,大多数农民会因为货币升值和农产品价格下跌而破产。因此,两三年后,在拿走当前租客所有的租金和劳动力后,他可以以更高的利率租给下一个农民,因为土地的价值又增加了。这种增长是由于巴特勒和其他人通过他们的宣传吸引了源源不断的客户:在黄金西部有巨大机会。故事中一个重要的旁白告诉读者,巴特勒的姐夫已当选为国会议员,建议他进一步控制土地,因为当时实行的货币政策有利于投机者和债权人,而牺牲农场农民和债务人的利益。

因此,可怜的希格利只是巴特勒的受害者中的一个,他的命运预示着哈斯金一家的命运(也许从他们相似的名字中可以看出,每个名字都有两个音节,每个音节都以"H"开头)。哈斯金在尘土飞扬、蚱蜢横行的堪萨斯州破产了,买不起巴特勒售价2500美元的土地。因此,他以每年250美元的价格租了3年,并享有续租或购买的优先权。在这3年里,哈斯金和他的妻子内蒂,就像他们之前的希格利一样,像罗马监狱里的奴隶一样辛勤劳作。他们起早贪黑,在农场一刻不停地劳作,直到夜幕笼罩才躺倒在床上,累得每一根骨头、每一块肌肉都酸痛。连9岁的儿子整个春天都赶着牲口犁地、播种、挤牛奶,做数不清的杂活,简直就抵得上一个成年的劳动力,"他穿着粗布衣裳,拖着一双大得不像话的靴子,戴着破旧的草帽,在寒冷凄凉的黎明跟在牲口后面艰难地走向落满霜冻的农田"①。每晚躺在床上,哈斯金"长长地舒了一口气,累得连肮脏的、湿淋淋的衣服都懒得换了,觉得离自己的家越来越近了"②。哈斯金认为自己是一个自由的人,认为自己完全是在为他的妻子和孩子而拼命干活儿。但实际上,他只不过像《兄弟》里的格兰特一样"只

---

① [美]哈姆林·加兰:《大路条条》,邹文华译,长江文艺出版社,2010,第153-154页。
② 同①,第155页。

是在为别人做嫁衣裳"①。

哈斯金夫妇3年的劳动似乎得到了回报,他们种下了好庄稼,修好了谷仓和猪圈,种上了一个整洁的花园,攒了买下农场四分之一的钱。在向巴特勒解释了这一点后,巴特勒若无其事地问他打算出什么价格买这个地方。哈斯金提出按照以前的那个价格购买时,巴特勒漫不经心地,却语气非常坚决地指出,这块土地的价值,通过正常的升值和哈斯金夫妇的改善,已经翻了一番多,值5 500美元。哈斯金突遭当头一棒,和巴特勒争辩,但巴特勒告诉哈斯金要么接受他的提议,要么搬出去。哈斯金称他为强盗,并差点用干草叉将他杀死,因为只有这样伤害才会结束。但当他拿起干草叉的时候,他听到他2岁的女儿在房子附近的笑声,于是他让干草叉掉在了地上。尽管哈斯金想得到这种"优先权"也许是天真的,但真正的祸根是巴特勒,他从加兰所说的不劳而获的土地增值中获益了。巴特勒说,他可以提高价格,因为"这就是法律……大家都这样做"②。实际上发生在哈斯金和巴特勒身上的事在当时整个中西部地区是普遍现象。

哈斯金意识到"他一直处在魔爪之下……没有出路"③。他决定买下那块地,现在需要先付1 000美元的首付,再把另外的4 500美元以10%的利率抵押出去。在最后一个场景中,哈斯金一个人捧着脑袋默默地坐在阳光灿烂的麦捆上。这就指向了加兰和民粹主义著作中反复出现的批评:自然是仁慈的,人类和他们的法律——这里特别是指金钱垄断——破坏了一切。考虑到土地成本高,加上利率和货币的升值,以及农产品价值下降等因素,尽管哈斯金购买了这些土地,但租户破产的局面是不可能被打破的。在"钱荒"这几年,哈斯金的庄稼越来越没有价值,就像《老兵归乡》中的史密斯的一样,赶不上他那越来越有价值的债务。哈斯金很可能几年内就会搬走,就像之前的希格利一样,离开他的农场,继续诅咒巴特勒,而巴特勒将冷酷地

---

① [美]哈姆林·加兰:《大路条条》,邹文华译,长江文艺出版社,2010,第81页。
② 同①,第158页。
③ 同①,第158页。

把土地租给下一个充满希望和天真的移民者。从开始(史密斯)到结束(哈斯金),这样的经济生存之战是一场无望的战争。

  加兰细致地描绘了巴特勒对哈斯金的剥削,以及后内战时期西部经济生活的病态本质,这使得《在魔爪下》成为加兰最著名的作品之一。评论家们在讨论加兰的作品时,无一例外地把这个故事挑出来予以褒奖。有评论家认为,《在魔爪下》是一个好故事,不是因为它"纯粹"的历史重要性,而是因为其"普遍"的主题。亨利·史密斯(Henry Smith, 1876—1893)认为《在魔爪下》是"加兰最成功的作品"①。克劳德·辛普森(Claude Simpson)指出:"《在魔爪下》是加兰最成功的作品之一,因为即使在愤怒中,它也是艺术的,充满自然主义的活力,不仅是眼前的不劳而获的问题,而且是小人物与野蛮的自然力量和掠夺成性的人类之间由来已久的斗争。"②托马斯·布莱索(Thomas Bledsoe)赞扬这个故事,并不仅仅因为它的"单一税的宣扬,还因为它对四季的艺术描绘,因为它混合了黑暗与光明的主题"③,吸引布莱索的是这个故事内在形式主义的美,而不是它的实际表达的信息。唐纳德·皮泽尔感兴趣的是,这个故事是如何构成这本书的"道路"主题的——这是一个关于"人的一生之旅"的明确的普遍主题;因此,尽管故事的结尾是"维多利亚时代的情节剧"(哈斯金的孩子的出现)④,但故事还是成功了。亚瑟·沃斯(Arthur Voss)赞扬了《在魔爪下》"紧凑"的叙事结构和"带有情节剧味道"⑤。唐纳德·皮泽尔在 1967 年的一篇文章中提出:"加兰生活和工作的几乎每个阶段都有待探索。加兰是一位重要人物,他的故事和语言为理解 19 世纪末

---

① [美]亨利·史密斯:《处女地:作为象征和神话的美国西部》,薛蕃康、费翰章译,上海外语教育出版社,1991,第 260 页。
② Claude Simpson, "Hamlin Garland's Decline," *Southwest Review*, No. 26(1941):227.
③ Thomas Bledsoe, "Introduction," In *Main-Travelled Roads* (New York: Rinehart, 1954), p.xxxiii.
④ Donald Pizer, *Realism and Naturalism in Nineteenth-Century American Thought* (Carbondale: Southern Illinois University Press, 1984), p.138.
⑤ Arthur Voss, *The American Short Story: A Critical Survey* (Norman: University of Oklahoma Press, 1973), p.109.

和 20 世纪初美国人的生活情绪提供了钥匙。"①

在《老兵归乡》《在魔爪下》以及《大路条条》里的其他作品中,加兰对西部大规模移民进程以及西部农场的实际状况进行了独特而宝贵的描述。豪威尔斯称加兰的作品为"土著的……描述的是美国真正的情况,是唯一一部完整刻画了美国历史上灾难性时代的小说"②。

第三节
早期西部农村女性形象为主题的写真主义创作与实践

哈姆林·加兰在《大路条条》的题记这样写道:这是一条令人厌倦的大路;它的一端是贫穷的小镇,另一端连着劳苦之乡。行走在这条"大路"上的人形形色色:有郁郁寡欢的年轻人,有疲惫不堪的农民,还有憔悴的农妇……

加兰自己一直对早年离开家庭、没有照顾好留在西部的家人,尤其是对毫无怨言、默默无闻、奉献一切的母亲而感到内疚,因而,加兰在创作时,特别关注西部农村女性的命运,在他的作品中也刻画了许多性格各异、命运不同的女性形象:有和母亲一样常年在西部农场打拼的命运多舛的西部女性;有和母亲一样拥有传统女性美德的西部女性;有与母亲不一样,为了追求个人幸福,敢于与命运抗争的西部女性;更有为了个人发展,不屈服于命运,努力打拼,特立独行的西部新女性。加兰的西部女性世界中出现的加兰是困惑的加兰和清醒的加兰,是悲伤的加兰和希望的加兰。

---

① Donald Pizer, "Hamlin Garland," *American Literary Realism*, No.1(1967):45.
② James Nagel(eds.), *Critical Essays on Hamlin Garland* (Boston: G. K. Hall Co., 1982), p.142.

一 《大路条条》中女性形象为主题的写真主义创作与实践

在西部拓荒和城市化进程的艰苦环境中,女性扮演着重要的角色,她们除了承担繁重的农活之外,一直没有获得分享家里经济收益的权利,更没有取得应有的社会地位。她们像个苦役犯一样工作,照顾丈夫和孩子,打扫房子,并尽她们所能帮助家里做农活。她们的生活从头到尾就是无休止的苦役,就像是农场的牲口一样整日劳作,没人关心。加兰对母亲劳苦繁重的生活深有体会,更为她悲苦的命运深感担忧。那些像母亲一样的女性"早该安安逸逸地休息下来,可是却像奴隶一直操劳"①。

因此,在《大路条条》中,加兰通过一系列短篇小说,构建了西部女性真实的生活世界,又把这个世界分解开来,在一个个片段的故事中描绘了这些女性的生活状况。这不是一个女人的故事,而是整个西部女人的故事。史密斯太太、李布雷太太、桑福德太太等等,她们每一个人都有着各自独立的故事,也有着相互关联的故事。她们的悲伤压抑、痛苦挣扎都被细致刻画了,每一个人都有自己的个性特征。加兰在他的西部小说中,没有让悲剧更悲,而是体现了故事情节的层次感和转折性,在这些情节中体现了人性的温暖和希望,他笔下的女主人公在内心深处都有着深厚的善,在人生的很多关键时刻,加兰就将这些善呈现了出来,将故事进行得更富层次感,也对这些女性世界挖掘得更深。

加兰通过塑造以他母亲为代表的一类吃苦耐劳、无私奉献的传统女性形象,带着沉痛的心情描述了艰苦生活对她们的磨难和摧残,对这些农村女性表现出了深深的同情。《兄弟》里的母亲,为了让孩子们过上好日子,一人

---

① Hamlin Garland, *A Son of the Middle Border* (New York: Macmillan, 1917), p.402.

独自守在西部边疆农场数十年;《老兵归乡》里的史密斯太太,当丈夫外出打仗时,无怨无悔地帮他看着家;《兄弟》中的主人公的弟媳劳拉,曾经是一个有事业的自由女性,虽然她对现状不满,很想逃离农场,但为了家庭和孩子,最终选择留下来继续受苦。

短篇小说《李布雷太太回娘家》中讲述了一个传统妇女——李布雷太太的故事。《李布雷太太回娘家》是加兰在自己的母亲身上找到灵感创作出来的。李布雷太太结婚后就像他母亲一样,20多年来都在围绕家庭操劳忙碌,婚后一直都没有回过娘家。在小说中,加兰没有拔高也没有贬低,而是带着真实的善意去表达,没有呆板刻意的同情,在自然流露中表现了女性应该有的喜怒哀乐、悲欢离合,无任何雕琢成分。李布雷太太"穿着一件很不合身的外衣,衣服原本的颜色早就褪掉了,矮小的身子干瘪得让人可怜和绝望。她的手长满了老茧,手指都僵硬了"①。她对生活感到十分沮丧,"他们买不起电灯,四面墙上光秃秃的没有任何装饰,这是一个被贫穷困扰的家庭……"②她决定摆脱这些让她生活变得毫无意义,却要整天干的无聊、荒谬的烹饪和针织的家庭杂务,最后一次去她出生的东部老家看看。虽然回娘家是很短的一段时间,但她对离开丈夫而感到内疚。最终,她实现了她的梦想,然后回到农场继续为家庭牺牲。"如今,她回娘家已经是一个事实了,谁也无法抹杀它。23年来、她一直期盼着的旅行,如今她可以回忆这个已经了却了的心愿。她重又承担起她的重担,再也不会想把它卸下来。"③加兰表达了被困守的农村妇女渴望逃离的心情以及女性在社会建设过程中的伟大牺牲精神。

同时,这个故事还提出了女性在家庭里经济地位这一问题。李布雷太太声称,她也为家庭经济做出了贡献,她认为她丈夫应该让她有权分享家里

---

① [美]哈姆林·加兰:《大路条条》,邹文华译,长江文艺出版社,2010,第160页。
② 同①,第160页。
③ 同①,第172页。

经济收益,而她丈夫则否认妻子的贡献。因为当时妇女"没有权利代表家庭纳税"①。因此,李布雷太太连回娘家看看的路费都没有。吉恩·博斯顿(Gene Boston)认为:"一个西部妇女对家庭经济的贡献相当于她的生活费的两倍,甚至超过了她丈夫的收入的总和。"②

  李布雷太太试图打破使她一直被认为在家庭中对经济没有贡献的形象和心理阴影。在经历了 60 年的苦难、统治和屈从之后,她想要肯定自己,而这一次回娘家的旅行象征着一次追寻自由的过程,在娘家那里她可以肯定自己。李布雷太太的故事反映了 19 世纪的女权主义精神,以及当时社会跨越性别界线和性别分歧的必要性。"当她说,'我已经六十岁了'时,她那尖厉的嗓音稍微顿了顿,随后她接着往下说,凭借女性的逻辑压倒了丈夫,'我从来没有过过一天属于我的日子……'"③与李布雷太太在家中的毫无地位一样,萨拉·格里姆克(Sarah Grimke,1792—1873)在 1838 年出版的《关于性别平等及妇女状况的信》(*Letters on Equality of the Sexes and the Condition of Woman*)中也谴责了妇女在家庭没有地位的现象,并呼吁进行彻底的改革来改变女性的从属地位和边缘化。加兰则说:

> 令人惊讶的是,女人一旦结了婚,她们就失去财产权。李布雷太太婚后一直没有见过她的父母。她丈夫似乎不喜欢妻子对她的旅行以及她想要的其他旅行的决定。为了剥夺她行使自己意见的能力,他提出了她旅行会浪费多少养活自己的钱,他想知道她将如何筹集支付她的旅费的钱。④

  加兰描绘了 19 世纪反抗男权压迫的女性的状况,并强调了当时的女权主义精神。美国政府被描述为一个"寡头政治",那些专横跋扈的官员对无权无势的女性进行了各种限制。为了这次旅行,这位老妇人解释了她是如

---

① Josephine Donovan, *Feminist Theory: The Intellectual Traditions of American Feminism* (New York: The Continuum Publishing Company, 1992), p.15.
② Cathy Matson, *The Economy of Early America: Historical Perspectives* (Pennsylvania: The Pennsylvania State University Press, 2006), p.359.
③ [美]哈姆林·加兰:《大路条条》,邹文华译,长江文艺出版社,2010,第 161 页。
④ 同③,第 162-163 页。

何为家庭的发展和取得的收益做出贡献的。她坚持她有权分享家里的经济收益,"我想,要是从我们来这个农场算起,我干活拿工资的话,现在不管多么偏远的地方,我都有足够的路费了。①" 玛丽·沃斯通克拉夫特(Mary Wollstonecraft)指出,启蒙运动中强调的一个重要的自由思想是男性权利不可剥夺,女性的自由却被剥夺了,"一个人如果一生都在从一种快乐跳到另一种快乐中度过,他将……既得不到智慧,也得不到人格的尊重"②。

李布雷太太的旅行是对男性压迫社会的反抗,因此,这次旅行很有启示性,它代表了一种变革,代表了一种建立在妇女享有更多经济平等和自由基础上的社会新愿景。当李布雷太太拒绝接受丈夫的钱时,她就是拒绝承认她的从属地位,并推翻性别歧视。那位老妇人似乎实现了她的梦想。旅行结束后,她从婚姻带来的沉重负担和痛苦中解脱出来。事实上,她的确开始了属于自己的新生活。

加兰除了刻画了命运多舛的传统女性之外,依然不忘对关于美好和未来可能性的描述,这也是写真主义和现实主义、自然主义的不同之处。在乡村土地上挣扎劳作的一代人中,我们依然看到了一批新女性对自我生活的追求和努力。较之于那些一辈子在土地或炉灶上默默劳作的传统女性来说,这些女性具备了现代的思想特质,表现出了勇敢、坚定和独立的一面,她们既能承担责任,又敢于追求自己想要的生活,代表着传统农村走向现代的希望。

《"好人"之妻》里的桑福德太太就是一个与传统女性不一样的女性。她有一种渴望走出家庭、到外面去做点事情的欲望。她生活态度非常积极,"她穿着深色衣服,系着白色围裙,完全是一副家庭主妇的装束。她那圆圆的脸庞微笑着,焕发出爱情与自豪的荣光"③。当生活发生巨变,丈夫想逃跑

---

① [美]哈姆林·加兰:《大路条条》,邹文华译,长江文艺出版社,2010,第163页。
② Josephine Donovan, *Feminist Theory: The Intellectual Traditions of American Feminism* (New York: The Continuum Publishing Company, 1992), p.14.
③ 同①,第244页。

时,她说,"'如果你今晚离开我,你就永远不要再回来!'她的语气里透出一种可怕的决心"①。显示出她与传统逆来顺受的女性不一样的性格,既敢于挑战命运,又不屈服于命运。

当众人到家里逼债时,她没有恐慌,脸上的表情非常坚定地对众人说:"钱会还给你们的。有一块还一块,只要大家给我们一个机会……马上归还所有的钱,一分不少,只要我活着就一定能办到。"②当丈夫准备逃债的时候,"她紧闭着双唇,双眼射出严厉的目光:'你想走的话,你走吧,我要在这儿待下去,直到我们可以光明正大地离开。我们逃脱不了这个责任。无论我们走到哪里,它都会跟着我们;我们走得越远,情况就会越糟糕。'"③为了改变现状,她给东部朋友写信借钱,开了一家小店,出售一些小玩意。她自己操持家务,同时还照顾着她的小店;她坚忍不拔,毫无怨言。她比以前更瘦、更严肃了。她这样一天天过日子,生意也在稳步发展,她内心产生了一种自豪感,一种得意的心情,这种心情从她坚定的目光中流露了出来。

就是这样一个"好女人",帮助丈夫战胜了命运,她不是"靠美貌,而是靠气魄、爽直和诚实,靠一种无所畏惧但又含蓄的友谊和忠诚。现在她不怕他们,也不怕任何人"④。当丈夫让她放弃小店时,她说:"我喜欢自己当家作主,这三年来,吉姆,我想了许多事情,这使我思路开阔了,我想。我不能倒退回原处。作为一个女人,我比以前强了;我希望,也相信,我现在更有能力当好我的孩子们的真正的母亲。我的店里需要一个合伙人,我们重新开始吧……"⑤加兰通过这段话让我们看到了农村新女性的形象,桑福德太太身上不仅有农村人特有的勤劳,更有着现代生意人的灵活聪明、诚实守信和经营理财的能力,桑福德太太可以看作是加兰笔下第一个新女性的代表。

在《大路条条》中,加兰还刻画了为了幸福而挑战命运、反抗传统、用自

---

① [美]哈姆林·加兰:《大路条条》,邹文华译,长江文艺出版社,2010,第247页。
② 同①,第256-258页。
③ 同①,第260-261页。
④ 同①,第267页。
⑤ 同①,第272页。

己的实际行动来改变命运的女性。《岔道》的女主人公艾格尼丝是一个生活在中西部的野蛮农民的妻子,她的婚姻生活一点也不幸福,她的丈夫虐待她、瞧不起她。她从昔日让众人爱慕、充满青春活力的少女变成一个完全丧失魅力、病入膏肓的垂死之人。对她丈夫来说,她只是个玩物,就像《玩偶之家》里的女主人公娜拉对于她的丈夫海尔茂一样。后来,艾格尼丝曾经的追求者威尔又出现了,用易卜生式的语调谈论自由和独立:

"哦,威尔,不要!"她哭喊道,"看在可怜我的分上,别再说了……"

"等我把话说完!"他专横地说,"你看看现在的你,过的就是地狱的生活!被关在笼子里,让那两只乌鸦把你生命啄干。他们会杀了你的——我看得出来;他们会慢慢谋杀你。你哪里都去不了,你什么都没有。生活对你而言,完全是一种折磨。"①

威尔恳求艾格尼丝跟他一起过上更好的婚姻生活:"我要去东部,可能去欧洲;你跟我去的话,什么都不用做,只是好好休养就行。我已经让你饱受了这么多痛苦,今后我应该尽力让你开心。来吧!我的妻子要跟我坐在甲板上,看月亮升起;跟我在海边散步,让她身体恢复,开心幸福——让她的双颊再现可爱的小酒窝。我要永不停息地爱她,直到她的双眼再次荡漾着笑容。"②威尔建议到东部或者到欧洲旅行,他将建造一个属于她的房子,房子里摆放着钢琴和书籍,他们一起阅读和讨论。这是一个中西部农民妻子几乎闻所未闻的生活。这也让艾格尼丝意识到,要做真实的自己,发展自己的个性,唯一的方法就是离开心胸狭窄的丈夫,追随她的爱人。她听从了内心的呼唤,"直起了身子,睁大了双眼,脸上泛起了红晕"③,勇敢地挣脱了牢笼般的生活,去追求属于自己的爱情和幸福。威尔"似乎为她新开启了一扇门,透过这扇门,她似乎看见了灯塔上的光,巨大的邮轮在昏暗的蓝色海面

---

① [美]哈姆林·加兰:《大路条条》,邹文华译,长江文艺出版社,2010,第40页。
② 同①,第40-41页。
③ 同①,第41页。

上航行"①。对她来说,比她作为一个家庭主妇的职责更重要的是自我发展的机会。

《在玉米林间》的女主人公朱莉亚同样也是为了自己的幸福生活,勇敢地摆脱了父母的束缚和羁绊。朱莉亚生活在酷暑难当的农村,她在"玉米行之间来回艰难地劳作,累得几乎晕过去了……她的内心里充满了痛苦,她的脸热得发红,她的肌肉累得酸痛……自己被这又苦又累的农活儿束缚"②。她做起了白日梦,梦想着白马王子来拯救她。她不向命运低头。"难道要永远过这样又热、又脏、又累的生活吗?这一切的意义在哪里?"③她敢于挑战父母的权威,她要为自己的幸福干活,要为自己的幸福私奔,这样她那苛刻的父亲和闷闷不乐的母亲再也不能强迫她去干那些讨厌的活儿了。她脸上的表情跟先前完全不一样了,闷闷不乐的情绪也不见了,代之以一种独特的热忱和期盼。她的心已经在远方那个美妙的乡村开始了自由自在的生活:

> "她要是不来怎么办?"他心想,"或者来不了?我会受不了的。那我就直接去找那老头,'你听着……'嘘!"她气喘吁吁地朝他跑来;他一把将她搂在怀里。
>
> "罗布!"
>
> "朱莉亚!"
>
> 只听见几句话、飞奔向前的马蹄声,还有无声扬起的尘土以及风儿在成长的玉米地吹过的声音。尘土落下,路那头狗在叫,纺织姑娘在河边的浅湾处唱着低沉哀婉的歌曲。④

总体来说,这些女性较之于那些一辈子在土地或炉灶上默默劳作的传统女性来说,具备了现代思想特质,表现出了勇敢、坚定和独立的一面,她们既能承担责任,又敢于抗争追求自己想要的生活,这代表着传统农场走向现

---

① [美]哈姆林·加兰:《大路条条》,邹文华译,长江文艺出版社,2010,第 42 页。
② 同①,第 105 页。
③ 同①,第 108 页。
④ 同①,第 120-121 页。

代农村的希望,也表达了加兰对女性的理解,体现了加兰对这些常年在中西部艰苦生活的女性的同情之心,以及对女性在美国西进运动过程中的伟大牺牲精神的赞叹。

二 《臭虫之地》中独立女性形象为主题的写真主义创作与实践

《臭虫之地》首先在《畅销故事书》杂志上连载,后来以《莫卡辛牧场:达科他州的故事》之名再版。在《臭虫之地》中,在西部农业生活的女主人公布兰奇·伯克遭遇了社会、文化和道德种种障碍。但与加兰小说中大多数仍被困在农场的女性不同,她加入了数百万一度渴望移民的人群的行列,这些人回到了他们的大草原上,但她是向东而不是向西,这次逃离也证明了西部农业神话的破灭和消亡。

故事发生在19世纪80年代初,东部移民来到达科他州,这片土地十分平坦、没有树木,几乎无人居住,山鸡、野鹤在池塘边"跳舞",头顶上传来大雁的叫声,野狐狸在他们的脚下飞奔,大批羚羊在草原上奔跑,成群的野狼在高处凝望,古老而又久经磨损的野牛的足迹穿过烧焦的草皮,向东南方向延伸,"一切都是狂野的、神秘的和辉煌的"[①]。一对名叫霍华德和布兰奇的夫妇,为了移民到达科他州,卖掉了他们在伊利诺伊州的农场,可是当他们到了这里以后,发现这片广袤无垠的土地,除了零星的臭虫之外,什么都没有,但是他们对这奇特而诱人的土地充满了新奇和希望。布兰奇低声对丈夫说:"这不是很棒吗?"她丈夫同意并说:"我相信我们会喜欢这里的,布兰

[①] Hamlin Garland, *The Moccasin Ranch: A Story of Dakota* (New York: Harper & Brothers, 1909), p.4.

奇。"①他们和其他移民者一样高兴得坐立不安,觉得自己已经来到了农业的天堂,与东部难以开垦的农田截然不同。一位移民这里的人拿这里和密歇根农场相比,"我的祖辈三代人在那里才清理出四十英亩的土地,我们被弄得疲惫不堪。我决定到西部来,看看那里是否有一些土地,不需要一个人用一生去挖掘和平整。现在我终于到了"②。

在第一个春天的艰苦劳作中——建造棚屋和谷仓、运输货物、破土动工、凿井、种植花园、播种土地——每个人都很开心,这似乎是一个非常愉快的聚会。西部的大花园如广告所宣传的那样自由而辉煌,全世界的人都来分享美国政府的恩惠。移民者来自阿尔萨斯和洛林,来自北海,来自俄罗斯,来自阿尔卑斯山。他们的脸闪着光,仿佛来到了世界的春天。暴政在他们身后,广阔无垠的土地就在他们面前,神秘的欢乐在他们内心。对布兰奇和霍华德来说,这是他们结婚九年来迎来的最美的春天。

在小说开篇的几页中,加兰出色地刻画了广大移民对西部的宏伟希望。他们明显相信关于西部农业神话般的宣传,也相信铁路移民局、城镇建设支持者、政府的调查报告、国家的出版物、报纸的记者等关于西部各种具体的承诺和描述。移民们不仅相信他们已经找到了开始新农场和新生活的理想之地,他们还觉得自己是人类划时代的西进运动的一份子。每个人都感觉到空气中流动着希望,所以移民的眼睛里充满了惊奇。但很快,这些美丽的幻想就被打破了。关于西部农业的觉醒发生了:农业的神话被农业的现实取代,随之而来的是幻灭、绝望、痛苦和逃亡。当酷热夏日阳光永不停息时,莫卡辛牧场的移民者开始感到疑惑。移民们开始回忆起新英格兰凉爽的溪流,威斯康星州树木繁茂的山坡,伊利诺伊州舒适的家园和草地。随着土地和庄稼面临干旱的危险,曾经乐观的移民们开始渴望下雨。有些人开始变得痛苦,而另一些人试图说服自己,这只是一个不寻常的季节。然而当雨终

---

① Hamlin Garland, *The Moccasin Ranch : A Story of Dakota* (New York: Harper & Brothers, 1909), pp.16-17.
② 同①,pp.13-14.

于来临的时候,它只是一场毁灭性的冰雹,摧毁了庄稼和棚户。到了秋天,奇迹已经从棚户区居民的生活中消失了,在他们看来,达科他州的莫卡辛牧场就是一块无法开垦的荒地。正如又一个移民所言:"广袤无垠、没有树木的平原,在五六月间是那么诱人,现在却成了一种沉重的负担……莫卡辛牧场的土地变得灰暗而凄凉。"①那些移民者已经开始准备逃离这片曾经让他们充满神秘喜悦的土地。对于那些留下来的人来说,冬天让他们进一步地觉醒。广袤无垠的平原变成了宽阔的白色荒原。暴风雪经常袭来,势不可当,这动摇了移民者的坚强心灵。他们中的大多数人来自森林地带,狂风扫过这片平坦的平原时产生了一种恐怖的感觉,使他们浑身发抖。冬天将人们推向饥饿、破产和逃亡的边缘。

西部女性所面临的生存困境和精神困境一直都没有消除,女性在情感上的需求更多于男性,这种性别差异体现在不同的社会环境和人生境遇中,使女性的心理不断产生分化和差异。所有这些西部农场环境问题都严重困扰着布兰奇,但她是一个与众不同的西部新女性,对这种情况的反应与加兰小说中的其他女性是不一样的。对西部农场的妇女们来说,农业生活的弊端变得越来越严重了,因为她们的劳动使她们整天待在家里或农舍附近,因此不可避免地感到极度孤立和孤独,这使许多女性精神崩溃。对于布兰奇和小说中的其他女性来说,唯一的社交渠道居然就是每周去当地的邮政商店两次,看看有没有邮件寄来。除此之外,布兰奇的另外一个社交活动就是和一个住在3英里外的女人聊天了。桑德拉·迈尔斯(Sandra L. Myres)在她对西部边疆女性生活的广泛研究后指出,"西部农场的妇女常常几个月见不到其他女性"②。一位移民者哀叹道:"我们住在农场的时候,我从来没有

---

① Hamlin Garland, *The Moccasin Ranch: A Story of Dakota* (New York: Harper & Brothers, 1909), pp.68-69.
② Sandra L. Myres, *Westering Women and the Frontier Experience* (Albuquerque: University of New Mexico Press, 1982), p.168.

在晚上看到过邻居家里的灯光。"①布兰奇很快开始遭受身体和精神上双重孤立的煎熬,她开始了一种辛劳的、不快乐的贫困的生活。

正如《西姆·伯恩斯的妻子》中,卢克丽霞·伯恩斯抱怨说:"我什么世面也没有见过,我什么都不懂。"②此外,她就像是农场上的牛和马一样,只不过是她乖戾的丈夫的财产。这种多年的孤独和辛勤的劳作最终导致她精神崩溃。《在魔爪下》的农妇哈斯金夫人的生活就很典型,"给男人做饭,照顾孩子,洗衣服熨衣服;晚上,她就挤牛奶,制黄油,她还得喂马,给马喝水"③。更恐怖的是,这样的苦差事天天要做,即使在星期日和节假日也是不可避免的,"男人和牲口在星期天都能得到十分甜蜜和意外的放松",但女人"则四处走动,忙着家务活"④。农场的男人白天除了到地里干活,还可以到城里去买卖货物,而所有这些,对女人,尤其是妻子们,这样的机会都很少有。在《一天的快乐》中,马卡姆太太觉得自已被千篇一律的、令人作呕的生活禁锢了,她几乎发疯地对丈夫说:"我已经六个月没有出过家门了!"⑤在《路旁求爱》中,一个角色第一次来到达科他,问道:"这里的女人都做些什么?"有人告诉他:"她们和男人一样工作,仅此而已。"⑥

文化生活的缺乏加剧了这种无休止的劳动和社会孤立的痛苦。在《路旁求爱》的另一个故事中,有个女性抱怨说:"这些小镇从来没有什么值得一看的东西……没有音乐,没有剧院。"⑦卢克丽霞就像被困在"一个盒子"一样的房子里,"没有音乐,没有书籍"⑧。在《德切尔库里的露丝》中,马戏团来到邻近城镇是人们生活中"最伟大的事件,与他们所能想象到的缓慢而孤独的

---

① Joanna L. Stratton, *Pioneer Women : Voices from the Kansas Frontier* (New York: Touchstone-Simon, 1981), p.86.
② Hamlin Garland, *Prairie Folks* (New York: The Macmillan Company, 1899), p.93.
③ [美]哈姆林·加兰:《大路条条》,邹文华译,长江文艺出版社,2010,第155页。
④ 同③,第129页。
⑤ 同③,第192页。
⑥ Hamlin Garland, *Wayside Courtships* (New York: Appleton, 1897), p. 239.
⑦ 同⑥,p.127.
⑧ 同②,pp.89-104.

生活形成了最强烈的对比"。当马戏团结束时,露丝和其他所有人都带着"一种奇怪的寂静离开了,仿佛悲伤地认为一切都结束了,单调的世界又回到了他们身上"。①

布兰奇同样陷入了西部农场生活的困境。她渴望社交和文化的自由,觉得自己就像一个罪犯,她变得又瘦又苍白,她的房子就像一个牢房,还要面临西部冬天不断的暴风雪。在她伊利诺伊州的家里,她从来没有见过这样的天气,这一切都快把她逼疯了。她痛斥丈夫整天把她留在家里,抱怨他把她拖进了这个被上帝遗弃的乡下:"这是你的漂亮的家!这就是你吹嘘的气候宜人的好地方!我会死在这里!我不能住在这里!啊,我的上帝!要是我现在能回到家里就好了。"②在被最近的暴风雪困在家里两天之后,她说:"这暴风雪会把我逼疯的。"③实际上,布兰奇正在走向精神错乱,这是西部农场无数女性(当然也有男性)的真实感受。但是,布兰奇充满强烈的反叛精神,她决定逃跑,逃离这个鬼地方。她已经无法忍受社会和文化孤立、干旱和暴风雪,以及她无能的丈夫。她决定和附近的邻居吉姆·里弗斯一起逃离,她已经爱上了他。她已经怀上了他的孩子。她和她"孩子气"的丈夫没有孩子,几乎也没有性生活,这些是造成她孤独和绝望的主要原因之一。她无趣的婚姻也反映了当时达科他州荒芜的风景。通过中立的观察者鲍勃·贝利,加兰为布兰奇的婚外性行为和抛弃丈夫的罪行开脱。在故事结束时,她和里弗斯终于逃离了这个臭虫之地,他们的眼睛因为喜悦而模糊。西部农场女性的觉醒和西部移民潮逆转已经完成:当人们拒绝而不是拥抱新西部的时候,令人兴奋的幸福就来了。

此外,布兰奇的逃脱也是加兰愿望的一种实现。加兰的母亲在南达科他州的农场工作时中风瘫痪,他的两个妹妹也不幸英年早逝。考虑到母亲

---

① Hamlin Garland, *Rose of Dutcher's Coolly* (Lincoln: University of Nebraska Press, 1969), pp.42-57.
② Hamlin Garland, *The Moccasin Ranch: A Story of Dakota* (New York: Harper & Brothers, 1909), p.88.
③ 同②, p.89.

遭受的种种痛苦,加兰强烈意识到他所说的"女性在农场生活是没有价值的"①,就像加兰自身经历中的女性一样。加兰小说中的那些女性角色虽然也可能会意识到生活的残酷现实,但都无法逃脱,因此,遗憾地过着一种没有幸福和无法满足的生活。

不过,布兰奇和《德切尔库里的露丝》中的露丝是一样的,加兰自己主动改变了她们俩的命运。首先,他让她们的觉醒发生在她们生命的早期,在结婚或分娩之前给了她们时间、精力和机会逃跑。布兰奇和露丝不仅看到了女性在西部农场生活表面上的艰辛和屈辱,而且还看到了奠定和支撑这种生活的传统和禁忌。露丝看着自己的母亲被无休止的劳作和农舍里及周围生活的单调乏味折磨得筋疲力尽,而这一点在加兰对露丝母亲去世前的简短描述中得到了有力的体现:"母亲突然把手从锅里和水壶里缩回来,不再想做面包和黄油了,死后就安息了。"②显然,她的手和思想没有做什么别的事情。异常敏锐的露丝对大多数农妇的悲惨生活有着深刻的理解:"她们 16 岁就有了男朋友,17 岁时就结了婚,18 岁时常常被人看见她们和丈夫一起骑马进城,满身尘土,怀里抱着哭闹的婴儿;20 岁的时候,她们的肩膀又瘦又弯,臀部又平又硬,脸色蜡黄,牢骚满腹。"③露丝后来回忆说:"妇女们怀孩子,生孩子,在玉米磨坊里碾磨,像母野牛一样死去,其他妇女的命运也几乎这样,什么时候是个尽头?"④当加兰的其他西部小说中的女性角色面临同样一个问题时,通常为时已晚。然而,露丝年轻、强壮、聪明,足以改变自己的命运。她为了逃避所有农场妇女似乎无法逃脱的命运,她拒绝了所有关于婚姻的谈论。她最终逃离了西部农场生活,在城市里开始了自由和自我实现的生活。

同时,小说还提供了一个类似的深入探究——女性的自我觉醒。布兰

---

① Hamlin Garland, *A Son of the Middle Border* (New York: Macmillan, 1917), p.356.
② Hamlin Garland, *Rose of Dutcher's Coolly* (Lincoln: University of Nebraska Press, 1969), p.50.
③ 同①,p.83.
④ 同①,p.138.

奇是由于生活的折磨而逐渐进入觉醒状态。首先,她质疑"丈夫"到底是什么。她意识到,由于她名义上的丈夫无法提供安全感和孩子(或许还有性满足)——事实上,他创造了一种孤独和贫穷的生活,如果忽略法律和道德规范,她的情人里弗斯才是她真正的丈夫。这种对传统思维和行为的蔑视在最后一幕中得到了实现,布兰奇和里弗斯举行了他们自己的私人婚礼。没有誓言,没有戒指,也没有牧师,这段婚姻虽然是非法的、不道德的,但这才是布兰奇想要的婚姻。正如书中鲍勃·贝利所说的那样,布兰奇她"有这样的权利去做,在达科他州,社会习俗毫无价值"①。这块新土地,如果"不能成为其他任何东西的家园,至少应该成为一种新道德标准的家园"②。

其实这个时候,布兰奇已经意识到她不需要任何人的批准。在她的觉醒状态中,当她明白其他人的意见都不重要时,她感到了一种突然而神秘的兴奋。同时她是一位母亲,上帝对她说:"要和平,要有希望。"③尽管传统观点看这是污点,然而她现在觉得无罪。布兰奇和露丝一样,拒绝传统女性的行为和思想;她们知道西部传统的女性生活只有哭闹的婴儿、无爱的婚姻和过早的衰老。她们必须颠覆西方生活的习惯、规则、角色和禁忌,寻找新的出路。她们知道"犯罪"比遵从农场妇女生活中规定的职责和角色要好。

布兰奇的个人觉醒,以及由此引发的逃亡,呼应了一个正在发生的巨大转变——新定居土地的人口减少已经开始。人口的减少证明了当初西部的承诺只是空头支票,西部是一个安全的港湾、一个健康和财富之地等论述都是谎言。到18世纪80年代末,米西部定居的移民已经有数十万人逃离了。约翰·张伯伦写道:"1890年在奥马哈的密苏里桥上看到成千上万辆吱吱作响的篷车向东行驶去!"许多这样的货车上都挂着一个著名的标语:"我们相

---

① Hamlin Garland, *The Moccasin Ranch: A Story of Dakota* (New York: Harper & Brothers, 1909), p.315.
② John Chamberlain, *Farewell to Reform: The Rise, Life and Decay of the Progressive Mind in America* (Chicago: Quadrangle, 1965), p.28.
③ 同①,p.124.

信上帝,我们在堪萨斯失败了。"①约翰·希克斯指出:"这整个地区(堪萨斯州、内布拉斯加州和达科他州的西部)在这些年人口都在减少。"②日落小径被回家的小路取代,由西向东,东部城市成了数百万贫困西部农村人的安全港。

布兰奇和里弗斯抛弃了贫瘠的土地和那里孤独的生活,抛弃了一年四季的干旱和恐怖的暴风雪,抛弃了土地上无法生长的农作物,抛弃了那个社会和文化沙漠,抛弃了不可信的观念和习俗。里弗斯最终感慨地说:"我再也不会再回到草原上定居了……这里也没有任何东西值得留给别人。"③布兰奇则带着"奇妙的眼神",逃离了许多拓荒女性所遭受的命运,给自己以新的生活的希望。

布兰奇不像传统女性一样固守家庭,她及时觉醒,逃离了西部女性所处的环境,表现出了较强的自主独立意识,她不甘屈服于眼前的生活,坚定地摆脱困境,勇敢地走上了寻求幸福的人生之路。她的觉醒具有典型的女权主义的一面,她的行为也是不折不扣的新女性典范。

三 《德切尔库里的露丝》中特立独行女性形象的写真主义创作与实践

当哈姆林·加兰和他的写真主义席卷芝加哥时,正好赶上了世界博览会在那里举办。1893 年 7 月 13 日,年轻的加兰在哥伦比亚世界博览会文学大会上宣读了一篇名为《小说中的地方色彩》的论文,那是对以"玛丽·凯瑟

---

① John Chamberlain, *Farewell to Reform: The Rise, Life and Decay of the Progressive Mind in America* (Chicago: Quadrangle, 1965), p.28.
② John D. Hicks, *The Populist Revolt: A History of the Farmers' Alliance and the People's Party* (Lincoln: University of Nebraska Press, 1961), p.6.
③ Hamlin Garland, *The Moccasin Ranch: A Story of Dakota* (New York: Harper & Brothers, 1909), p.267.

伍德(Mary H. Catherwood, 1847—1902)为代表的乡土流派平淡无奇的浪漫主义小说的直接抨击"①的檄文。加兰在为一种新的、民主的、属于美国自己的文学大声疾呼,在博览会期间和之后的一段时间里,加兰在芝加哥已经算得上是一位文坛明星。

然而正是芝加哥那几年安定的生活改变了加兰的文学生涯。1891至1895年间,尽管他也写了几篇揭露中西部农村状况的小说,如前面讨论过的《渎职》《第三议会的一名议员》等,但没有一部能和《大路条条》相媲美。正当人们认为加兰江郎才尽时,1895年,《德切尔库里的露丝》横空出世,它被誉为加兰早期创作关于西部农村女孩成长主题中写得最好的一部长篇小说。

1890年至1891年冬天,他第一次想到写这样主题的小说。当时他正在美国西部做巡回演讲,并为这篇名为"父爱"的短篇小说做了一些笔记:

> 一个男人的故事,他唯一的孩子,女孩,开始上学,在一个狭窄的山谷。她的思想多么开阔,她的家多么狭小。父亲看到她要走了,就设法让她在家里过得愉快些。她不在学校时,他买了新家具,盖了新房子。他焦急地、默默地注视着她。她变得更加痛苦,这让他看起来像个罪犯,但她不能待在山谷里。父亲和她一起去了拉克罗斯。和她一起去了东部的新英格兰音乐学院。最后,她遇到了一个好男人,并嫁给了他。②

从1891年到1895年加兰断断续续地修改这部小说,从起初的短篇小说,到1893年发展成中篇小说,最终在1895年扩展到长篇小说。正如唐纳德·皮泽尔在这篇小说序言里所说:"随着作品长度的增加,主题变得越来越多,也越来越复杂。虽然这部小说最初的目的是关注年轻女性新颖的视野和传统家庭之间的冲突,但,渐渐地也开始包括现代女性的特质和角色,以及加兰在1894年的《崩塌的偶像》中阐述的相关文学理论。小说的后半部

---

① Larzer Ziff, *The American 1890's: Life and Times of a Lost Generation* (New York: Viking Press, 1968), p.103.
② Hamlin Garland, *Rose of Dutcher's Coolly* (Lincoln: University of Nebraska Press, 1969), p.x.

分特别关注加兰对真正艺术的看法,和社会的不公双重标准的批判,以及要改变女性在婚姻中的顺从角色等主题。"①

19世纪80年代中期,加兰离开家乡来到波士顿。毫无疑问,他感到了这种生活的改变对他自己的意义,甚至在那时,他就感觉到这种改变会引起文学主题的共鸣,尤其是体现在他后来为露丝设想的人物塑造中。1893年,当加兰带着他的小说片段来到芝加哥时,这座大城市的活力很快就解决了他的女主人公离开农场、从大学毕业后应该流浪到哪里的问题,也帮他确定了小说的主题:乡下女性来到芝加哥,如何面对这座大城市新"生活"的挑战,如何克服自身缺陷,迅速成长为城市新女人。

《德切尔库里的露丝》一问世,立刻引起评论界的关注,当时的一些评论称它为"不道德的"小说。事实上,小说本身的确颇具挑衅性:它公然描述了女性性意识的增长。加兰的这种对待性的态度还影响了凯特·肖邦(Kate Chopin, 1851—1904)的《觉醒》(*The Awakening*)和西奥多·德莱塞的《嘉莉妹妹》(*Sister Carrie*)里关于性的描述与创作。美国的老牌媒体和很多读者读完都是大吃一惊——他们还没有准备好就这个特定的话题发表坦率的讲话。托马斯·哈代(Thomas Hardy, 1840—1928)和其他欧洲"堕落者"可能会随心所欲地写作,但美国小说家显然应该对女性性行为保持一种伪善的沉默。有评论家指责这部小说和哈代的《无名的裘德》(*Jude the Obscure*)一样是个"丑闻",是另一部不明智的捍卫性自由的尝试。还有评论家把加兰对一个农场女孩性觉醒的描述说成是性淫乱。有人说要封禁这本书,加兰也遭到了公开的斥责,因为他"选择了用性来吸引观众读者"②。实际上,《德切尔库里的露丝》的伟大之处就在于——它让美国评论界和公众感到震惊。这部小说中加兰对女性性行为和女性精神之间的有机联系所做的尝试,在西部写作中显然是一个新事物。令人欣慰的是加兰能像早先在短篇小说集

---

① Hamlin Garland, *Rose of Dutcher's Coolly* (Lincoln: University of Nebraska Press, 1969), p. xi.
② 同①, p. xii.

《大路条条》中所做的那样,按照自己写真主义的追求,直率地讲述露丝的故事,表明他能够以更高的小说形式完成同样令人印象深刻的人物描写。

《德切尔库里的露丝》故事情节的构建仍然相当简单,但是作品让人主要关注的是人物而不是故事情节——露丝本人的道德、社会、智力和性方面的发展是最吸引人的。加兰还希望"通过讲述一个农场长大的女孩自我的发展与性知识和性经验密不可分,告诉读者这些知识可以成为道德和社会发展的源泉,而不是像德莱塞的《嘉莉妹妹》或克莱恩的《玛吉》那样成为一个流落街头的女孩,变成社会的灾难"①。加兰追溯了露丝从第一次性觉醒开始的发展历程,表明一个拥有活力、意志力和道德力量的女人可以战胜性欲和压抑的环境,并可以在不丧失女性特质的情况下自我发展与自我成长。

虽然加兰是一个写真主义者,但他早期的故事经常把人描绘成他无法控制的力量的受害者。然而在《德切尔库里的露丝》中,加兰明显地没有了他在早期作品中发现的强烈的环境决定论的说法。可以肯定的是,露丝受到来自内部和外部力量的双重影响,她的成功很大程度上取决于个人的努力,加兰对个人力量和自由意志的信念,比我们在克莱恩、德莱塞或加兰早期作品中发现的要强烈得多。

正如阿内布林克(Lars Åhnebrink)所指出的:"斯蒂芬·克莱恩《玛吉》一书的主题就是要表现所有人的恶意,以及社会对个人的冷漠和消极态度。虽然玛吉被描述为天真无邪,拥有与生俱来的善良,但她的毁灭是不可避免的,因为个人面对环境和社会的力量是无能为力的。"②正如克莱恩自己所说:"不可避免的是,你会被这本书深深震撼,但请继续以所有可能的勇气读完它。因为它试图表明,世界上环境是一个巨大的东西,并经常造成人类的不幸。如果一个人证明了这个理论,那么他就在天堂里为那些没有信心被

---

① Hamlin Garland, *Rose of Dutcher's Coolly* (Lincoln: University of Nebraska Press), 1969, p.xvi.
② Lars Åhnebrink, *The Beginnings of Naturalism in American Fiction* (New York: Russell & Russell, Inc., 1961), p.191.

许多优秀的人所期待的灵魂的短暂存在(特别是一个偶尔的街头女孩)创造了空间。"[1] 尽管加兰对《玛吉》的风格、真诚、真实、直率、方言以及对贫民窟的处理印象深刻,但他仍然觉得故事不够完整,它只是一个片段,只是一个典型的最恶劣的元素而已。

虽然玛吉和露丝都有关于性的问题,但作者对待这类材料的方式是不同的。在《玛吉》中,这个主题本身就让读者感到震惊,因为克莱恩对玛吉的性意识的关注,要多于他对毁灭她的外部力量的关注。加兰的读者也被露丝震惊了,但原因不同。加兰的读者们误解了加兰对露丝性发展的态度,认为他对露丝的描写只是强调了其基本的动物性行为,从而混淆了加兰对露丝性发展的看法。加兰对这些反应感到震惊,因为他觉得自己一直很谨慎,认为露丝的性取向得益于她的个人发展和社会约束。

诚然,加兰和德莱塞一样,把性与一种自然的力量联系在一起,但与德莱塞不同,加兰希望从更大的道德背景来看待露丝的性。加兰基本上拒绝了自然主义的本质,自然主义认为社会必须完全被视为一种自然力。虽然露丝与自然紧密相连,尤其是在小说的早期,但她对这些力量的控制使她有别于自然主义作家中的决定论。因此,当露丝在去麦迪逊的火车上被一个驾驶员搭讪时,加兰称他为"色狼",希望读者像露丝一样对他的行为感到厌恶。而当鼓手杜洛埃接近嘉莉·米伯时,我们认为这是很自然的事,不谴责嘉莉或杜洛埃后来的行为。而且,虽然露丝和嘉莉都被一些男人吸引,加兰和德莱塞对自由意志、人类自由和道德约束效力的信念明显不同。

这种观点在若干年后得到了印证,加兰表示,他对现代文学中对性的处理方式感到不满。他在1934年的时候表达了自己的观点:"我们是需要写关于性的方面——但我知道,在优秀的文学作品中,这些事件是必要的。对我来说,作为一个进化论者,它们是对动物生命的回归,而动物的生命本来应

---

[1] Richard W. Stallman, et al(eds.), *Stephen Crane: Letters* (New York: New York University Press, 1960), p.14.

该是较低的。"①此外,他特别不高兴将他与德莱塞联系在一起,他在给卡尔·凡·多伦(Carl Van Doren,1885—1950)的信中指出:

> 非常感谢您在讲座中以旁听者的身份提到我。我很感激现在(1920年)的任何记忆,但我不明白你怎么能在德莱塞和我之间找到任何联系。我是个老传统,我相信婚姻、家庭禁令、审查制度、单一税和许多其他主义,这些如今已被50岁的"年轻"作家们抹黑。我一直讨厌淫秽、邪恶和犯罪的故事,以及关于女性贞操或端庄的笑话。我从来没有写过关于罪恶或犯罪的文章,我的故事是艰难的、粗鲁的、肮脏的,但不是那种兽性的。我从来没有抱着色情思想,我的《崩塌的偶像》没有宣扬滥交。我是自由主义者,但我的自由观念不包括放纵。写一些关于不正常的性的故事很容易,但我一直试图与我那个时代的正常、正派、勤奋的人保持密切联系。②

加兰谨慎地区分了对"性乱交的美化"和"色情作家"的性"不规范"描写,在他的作品中露丝的自然情感和性的发展受到道德和社会的制约。加兰试图在《德切尔库里的露丝》中把露丝描绘成一个"新女性",一个独立、敏感、可爱的女性。他对这个角色的部分概念来自他对易卜生的亲密而热情的阅读——以及他那些独立而令人印象深刻的女性角色。在加兰看来,易卜生是一位文学巨子,他改变了欧洲文学中有着几百年历史的女性形象传统,值得称赞。在易卜生的戏剧里,"她们对男性的世界可能不太理解,但至少她们参与其中,对事物有自己的看法,表达自己的情感。她们摆脱了封建主义浪漫的不良风气……③"

露丝无疑是生活在男性的世界里的,但她没有加兰在易卜生笔下所看到的那种自我意识。加兰没有提到《德切尔库里的露丝》背后的美国文学传统,或许是因为1895年的美国文学界还没有那么激进。《德切尔库里的露

---

① Lars Åhnebrink, *The Beginnings of Naturalism in American Fiction* (New York: Russell & Russell, Inc., 1961), p.205.
② 同①, pp.205-206.
③ Hamlin Garland, *Crumbling Idols* (Chicago: Stone and Kimball, 1894), p.115.

丝》在很大程度上受到英国和欧洲大陆像福楼拜(Gustave Flaubert, 1821—1880)的《包法利夫人》(*Madame Bovary*)、托尔斯泰的《安娜·卡列尼娜》(*Anna Carolinian*)、艾略特(George Eliot, 1819—1880)的《米德尔马契》(*MiddleMarch*)的"成长小说"小说影响。通常情况下,这些小说固定的情节,或者说"成长故事",就是会让女主角陷入一系列进退两难的道德困境,这些困境伴随着责任、婚姻、金钱、社会,当然还有性。《德切尔库里的露丝》与这些更有名的姊妹篇相提并论,使露丝特立独行的形象更加引人注目。

露丝的情感和智力的发展基本上通过三个主要阶段来展现,小说的结构就是基于这三个阶段:她早年在农场的生活,她在威斯康星大学麦迪逊分校的大学生活以及最后她在芝加哥的成长与完全成熟。然而,在这个更大的结构中,每一章都与她发展的特定阶段密切相关。

露丝在加兰笔下是一个天生丽质、充满激情的乡村女孩。让她从农村来到城市,不是为了让这些天赋从她身上得到教化,而是为了让她发现保持这些天赋活力的方法,让她在最大程度上实现自我。加兰用了多种相关的方式让露丝"发现自我"。

首先,在小说的第一部分,她小时候在山里发现了大地的原始之美,接着她意识到自己的性之美,然后感受了诗歌之美——无论是教室里的诗歌,还是后来她自己的抒情诗。她在德切尔库里度过了自己的少年时光,在山谷的阳光下,身体、心灵和想象力自由成长:

> 天气热的时候,他们可以到凉爽、漂亮的小溪里去,孩子们脱光衣服在露天的水里玩得很开心,但是女孩子们必须打扮得漂漂亮亮的,尽量保持干净整洁。她渴望地看着那些赤身裸体的小野人,他们在水里跑来跑去,溅起水花,这里面有一种那么美好和快乐的时光。当她慢慢感觉到男女性别差异时,她不得不慢慢离开让她快乐的小溪。尽管她也喜欢水的感觉和风的爱抚。①

露丝在各方面都很成熟。她聪明、强壮、健康,她有幻想,有情感。她的

---

① Hamlin Garland, *Rose of Dutcher's Coolly* (Lincoln: University of Nebraska Press, 1969), p.17.

生活就是要活出自然女性的本性,并将其表达出来,"有时候,当她一个人的时候,她就脱掉衣服,像个小野兽一样在高高的玉米秸秆中奔跑。她那瘦小的褐色身体像黄鼠狼一样,在树叶间滑来滑去。她那颗怦怦直跳的心,涌起了一种人类原始冲动的神秘而奇特的快乐"①。

由于农场生活中几乎没有什么可以限制她的自由,露丝什么都敢做。只有从她与生俱来的道德感,或者从她那沉默而又敬爱的父亲偶尔做出的反对态度中,她才能开始辨别传统意义上的善恶。

> 从她蹒跚学步的少年时代起,生活就像戏剧般展现在她眼前。她看到了这一切:求爱,出生,死亡。没有什么逃过她那双渴望、敏锐、好奇的眼睛。她向父亲问起谷仓院子里发生的那些戏剧性的、激烈的事情,父亲却把她搪塞过去,她终于不再问了。她开始意识到,它们被认为是一个模糊的、难以启齿的罪恶世界,只有男人才有权利去处理这个世界……显然她面临着可耻的性行为,但自始至终,她过着快乐、自由、健康的生活。她的血又甜又干净,不会传染。她棕色的皮肤因血流畅通而发红。她只是暂时深入探讨了这个深奥的问题。②

在这样一个与自然紧密相连的环境中,人类的激情在哪里更容易得到释放?就像亨利·詹姆斯的《梅茜所知道的》(What Maisie Knew)里的梅茜一样,露丝从某种知识中学会了沉默的智慧。她一直保持着自己对性的意识,并且在她通过一系列的青春期顿悟而产生这种意识的时候,她私下里感到奇怪:

> 她感到一种可怕的饥渴,一种想把他的头抱在怀里亲吻的欲望。她的肌肉因她无法理解的东西而疼痛和颤抖。当她反抗的时候,她变得平静了,但是神秘的悲伤,好像有什么东西永远从她身边离开了。树叶向她低声传达着一

---

① Hamlin Garland, *Rose of Dutcher's Coolly* (Lincoln: University of Nebraska Press, 1969), p.19.
② 同①,pp.22-23.

个信息,小溪也重复着一种神秘的快乐,其中夹杂着悲伤。①

事实上,整个小说的前半部分是相当复杂的、精心构思的。加兰写道,露丝在13岁时已经开始专注于最终的女性的问题,并为她实现愿望找到一个浪漫的化身——马戏团演员威廉·迪莱尔。当他的马戏团来到威斯康星州泰尔镇时,露丝和镇上所有的孩子都看了演出,他让她看到了一个更广阔的世界,"当他们匆匆走过时,露丝被一种新的感情吓了一跳。她从来没有见过这样的眼神……他们径直骑着马,走出清晨的神奇和神秘,向她走来。他们来自山那边未知的歌声和故事的世界"②。这是一段浪漫的故事。在露丝看来,这是一种启示,她愿意把自己的一生奉献给迪莱尔。但从心理上讲,迪莱尔对露丝的意义要大得多,他的身体力量和艺术成就的形象是抓住露丝想象力的因素;从那以后,对露丝来说,他成了她雄心壮志的象征,而这种雄心壮志越来越占据她的思想,但这个在农场里是无法实现的。

虽然我们对露丝在麦迪逊的真实生活知之甚少,但她在智力上得到了发展,还两次坠入爱河,但都得到了自我的克制;她开始为自己设定目标,她觉得如果就在山村,把自己奉献给婚姻和母亲,这些目标是无法实现的:

> 一些隐藏的力量崛起,支配着仅仅是内在的力量。道德纯洁的有机瑰丽传承。她得救是靠内部的力量,不是靠外部的法律。每个人的生命中都有犯罪的机会。美德不是消极的,而是积极的;它是一种通过斗争、抵抗而获得的装饰。男女之间这种甜蜜而可怕的相互吸引,同万有引力一样自然,一样合乎道德,一样不可抗拒。它的反常行为会带来麻烦。爱必须是美好的,根据自然规律,否则为什么它会给人这样的快乐和美丽?③

只有在她先离开家乡去了麦迪逊大学,然后去了芝加哥更广阔的视野之后,她才意识到自己的家乡——德切尔库里才是她真正的文学源泉。《德

---

① Hamlin Garland, *Rose of Dutcher's Coolly* (Lincoln: University of Nebraska Press, 1969), pp.31-32.
② 同①,p.48.
③ 同①,pp.127-128.

切尔库里的露丝》中刻画露丝为了实现自己的梦想而离开家乡时的矛盾心理,也是为了强调女主人公成长的复杂性。但由于露丝是一个女性,她的离开构成了一种更深刻的女性解放,因为她摆脱了过早结婚给她带来的终身苦役,免得嫁给她的第一个男朋友,那个单调乏味的名叫卡尔的农村青年。然而,这也意味着要离开她的父亲老约翰·德切尔,他全心全意地爱着他唯一的孩子。在加兰的笔下,约翰·德切尔是那种朴素、孤独的第一代西部农民的形象,就像他的父亲一样,但他的下一代,他心爱的女儿——21岁的露丝拥有大学文凭和许多新的文化观念,并不能完全理解他的牺牲。小说中最感人的场景之一是露丝的第二次告别。毕业后,她回到了农场,在父亲为她建造的新房子里度过了一个夏天。但是露丝很不安,无法把她的注意力从芝加哥移开。她决定她必须要回去:

> 这是他一生中自从他妻子去世后最痛苦的时刻。他睁开了眼睛,看到了自己的命运;他看到了自己所做的一切;他把女儿教育得即将脱离自己的世界。她再不会被关在他旁边的山谷里。他看到自己这么多年来是多么愚蠢,竟然以为自己可以教育她。①

不过,他的露丝很快就变成了一个让他感到自豪的女人。

> 因此,他产生了一个他以前从未有过的想法,即使是现在,这个想法仍然是无边无际的。他感受到了外面世界的力量,并预感到了这一切的命运。这是必须的,因为这是进步的一部分。他老了,弯腰驼背,头脑迟钝。她很年轻,非常年轻。老人必须让位给年轻人,而她是应该受到尊敬的人。她是女王,他是臣民。②

起初,露丝去芝加哥是因为她觉得"那里有湖,那里有艺术,音乐、戏剧和爱情!在每一种情感下,在每一次成功的背后,都有这样一种理解:爱是对女人的奖赏和补偿"③。即使大学对她的影响不断扩大之后,露丝在生活

---

① Hamlin Garland, *Rose of Dutcher's Coolly* (Lincoln: University of Nebraska Press, 1969), p.177.
② 同①, p.178.
③ 同①, p.180.

问题上,无论是在乡村还是在芝加哥,仍然是一种典型的浪漫主义风格。如果她不是一个特立独行的女性,那么她就会像其他一群天真的女孩一样,生活在大城市各种各样的罪恶陷阱里。事实上,她的第一个晚上是不眠的,第一个早晨就带来了可怕的文化冲击:

> 汽车越来越多,太阳越来越热,在她的地毯上形成一片片耀眼的光。那股奇怪的刺鼻气味随风飘来,报童们叫卖着晨报,孩子们在街上打架玩耍。远处的汽笛声开始响起,露丝感觉到自己在芝加哥的第一个早晨:炎热,羞耻,不自然。她发现自己被蒙蔽了,遍体鳞伤,灰心丧气,低声下气,十分想家。①

露丝作为所有想要了解这座城市的新来者之一,必须适应城市生活的新节奏。她将努力进入城市圈子,在短期内体验到芝加哥生活环境。确实如此——奇妙而可怕的事情首先吸引了她的注意力。在整个城市里,她看到了鲜明的对比。她看见衣衫褴褛的报童和高大的警察;她看见那些拾破烂的人和那些街上的害群之马,怜悯和恐惧使她打了个寒战;她还看见那些大商店里华丽的橱窗。

在露丝成长的关键阶段,加兰赐予了她一个个向导,为她提供了一个个女性榜样——最明显的是密尔沃基著名的女律师。在露丝家乡的火车站开往麦迪逊的最初旅程中,她开始保护露丝,使她免受列车员的伤害。露丝在芝加哥的头几天,迷迷糊糊的,她从来没有像现在这样迫切地需要帮助。她很快就得到了拯救。一名杰出的职业女性伊莎贝尔·赫里克博士,也成为一位支持露丝的导师。当时露丝兴奋地看到了很多成功的女教授和律师,她们有抱负而奋斗的例子激励着她。而伊莎贝尔·赫里克博士是露丝遇到的最杰出的解放女性,她挑战并击败了男性在其最强大堡垒——医学界的主导地位。当这个乡下女孩第一次去看赫里克医生时,她将她最初想写作的欲望脱口而出,而那个年长的女人响亮地回答道:"写作!我亲爱的女孩,

---

① Hamlin Garland, *Rose of Dutcher's Coolly* (Lincoln: University of Nebraska Press, 1969), p.192.

每个傻瓜都想写作。"①但是赫里克医生很快就从这个乡下来的女孩身上看出了真正的内涵和勇气,并承诺带领露丝进入芝加哥的上层社会。

在经历了短暂的社会恐慌之后,她不但很快适应了芝加哥的生活氛围,而且很好地融合进去,遇到了一个叫沃伦·梅森的追求者。当一个杰出的女人在小说中坠入爱河时,无论如何人们都希望被爱的人以自己的方式强大,与女性的伟大相匹配。但在小说中沃伦·梅森缺乏露丝那种显而易见的特立独行的品质。梅森被加兰刻画成一个"堂吉诃德式"的知识分子,在小说后半段的大部分时间里(他唯一出现的部分),他那优柔寡断的行为似乎与露丝本能的自发性和自然的热情格格不入。露丝本能地接受了他,对他们未来的幸福有着令人钦佩的直觉。此时加兰可能是在借鉴欧洲模式来塑造梅森,更具体地说,加兰很可能在学习屠格涅夫。沃伦·梅森不就是《父与子》中年轻的虚无主义者巴扎罗夫的美国翻版吗?"和《父与子》中的主人公一样,梅森也很挑剔,幻想破灭。我们第一次见到他时,他的生硬和有点恼怒的态度也让人想起巴扎罗夫,但他就像那个俄罗斯人,尽管举止唐突,但心地善良。两人对女性的态度都同样愤世嫉俗。"②

但无论影响因素是什么,加兰显然想让梅森在所有人际关系中表现出一种不确定性,一种普遍的自我怀疑和悲观情绪,这种情绪源自"过度教化"。梅森常常显得令人生厌,而且肯定不是露丝那样的人。他的求爱方式也很奇特,梅森断断续续地追求着,而露丝每天都在平静地意识到他的爱。梅森后来的一封信中写道:"我想让你成为我的同志和爱人,而不是臣民、仆人或不情愿的妻子。我对你没有任何权利,你愿不愿给我生孩子,随你的便。你和我一样是一个人的灵魂,我希望你像我一样自由自主,从事任何你喜欢的职业,做任何你喜欢的工作。"③

---

① Hamlin Garland, *Rose of Dutcher's Coolly* (Lincoln: University of Nebraska Press, 1969), p.209.
② Lars Åhnebrink, *The Beginnings of Naturalism in American Fiction* (New York: Russell & Russell, Inc., 1961), p.324.
③ 同①, p.380.

露丝接受他的求婚是小说情节发展的必然结果,但读者不能像加兰所希望的那样做出积极的反应。他们订婚后,露丝和梅森在农场待了一段时间,即使在那充满活力的山谷空气中,他也显得荒谬可笑,完全不合时宜。因此,这是加兰对他最优秀作品的唯一背叛:男人配不上女人。在其他的美国小说中,如凯特·肖邦的《觉醒》、亨利·詹姆斯的《一位女士的画像》(*The Portrait of a Lady*),都创作了令人动容的美国女性的悲剧。但是,《德切尔库里的露丝》并不算是悲剧。这本小说是一个女人战胜生活的证明:一个女人可以拥有完整的人格和幸福,可以是一个诗人、一个妻子,和一个情人,而这一切正如加兰《崩塌的偶像》中描述的女性一样。露丝理想的实现——如果它存在于任何地方的话——都可以在她的新诗中找到,写在她的山谷的小说中:

> 她在他身边坐了下来,但不是靠得太近,开始用柔和而犹豫的声音背诵一首诗,这首诗充满了女性的悲伤和惆怅。她继续背诵着,梅森把脸转向她,她的眼睛闭了起来,声音也颤抖了。
>
> "太棒了!"他说,"继续。"
>
> 风吹过山坡,吹过倾斜的白桦树,带着诗一般的忧伤。野大麦弯着腰,在风中飘动,像一个老人的胡须;这首诗深深地触动了人们隐秘的情感,无法用语言表达,而音乐则承载着这些情感。女孩的眼睛甜美而严肃,她那可爱的唇线时而移动,时而颤动。
>
> 梅森突然伸出手,抓住了女孩的右手。她的声音消失了,目光与他的相遇。他把她的手拉过来,把嘴唇放在上面。
>
> "你是个诗人,"他说,"你找到了自己的声音……"①

遗憾的是,加兰觉得自己没有更直接地向我们展示露丝的"声音","充满了女性的悲伤和惆怅"的声音是什么样的。但梅森认识到露丝战胜了他,战胜了这座城市,战胜了他所认知的文明。也许是他的生活方式阻碍了他的艺术发展,而山谷的土地魔法给了露丝所需要的动力。加兰想让梅森用

---

① Hamlin Garland, *Rose of Dutcher's Coolly* (Lincoln: University of Nebraska Press, 1969), p.403.

他的"你是个诗人"来授予露丝桂冠,但她最终变得如此专横,如此明显地控制一切,以至于一个郁郁寡欢的情人几乎无法给予什么,更不用说作为一名诗人的条件了。在这一点上,加兰和梅森是一样的:这完全是露丝的世界,两人都不舒服。露丝——而不是梅森——是一个有主见的人,她创造了一个比小说结构所设计的她的角色更强大的角色。露丝就这样完成了从农场里狂野的精灵女孩到成熟的新女人的转变。正如她的名字所暗示的,她不仅在社会上"崛起",而且已经成长为一朵有教养的"玫瑰花"。

露丝的形象给小说中的中西部女性带来了一种新的心理现实,一种全新的知性和创造性的完整感,以及一种与众不同的情感。《德切尔库里的露丝》试图把女性的自由和性意识表现为一种积极的、对社会有益的东西——一种对美国试图创造的成熟文明至关重要的品质。正是由于加兰成功地塑造了露丝这一新女性形象,《德切尔库里的露丝》才一直被文学界称为是加兰早期最成功的小说。

总体来说,加兰笔下的这些西部女性命运不同,形象各异,有被命运摧残的女性,有为家庭付出一切的女性,也有与命运抗争的女性,更有特立独行的新女性,她们不甘屈服于眼前生活,敢于摆脱困境,坚定地走上了寻求幸福的人生之路。在塑造这些西部女性形象时,加兰努力挖掘社会变迁对这些女性带来的变化,这些女性形象的刻画表达了加兰对她们的理解,更体现了加兰对这些常年在西部艰苦生活的女性的同情之心。尽管加兰小说中的西部女性形象有其个性化的痕迹,但是阅读他的作品还是给我们提供了了解和深思美国当时社会变革中的西部女性真实生活状态的机会。

第四章 哈姆林·加兰中期小说创作中的写真主义创作与实践

哈姆林·加兰的中期小说（1898—1916）创作始于 1898 年出版的《斯威特沃特之神》(The Spirit of Sweetwater)的出版，结束于 1916 年《他们在高地路上行走》的出版。加兰的中期小说大多数是以落基山脉地区为背景的，刻画了美国远西部山区人民真实的生活现状。

到了 19 世纪末 20 世纪初，加兰已经是美国一位颇有名望的作家了，他的《大路条条》等作品深受广大读者的喜爱。然而，《德切尔库里的露丝》的出版却遭到了评论界各种猛烈的攻击，加兰因此变得沮丧起来：

> 我有一个愚蠢的想法，认为中西部地区的人应该以我为荣。我憎恨这种谴责。"难道我不配偶尔听到一句友好的话，一句鼓励的话吗？"……但毫无疑问，评论界这种持续的敌意，对我中西部小说的全面攻击，这与我回到中西部地区时所带来的快乐和我小说中塑造的人物形象有关。但是无论如何，我 1895 年 7 月至 8 月间，在科罗拉多州和新墨西哥州进行了旅行考察，这对我将来有着不可估量的价值。①

正如加兰自己所说："这次旅行是我一生中的又一个转折点，因为它为我后来所著的《淘金者之路》《鹰之心》《女巫的黄金》《金钱的魅力》等落基山脉题材小说提供了

---

① Hamlin Garland, *A Daughter of the Middle Border* (New York: Macmillan, 1921), pp. 28-29.

新素材。"①

1895年,加兰从西南部的新墨西哥州长途跋涉来到落基山脉西麓的育空河地区,脑子里和笔记本里都记满了牛仔、印第安人、护林员和金矿矿工等人物形象。他按照写真主义的原则,开始描写他所了解的、熟悉的新地方和新人物。他的作品从西部写到了更远的西部,从农场写到了山脉和荒野。

> 这次旅行给了我新生。我决心在美国远西部的历史上抢占一席之地,那里曾经是一片荒野,现在却是一个国际大都市,我在这里发现了来自不同国家的男男女女,他们被吸引到山区去寻找健康(指到山区寻找温泉养身)、娱乐和黄金。我意识到,几乎任何我能想象到的角色都能在这里得到令人惊奇的验证。我开始构思小说,这些小说在威斯康星州或艾奥瓦州地区的人看来都不是真的。带着一种喜悦和自由的感觉,我决定到科罗拉多州和蒙大拿州的广阔的世界中去。②

在加兰的新作品中,他试图处理在远西部山区人们生活的方方面面,并创造出形象各异的人物。但他通常侧重于对西部淘金者、牛仔、矿工、森林工人和印第安人等人物形象的塑造。除了少数作品,这一时期的作品大多包含着共同的元素:温和的社会主题、山野风光和传统爱情故事等等。

加兰中期小说中的大部分作品来自这段时期的旅行,如:阿拉斯加的金矿探险在《淘金者之路》《海斯珀》《女巫的黄金》中得到了叙述;牛仔英雄则记录在《鹰之心》《山野情人》之中;印第安人保留区的旅行在《灰马队队长》中做了全面描述。

加兰第一次造访科罗拉多州落基山脉地区是在1895年的冬天。当时,他还很年轻,很容易被山区的景色和人物感动、吸引,加兰在他保存的笔记本上写道:

---

① Hamlin Garland, *A Daughter of the Middle Border* (New York: Macmillan, 1921), p. 31.
② 同①, p. 54.

>我从丹佛到科罗拉多斯普林斯,雄伟的高山在我的右边,广阔的平原在我的左边。近处的小山是紫色的,远处的山峰向阳的一面则在紫色的阴影里闪着白色的银光。西沉的太阳把银色染成了蓝色,又把蓝色染成了紫色。每条峡谷都像是一条条垂直的蓝色绸带,从山脚俯冲而下。每条山脊之间都覆盖着白雪,云层似乎就在上面。①

在19世纪90年代的十年间,加兰每年夏天都会到"科罗拉多的高寂的山脉……渴望重新享受它们的荣耀"②。1899年,加兰与著名雕塑家洛拉多·塔夫脱(Lorado Taft, 1860—1936)的妹妹祖莱姆·塔夫脱结婚,然后一起到科罗拉多斯普林斯和安肯帕格里山脉度蜜月。加兰对在科罗拉多看到的风景、遇到的人物和发生的事件做了大量的笔记,这些笔记在他后来的小说创作中均被使用到。同年,《淘金者之路》出版,在书中,加兰按照写真主义的要求,记录了自己在西部淘金生活的真实状态,描述了他在这条淘金路上的所见所闻,以及他自己的感受。

1902年,加兰觉得他已经耗尽了西部地区可用的潜在主题素材。当他还住在威斯康星州的西塞勒姆时,他在日记中写道:

>这里的日子虽然平静,却极其沉闷和缓慢。我在这里找不到任何值得我花时间阅读的小说。我必须到科罗拉多去,一定要到山上去,再忙忙碌碌地干一阵子。后来,我又有了一个更强烈的感觉:我已经失去了创作的视角……我必须要回到科罗拉多,回到能给我创作动力源泉的山区去。③

在接下来的近十年时间里,加兰继续回到落基山脉山区,主要是在科罗拉多州,他的小说作品也开始不断地反映那里的生活。

其实,加兰早就已经开始以科罗拉多落基山脉为故事背景进行创作了。他的第一部以科罗拉多为背景的重要作品《斯威特沃特之神》最早出现在

---

① Hamlin Garland, *Roadside Meetings* (New York: Kessinger Publishing, LLC., 1930), p. 298.
② 同①, p. 298.
③ Hamlin Garland, *A Daughter of the Middle Border* (New York: Macmillan, 1921), pp. 28-29.

1898年爱德华·博克(Edward Bok, 1863—1930)主编的《女性之家》(*Ladies' Home Journal*)杂志上,后来又扩展为另一部小说《女巫的黄金》。它以克里普溪、马尼托斯泉和科罗拉多泉为背景,讲述了一个患有结核病的年轻女孩和一位帮助她康复的矿主之间的爱情故事。1900年,《鹰之心》出版,小说讲述了一个山区牛仔的传奇故事。1901年,《山野情人》出版,小说背景设在科罗拉多州的乌雷和英国的伦敦。这三部小说都写得很好,也很受读者的欢迎,但对加兰来说,它们还不是他最成功的以科罗拉多为背景的小说。1902年出版的《灰马队队长》才是这一时期被认为最受欢迎、最成功的。小说最初出版在《周六晚邮报》(*Saturday Evening Post*)杂志上。这部小说以科罗拉多州为背景,讲述了在落基山脉熊牙地区,一名印第安人酋长试图保护他的牧区免受外来移民侵占的故事。就像许多描写狂野西部的小说一样,主人公在战胜牧场主的同时,也赢得了美丽女孩的芳心。在加兰的众多女性读者中,这本书无疑是最受欢迎的小说。1903年出版的小说《海斯珀》也是同样的风格:一个来自东部的女孩和她生病的弟弟去了科罗拉多州的"天空营地",她在那里爱上了一个西部矿主,后来卷入了矿工与矿主的冲突。由于厌恶西部山区野蛮的生活方式,她决定离开那里。但最后,她努力促成了战争的结束,后来她决定在科罗拉多山区度过余生。

1907年出版的《金钱的魅力》是这一时期以淘金为主题的小说中最成功的,这部小说最初名为《马特·哈尼的伙伴》(*Mart Haney's Mate*)。豪威尔斯也认为这"是作者(加兰)这段时期最杰出的作品"[①]。研究科罗拉多州文学的专家艾琳·麦基汉(Irene P. McKeehan)称这本书是加兰描写科罗拉多州的小说中"最好的",是"对科罗拉多地区人物的最真实的研究"[②]。小说以克里普溪和科罗拉多斯普林斯为背景,叙述了金钱对两名科罗拉多人的影响:

---

① William D. Howells, "Mr. Garland's Books," *North American Review* 196(1912): 527.
② Irene P. McKeehan, "Colorado in Literature," *Colorado: Short Studies of Its Past and Present* 4(1948): 168.

一位是来自克里普溪的赌徒,还有一位是他的年轻新娘——科罗拉多州小镇的旅馆职员。

加兰的最后两部关于科罗拉多的小说是《卡瓦诺,森林保护员》和《森林人的女儿》,它们都以美国国家林业计划为背景[这个林业计划是20世纪20年代,美国总统西奥多·罗斯福(Theodore Roosevelt, 1858—1919)和美国林务局局长吉福德·平肖特(Gifford Pinchot, 1865—1946)推动实施的林业项目],叙述了落基山脉林业员工的传奇故事。

1960年,加兰的女儿伊莎贝尔·洛德(Isabel G. Lord)在给她父亲写的回忆录中说道:"父亲他满怀激情地爱着,偶尔也会恨着,但毫无疑问,他一生中最爱的地方仍然是西部山区。"①洛德夫人认为她的父亲在科罗拉多州落基山脉再次找到了写作的"灵感和快乐",因为这个地区甚至比西部边境更接近他的内心。从加兰一生的角度来看,这些想法可能有点言过其实了。但有一点毋庸置疑,在20世纪的头20多年里,他几乎完全投身在了这个山区。作为一名小说作家,他的作品比许多传记作家更能抓住科罗拉多落基山脉的精髓。1927年,麦基汉在《科罗拉多州》的第一章里说:"加兰的作品是我读过的对科罗拉多最好的描述。"②也有人认为,加兰的科罗拉多小说是西部山区的真实缩影。对于加兰这位土生土长的西部农场人来说,科罗拉多落基山脉一切都还处于原始状态,他在那里度过的日子永远是一幅原始的美丽画卷,永远值得铭记。正如他在其中一首被引用最多的诗中所写的那样:

> 哦,这条路的美好时光
>
> 我不能失去你,我不能。
>
> 在这琥珀般的歌声中,我拥你入怀

---

① Isabel G. Lord, *A Summer to Be*, *A Memoir by the Daughter of Hamlin Garland* (New York: Whitston Publishing Company, 2008), p. 63.
② Irene P. McKeehan, "Colorado in Literature," *Colorado*: *Short Studies of Its Past and Present* 4(1948): 168.

在这里，时间和空间都不会对你造成伤害。
我把你们聚在一起，收获一片大陆和
千日探索的黄金。
所以当我老了，像一只关在笼子里的老鹰，
我将梦想着
壮丽的山脉，闪烁的河流
消失的平原上夕阳的余晖。①

第一节 "淘金人"为主题的写真主义创作与实践

美国淘金热发生在西进运动期间，这股热潮源于在西部偶然被发现的金矿。为了满足那些淘金者的生活需求，这些土地得到开发，农业得到迅速发展，交通和工业建设也如火如荼地展开，整个西部城市化进程迅速向前推进，可以说淘金热铸就了最初的"美国梦"。1848 年 8 月 19 日，《纽约先驱报》(The Herald)报道称加利福尼亚发现黄金。消息传开后，引发了整个美国乃至世界的第一次淘金热。自 1854 年起，加利福尼亚的淘金热呈下降趋势，黄金产值下降，但整个采金业向深度和广度发展。第二次淘金热发生在 19 世纪 50 年代科罗拉多州发现金矿至 70 年代在内华达州发现金矿期间。这段时间内，采集矿种增多，美国作为最大产金国的地位也因此得以一直保持到 1898 年。

《淘金者之路》是加兰根据自己参加西部淘金活动的亲身经历而写的。加兰在日记中写道，"我已经准备好踏上一段朝圣之旅，这段旅程将给我带

---

① Hamlin Garland, *Hamlin Garland: Centennial Tributes and a Checklist of the Hamlin Garland Papers in the University of Southern California Library* (Los Angeles: University of Southern California, 1962), pp. 5-6.

来很大的自我提升,这是我第一次真正的登山,勇敢地去面对荒野"①。在他所谓的"秘密之心"里——尽管这并不是什么秘密——他正在书写西部淘金之路,但他并不是真的想寻找黄金,他只是为了感受淘金者的历程。他在日记中就谈到这一点:

> 事实是,我在落基山脉到处游荡,就是想走一走淘金人的路,我渴望踏上一段需要勇气的旅程。因此,经过仔细的调查,我决定乘坐穿越不列颠哥伦比亚省山脉的火车进入育空河谷,开始淘金之行,这条路线提供了一个美好而有特色的新世界探险之旅。②

旅行结束时,他对这条"有特色的新世界探险之旅"感到厌恶,并将自己的沮丧和幻灭归因于政府有关野生动物数量众多的虚假广告:"在落基山脉淘金比在西北最好的地区都要简单和容易得多,长途旅行不仅异常精彩和富有戏剧性,而且在最后的大山脉之外,还有一片永远是夏天的土地。然而,我刚才走过的这条长长的路,不仅阴森而单调,而且通向北极圈,充满了死亡的寂静。"③

在《淘金者之路》一书中,加兰想让读者觉得他就像其他淘金者一样是一个坚强的人、一个敢于冒险的人、一个淘金队伍的领袖。加兰以一种古怪的,还稍带有幽默色彩的笔调展现了自己,并带着傲慢的优越感和哥特式的喋喋不休。《淘金者之路》是加兰自己在淘金路上的经历,当时他还没有经历淘金的残酷,所以当人们读到一些文字时,觉得很好笑。例如,有一章的标题是"豆子的传递",意思是和他的同伴分享食物,但这句话让人感觉到含糊不清,一半是尴尬,一半是高兴,还有点天真幽默。

加兰书中的诗歌都是加兰在淘金途中有感而发的,下面就是他为庆祝自己男子气概爆发而写的一首小诗,他将其命名为《你害怕风吗?》(*Do you*

---

① Hamlin Garland, *A Daughter of the Middle Border* (New York: Macmillan, 1921), p. 60.
② 同①, pp. 53-54.
③ Hamlin Garland, *The Trail of the Goldseekers: A Record of Travel in Prose and Verse* (New York: The Macmillan Company, 1899), pp. 252-253.

Fear the Wind?):

> 你可怕寒风凛冽？
> 你可畏惧大雨滂沱？
> 要迎着风雨去拼搏，
> 重新变得勇猛果决。
> 像狼一样去经受饥寒，
> 像鹤一样去涉水河川；
> 你的手掌会变得厚实粗壮，
> 你的脸膛会晒得乌黑发亮，
> 你会变得衣衫褴褛，皮肤黝黑，疲惫不堪，
> 但走起路来，却是个堂堂男子汉！①

在某种程度上，加兰把这次淘金之行看作是一场战争，类似于一场北方版的南方动乱、一场美西战争。《喂！克朗代克河》(*Hi! The Klondike*)就是加兰吹响的战斗号角，他几乎是在大喊：

> 育空地区是一个严酷而可怕的地区，到那里去生活一年的人，要付出骨头疼痛、累出血的代价才能找到一美元的黄金。他应该像个应征入伍的人一样去打仗。他应该能够通过德军士兵的考试，或者是加拿大政府骑警的军官考试。这里不是弱者、懒汉或懦夫可以生存的地方。②

在《淘金者之路》中，加兰的行为举止就像一个行军军官，而他的马匹就是他的士兵。每天早上他都会对着他的马大喊大叫："排队吧，孩子们！排队！嘿！"

但是，有时他对他的旅伴和印第安人的态度甚至比对他的马说话更缺少礼貌和关心。加兰在淘金这条路上遇到的大多数人，都没有达到他所设想的那种热情奔放的男性形象，也没有那种健康的女性形象。他的大部分

---

① Hamlin Garland, *The Trail of the Goldseekers: A Record of Travel in Prose and Verse* (New York: The Macmillan Company, 1899), p. 95.
② 同①, p. 444.

虔诚和纯洁的话语都是为了让他的读者相信他过着一种优雅的、模范的和道德高尚的生活,并确保他的读者不会堕落成像他这样的人。他发现,他遇到的锡沃斯人(北太平洋沿岸的印第安人)没有家乡的夏安族和苏族印第安人那么难以相处,"这些印第安人像一群小猴子一样互相叽叽喳喳地叫嚷,整日围在你身旁"①。一群旅客在没有补给的情况下向加兰等人要食物,他这样评价他们:"他们觉得理所当然地得到了我们的援助。没有一个理性的人会像他们那样不做好充足的准备就去冒这种可怕的险,就像头愚蠢的小毛驴,到处乱蹦,四处奔走。"②当看到一个无法承受淘金路上的艰辛,又没有找到任何黄金,最终选择自杀的淘金者,加兰在日记里写了这样一段话:"他似乎不是一个特别有毅力的人,他是一个不合格的淘金者。他在我耳边说的最后几句话都是一些粗俗的话语,我不喜欢,也没有回答。"③

至于淘金路上遇到的女人,在他的笔下也甚是不堪:"在班纳特湖回来的火车上,我遇到了一个厚脸皮但漂亮的白人女人,后面跟着一个肥胖的黑人女佣。这位白人女人在道森市的妓院里做舞女,因经常跳一些无耻的舞蹈而发了财,现在正去巴黎或纽约快活的路上。听旅馆老板说她非常卑鄙,而且不知羞耻。"④当"无礼的"铁路工作人员问他,他把马一路带回威斯康星州是否值得时,他变得几乎有些歇斯底里:"值得!养狗十年有回报吗?骑自行车有回报吗?抚养孩子有回报吗?没有吧!我自己觉得值得。你喝啤酒、你抽烟,因为你喜欢。我把钱花在马身上。"⑤在回西雅图的路上,他这样总结在落基山脉地区遇到的人:"他们中没有一个让我感兴趣,他们的肮脏、

---

① Hamlin Garland, *The Trail of the Goldseekers: A Record of Travel in Prose and Verse* (New York: The Macmillan Company, 1899), p. 98.
② 同①, p. 165.
③ 同①, p. 189.
④ 同①, p. 202.
⑤ 同①, pp. 255-256.

贪婪和愚蠢使我疲惫不堪……他们都是普通人,都是些没有经验,虚伪的表演者。"①

《淘金者之路》中除了加兰刻画的形形色色的人物形象之外,淘金路上的自然风景描绘才是小说的主体。小说中的景色描写主要表现了加兰自己在淘金路上对落基山脉雄伟山区的种种感受,开始他对山脉风景十分欣赏,后来变成了对荒野感到恐惧。这些反应几乎与一个典型的叙事小说一样——期待、探索、尝试、幻灭和解脱。他对这些景色描写主要是为了揭露政府虚假的广告承诺和现实道路之间的巨大差异。

到达哈兹尔顿时,加兰说:"当我现在重读这条'有特色的新世界探险之旅'的所有先期文献时,我意识到,关于这条路的后半段,每一个细节都被巧妙地掩盖了。"②这种期望与现实之间的差异,与人们倾向于和理解的陈述之间的阵营差异,以及加兰的城市自我和田园自我之间的分裂,是平行的。他对这次淘金路上经历的失望程度可以从以下文字中看出:

> 对我来说,这条淘金路充满失望,不是因为它的漫长,而且要跨越山脉,而是因为它贯穿了一个贫瘠的、单调的、沉默的、阴暗的和多雨的地区。我对它不再感兴趣了。我几乎没有听到和看到任何野生动物。它的湖泊和河流大部分是寒冷和阴沉的,它的森林是阴郁和令人沮丧的。离开哈兹尔顿后,唯一令人愉快的地方是高高的山谷和木材线。虽然潮湿而又泥泞,但它们气势磅礴。作为一条通往特斯林湖和育空地区金矿的路线,这是荒谬的、愚蠢的,它应该将永远不会再用于这个目的。如果在斯基纳河、伊斯库特河和斯蒂基恩河之间的高地上开采出黄金,就可能在哈兹尔顿再次被开发;否则它将被还给印第安人。③

加兰就连淘金路上遇到的树木也视之为敌人:"我开始害怕那滴着墨绿

---

① Hamlin Garland, *The Trail of the Goldseekers: A Record of Travel in Prose and Verse* (New York: The Macmillan Company, 1899), p. 241.
② 同①, p. 100.
③ 同①, pp. 180-181.

色汁水的冷杉,它们似乎像一支庞大的军队一样包围着我们。从战斗中没有退路——这条路上没有回头路。"①

一开始,这条淘金之路就像加兰描述的那样风景如画。作为一个想享受自然风景的人,当他第一次在一个小湖边扎营,他眼前看到的不是驼鹿、麋鹿或熊,而是两只鹤:"当我们搭起帐篷生火的时候,我听到两只鹤在沼泽地上发出响亮的叫声,我用望远镜看到它们在水边大步走着。太阳正朝着西边慢慢升起。四周都是黑暗而神秘的森林,奇怪的声音从森林里传出来。"②

当然,他期待在这里与自然进行更崇高的对抗。在加兰旅行的早期,弗雷泽湖引起了他的独特反应:"弗雷泽湖也非常迷人,充满了浪漫气息,足以成为库珀最好的小说的场景。河水清凉可口,从远处的海岸上,连绵起伏的深绿山麓连绵起伏。"③据报道,霍桑对尼亚加拉大瀑布进行想象时比他亲眼看到瀑布时更兴奋,因为他在脑海中把尼亚加拉大瀑布塑造成了比他亲眼看到的更崇高的东西。加兰的读者也有一种类似的扫兴感,因为加兰从风景如画到壮丽壮观,从外围到中心,都是以情感夸张的方式在进行描写,以至于人们无法真正接受风景如画或壮丽的描述是真实的,这让读者觉得整个风景一定比描述的更丑或更恐怖。实际上,在小说里,我们看到的是加兰,而不是风景。

当然,加兰还是想让读者记住旅途中早期风景如画的景点与即将经历的遥远、广阔、更神秘、未知的场景之间的对比。从这个意义上说,自然风景就是《淘金者之路》的情节。从结构上讲,前半部分和叙事是如画的,是幸福的期待;下半部分是可怕的、崇高的、未知的,最终是令人失望的。加兰对弗雷泽河和斯基纳河之间的分水岭的描述正反映了这一点:"六月一日,

---

① Hamlin Garland, *The Trail of the Goldseekers: A Record of Travel in Prose and Verse* (New York: The Macmillan Company, 1899), p. 121.
② 同①, p. 49.
③ 同①, pp. 69-70.

我们越过了两大分水岭。我们后面是弗雷泽河,前面是斯基纳河。宏伟的海岸山脉像一堵雪墙一样在遥远的西北部拔地而起,而近旁的一个湖泊占据了前景,映照出中间距离的蓝色山脊——一片壮丽的野生景观。"①也许这幅风景如画的缩影就是加兰对一大群淘金者在跨越分水岭时相遇的描述:

> 下午早些时候,我们经过五六个营地,在美丽的草坡上露营,俯瞰着这条河,构成了一幅最令人满意的画面。放牧的马上的铃铛叮当作响,从闪闪发亮的火中冒出薄薄的烟柱。一些年轻人在洗澡,另一些人在阳光明媚的小溪里洗衬衫。有一种欢快的口哨声和铁器的叮当声,夹杂着斧头的声音。没有什么比年轻人和小径更有趣、更典型的了。这是长途旅行中为数不多的愉快营地之一。②

从班尼特湖到斯卡格韦,再到林恩运河,这一高潮的"逃离"为加兰提供了一片更真实的壮丽景色——根据埃德蒙·伯克(Edmund Burke,1729—1797)③对崇高的定义,崇高本质上是真实的危险和敬畏的回声。但鉴于加兰对危险的描述并不完全令人信服,而且阵营的反应颠覆了事实,"模拟崇高"一词或许更好。

在从班尼特到戴耶的 30 英里的陆路上,加兰与一位来自温尼伯的探矿者会合。在暴风雨中,他们"沿着嵌有马匹尸体的古老积雪的河岸,尖锐地越过光滑的岩石"④,因为浓雾,"什么也看不见……而是一片荒凉、平坦、贫瘠的沙漠,上面有灰绿色的溪流从黑暗中奔流而出,消失在黑暗中。在火山口湖灰色的暮色中出现了奇怪的形状。就像地狱里的风景。这似乎是地球的尽头,那里没有生命曾经存在过,也不可能长久存在"⑤。早期对库柏风景

---

① Hamlin Garland, *The Trail of the Goldseekers: A Record of Travel in Prose and Verse* (New York: The Macmillan Company, 1899), pp. 74-75.
② 同①, p. 109.
③ 埃德蒙·伯克,爱尔兰的政治家、作家、演说家、政治理论家和哲学家。
④ 同①, p. 233.
⑤ 同①, p. 234.

如画的回忆变成了对更黑暗、更崇高的回忆:"我们周围的尖顶就像荒凉山谷的尖顶。我们似乎每时每刻都要坠入无底深渊。从未想过……在这样一种光线下,在这样一场风暴中,这些山峰可能更奇特,更险恶。"①

对于在林恩运河上的旅行,加兰是这样描写的:"巨大的冰川从高处可怕而神秘的地方倾泻而下。当瀑布从悬崖上流到悬崖上时,更低的一行行白茫茫的流水——纤细的、断了线的、几乎垂直的——最终落入灰色的海洋地狱。"②在这样一个刻意程式化的崇高背景下,加兰诗意地告别西北:

> 我讨厌这片寒冷荒凉的北方土地,
> 我怕它那没有港口的白雪皑皑的沙滩,
> 我像一只归巢的鸽子飞往南方,
> 回到我爱的玉米之乡。
> 我再也不会站稳脚跟,
> 雪、海、山的交汇处。③

1899 年,《国家》杂志(*The Nation*)刊登了这样一段文字:"我们记得很少有旅游书籍在描述自然时有加兰先生在《淘金者之路》中刻画的那样生动。但我们感到遗憾的是,在我们的作者所经过的地区,经常发现的更多是大自然更为严酷的一面。"④也有评论家在对《淘金者之路》的评论中说:"加兰描述性写作的质量并不比一般的日报信件高多少,这与加兰的西北之旅所包含的露营元素更接近。虽然这本书可读,但加兰的幽默感显然是有欠缺的,而那正是他的缺点,诗歌使外行的读者感到既困惑又有趣。"⑤

《淘金者之路》中充满了令人费解和有趣的叙述,他经常发出一个奇怪的自相矛盾的声音,时而疏远,时而又十分吸引人。作为旅行者,他试图把

---

① Hamlin Garland, *The Trail of the Goldseekers*: *A Record of Travel in Prose and Verse* (New York: The Macmillan Company, 1899), p. 134.
② 同①, p. 242.
③ 同①, p. 244.
④ "Three Books of the Klondike," *The Nation* 69, No. 1782(1899): 156.
⑤ 同④, p. 158.

自己塑造成一个老练、有名望、有威望、道德高尚、全美国最刚毅的人,但他也受到自己天真、狭隘和粗野的影响。如果他能让加拿大西北部和美国西部真正如画般壮丽的景色,将他从一个喋喋不休的自恋者带到一个能够更真实地自我发现、表达和具有高度浪漫主义的境界,对于加兰和他的读者来说,这将是一次值得一游的旅程。我们现在只能说他试过了,但效果更多的是模拟的,而不是真诚的,这也许就是他的写真主义的迷茫了。

加兰除了在《淘金者之路》中写了他经历的一些神奇的冒险之外,还对淘金"死亡之路"进行了更多的描述,刻画了人类贪婪的后果。他以一种启示录式的视角,描绘了被遗弃在怀特隘口顶部的腐烂的马匹尸体以及屠杀和遗弃的场景。水里都弥漫着腐肉的气味,微风里也充满了腐肉的气息,所有的大自然都因为有腐肉的存在而变得不雅和恶心……加兰的描述暗示了人类在追求利益的过程中极度缺乏顾忌,但是他似乎也唤起了现代大众对淘金经历的感受:无助,绝望。

> 在这段十五英里的路上,我们看到了几千匹死马。这是一片残酷的土地,充满了人类残忍贪婪的记录……暮色渐浓,鸟儿们落在阴冷的灰色岩石上,仿佛置身于世界的尽头。它们的羽毛被无情的风吹得歪歪扭扭,看上去疲惫不堪,郁郁寡欢,不知所措。它们那微弱而悲伤的咕咕声就像在沙漠中迷路的病人的呻吟声。①

1903 年至 1907 年间,加兰先后出版了 4 部跟科罗拉多淘金有关的小说——《海斯珀》《女巫的黄金》《漫长的路》和《金钱的魅力》,小说发生的场景都是在落基山脉,人物是来自世界各地淘金者。

在这些以淘金为主题的小说中,《海斯珀》可能是最有趣的。加兰对创作这部小说的背景进行了说明:

> 我必须承认,《海斯珀》是我所有小说中最具有浪漫气息的小说了,但就像

---

① Hamlin Garland, The Trail of the Goldseekers: A Record of Travel in Prose and Verse(New York: Macmillan Company, 1899), p. 208.

我写的其他所有关于落基山脉的小说一样,它是基于我所熟悉的场景和问题而写作的。十年来,我喝着啤酒,陶醉在科罗拉多的生活和风景中,脑海中清晰地勾勒出环绕克里普溪的地区。它就在勒博营地的西边……那里有一座对称的山峰,一些红族人的传教士把它叫作何烈山。大约在 1870 年,一些自称是传教士的人在那些地方把黄金种在土壤里,然后在全国宣称发现了一个新的金矿。一场骚乱发生了,在外界看来,这一地区被称为霍雷伯山矿区,人们对这个地区深恶痛疾……①

《海斯珀》是以双城故事的形式叙述的,故事开始于纽约,路易斯·鲁伯特和他的妹妹安·鲁伯特准备从纽约前往落基山脉淘金。他们在科罗拉多斯普林斯的第一个晚上,在他们的堂兄弟巴尼特家的牧场里,目睹了一场斗殴:一名牛仔打伤了工头罗布·雷蒙德。在雷蒙德康复期间,安·鲁伯特陪在他床边,很快就爱上了他。但是,她也意识到他们之间的交往障碍。后来,雷蒙德离开牧场,加入了克里普溪附近的淘金者的队伍,在那里他遇到了马特·凯利,并成了最好的合作伙伴,最终他们都发了财。但是,当矿工罢工发生时,雷蒙德来自西点军校的朋友杰克·门罗来到这里帮助管理矿工,并成为雷蒙德的情敌,同时安在纽约的情人皮博迪也来了,他想把安带回去。

罢工期间,雷蒙德成了英雄,他拒绝支持任何一方,双方都视他为敌人。他的矿井被炸毁,因为——正如雷蒙德所想——他拒绝站在矿工一边,但他成了一名调解员,他先是告诉矿工们关于警方的秘密,然后绑架了门罗,以避免矿工和警方发生冲突。但是冲突还是发生了,为了尽快平息冲突,雷蒙德把门罗放了出来。回到纽约的安打电话给雷蒙德,请他把她带回落基山脉,他们将在那里安家。虽然小说的背景是矿工罢工,但从历史和社会学的角度来看,这个故事很令人失望。读者从中对自由矿工、工会成员和矿主之间的冲突原因只能有肤浅的了解。而且,与《贾森·爱德华兹》第一部分中对贫穷的城市工人的待遇的描写,以及他的其他许多短篇小说中对压抑的农场环境的描写不同,加兰对矿工们低迷的经济状况几乎只言未提。此

---

① Hamlin Garland, *Hesper* (New York: Harper & Brothers, 1903), p. 122.

外,尽管加兰很同情那些自由矿工,然而由于我们在小说中从未看到矿工们在工作,因此我们无法感受到他们的艰辛,也无法理解加兰的同情从何而来。

加兰十分关注安·鲁伯特从一个东部人到一个西部人的转变,就像希腊神话中的赫斯帕里得斯一样——"黄昏之女"住在遥远西部的花园里,花园里有金苹果。安把她的名字改成了海斯珀——这是她父亲最初想要的名字——从而完成了她的转变。不幸的是,虽然安是小说的主人公,但她的转变似乎太机械了。她的角色发展得也不充分,因为加兰似乎对他的浪漫情节更感兴趣,这也是加兰第一次在他的写真主义小说中加入浪漫色彩。在他充满浪漫主义的作品中,加兰对落基山脉的背景描写得如此有力,以至于人物在它面前显得渺小。加兰以一种让人想起弗兰克·诺里斯(Frank Norris, 1870—1902)的《章鱼》(*The Octopus*)最后一幕的方式,描绘了人类在大自然的力量和壮丽中挣扎的渺小:

> 雷蒙德和凯利浑身是灰,浑身是血,和他们的人一起营救被囚禁在地下深处的矿工——越过山上战战兢兢的成群的妇女人群,越过温德提斯惨烈而野蛮的队伍,越过整个伟大的世界,看着远方的天空:阳光如十月般温暖而金黄,从西边吹来一阵柔和的风,带来玫瑰色的云彩,像温顺的和平鸽,从远方的石碑上飞过。雷蒙德感慨地说道:"我们人类是多么的渺小啊!"①

在加兰的第三本"淘金"小说《女巫的黄金》中,他给我们讲述了一个简单而传统的爱情故事。克莱门特是一个金矿的老板,他到科罗拉多斯普林斯来找一个肯嫁给他做妻子的女子。他看到了因得结核病快死的埃丽斯·罗斯,便收留她、照顾她;在他的关心下,她重新获得了生存的希望。在这里,加兰再次关注的不是小说的社会背景,而是人物的高尚情感和群山的神秘特质——埃丽斯·罗斯必须到派克峰泡温泉才能完全恢复健康。

1907年,科罗拉多斯普林斯再次为加兰的另一部小说《金钱的魅力》提

---

① Hamlin Garland, *Hesper* (New York: Harper & Brothers, 1903), p. 39.

供了背景。加兰讨论了这个故事的起源,他第一次把这个故事命名为"马特·哈尼的伙伴"。在小说里,加兰将金钱的诱惑和力量的主题与一个年轻女孩的成熟结合起来,她挣扎在欲望和责任之间,而不是在东部和西部之间。老矿工马特·哈尼靠赌博发家,他想娶这个年轻姑娘,但遭到了拒绝。为了使她相信他的诚意,他放弃了赌场。具有讽刺意味的是,一个不知道哈尼已不在赌场工作的倒霉赌徒引发了枪战,并打伤哈尼。伯莎,那个年轻的女人,很快就被带到他身边,这样他就可以娶她,在他死之前把他的财产留给她。然而,他活了下来,伯莎留在他的身边,并成为他忠诚的妻子。尽管她最终爱上了年轻的律师本·福代斯,但出于种种原因,她丈夫的吸引力如此之大,以至于她不会抛弃他。高尚的哈尼选择给他的妻子自由和金钱,他自己去了山区,他知道那里才是他的归宿。虽然故事情节很伤感,但伯莎的遭遇弥补了故事的不足。突然面对一大笔财富,她觉得金钱的恩惠使她高贵,但她不能通过抛弃她的丈夫来找到平静。加兰紧紧抓住了金钱的诱惑,但与同时代的豪威尔斯、诺里斯和德莱塞不同,他并不认为这种金钱的诱惑具有什么潜在的破坏性,他把伯莎从一个未经修饰的西部女孩写成了一个优雅的女人。

加兰以西部山区淘金热为背景,描写了淘金热期间普通男男女女的生活,用自己熟悉的写真主义手法加上浪漫主义情怀给了我们不一样的西部山区世界,这也让这部分题材的作品充满了研究的价值,也让我们看到了一个不一样的加兰,看到了不一样的写真主义叙事方式。

第二节
"牛仔英雄"为主题的写真主义创作与实践

美国西部小说发展中的伟大成就之一,就是发现了"牛仔"这一更具西部特色的形象。牛仔——西部大草原上的牧牛人——是马背上的雇工,与牛群马匹为伍,风餐露宿,浪迹天涯。但他狂放不羁的性格、疾恶如仇的品质和过人的胆识,特别能引起居住在城市中的人们的赞扬和钦佩。小说家们很快发现,牛仔的形象、性格和品质正是西部精神在面临工业化、城市化和现代化威胁这一势不可当的历史潮流时期最生动、具体的表现形式,也是人们对西部自由精神的形象依托。于是,有关西部牛仔的故事越来越多。小说家们把草原、牧场、牛仔、枪手、醉汉都纳入故事,提炼、夸大和升华了牛仔的精神境界,赋予了他更多的理想色彩。牛仔,自由自在,风尘仆仆,出没于草原山谷,路见不平,拔刀相助,与劫匪、盗贼、印第安人、野兽、暴风雨相搏斗,孤军奋战,默默无言,以自己特有的方式维护公道和正义。这正是处于城市生活中最无法实现的一个浪漫的梦想。应该说,牛仔的发现,为西部小说注入了巨大的生机。

加兰在以落基山脉山区为背景的写真主义创作与实践的十几部小说中,刻画了很多性格鲜明的"西部牛仔"英雄形象,如《鹰之心》里的哈罗德·埃塞尔、《山野情人》里的吉姆·马特松以及短篇小说集《他们在高地路上行走》中的人物形象,他们最具有代表性,最能体现他当时的文学追求。

1900年,《鹰之心》出版后,加兰在自己日记里写道:"我很高兴,它制作精良,文笔优美,所以让它备受欢迎。"然而,评论家们的反应却存在分歧。《芝加哥论坛报》(*Chicago Tribune*)认为这部小说是以牛仔为主题的小说中加兰"写得最好的",因为他成功地用"足够浪漫的夸张手法,为他的故事增添色彩和精神",淡化了"他的写真主义错误"[1]。但有些评论家则批评他对他的英雄人物的描述过于温和——这个问题,他很少能解决。不过,大多数人对加兰以落基山脉为背景而创作的牛仔形象表示赞赏。正如《布鲁克林每日鹰报》(*Brooklyn Daily Eagle*)所总结的那样,"尽管哈罗德·埃塞尔的人物塑造还不够到位,但他的作品忠于自然,描述生动。这是迄今为止出版的

---

[1] "Among the New Books," *Chicago Tribune*, November 2, 1900, p. 10.

范围最广、内容最全面、文明和野蛮并存的小说"①。

《鹰之心》属于加兰的"科罗拉多"牛仔英雄小说,也是他西部旅行的第一批成果之一。这部作品里的一切都带有加兰独特的西部浪漫的气息:故事发生的场景、写作的技巧、刻画的各种地方习俗,最重要的是,小说的人物形象。这部小说展现了他写作新的风格和新的关注点,同时也展示了他的写真主义思想:"每个地方都必须有自己的文学记录,每个特殊的人生阶段都必须发出自己的声音。"②

《鹰之心》这部小说情节简单,几乎没有什么复杂的地方,它只有一个写作主题:记录男主人公哈罗德·埃塞尔的冒险经历、人生抱负及其成长史。整个故事分为三个部分。在第一部分中,描写了一个小男孩埃塞尔在罗克里弗的一个小农场的生活情况。他的父亲是那里的一名牧师。而在埃塞尔小时候,他脾气也十分暴躁,"他突如其来的暴怒和强烈的愤怒吓倒了他的对手,他愤怒起来就像一个恶魔"③。由于他易怒的性格,他在当地被称为"叛逆者"和"亡命之徒",同时这也暗示他是一个喜欢不断接受各种挑战的人。就像《德切尔库里的露丝》中的露丝一样,他的本能和雄心壮志之间存在着一种持续的内在动力,让他不断地自我成长。但是,在他17岁的时候,由于他无法控制自己的脾气,他卷入了一场打斗。出于自卫,他刺伤了克林特·斯洛克姆。尽管属于自卫,他还是被判有罪,并被判在县监狱服刑6个月。出狱后,他把自己的名字改为摩西·哈德勒克,独自前往西部谋生。第一部分的其余部分叙述了埃塞尔在西部沿途做的各种各样的工作,从赶牛工到赶羊工等等。一路上,他极力控制自己的情绪,他的穿着和举止都还算得体,没有发生什么意外。然而,在一个牧区,他又一次地发了脾气,他与一个喝醉了的牧牛人打架并开枪自卫,为了避免麻烦被迫逃到了落基山脉山区。

---

① "Mr. Hamlin Garland's New Novel," *Brooklyn Daily Eagle*, December 22, 1900, p. 6.
② Hamlin Garland, *Crumbling Idols* (Chicago: Stone and Kimball, 1894), p. 22.
③ Hamlin Garland, *The Eagle's Heart* (New York: Harper & Brothers, 1900), p. 3.

故事的第二部分发生在4年后的艾奥瓦州一个名叫马米恩的小镇。在那里,报纸上给他起了个传奇名字"黑摩西"。他来这里看望一个他在监狱时爱上的一个女孩——玛丽·亚德威尔,当时她到监狱探访囚犯,并为他们唱赞美诗。然而,得知她已经订婚,他决定再次前往落基山脉。

> 他坐在那儿,头靠在窗玻璃上,沉思着,没精打采的,就像一只被关在笼子里、闷闷不乐的老鹰,他的灵魂却在前面很远的地方,翱翔在汹涌的波涛之上,直冲云霄。他的眼睛仔细观察着每一根土棒,沿着风吹过的大斜坡往回走,注意着植被和定居点的每一个变化。5年前,他像蜥蜴一样爬行;现在他像一只角鹰一样直冲直撞,在落日的余晖中,他看见自己家的岩石闪闪发光。①

离开马米恩后,他穿越了大峡谷、新墨西哥州、加利福尼亚州和几个印第安人保留区。在这次旅行中,他也做过不同的工作,包括担任印第安人保留区的副执法官。

第三部分发生在3年后,"黑摩西"生活在著名的矿坑矿车轮营地。在那里,他得知他的母亲去世了,他的父亲也要来西部,而玛丽,已经解除了她的婚约,想要见他。他挣够了回芝加哥去见玛丽的路费。可是在芝加哥他找不到工作,而且病得很重,但在玛丽和其他朋友的照料下,他恢复了健康。他不愿意继续住在东部,因为他已经尝到了到西部"高地"的生活滋味,接着他娶了玛丽,并接受了在沙湖地区担任印第安人代理人的任命。

以上这个简短的总结虽然可能过于简单了,但它确实回顾了小说中发生的所有事件。然而,小说最引人注目的地方不是情节,而是主人公的形象。不幸的是,尽管埃塞尔的角色可能引人注目,但也让人难以置信。就像《德切尔库里的露丝》中的露丝痴迷于马戏团演员威廉·迪莱尔的形象一样,埃塞尔在很小的时候就被西部的牛仔英雄形象吸引,埃塞尔的梦想就是像西部牛仔英雄一样,获得一支枪和一匹马,"因为他所知道的西部小说中所有的冒险人物都带着左轮手枪,骑着野马。他没有读多少书,即使他读书

---

① Hamlin Garland, *The Eagle's Heart* (New York: Harper & Brothers, 1900), p. 220.

的时候,也总是读一些关于战斗的故事"①。他最大的抱负就是到西部去,没有什么明确的理由,狂野的西部在他心中就是一片充满奇迹的土地,就像被某种神奇的光照亮一样。它的"野马、牛仔、印第安人,使这个孩子的脑子里充满了冒险的思想,这和骑士时代的孩子的幻想没有什么不同"②。

虽然我们很了解埃塞尔的抱负,但我们从未真正了解过他的行为举止。有时,他变成了他所读过的西部小说中典型的牛仔英雄,但他的本能和抱负之间的关系从来没有像我们在《德切尔库里的露丝》中看到的那样复杂。事实上,除了埃塞尔发脾气的那两段情节,加兰表示,他的情绪总是受到高尚情感和更高理想的控制,但我们从未见过他参与任何高尚的社会事业,包括对待印第安人保留地的事情。可以说,这是个矛盾的、复杂的埃塞尔形象。

埃塞尔最终还是在加兰笔下成了个人主义英雄形象:强壮、英俊、独立,他属于西部牛仔阶层,他们追求的不是"圣杯",而是西方神秘的山脉。由于"黑摩西"总是与中世纪的骑士形象和骑士精神联系在一起,他暗示了自己是另一个时代的产物。但加兰的意思是,他的性格要被认真对待,加兰明确表示,埃塞尔将成功地实现他的梦想。当然,他永不满足的愿望永远不会完全实现,所以他的追求将永远继续下去。我们相信埃塞尔将永远为前方的领地而神往,因为"他的心是鹰的心,狂野的西部诱惑他。花园里娇艳的花都不适合他。河边的树林早已失去了魅力,因为他知道它们的局限性——它们不再吸引他的想象力"③。除了骑士形象,埃塞尔也与动物形象联系在一起。一方面,这些形象暗示了他更基本的本能,与他以骑士形象为代表的更高的抱负相对应;另一方面,它们也表明了他与自然的亲近,当他与鹰联系在一起时,它们代表着他的自由,他可以独自站立,飞到普通人无法企及的高度。

《鹰之心》是加兰第一部以落基山脉为背景刻画的牛仔英雄小说。他以

---

① Hamlin Garland, *The Eagle's Heart* (New York: Harper & Brothers, 1900), p. 9.
② 同①, p. 14.
③ 同①, p. 18.

独特的写真主义手法展示了他所熟悉的西部山区的个人牛仔英雄,让我们对他的写作能力有了新的理解。

1901年,《山野情人》出版。这是一部和《鹰之心》一样关于牛仔英雄的小说,只不过故事的背景发生了变化。事实上,这部小说叙述了加兰1894年在英国的很多见闻,只有最后的场景是在落基山脉山区,小说的中心人物名叫吉姆·马特松。

小说开始于芝加哥,吉姆·马特松是一名矿工,他的搭档拉姆斯代尔博士给他打了电话,说他们的矿山需要新的投资,于是马特松要去伦敦寻找新的合伙人。他没有带回合同,但带来了拉姆斯代尔博士的侄女贝茜,马特松打算娶她为妻。

这部小说对加兰来说代表了一种双重尝试——它的风格和框架都是不同的。在这部后来被加兰称为"幽默狂欢"的小说中,他不仅试图深入探讨幽默,而且正如罗伯特·曼恩(Robert Mane)所评论的那样,"加兰在与他对立的框架下,为我们塑造了一个典型的西方英雄形象。就像马克·吐温的《傻瓜国外旅行记》(*The Innocents Abroad*, 1869)中的主人翁一样,我们发现这位可爱、愚笨、有良好判断力且具有美德的美国人与堕落的英国贵族展开了较量"[①]。然而,与《傻瓜国外旅行记》不同,加兰的幽默失败了:因为马特松不是一个傻瓜,而是一个完美的西方人。甚至他在小说中的观察者也注意到了这一点:

> 他不是个傻瓜,他不过是缺乏磨砺和训练,缺乏洞察力。贝茜对他越来越感兴趣,这使他深受感动,但他没有滔滔不绝,反而变得沉默了,最后用一种沉思的、心不在焉的目光望着她,这使她迷惑不解。"这是一件奇怪的事情——我不太相信你是真的,"她说,"我觉得自己好像在读一个故事。"[②]

但加兰接着强调,马特松是真实存在的,而且比他的英国同行要好得

---

① Robert Mane, *Hamlin Garland, l'homme et l'oeuvre* (Paris: Klincksieck, 1968), p. 311.
② Hamlin Garland, *Her Mountain Lover* (New York: The Century Co., 1901), p. 133.

多。甚至贝茜后来也说:"你让我感受到这个世界的魅力,在这个世界上,衣服没有任何价值,'社会'没有任何意义……哦,我厌倦了我们所谓的文明生活。我们都烂掉了,快死了。我们十分之九的人堕落了。"① 然而,虽然加兰笔下的英雄能够说服英国人相信美国的西部高地拥有英格兰所缺乏的宏伟,但像《鹰之心》中的埃塞尔那样的英雄,加兰自己仍然无法令人信服,"加兰喜欢他自己讲述的一个寻找英国人支持的山区矿工的故事,让人不禁使人怀疑'骗子'是作者自己的代言人,而这些印象在其他地方被国际友好和世界主义作家的姿态所压制"②。

在加兰所有以落基山脉为背景的小说中,就像《鹰之心》和《山野情人》一样,他刻画的不再是农场里的普通人形象,而是一个个牛仔英雄形象。加兰试图用自己独特的人物类型在美国创造一个新的地区,也为自己的写真主义注入浪漫主义色彩,尽管这些小说深受市场和读者的欢迎,但它们还是没能像他的西部小说那样成功。

第三节 "印第安人"为主题的写真主义创作与实践

自哥伦布发现美洲大陆以来,白人殖民者都以东部海岸为立足点。多少年来,人们在北美大陆的生活主要局限于东部沿海地区,而广袤的西部则一直以其神秘的荒原之地、险恶的自然条件以及丛林中神出鬼没的印第安土著人而使人们对那片神奇的土地充满了无限敬畏。直到 18 世纪中期,人们对西部的渴望和追求才越来越明显,于是人们纷纷向这片神秘又神圣的

---

① Hamlin Garland, *Her Mountain Lover* (New York: The Century Co., 1901), p. 192.
② Jean Holloway, *Hamlin Garland: A Biography* (Austin, Texas: University of Texas Press, 1960), p. 158.

处女地迈进。同时,刚刚成立的美利坚合众国也急于开拓自己的疆土,所以不断有政府派出的勘探队对西部进行考察。

伴随着西进运动,"西部"以及"西部"所派生和诞生出来的诸多词汇成为了解美国文学尤其是美国早期文学全部的、不可回避的关键。但是随着白人殖民者的西进,印第安人被迫接受了所谓的"印第安保留地政策"。很多印第安人在政府威逼利诱之下走上了西进的漫漫长路,经历了艰难、困苦、疾病、饥饿甚至死亡。他们用自己这段经历书写了一段历史,同时也书写了一种文化,这样的历史与文化自然要融入西部文学的创作之中。从这些作品中我们读到了痛苦,读到了死亡,读懂了民族,也读懂了人类和历史。

在遥远的西部旅行中,加兰发现,印第安人对他关于美国西方人未能创造有价值的文明的想法的成熟越来越重要。在他早期的印第安人研究中,加兰自己认为他只是在想办法处理印第安人的问题,即如何帮助印第安人走上白人的道路,以及如何改革保留地制度的弊端。后来他才慢慢意识到,印第安人的问题主要是白人的问题。不过,尽管加兰对印第安人保留地弊端的调查很重要,但这并不是他印第安材料中唯一的问题。相反,他是在问一个更实质性、更微妙的问题:西方文明真的会给被打败的印第安土著人带来美好的生活吗?当然,自从西方文明在技术和数量上的优势超越了其他民族并将自己的标准强加于他们之后,这个问题就一直存在。同样,令人不安的问题不可避免地在加兰的内心深处产生了影响,给他的印第安小说增添了一种明显的疑问。

早期,加兰的基本信念是文明的进程是不可逆转的。他认为社会进化的需要决定了印第安人必须走上白人的道路。但随着他对印第安人保留地的观察,加兰逐渐认识到印第安人的生活方式有自己的价值,所以他主张印第安人在走向文明的道路上保持自己的身份。然而,这种更为开明的观点引发了一些争论,迫使加兰对印第安人的反抗进行了更深入的研究,他决心挖掘出"印第安人的灵魂"。就在那时,他提出了一个想法:印第安人的土著生活具有一种美国文明所缺少的,但也许是必需的品质。因此,加兰自己陷入了双重文化愿景的经典困境。自从托马斯·莫尔爵士(Sir Thomas More, 1478—1535)利用韦斯普奇(Amerigo Vespucci, 1454—1512)对印加帝国的描述,在《乌托邦》(*Utopia*)中创造了一个理想社会的愿景以来,这种双重文化愿景就一直伴随着我们的传统。正如许多享有盛誉的美国前辈也曾提出,本土文化可能是判断美国文化基本失败的一个可行的参照。

追溯加兰对印第安人问题和差异化的探索,起点应该是他在一篇旅行随笔《踏上旅程》(*Hitting the Trail*)中写下的文字。在这篇文章中,他把印第安人的道路和白人的道路进行了比较,然后指出:"印第安人的道路总是间接的,乐于助人的,对阻碍有耐心地去进行一种调整,而不是破坏。印第安人从不警告任何事物。他们吸引了所有的野生动物,从不毁坏,他们乐于牺牲自己,融化于大自然中。"①此外,对他们来说,"道路是诗歌,马车路是散文"。这些景象可能被简单地视为浪漫主义的夸张,并指向托克维尔(Alexis De Tocqueville, 1805—1859)所说的那种所谓的"极端实用的美国气质"②。但加兰比托克维尔讲得更多,做得更好,他对印第安人的品质判断非常准确,甚至连李维·施特劳斯(Levi Strauss, 1829—1902)③也很难赶上,尽管他花了整整一本书来分析这些"野蛮的心灵"。

随着加兰深入印第安人的生活,他对印第安人那些无形的品质有了更多的了解。他记录了他在那里的经历:"它给了我幸运的解脱,使我从忧虑、焦虑和现代社会的烦恼中解脱出来。这是对原始与和平的回归。每当我们复杂的城市生活的压力使我的血液变得稀薄,使我的大脑变得迟钝时,我就会在旅途中寻求慰藉;当我听着郊狼的嘶叫声在黄色的晨曦中醒来,我的忧虑便从我身上滑落——我很快乐。"④正是这种难以捉摸的内心平静和幸福,使得印第安人成了他小说创作的主题。虽然他不是发现文明中物质进步往

---

① Hamlin Garland, "Hitting the Trail," *McClure's Magazine* 12(1899): 299.
② Alexis de Tocqueville, *Democracy in America*, trans. Phillips Bradley (New York: Alfred A. Knopf, 1989), p. 18.
③ 李维·斯特劳斯,牛仔裤的发明者,LEVI'S(李维斯)创始人。
④ Hamlin Garland, "Hitting The Trail," *McClure's Magazine* 12(1899): 304.

往以牺牲心灵安宁为代价这一悖论的先驱者,但他认识到这是印第安人反对走白人之路的一个主要原因。

尽管加兰从未完全解决这种矛盾,但他的很多印第安小说创作是在这个方向上努力的。他没有提到的一个关键术语最近被一位作家提出来了——"品质"。罗伯特·佩西格(Robert M. Pirsig)指出:"品质是我们的文明形式明显缺乏的。只有当一个人完全适应他所处的环境和处境时,它才会出现……内心的平静一点也不肤浅……这是整件事……原因是心灵的平静是感知那种超越浪漫主义和古典主义的特质的先决条件,这种特质将两者结合起来。"[①]在佩西格看来,文化倾向于以浪漫(直觉)或古典(分析)的方式接近世界。他认为,西方传统是如此痴迷于理性主义,以至于未能实现一种整体的存在感,即对环境的关怀认同。最终,这也成为加兰努力的方向。如果技术进步只能通过灌输白人文化的计算思维来强加给印第安人,他们可能是受害者而不是受益人。因此,加兰试图提出一个概念,既承认传统印第安社会的价值,又表明印第安人可以从白人文明中受益。

加兰一生中创作了很多关于美洲印第安人的散文、诗歌和小说,出版了24篇短篇小说、1部长篇小说、1首诗歌、9篇散文和1部短篇小说集。加上后来发现的加兰许多未发表的手稿,或许足以使他关于印第安人的著作数量翻一番。从作品中可以发现,加兰对印第安人的态度从一开始就是同情的,这种同情使他把大部分精力花在了既具有社会学意义又具有文学意义的作品上,这些作品本质上是加兰追求改革的作品。

就他的印第安人小说的文学价值而言,评论家们意见不一。欧文·雷默(Owen J. Reamer)指出,无论加兰的作品"是否具有艺术价值,然而他的故事仍然值得一读,因为它们具有历史和社会学价值。加兰是处理印第安保留地问题的先驱,通过他真实而富有同情心的描述,他对美国文学做出了永

---

① Robert M. Pirsig, *Zen and the Art of Motorcycle Maintenance* (New York: Bantam Books, 1974), pp. 72-105.

恒的、重要的贡献"①。雷默还认为加兰是一位"勤奋"的改革家,在印第安人方面取得了比其他评论家所承认的更值得称道的成功。罗伊·梅耶(Roy W. Meyer)认为,尽管加兰"未能深入思考印第安问题根源,而且他没有以令人满意的文学形式体现他的概念,但他的思想在当时是开明的,与美国历史上任何时期典型的美国公众舆论相比,加兰更同情印第安人"②。梅耶认为,加兰1902发表于《北美评论》(North American Review)上的《印第安人当前的需要》(The Red Man's Present Needs)③和1903年发表于《书迷杂志》(Book Lover's Magazine)上的《印第安人物语》(The Red Man as Material)④是写得最好的。除此之外,加兰其他非小说作品几乎没有受到文学评论家的关注。其中主要原因就是,尽管他写了很多这样的作品,但他一生中很少发表这样的作品。

阿尔伯特·凯瑟(Albert Keiser)在1933年出版的《美国文学中的印第安人》(The Indian in American Literature)一书中,对加兰关于印第安人的小说进行了一定篇幅的探讨。他主要赞扬了加兰对印第安人的"系统性"的书写。他认为这点在《灰马队队长》和《美国印第安人的故事》中体现得最为明显。凯瑟指出,印第安人保留地问题及其最终解决方案在《灰马队队长》一书中得到了系统的论述。在这本书中,加兰提出要在不伤害印第安人信仰的前提下,把印第安人改造成文明社会中有用的一员。凯瑟承认,他对加兰对待印第安人的方式上的赞扬可能过于奉承了。但他补充道:"加兰不仅以一种同情的方式,而且是以一种高贵的方式,奏响了一场勇敢的种族的告别挽歌,并在我们心中留下了深刻的印象,同时他也指出了一种让这些印第安

---

① Owen J. Reamer, "Garland and the Indian," *New Mexico Quarterly* 34 (1964): 258.
② Roy W. Meyer, "Hamlin Garland and the American Indian," *Western American Literature* (1967): 111.
③ Hamlin Garland, "The Red Man's Present Needs," *North American Review* 174 (1902): 476-488.
④ Hamlin Garland, "The Red Man as Material," *Book Lover's Magazine*, No.8 (1903): 196-198.

人融入强大国家体制中的办法。"①

加兰关于印第安人的作品之所以有价值,首先,因为加兰是一位细心的观察者和才华横溢的作家,在他与印第安人的所有交往中,他都是一位活跃而细心的记录者。他的笔记中包含了大量关于 1895 年到 1905 年美洲印第安人的原始资料。后来,他将其中的许多笔记整理成更加连贯的形式,并将其放入自传体作品中,如《中部边地之女》《路边偶遇》和《路上的同伴》。其次,因为加兰的作品是最早反映印第安人生活现状的,他的叙述引发了 20 世纪 60 年代和 70 年代初大量支持印第安人的著作出版。最后,尽管加兰自我批评说,他这一时期的作品本质上类似于新闻报道,但他的许多作品都是生动活泼的,具有内在的魅力和趣味。

加兰是一个准确而执着的记录者,这最终赋予了他的作品以巨大的价值。他在袖珍笔记本上写下了他所见过的山与溪和人物的印象记录。在这些笔记中,加兰记录下了这些时刻的"情绪",他的许多故事和随笔都是从这些"事实的种子"中成长起来的。甚至他的小说本质上也是历史的,因为它们是从这些真实的人和真实的事的仔细记录中产生的。加兰也记不得当初做这些笔记的确切目的是什么,"它们只是半成型的想法或故事、诗歌、戏剧的构思,都是想象中的。我不能亲手毁掉这些记录——这就像毁掉了我自己,但我怀疑它们是否会被印刷出来"②,但是,他的笔记和作品都如实地记录了加兰对印第安人态度的转变。

加兰关于印第安人的写作有三个高峰,或者说是三个多产时期。第一次发生在 1895 年,当时他访问了西南印第安人部落:派尤特人部落、纳瓦霍人部落和普韦布洛人部落。根据自己以前的创作经验,就像加兰以前说的那样,"不像某些人看到的那样描绘西部"③,而是按照自己的感觉来描写西

---

① Albert Keiser, *The Indian in American Literature* (New York: Oxford University Press, 1933), p. 292.
② Hamlin Garland, *Roadside Meetings* (New York: Kessinger Publishing, LLC., 1930), p. 298.
③ Hamlin Garland, *A Daughter of the Middle Border* (New York: Macmillan, 1921), p. 32.

部,用自己的经历来验证每一件作品。他决定创作关于西南少数民族部落的想法受到了《哈泼月刊》《女性之家》和阿尔伯特·潘恩文学集团等出版商的欢迎。第二次发生在1897年,加兰游历了北达科他州、南达科他州和蒙大拿州的北部平原部落,他的作品中开始表现出改革的想法。第三次发生在1900年,他再次访问了北达科他州、南达科他州、蒙大拿州以及俄克拉何马州。这次旅行引发了他对印第安人的同情,这段时期也成为他创作关于美洲印第安人作品最多的时期。

1890年,在他还没有访问过印第安人保留地之时,他发表了一篇名为《居夫汀·克莱恩》(*Drifting Crane*)的文章,这篇文章后来收录在《草原上的人们》中,最终又收录在《美国印第安人的故事》中。文中他试图用左拉的决定论来解释印第安人与白人之间对抗的原因。这个故事的实质是发生在一个牧场主亨利·威尔逊和西塞顿苏族的酋长居夫汀·克莱恩之间的一场人类哲学上的辩论,威尔逊搬到新占领的印第安土地上,酋长克莱恩派人来拜访他,认为他是入侵者,想让他从牧场搬走。

> 印第安人进来了,他们默默地坐在桌旁,等他把食物端上来。他们吃东西的时候没怎么说话,印第安人总是饿的,因为食物供应不足,衣服也很缺乏。当他们在充当凳子的饼干箱和肥皂箱上坐下来时,他们说话了,他们把首长的口信传达给他,他们说他们来帮他把牛群赶到山那边去。总之,他必须走。
>
> 这些话都是用印第安人式的警句讲的,是用一种没有书写文字的方言说出来的。牧人对这些话的回答也几乎同样简练:"你们回去告诉居夫汀·克莱恩,我喜欢这个地方,我就是要待在这儿,我不需要别人帮我赶牛,我的地是属于华盛顿的大父亲的,居夫汀·克莱恩在这上头没有任何发言权。情况就是这样,我一点也不反对你们,也不反对他,可我是个拓荒者,那是我的宪法,我既然已经待下来了,我就打算继续待下去。"①

从这一段对话中可以看出印第安人和白人拓荒者在最初接触时尚可和

---

① Hamlin Garland, *The Book of the American Indian* (New York: Harper & Brothers, 1923), p. 128.

平相处,但日渐激烈的生存竞争和巨大的文化差异导致白人和印第安人之间始终无法和平共处,印第安人部落与邻近的白人村镇在接触过程中经常产生冲突,在边疆定居的白人村镇经常受到印第安人部落的袭击,西部边疆的血腥暴力冲突经常发生,印第安人受害最深。

《居夫汀·克莱恩》中印第安老酋长与拓荒者威尔逊争夺土地时产生了正面交锋:

> "谁把土地给你们了?"酋长问,"我们的人上当受骗了,他们当时这样做根本不明白是怎么一回事。"
>
> "那我也没办法,这事要由国会来做决定,这是华盛顿大父亲的事。"威尔逊的声音起了一些变化,他了解和喜欢这个酋长,他并不想得罪他,"反抗是没有用的,酋长你是什么也不会得到的。"
>
> 老人的脸上出现了一种深切的忧虑,最后他再次开口了:"我们欢迎牧人来放牛,但是放完了还得回去,因为只要有一个白人回去说这地方好,就会有别的人来,这样的事,居夫汀·克莱恩在远帆过的东部见过两次,白人秘密地来,像野草一样,他们掀掉了草皮,他们盖起了房屋,他们吓跑了野牛,他们用威士忌败坏我的年轻人,他们已经开始爬上东边的小山,不久他们就会填满山谷,居夫汀·克莱恩和他的部族就要被包围了,草地就会变成黑色的了。"①

加兰这样描述这次会面:"这真是一个惊心动魄、意义重大的场面。这不折不扣是现代文明的前哨和退却中的蒙昧主义的后卫的一次遭遇。每个人都是一种类型;每个人都错了,每个人也都是对的。从野蛮人的观点看,这个印第安人也和白人一样,是真诚与高贵的。他是一个战士、一个猎人;这是由他自己也不能控制的环境造成的。"②在这里,加兰承认了野蛮和文明两种标准的存在,但显然后者的级别更高。正如佩西格指出的,西方知识的基本结构是等级制度。在这种情况下,加兰只是遵循刘易斯·摩根(Lewis

---

① Hamlin Garland, *The Book of the American Indian* (New York: Harper & Brothers, 1923), pp. 130-131.
② 同①, p. 131.

H. Morgan,1818—1881)在《易洛魁联盟》(*Iroquois Confederacy*,1851)中提出的社会进化层次:未开化—野蛮—文明,这里重要的社会法规是,低等文化的人权更少。

加兰花了很长一段时间才找到文化优越感的本质。这在牧场主的性格中是找不到的,尽管他是一个勇敢的人,而不是一个邪恶的人。加兰说:"这个拓荒者则是美国拓荒者永不衰退的精力和勇敢无畏的心的代表。他心胸有点褊狭,由于艰苦的劳动和孤寂的生活,也有点粗野,不过总的来说还是一个很可钦佩的人。在他凝视着印第安人的脸时,他的身材似乎变得高大了。他觉得自己背后,有千百万向西行进的拓荒者在支持他;他是一个尚未诞生的州的代表。"①天定命运论的谬论对加兰来说还不明显,但是现代读者在这篇文章中看到了一个西方国家的基本哲学原理。他们用这种哲学来为征服印第安人保留地以及一个所谓的劣等种族的种族灭绝进行辩护。

  他从墙上取下一支步枪,是有弹盒的步枪,算是新式的;他拍了拍枪托,扳了一下曲柄,显露出一颗子弹。

  "你认识这东西吧,酋长?"

  印第安人轻轻地点点头。

  "那么,当这儿枪膛——都——打——空的时候,我就走。"②

这些画面也许是对话中最能说明问题的部分,白人的优势是建立在技术力量的基础上的,尤其是在武器方面。然而,农场主的男子气概被一种奇怪的矛盾情绪扰乱。他没有忘记这位伟大酋长的尊严,他若有所思地说:"我们所有人都有足够的土地,或者应该有足够的土地。我不明白——好吧,我就把它留给政府吧。"③这是加兰最后一次让牧场主们如此轻松地离开。但最终威尔逊想说服印第安人,这样做是徒劳的,因为会有成千上万的

---

① Hamlin Garland, *The Book of the American Indian* (New York: Harper & Brothers, 1923), p. 131.
② 同①, p. 131.
③ 同①, p. 132.

人跟着他来到这里。他说:"这是没有用的,居夫汀·克莱恩酋长,那是一点用也没有的。我还是在这儿住下去吧。"①

在《大路条条》中,加兰就呈现了一种悲观的世界观和决定论,这也明显体现了他的写真主义中受到当时自然主义,特别是左拉的影响。在这里,他试图将决定论运用到另一种不同类型的社会情境中,试图解释"现代文明"与"野蛮主义"相遇的最终结果。

1895 年,加兰去了西部,他第一次到了印第安人保留地——南部派尤特人保留地。他被这些印第安人的生活方式正在发生的巨大变化所震惊。他注意到南部派尤特人把英美两国和墨西哥裔美国人的奇特,有时甚至是怪诞的风俗习惯用到他们自己的服饰、言谈、命名习惯和娱乐方式中去。通过对保留地的走访,加兰了解到了派尤特人的出生、死亡、埋葬和宗教习俗。在他的笔记中,他写了一篇名为《南部的派尤特人》(*The Paiute of the South*)的文章,展示了他对美洲印第安人思想的进一步发展,其中决定论哲学的思想仍然存在。他举例说,派尤特人的部分状况是由于他们突然被迫离开自己的环境,暴露在全新的环境中而造成的。他为人们了解印第安人设定了以下标准:首先,必须了解他继承下来的思维习惯;其次,必须了解他所处环境中的那种几乎不可侵犯的习惯。他们必须被认为是一个出生在某一种族、生活在某一环境中的人,在所有道德问题上都必须对等地加以考虑。但加兰只是提出了怎么看待印第安人的原始习惯,但对改善他们的状况几乎没有帮助。然而,加兰超越了决定论。他知道将"撒克逊人美德的标准"强加于印第安人是荒谬的。他批评美国政府把所谓的"西方文明"强加给印第安人,而没有满足他们的需要;他批评美国政府给他们送去劣质的衣服,错误的农业设备,各种传教士而不是教师。在与印第安人交往的早期,加兰觉得必须要采取一些切实可行的改革,但他花了很长时间才在美国推广这些改革。

---

① Hamlin Garland, *The Book of the American Indian* (New York: Harper & Brothers, 1923), p. 132.

当时整个美国社会思维模式认为印第安人是"一种原始动物……一种适应了某种环境的动物。从生物学上讲,他们和黑豹或老鹰是一样的"①。但加兰绝不屈尊俯就,一直在努力摆脱这种说法。所以他开始用他的作品来表现印第安人"人性的那一面",提出印第安人不再是一种动物,而是一个人种,一个可以融入盎格鲁人所主导的文化的人种,但加兰也没有提出任何切实可行的办法。不过,为了改善人们对印第安人的印象,他也尽了自己最大的努力。1897 年,加兰出版了《纳瓦霍牧人——乔》(*Joe, the Navajo Teamster*)②。故事叙述了因为一场大雨和山洪暴发,主人公乔和他的同伴们被迫露营的故事。另一个车夫和他的同伴从马车队上偷了一头骡子和一些给养便溜走了,留下乔和两辆马车在沙漠里。乔的诚实和责任感使他设法把马车运到贸易站。他最终得到了三个纳瓦霍人的帮助。事后,商人用枪和肉奖励他们,并雇了另一个纳瓦霍人来帮助乔。加兰通过这篇小说向美国社会传递了这样的信息:印第安人是可以被信任的。

加兰亲身经历了纳瓦霍人的游牧生活,并看到了保留地的印第安人与白人的"文明"隔绝。这些纳瓦霍人生活的现状便是《大莫加森》(*Big Moggasen*)③故事的素材。故事讲的是一个纳瓦霍族老牧民大莫加森的生活,他的族人住在远离白人管理区、独立于白人的生活圈。他们跟随牛群过着原始的生活,经历了许多困难。人们开始抱怨他们南方的邻居有劳动工具和合适的衣服,而他们还过着原始落后的生活。尽管大莫加森怀疑白人送这些东西的动机,他还是同意去白人管理区看看能不能帮他的族人找到他们所需要的东西。当他向南旅行时,他看到越来越多的白人,这种存在被纳瓦霍人所容忍甚至接受。在白人管理区,代理人指出,大莫加森必须为得到白人的帮助而付出交换:他必须送孩子们到白人的学校上学。大莫加森愤怒地拒绝了这笔交易,回到他的族人那里,继续走他父辈的老路。

---

① Hamlin Garland, *Companions on the Trail* (New York: Macmillan,1931), pp. 14-15.
② Hamlin Garland, "Joe, the Navajo Teamster," *Youth's Companion* 71 (1897): 579-580.
③ Hamlin Garland, "Big Moggasen," *Independent* 52 (1900): 2622-2624.

在《布法罗人》(*The People of The Buffalo*)①中,加兰讲述了印第安布法罗族人热情和慷慨的主题。在故事中,白人摩斯发现了在暴风雪中迷路的布法罗人小奥格拉拉,并把他带回了他的母亲身边。布法罗人被他这种友好行为感动。他们为他举行舞会,请他吃饭,给他礼物,还赠送他一个妻子。他拒绝这些礼物,但他告诉他们,他将永远对他们怀着一颗友好的心。第二天早上,在营地的人醒来之前,带着对印第安人新的认识和一颗快乐的心,他悄悄地离开了,继续他的旅程。故事的结局总体上反映了印第安人与白人关系的显著改善。

加兰还在他的作品中驳斥了那些贬低印第安人习俗的观点,因为很多白人认为印第安人的生活习惯粗俗野蛮。例如,在 1896 年发表的《在莫基印第安人中》(*Among the Moki Indians*)②一文中,加兰记录了 1895 年他获准观看的印第安人霍皮蛇舞的实际情况。他觉得霍皮蛇舞的仪式令人印象深刻,激动人心,并不像其他人所说的那样令人反感。它是一种从原始时代遗留下来的仪式,现在它具有了强烈的宗教意味。加兰的最终意见是,印第安人不应该为了所谓的"文明"而牺牲自己的风俗习惯。他不断地反对大多数传教士和许多政府官员所持的观点——印第安人的文明是野蛮、不道德和有辱人格的,他认为这些仪式不应该受到干扰或谴责。

加兰早期的另一个主题是政府如何处理与印第安人之间的关系。在《坏药剂师》(*The Bad Medicine Man*)③中,他着重描写了印第安人地区政府管理机构的无能。《坏药剂师》讲述的是一位名叫阿格拉的印第安人警察的故事。他和两个同伴一起向管理机构负责人报告说,一名名叫灰鹰的药剂师,通过向人们的身体里注射毒药来杀害印第安人。机构负责人让他们把灰鹰抓起来。警察问机构负责人会怎么处置这个坏药剂师,负责人开玩笑地跟他们说,要绞死灰鹰。印第安人当真了。后来,有消息传来阿格拉杀死

---

① Hamlin Garland, "The People of the Buffalo," *McClure's Magazine* 16 (1900): 153-158.
② Hamlin Garland, "Among the Moki Indians," *Harper's Weekly* 40 (1896): 801-807.
③ Hamlin Garland, "The Bad Medicine Man," *Independent* 52 (1900): 2899-2904.

了灰鹰,因为灰鹰毒死了他的妹妹。代理机构负责人认为灰鹰应该被杀,但为了法律和秩序,他必须让阿格拉受到应有的惩罚。因此,他让阿格拉脱下制服,撕下徽章,交出左轮手枪,并把他关进了监狱。阿格拉斥责这名代理机构负责人是个骗子,他有两张脸——一张脸朝华盛顿,一张脸朝印第安人。

1900年后,加兰对印第安人的态度明显转变为改革派。这一立场在《印第安人当前的需要》中得到了最好的阐述。加兰写这篇文章时,他已经在印第安人中间旅行了近十年。他所看到的印第安人的变化是巨大的,他当时的作品反映了更为冷静和更为成熟的思想。他认为,多年来,他为"写作的需要"而进行的"非正式调查",让他更清楚地了解了这个国家被监护者——印第安人的现状。他以"印第安人"的名义,致力于改革现有的政府政策。他对不同民族的多样性进行了评论,描述了保留区的气候条件、部落内部的差异、印第安人分配的政策,以及印第安人的社会性质。加兰还提出了八项建议,为了让印第安人的生活变得更好,让他们尽可能容易地完成从旧生活向新生活的过渡,减轻而不是加重他们的痛苦。这八项内容包括了"保护印第安人的家庭聚居地、拯救垂死的印第安艺术,防止传教士干涉印第安人的仪式和日常生活等基本要求"[①]。他的文章语言清楚,语句简洁,句子平衡而有节制。阿尔伯特·凯瑟称这部作品是"一部强有力的小说,被评论家普遍接受,是对19世纪90年代印第安人保留地生活的真实描述"[②]。

同年,《灰马队队长》出版,小说的主人公是灰马队队长柯蒂斯上尉。柯蒂斯接任政府印第安人保留地代理机构负责人的工作后,他和他的民族学家朋友劳森,以及年轻的艺术家和贵族女士埃尔西,就如何正确诊断和处理

---

① Roy W. Meyer, "Hamlin Garland and the American Indian," *Western American Literature* (1967): 116.
② Albert Keiser, *The Indian in American Literature* (New York: Oxford University Press, 1933), p. 287.

印第安特通人的问题而展开了辩论。一边是开明的男性——灰马队队长柯蒂斯上尉,另一边是埃尔西——保守派参议员布里斯班的女儿。埃尔西为当时管理保留地制度的美国陆军部的种族灭绝做法辩护。最终,柯蒂斯赢得了埃尔西的支持,她看到了柯蒂斯的理性主义理论,同时没有忽视人类生活的本性。

当加兰通过柯蒂斯为调和白人和印第安人现实的冲突而奋斗时,他首先审视了西方人眼中的所谓的文明和进步。柯蒂斯认为,也许没有必要让他的特通人立即向欧美集约化的农业和工业技术迈进。在小说的一开始,他就反映了这一点:"随着年龄的增长,我越来越不确定,任何种族的人都有自己的美德。我不愿意看到世界上的'小人物'以这个词常用的方式变得文明。如果可能的话,我只会开化到使生活更轻松、更快乐——宗教信仰、歌曲、土著服饰,所有这些我都会保留下来。如果不是这样,生命还有什么意义呢?"①虽然这种理智的观点使加兰更接近他所寻求的解决方案,但印第安人可能会回答说,加兰的假设是建立在极不准确的历史基础上的。正是白人的到来,欧洲疾病的传入,以及对土地的大规模掠夺,摧毁了印第安人安逸幸福的生活。但加兰正在朝着一个重要的方向努力,如果印第安人自己能够决定他们想要接受哪些外国文化元素,那么红色人种和白色人种之间的健康平衡可能就达到了。顺便提一句,我们应该注意到,柯蒂斯队长实际上已经颠覆了他对保留当地风俗的拥护。只有在特殊的仪式上,特通人才被鼓励穿当地的服装,并记住他们的传统。

当然,其实加兰也没有做好他对印第安人生活进行创作的准备。他描绘了特通人成为农民后面临的令人沮丧的困难。在过去的一百年里,尽管他们可能确实广泛地依赖狩猎来谋生,但他们绝对不可能对基本农业技术一无所知。但加兰塑造的柯蒂斯的指令却诋毁了特通人的智商。尽管特通人按照柯蒂斯的指示忠实地种植了不熟悉的作物,但书中强调他们就是无

---

① Hamlin Garland, *The Captain of the Gray-Horse Troop* (New York: Harper & Brothers, 1902), p. 81.

法掌握耕种的窍门,这些孩子般的印第安人说:"我们已经尽了自己的一份力量,现在让大地母亲和太阳父亲带来丰收吧。我们不能使谷物成熟;我们只能等待。再说我们也累了。"①简而言之,他们太懒了,不愿按照白人的标准来除草和耕种庄稼。他们也没有抓住植物生命周期的本质,以至于他们没有及时发现植物之间的联系。现在我们知道,加兰应该已经能够从叙事的探索中发现,印第安人的植物学家是世界上最重要的。在欧洲文明出现之前,他们已经种植了许多像玉米这样的植物。事实上,美国目前超过七分之四的农产品都来自印第安人开发的农作物。

  加兰显然是迎合了读者认为印第安人智力水平很差的观点,明显削弱了公平对待的理念。如果印第安人在基因和文化上都落后于白人数千年,那么如何通过简单地消除对保留区的权力滥用来弥合这种差异呢?印第安人又怎能指望平等地被同化呢?加兰的回答是慢慢来。正如柯蒂斯队长所解释的:"他们和我们一样,在相对稳定的条件下,历经数代人的生活才得以发展。这些温和的条件正在让步,正在消失,但他们所形成的精神特征将继续存在,当你对他们不耐烦的时候,想想这一点。"②这段话代表了加兰对其早期信念的动摇,即白人文明注定要按照它的形象改造世界。正如他所知道的,他没有在这里指出,西方文化的科学方法在提供美好生活方面具有严重的局限性。正如佩西格所指出的那样,"自文艺复兴以来,西方的理性发挥了很好的作用。只要对食物、衣服和住所的需求占主导地位,就会继续采用科学方法"③。但他警告说,当这种需求不再压倒人们时,他们将发现"从远古时代传给我们的整个理性结构不再充分。它开始被看到它真正的——情感空虚,美学上毫无意义,精神上的空虚"④。

---

① Hamlin Garland, *The Captain of the Gray-Horse Troop* (New York: Harper & Brothers, 1902), p. 398.
② 同①, p. 138.
③ Robert M. Pirsig, *Zen and the Art of Motorcycle Maintenance* (New York: Bantam Books, 1974), p. 100.
④ 同③, p. 100.

加兰显然不满意柯蒂斯的建议,因为柯蒂斯忽略了西方文明的缺陷,而这正是他早期小说的主题。但是他在如何带领特通人沿着白人的道路前进的问题上却左右为难。他能做得最好的事就是让柯蒂斯上尉发誓留在保留地,"直到我能证明我的理论,即只要领导得当,人民是可以幸福的"①。几页之后我们就会知道这意味着什么,"要干净,要和平,要快乐,这些都是我要教给他们的戒律"②。不幸的是,加兰把一切都搞反了。在文明到来之前,特通人无疑是更干净、更和平、更幸福的民族。

加兰凭直觉就知道,印第安人可能会像白人一样完全有理性。毫无疑问,他们将会失去他们的审美和精神情感,就像佩西格所认为的西方文明在文艺复兴之后所做的那样。当柯蒂斯队长斥责埃尔西把一个老特通人描绘成一个没有头脑的印第安乞丐时,加兰才意识到了这个重要的事实。他通过柯蒂斯表达了他的观点:

> 爬行麋鹿是他部落的历史学家和故事讲述者。他拿着"岁时计数"和那张神圣的纸,能告诉你一个半世纪以来特通人的每一次运动。他的思想充满了诗意,他的天地观念是美丽的。他对白人所知甚少,对白人之奋斗甚少关心,但他的头脑中充满了关于神秘宇宙的知识,而他正是在这个神秘的宇宙中被推入这个宇宙,并对其进行了七十二年的研究。看在上帝的分上,我相信那只爬行的老麋鹿和赫伯特·斯宾塞并没有多大区别。斯宾塞的知识范围更广,但远不及印第安人的创造故事所包含的无限。③

柯蒂斯总结道:"所有这些以及更多的东西,在你能代表印第安人的灵魂之前,你必须学会,你不能做不公正的事。"④这一段很长的文字给予印第安人一个完整的、独立的、诗意的现实结构,仅次于西方世界最优秀的头脑所产生的。这几乎是当时任何其他白人作家或人类学家所不允许的。正如

---

① Hamlin Garland, *The Captain of the Gray-Horse Troop* (New York: Harper & Brothers, 1902), p. 153.
② 同①, p. 159.
③ 同①, pp. 100-101.
④ 同①, p. 110.

佩西格告诉我们的,"它的问题是一个人不能创造一个诗意的和理性的现实结构"①。它们(印第安人对自然统一性的直接理解和白人将自然分解成可控实体)在本质上是平等和互补的,它们需要以某种方式结合起来。

为了融合诗情画意和理性模式,加兰提出了一种综合感觉的原则,即印第安人生活的基本品质在于审美领域。但是除了语言之外,加兰也承认了纯粹从智力上解决印第安人(或者说白人)问题的不足。柯蒂斯向他的艺术家未婚妻坦白:

> 你让我对一种新的哲学有了一个模糊的概念。我还没有想好,但大致是这样的:美是一种健康、和谐的感觉。这种美感——我们称之为品味——要求对生活的外在事实做出积极的调整,以便所有的角度、所有的痛苦和暴力都能停止。如果所有的男人都是美的情人,那么这个世界就应该是温文尔雅的,生活就应该是和谐的,就像你自己的画室一样。文明将意味着完全不同的事情。我的哲学理论还不太清楚,不过也许你能帮我一下。②

从哲学上讲,这是灰马队队长的最高境界。但事实证明,埃尔西也无法帮助柯蒂斯发展他的哲学理论。佩西格认为丑陋无处不在,它是美好生活的真正敌人。但他认为,丑陋并不存在于现代技术及其材料中,"真正的丑陋在于生产技术的人和他们生产的东西之间的关系,这导致使用技术的人和他们使用的东西之间存在类似的关系"③。他的意思是,在西方,技术产品并不是由工匠和材料之间的一种认同感创造出来的,而这种认同感(非西方人所拥有的)正是现代二元论构想的技术所缺乏的。简而言之,困扰西方文明的是精神的丑陋。由于一个奇怪的悖论,一旦自然被降低到可操纵的物质层面,它就会变得普通。虽然它可以使美好生活的物质方面屈服,但它的

---

① Robert M. Pirsig, *Zen and the Art of Motorcycle Maintenance* (New York: Bantam Books, 1974), p. 243.
② Hamlin Garland, *The Captain of the Gray-Horse Troop* (New York: Harper & Brothers, 1902), p. 330.
③ 同①, p. 284.

神圣性却丧失了。正如柯蒂斯注意到的,特通人一想到要用犁把大地挖出坑来就畏缩不前,这违反了他们精心培养的与自然的认同感。

佩西格认为,这些截然不同的方法之间的僵局是可以被打破的,"解决人类价值观和技术需求之间冲突的方法不是逃离技术。重新解决二元论思想障碍的方法阻碍了真正的科技,它不是对自然的开发,而是将自然和人类精神融合成一种超越自然和人类精神的新创造"[1]。人类存在的每一个方面都涉及一些问题,这些问题要么有一个美好的解决方案,要么有一个丑陋的解决方案。柯蒂斯探索的原则是既保留印第安人看起来不错的品质(印第安人高度发达的审美敏感性),也能理解达到那种白人科学方法的基本方法。因此,我们可以得出结论:加兰对于理解印第安人同化过程中涉及的真正问题非常接近。他绕了一个大圈,认识到印第安人世界对白人世界的需求要少于白人世界对印第安人世界的需求,尽管两者都能从对方身上获益。但是,古老的印第安人的生活是建立在对物质和精神世界的认同基础上的,其美丽是如此受到人们的欣赏,已经是完整的了。在那里,人们不鼓励丑陋的精神,尊重自然而不是剥削自然,不管一个人的种族或信仰如何,他的同胞都受到尊重。

正如大多数评论家所认同的那样,加兰通过关于印第安人保留地现状的通俗著作,成为一位卓有成效的社会评论家。在《父辈的信仰》(*The Faith of His Fathers*)[2]一文中,他讲述了印第安人警察莫伊哈斯的故事。当莫伊哈斯美丽的女儿快要死的时候,天主教传教士来给她施洗,这样她死后就能"飞向天堂"。虽然莫伊哈斯不相信这些"魔法",但在孩子下葬时,他还是同意了妻子的请求。然后牧师告诉他们,他们不能把尸体藏在岩石里,而必须像埋葬白人那样埋葬她。孩子入土以后,不可毁坏孩子的东西,要把东西送人。但是他们并没有按照牧师的要求,而是烧毁了孩子所有的东西。然后,

---

[1] Robert M. Pirsig, *Zen and the Art of Motorcycle Maintenance* (New York: Bantam Books, 1974), p. 284.
[2] Hamlin Garland, "The Faith of His Fathers," *Harper's Weekly* 47 (1903): 892-893.

带着对牧师之前行为的怀疑,莫伊哈斯挖出了棺材,发现孩子并没有像牧师承诺的那样去天堂。莫伊哈斯怀恨地去找那个代理人,谴责那个白人传教士,发誓要继续走他父辈的路。

在《豪宁·沃尔夫的故事》(*The Story of Howling Wolf*)中,传统的首领豪宁·沃尔夫转变成了一个准备接受白人管理的人,准备接受美国政府派来的保留地代理人——一个公正的骑兵军官。带着代理人证明的便条,豪宁·沃尔夫试图通过拜访附近的城镇来扩大他与白人的接触。不幸的是,当地的新闻媒体把城镇居民煽动到歇斯底里的地步,他们谎称保留地发生了暴动,豪宁·沃尔夫遭到了袭击,被关进了监狱。在 7 月 4 日的美国独立日庆典上,他被一群暴民推倒、殴打、拖着走、砍断腿,最后几乎被打死。奇迹般地,他钢铁般的体质支撑着他,但这一位曾经辉煌一时的战士,最终却成了瞎子,只剩下痛苦的残骸。《豪宁·沃尔夫的故事》的故事具有很强的讽刺意味,这也表明了加兰开始所认为的立场:同化问题与其说是印第安人的问题,不如说是白人的问题。白人对牛仔和牧场主的不信任是显而易见的。他以耸人听闻的方式揭露了所谓的"边境人的残忍、仇视和种族仇恨,对白人来说,印第安人就是个大猎物"①。这个故事不仅是对白人暴行的愤怒抗议,它也揭示出了印第安人的一个主要问题——由于此时他们已在军事上被击败,在贫瘠的保留地沦为乞丐,他们没有构成任何威胁。加兰凭直觉知道,一些至关重要的东西隐藏在持续不断的报复和那些人错误的需求之下,而那些人正是你所宣称要进入更高层次的人。

《美国印第安人的故事》中大部分故事是由他早期出版的作品组成的。其中也包含了最新出版的中篇小说《沉默的食客》(*The Silent Eater*)。西汀布尔和戴维斯中尉鼓励沉默的食客的儿子拉皮学习白人的生活方式。受过古典逻辑训练的戴维斯告诫拉皮:"知识就是力量……学习,学习白人的智

---

① Hamlin Garland, *The Book of the American Indian* (New York: Harper & Brothers, 1923), p. 149.

慧，你就能捍卫你的种族的权利。"①拉皮听从了这一建议，但很快陷入了传统价值观的保护者西汀布尔与冷酷无情、缺乏想象力，而且憎恨印第安人的代理人的矛盾之间，"他也是一个偏执的人，对于任何一个不是诗人或哲学家的人来说，要对一个持有不同世界观的人公正是很困难的。种族仇恨和宗教偏见像墙一样挡在印第安人和白人之间"②。在这里，加兰不仅放大了早些时候听过的文化相对性的论调，他还指出，文明孕育了种族和宗教上的不兼容，正是它让除了诗人和哲学家之外的所有人都相信，它对文明人的愿景是唯一的。这再次印证了佩西格的观点，"我们发现古典思维中最常见的谬误：即所有关于现实的假设中，只有一个是正确的"③。因此，文明人有唯一真正的生活方式和唯一真正的宗教，其他所有信仰的人都是错误的，他们的坚持都是错误的。文化和宗教只是证明了他们的无价值，他们是一个威胁，当一个人理解了这种想法，对所有印第安人事物的对立就变得更加清晰了。

在《沉默的食客》中，一种绝对主义文化与多元文化产生了对峙，并有条不紊地着手摧毁多元文化。原因很简单，就是它不能看到多元视野的质量，或者佩西格所声称的更高的视野包含着平静。而这正是加兰所寻求的解决方案——印第安人如何保持自己的文化，同时仍能吸收白人的文化方式。但是，只有在西汀布尔的性格中，我们才能找到这种超越的可能性，他坚决反对同化，至少在目前的情况下是这样，他的性格刻画得很有洞察力。西汀布尔自小就是一个精明的、有道德的政治家，是一个根深蒂固的和平缔造者，善于发现和化解对人民福祉的威胁，是一个推理天才，他凭借经验评估"幽灵之舞"的证据，发现它缺乏有效性。然而，这种智慧、正义和忍耐的典范却被一个征服的民族的邪恶所摧毁，这个民族决心把被征服的人变成他

---

① Hamlin Garland, *The Book of the American Indian* (New York: Harper & Brothers, 1923), p. 203.
② 同①, p. 253.
③ Robert M. Pirsig, *Zen and the Art of Motorcycle Maintenance* (New York: Bantam Books, 1974), p. 160.

们自己的复制品。然而,西汀布尔在这个问题上拥有最后的发言权。他尖刻地评论说,如果伟大的神灵想让印第安人成为白人,他早就把他们变成白人了。关于种族存在等级秩序的说法就到此为止。

除了西汀布尔的性格,我们对印第安人的性格和文化了解不多。唯一的例外出现在开头几行,这一次,加兰不是哲学家,而是诗人,他在白人到来之前唤起了平原生活的宁静。春天,草又长出来了,小溪又流了起来,太阳变得温暖起来,这是一个无比美丽、和谐和富足的时代。这种天衣无缝的美与平原印第安村落的宁静平和相匹配。但在故事的后面,加兰暗示,白人觉得这些金色的平原充满敌意和孤独,事实上还有其他的现实。白人继续在平原上与自然作对,破坏了自然的秩序。这就是让加兰开始感到不安的所谓进步。

作为一种哲学陈述,《沉默的食客》揭露了白人为改善印第安人野蛮生活质量而进行抗议的谎言。苏族人被迁移到最贫穷的土地上,他们的马匹和狩猎用具被剥夺。一旦部落的统治和神圣仪式被摧毁,他们就从自己的村落模式中分散出去。然后他们被要求在这片荒地上耕种,模仿那些把他们赶出去的被疏远的物质主义定居者的生活。对许多印第安人来说,压垮他们的最后一根稻草是那些代理人、传教士,他们想要摧毁孩子们对长辈或传统价值观和信仰的任何尊重。在这幅以加兰对印第安人保留地进行的个人调查为基础的图像中,很难找到一种既能同化印第安人,又不失印第安人完整性的关键。然而,加兰仍然相信,如果剥削得到纠正,这两个世界的精华就可以融合在一起。

因此,未来对加兰关于印第安人著作的研究,似乎应该不仅着眼于评估它们的社会价值,还应包括它们的文学价值,他关于美洲印第安人的作品常常栩栩如生。人们或许会评估加兰关于美洲印第安人的写作的历史价值,与其说是在他创作的作品中,不如说是在这些作品的原始笔记中。他的笔记和他的一些作品,实际上提供了一个关键历史时期对印第安人的研究,这一事实本身就意味着它们对当代读者和作家具有极大的价值,同时,也为批评白人文化至上的理论开辟了一条卓有成效的新的思路。

第 四 节
"守林人"为主题的写真主义创作与实践

《后西部文化:文学、理论、空间》(Postwestern Cultures: Literature, Theory, Space)的序言中,苏珊·柯林(Susan Kollin)对后西部文化进行定义时称:"我们坚持认为该区域不是一个封闭或有限的空间,而是一个在内容和形式上不断变化和演变的实体。"①作为一种新兴的批判方法,后西部研究反对狭隘的地域主义,这种地域主义将过去和现在的西方文化限制在了一些具有静态边界和边界的预定实体中。相反,后西部研究涉及对这些限制的批判性重新评估。对西部地区主义的研究最终要求我们批判性地在过去和现在之间的许多方向上进行。而这种对当代作品和事件的关注观点产生了一种不确定性:诸如"后西部"这样的术语是否仅仅指一个时间上的时刻——一个有时间界限的关键框架,或者它是否能成为分析西部文学的范例。换句话说,尚不清楚后西部研究如何回应爱德华·沃茨(Edward Watts)的呼吁,即"挖掘已有的文本,不仅要找到新的文本阅读,还要找到更灵活的阅读方式"②。为了表明在既定的后西部时代之外的文本对后西方思想的持续发展所提供的批判性、反身性,重新审视加兰 1910 年创作的小说《卡瓦诺,森林保护员》则显得更有意义了。

尽管护林员卡瓦诺所处的年代是 20 世纪早期,但作为一个在 1900 年前后生活了 40 年的人物,加兰对如何在 19 世纪的语境与 20 世纪的作品和思

---

① Susan Kollin, *Postwestern Cultures: Literature, Theory, Space* (Lincoln: University of Nebraska Press, 2007), p. xi.
② Edward Watts, "Settler Post-colonialism as a Reading Strategy," *American Literary History* 22, No. 2 (2010): 463.

想间架起桥梁做出了思考。因此,在关注卡瓦诺的同时,旧文本——或许是更普遍的复原研究——可以通过阐明其复杂性背后的传统,为后西部研究已经考虑过的文本提供一个新的视角。

在加兰诸多的作品中,《卡瓦诺,森林保护员》为西部文学研究提供了一个重要的探究点,因为正如我们对其浪漫情节的解读所言,《卡瓦诺,森林保护员》自觉地处于转型中的西部边缘。尽管这本书在商业上取得了成功,但评论界对它的评价基本上都不太好。他作品中带有的浪漫主义式的写真主义写法,刚好介于早期的现实主义小说和他后来获得普利策奖的传记作品之间,这本书几乎被认为是加兰试验品式的作品,通常与加兰这一时期的林业或自然保护主题著作归为一类。

《卡瓦诺,森林保护员》故事发生在内布拉斯加州的一个小镇,女主人公李·维吉尼亚收到消息:当时与她分居的母亲患有严重的健康问题。从东部一所学校毕业后,李·维吉尼亚回到她出生的内布拉斯加州小镇。她的父亲年轻时在当地土地使用冲突中站错了队,她的母亲利泽·威瑟福德因此被赶出小镇后,就开始独自经营一家旅馆和餐馆。西部客栈的混乱让李·维吉尼亚感到震惊,但是在林务局的两名男子——主管雷德菲尔德和年轻英俊的护林员罗斯·卡瓦诺的帮助下,她很快就扭转了局面。小说进行到一半时,卡瓦诺成为小说中第三人称叙述的焦点,他在当地腐败的牧牛羊场主中艰难地执行国家森林法,同时一直纠结是否追求对他有好感的李·维吉尼亚。随后紧张局势逐步加剧:土地使用冲突引发暴力,局长被解雇,卡瓦诺离开林业局等等。但是,最终所有事件都得以解决,包括一场暴乱和一场偏远地区的谋杀,让卡瓦诺和李·维吉尼亚得以重聚并结婚。

《卡瓦诺,森林保护员》自出版以来,饱受评论家的批评,"小说的情节过于夸张,小说的结局过于戏剧性"[1]。弗朗西丝·凯耶(Frances kaye)认为:

---

[1] Keith Newlin and Joseph B. McCullough, *General Introduction to Selected Letters of Hamlin Garland* (Lincoln: University of Nebraska Press, 1998), p. xvi.

"小说中粗制滥造的浪漫主义爱情故事削弱了写真主义批评的色彩。"①让·霍洛威(Jean Holloway)认为这本书"对荒野之美进行了极为敏感的描写",但他宣称这本书"显然是一本粗制滥造的书"②。拉比诺维茨(Peter J. Rabinowitz)的《险恶的结局:作为颠覆性力量的干净利落的结局》(*End Sinister*:*Neat Closure as Disruptive Force*)结合了叙事和解读的方法,对情节的结局问题进行了双重论证,并成为经典,这为重新审视《卡瓦诺,森林保护员》作为一部小说的成功提供了有益的指导。在这篇文章中,就像在他的主要专著《阅读前:叙事约定与解读政治》(*Before Reading*:*Narrative Conventions and the Politics of Interpretation*)中一样,拉比诺维茨着眼于读者阅读的方式,提出政治影响我们在文本中发现意义的方式,以及读者阅读文本的方式和意义形成的过程。在《险恶的结局:作为颠覆性力量的干净利落的结局》中,他特别指出,读者对作品质量先入为主的看法会影响他们将其叙事视为复杂或开放的阅读。他观察到读者普遍倾向于把叙事的结尾"作为结论"来阅读,正如他所说的结论性结尾规则。拉比诺维茨为讨论不同类型的结尾提供了一个词汇表,还使用了物理学中的一些术语:"结尾的范围可以很广,从惯性到非惯性沿着许多不同的轴。最惯性的结局是情节的常规力量最无情地服从的结局。"③惯性结尾是那些使文本达到整洁的、预期的结尾,而非惯性结尾是那些期望的中断导致读者调整他们的解释以达到预期的结尾。惯性结局作品常常因为过于整洁而被学术界忽视,而对复杂性的关键偏好导致我们倾向于非惯性。但请注意到,关于《卡瓦诺,森林保护员》的解读是,惯性结局不一定像看上去那么简单。

---

① Charles L. P. Silet, et al (eds.), *The Critical Reception of Hamlin Garland*, 1891–1978 (Troy: Whitston Publishing Company, 1985), p. 376.
② Jean Holloway, *Hamlin Garland*:*A Biography* (Austin: University of Texas Press, 1960), p.207.
③ Peter J. Rabinowitz, "End Sinister: Neat Closure as Disruptive Force," In *Reading Narrative*:*Form*,*Ethics*,*Ideology*, ed. James Phelan (Columbus: Ohio State University Press, 1989), p.122.

《卡瓦诺,森林保护员》的故事情节包括了对偷猎者的抓捕和营救:爱德华兹·威瑟福德(李·维吉尼亚失散多年的父亲)的伪装和被揭露,森林里的一桩谋杀案,以及对罗斯·卡瓦诺的追捕等等。在比尔·布朗看来,《卡瓦诺,森林保护员》就是"一部廉价西部片,俘虏与营救、伪装与揭露、追捕与逃跑特征的潜在惯性情节"①。但是在《卡瓦诺,森林保护员》中,作者通过一个森林保护员、国家法律和权威的代理人——卡瓦诺,逮捕非法偷猎者,扭转了这一传统的情节。一群老西部的牧羊人试图"拯救"这些偷猎者——其中一人是镇上一位显赫人物的儿子——接着一场酒馆里的斗殴即将爆发。警示性的枪声响起,但没有人倒下,从而避开了暴力,这在廉价西部片中很常见,也经常是不可或缺的。李·维吉尼亚的母亲带着手枪把卡瓦诺和他的闹事者带到她的旅馆,但没有发生进一步的暴力——只有对更多暴力的恐惧。同情偷猎者的当地官员缓解了紧张局势。为了让读者注意到可能会让他们失望的结局,加兰把这个官员决议称为"一个非常艰难的36小时竞选活动作为滑稽的结局"②。

继续将《卡瓦诺,森林保护员》与廉价西部片进行比较,就会发现,加兰的这种叙事同样会破坏人们对伪装和揭露真相的期待。同谋偷猎者爱德华兹后来在上山放羊的路上遇到了卡瓦诺,他显然是李·维吉尼亚的父亲。与此同时,爱德华兹试图躲在他的帽子后面,很明显他害怕被认出来。读者要到下一章才会正式了解爱德华兹那几乎不为人知的身份。但更令人惊讶的是,李·维吉尼亚好像一无所知。爱德华兹在故事还没有结束时就去世了,他要求卡瓦诺隐藏自己的身份,加兰颠覆了传统以伪装为核心的西部故事结局模式。

尽管像霍洛威这样的评论家对《卡瓦诺,森林保护员》的结局嗤之以鼻——李·维吉尼亚和卡瓦诺一起进入了新西部的一幢房子,然而婚姻情

---

① Bill Brown, "The Popular, the Populist, and the Populace—Locating Hamlin Garland in the Politics of Culture," *Arizona Quarterly* 50, No. 3 (1994): 92.
② Hamlin Garland, *Cavanagh, Forest Ranger* (New York: Harper & Brothers, 1910), p. 142.

节的最终主导地位正是由于加兰把各种同样典型的情节打断后才显现出来的。

小说中所有的主要冲突是通过人们所谓的"旧西部"和"新西部"之间更广泛的争论而展开的。小说开篇,李·维吉尼亚驱车前往洛林福珂,途中的"旧西部"对她来说虽然看似"浪漫",但一切很快就与无法无天和个人贪婪联系在了一起。相比之下,"新西部"则是负责任和守法的(同时也是东部的)。虽然卡瓦诺很快就成为新西部的新角色,但由于李·维吉尼亚的父母背负着旧西部的包袱,所以婚姻情节的不确定性在一定程度上与李·维吉尼亚是否符合新西部条件有关。

卡瓦诺的最终晋升终于让这两个新西部最具象征意义的人物结为夫妻。卡瓦诺称李·维吉尼亚为东西部奇怪的融合。后来,她所代表的东西变得更加清晰,卡瓦诺在她身上看到了一个象征。她是新西部,正如其母亲代表旧西部。卡瓦诺在李·维吉尼亚眼中的意义同样是固定不变的,对她来说,他代表一个新世界——这个森林的世界。她一度担心,卡瓦诺的晋升可能意味着他将不得不离开内布拉斯加州的边境,从而把她抛在身后。当卡瓦诺把他的提议告诉李·维吉尼亚,同时向她求婚:"如果你愿意和我一起去,和我一起住监工提供的小房子,我们就结婚。你愿意去吗?"[1]她的回答是肯定的,因此这对西部夫妇正式结合,这本书也就此结束。卡瓦诺和李·维吉尼亚象征着新西部,所以最后一行对住宅建筑的强调与其说是陈词滥调,不如说是对未来建设一个想象中的新西部的延续。

因为森林和新西部是通过人物联系在一起的,所以我们可以追溯这部小说的情节——以及它对其他廉价小说情节的取代——与加兰的保守主义政治是一致的。保护主义与浪漫情节通过继承与传承的相关概念联系在一起。老上司雷德菲尔德和他的妻子公开地讨论了这些适用于角色的术语。雷德菲尔德太太尤其急于为卡瓦诺找到一个合适的伴侣,因为卡瓦诺拒绝

---

[1] Hamlin Garland, *Cavanagh*, *Forest Ranger* (New York: Harper & Brothers, 1910), p. 286.

了一份体面的家族遗产所提供的生活,选择到林业局工作。加兰让卡瓦诺也从法律的角度思考这个问题,他反思道:"遗产法在弗吉尼亚州一样适用。它是善与恶、自由与放纵的混合体。它必须在一段时间内,继续抛开它过去的沉重包袱,就像西部必须忍受并逐渐摆脱其暴力情绪一样。"①此外,在所有传统西方浪漫故事的情节中,浪漫故事是唯一具有持续可能性的,因为与破坏性暴力不同,浪漫故事具有正面的创作潜力。

各种惯性情节的颠覆(捕捉、伪装、谋杀)不仅表明加兰对西方某些普通故事的怀疑,这反过来也开启了一种非惯性的方式来解读加兰的浪漫故事,即对那个时代流传的有关西方的更广泛的历史叙述持怀疑态度。在《卡瓦诺,森林保护员》中,旧的西部无法快速过去。"怀旧的写照"是该书批判的目标,本书把当前的西部作为一个过渡到新西部的转折点。他的浪漫之旅的兴趣在于为未来保存剩下的东西。

如果我们认识到廉价小说和《卡瓦诺,森林保护员》之间的这种差异,那么在阅读时,颠覆惯性的廉价小说情节,以及他保守主义的观点,就会变得更加清晰。"节约"一词的使用强调了保护工作,以连接现在的西部和未来西部。在后来的一次谈话中,雷德菲尔德向李·维吉尼亚解释说,"守林人是新的——至少在美国是这样",她来到西部,"在西部历史上最重要的时期"②。这一"最重要的时期"作为一个过渡时期的重要性是值得注意的。因为,即使小说的结尾处有两个中心人物在西部建立家园,新西部也不是一个已经实现的结果,而是一个正在形成的西部;最终是新老西部并存。

综上所述,首先,浪漫故事情节的简单性可以通过与小说中其他被删减的情节的互动来重新审视。其次,理解了与加兰的新旧西方术语相关的浪漫故事情节的主导地位,便可以理解他正在朝着一个重新审视西方的方向努力:惯性的结局是非惯性的,因为它似乎包含了对西方小说典型情节惯例的内在价值判断。最后,这些情节机制可以解读为与加兰所处的政治环境

---

① Hamlin Garland, *Cavanagh*, *Forest Ranger* (New York: Harper & Brothers, 1910), p. 153.
② 同①, p. 66.

相一致的,这样一来,小说就额外地从文本上阐述了代表西方的虚构依据和该地区的意义。

总体来说,加兰这一时期以落基山脉地区为背景的小说融合了写真主义和浪漫主义,形成了加兰新的写作特色,尽管不如早期关于中西部边疆小说那么成功,但也正是这不成功的尝试,为他后来重回中西部开始自传体小说的写作埋下了伏笔。

第五章 哈姆林·加兰自传体及晚期小说的写真主义创作与实践

到了 1911 年,大家都觉得加兰的文学生涯似乎已经走到了尽头,评论家们也一致对他近期的小说进行了抨击和贬低。加兰自己感到"身体不适,精神疲惫"[1],尽管也尝试各种新的素材,但都是徒劳无功。随着他对创作新题材小说兴趣的下降,他开始觉得有必要更直接、更全面地书写自己生活中的重大事件。他觉得如果他不能从新的经历中寻找到好的素材,他就只能重新回到过去——生活过的西部,去挖掘出新的灵感。

从创作初期,加兰的小说就有自传体元素,如 1891 年的《大路条条》中的《兄弟》。1899 年,加兰出版了第一部个人自传体小说《草原上的少年时光》。1911 年,他决定重新把自传体小说作为自己的主要文学创作形式,从而给自己的职业生涯确定一个新的方向。1911 年末,加兰开始了《中部边地之子》的创作,经过几次修改后于 1917 年出版,他本人于 1918 年当选为美国艺术与文学学院院士。接着,加兰又写了 3 部自传体小说:1921 年的《中部边地之女》——该部小说让加兰获得了 1922 年普利策文学奖,1926 年的《中部边地的开路先锋》和 1928 年的《中部回来的拓荒者》。后来,他还出版了 4 卷关于西部的文学回忆

---

[1] Jean Holloway, *Hamlin Garland : A Biography* (Austin: University of Texas Press, 1960), p. 214.

录:《路边偶遇》《路上的同伴》《我友好的同代人》和《午后邻居》。这些自传体小说和回忆录让加兰再次在美国文学界赢得了声誉。

第一节 自传体小说《草原上的少年时光》写真主义创作与实践

加兰的第一部重要的自传体作品是1899年出版的《草原上的少年时光》。他于1887年写成,1888年在《美国杂志》(*American Magazine*)上发表,这部小说一共包含了6篇故事,从19世纪70年代一个小男孩的角度描述了一个典型西部农场一年的农场活动周期,从深秋的剥玉米皮开始,到第二年的西瓜和早霜期的到来结束。这本书包含了翔实的细节,包括对西部农场生活痛苦现实的描述,以及对加兰童年时代失落世界的怀旧叙述。唐纳德·皮泽尔说:"这些文章最能体现加兰对特定时刻和男孩情绪的真实再现,西部农场生活——包括许多不愉快的工作(如剥玉米皮)——带来的绝望和痛苦,以及骑马、游戏和草原美食带来的愉悦。"[①]

虽然故事从开头到结尾大致是根据时间发展的,但叙事效果是通过精心挑选的情节来实现的,每一个情节都有自己的戏剧性主题。这些主题描述了一个男孩在草原农场经历的愉快和不愉快的活动和冒险的全部范围,正如章节标题所示:"秋耕""播种""种玉米""放牛""庆祝独立日""老式的脱粒""田间脱粒""玉米去皮""马戏团的到来""露营之旅""欧文在郡博览会上骑马""参观学校""重大的猎狼行动"等。加兰不仅能够提供大量的事实信

---

① Donald Pizer, "Hamlin Garland's *A Son of the Middle Border*: Autobiography as Art," In *Essays in American and English Literature Presented to B. R. McElderry, Jr.*, ed. Max L. Schultz(Athens: Ohio University Press, 1967), p. 87.

息(这是他在一系列文章中所做的),而且更重要的是,他能够从一个男孩的角度唤起对西部农场生活的快乐和痛苦的回忆。我们既能感受秋天犁地、收割、剥玉米皮的单调和困难,同时也能享受农场生活的简单快乐。

麦克尔德里(B. R. McElderry)在介绍《草原上的少年时光》时,深为这本书受到文学界的忽视感到惋惜。他认为:"《中部边地之子》的光环掩盖了之前那本更好的自传体《草原上的少年时光》,那本书专门讲述了加兰从1870年到1880年在艾奥瓦州一个农场的童年经历。"①皮泽尔也认为:"除了《大路条条》外,《草原上的少年时光》可能是加兰写过的最好的一本书,但遗憾的是它被人们忽视了。"②虽然这些评价让人们觉得应该更仔细地阅读这本书,然而,《草原上的少年时光》仍然被加兰的其他作品淹没。虽然它被麦克尔德里和皮泽尔视为是关于"回忆"和"怀旧"的主题小说,但文中所叙述的内容绝大多数和加兰在西部农场的生活有关,因此,它也被认为是加兰个人成长的主题。

毫无疑问,加兰把自己描述成一位历史学家,在很大程度上与该书所做的历史事件讲述有关。在他最初的《草原上的少年时光》序言中,他回忆起促使他写作的原因:"我想描绘的生活正在逝去。那个时代机器已经出现了,堆干草、收割、脱粒等原始的耕作的方法都发生了很大的变化,我们这一代的孩子已经是中年人,记忆力很差;因此,我选取西部农村生活的一个片段,以形成我对30年前我们在艾奥瓦州北部生活的回忆。"③ 1926年,在艾伦培根出版社那个版本中,他重新编辑了《草原上的少年时光》,说明这部小说是他个人的自传:

---

① Hamlin Garland, *Boy Life on the Prairie* (Lincoln: University of Nebraska Press, 1961), p. viii.
② Donald Pizer, "Hamlin Garland's *A Son of the Middle Border*: Autobiography as Art," In *Essays in American and English Literature Presented to B. R. McElderry, Jr.*, ed. Max L. Schultz (Athens: Ohio University Press, 1967), p. 76.
③ Hamlin Garland, *Boy Life on the Prairie* (Lincoln: University of Nebraska Press, 1961), p. xix.

我的批评者说,我的计划比我的作品更高尚,这一点我必须同意;但在其最低限度,你会发现一种诚实而谨慎的尝试,描绘1870年至1880年间的边境社区生活,一个10岁至20岁的男孩看到并分享的西部农村生活。如果你愿意,你可以用理查德·加兰家庭代替邓肯·斯图尔特(Duncan Stewart)家庭,用哈姆林代替林肯,用富兰克林(加兰的弟弟)代替欧文。所有的事件,看似是虚构的,但大多数是真实的,在某些情况下,我把其他男孩的经历和我自己的生活结合起来了。①

同时,加兰还提到一名波士顿的年轻男子,虽然爱上了这个传说中的城市,但仍对西部的老家念念不忘:"带着思乡的心情,我开始写《草原玉米剥皮》(The Prairie Corn Husking)(这是《美国杂志》上的一篇文章,后来成为《草原上的少年时光》中的一章),但我的冲动中不只是想家,因为我已经开始希望,我可能在某种程度上成为研究中西部普通家庭生活的历史学家。"② 为了与他作为历史学家的角色保持一致,他添加了一些尾注来定义19世纪70年代中西部农场生活的一些特征,这些特征可能会让他的年轻读者感到困惑。但即使没有这些注释,加兰以历史学家身份写作的痕迹在整本书中也是显而易见的。加兰在描述童年时代的耕作方法和生活条件时所表现出的关心,以及在描述草原自然生活时所流露出的热爱细节,都暗示着一位作家渴望记录和保存过去的历史。

《草原上的少年时光》中更多体现了加兰个人在西部农场的成长经历,书中所有的文章中,加兰都以他自己的身份发言,向东部读者发表感言,详细地告诉他们西部农场生活的现实,只有在最后一篇文章《甜瓜和早期霜冻》(Melon and Early Frost)中,转而关注农场生活不断变化的条件和农民妻子的艰难角色。整本书中穿插着一些诗歌,显然意在表达一种普通小说无法表达的强烈情感。在其中的几个故事中,一位住在城市的演讲者(在《草

---

① Hamlin Garland, *Boy Life on the Prairie* (Lincoln: University of Nebraska Press, 1961), pp. 426-427.
② 同①, p. 425.

原上的少年时光》写作背景下,我们可以假设这是加兰),沉思着他过去和现在生活之间的距离。作为一名诗人,加兰书中那些诗确实成功地传达了真实的失落和痛苦的感觉。如诗歌《玉米阴影》(Corn Shadows)中表达对西部农村玉米地的怀念:

> 啊,广阔而甜蜜的树叶荒野!
> 远方的玩伴啊!凌驾于你之上
> 徐徐的风像一个哀悼者在悲叹,
> 并不停地拨弄着长着羽毛的耳朵。
> 我们能不能按一下信号喇叭
> 再一次在玉米地相会![1]

当然,也不是所有诗歌刻画的总是回忆过去。在《堆积的时间》(In Stacking Time)中,对过去的白日梦突然破灭,诗人追忆起了现在。加兰想象自己躺在草堆的阴影里,陶醉在逝去的秋日的感觉中。他总结道:

> 当我沉思的时候,影子在旋转,拉长
> 穿过残茬地,闪闪发光的,
> 一块镶有绿色金边的垫子。
> 太阳下沉了,叹了口气,我站起来——
> 街边汽车的喧闹声打破了魔咒
> 云和阳光,还有沙沙作响的麦捆,
> 淹没在神秘风的召唤声中——
> 我听见头顶上有震动声和悸动声
> 巨大的印刷机;还有那刺耳的轰鸣
> 下面街道无休止的骚动
> 回到我的世界
> 当灰色的大海再次袭来

---

[1] Hamlin Garland, *Boy Life on the Prairie* (Lincoln: University of Nebraska Press, 1961), p. 134.

在玫瑰盛开的地方,阴郁的波涛汹涌。①

综上所述,这些诗歌及其表明内容可以看出加兰的关注不仅仅是对过去的情感渴望,更是对过去与现在之间的一种深切的间断感。《草原上的少年时光》是一段历史,也是一段苦乐参半的故事,讲述了加兰少年时期的学徒生活,这段经历最终令人感动地接受了少年时期与成年作家所处的世界不同的事实。正因为如此,《草原上的少年时光》对我们的影响是历史书籍所无法比拟的。

《草原上的少年时光》强调的是生活的不连续,与加兰后来对自己生活的更为传统的描述——《中部边地之子》截然不同。在《中部边地之子》中,加兰从他的童年时代开始寻找他成年后的价值观和关注点。他处处强调连续性:他在家庭成员中的角色、他的自由主义政治观点、他的文学使命感都可以从他最早的童年时代就看出来。相反,《草原上的少年时光》在精神上更接近于19世纪最后几十年出现在美国的许多男孩故事:托马斯·奥尔德里奇(Thomas B. Aldrich, 1836—1907)的《坏男孩的故事》(*The Story of a Bad Boy*)、查尔斯·华纳(Charles D. Warner, 1829—1900)的《少年时代》(*Being a Boy*)、爱德华·埃格斯顿的《印第安人学校男孩》(*The hoosier School-Boy*)、豪威尔斯的《男孩之城》(*A Boy's Town*)和爱德华·黑尔的《新英格兰少年时代》(*A New England Boyhood*),当然,还有马克·吐温的《汤姆·索亚历险记》(*The Adventures of Tom Sawyer*)和《哈克贝利·费恩历险记》(*The Adventures of Huckleberry Finn*)。所有这些书在不同程度上都表达了一种失落感,一种对未实现期望的意识。《草原上的少年时光》中的男孩比他的任何一个同龄人都更接近于阐明在19世纪末引发的这股童年回忆洪流的问题。这本书本可以写得更精彩,加兰对自己在波士顿所经历的生活感到满意,这显然减轻了他在思考过去和现在之间的隔阂时所感受到的一些痛

---

① Hamlin Garland, *Boy Life on the Prairie* (Lincoln: University of Nebraska Press, 1961), p. 179.

苦,有时他会用对过去岁月的感伤评论来掩饰自己的主题。尽管如此,他还是清晰地讲述了自己的故事,并且在书的结尾超越了那时流行的多愁善感。

　　加兰能够生动地描写少年时代的期望和社会变化,是因为他认识到自己的生活代表了更广泛的美国西部的经历。他非常清楚自己作为草原生活历史学家的使命,以至于在最初的序言中描述这个故事时,他十分强调这个故事的代表性:"我无意在林肯·斯图尔特身上呈现我自己生活和性格的细节,尽管我基本上过的是这里描述的男孩们的生活。我只是把林肯作为一根连接生命的线把各个章节连接在一起;男孩的经历都是典型的时间和地点……我的目标是描绘男孩的生活,而不是男孩。"①在自传体小说《中部边地之子》和《中部边地之女》获得成功之后,他又给在他《草原上的少年时光》重写了序,加兰重申了他作为历史学家的角色,并强调他个人在这本书中的角色,他说到这本书"基本上是由我自己家庭的生活构成的"②。他现在已经正确地认识到,历史学家和自传作家的角色对他来说并不矛盾。虽然林肯的一生确实将加兰所讲述的事件联系在一起,但这些事件反过来又帮助其塑造了林肯从少年时期到青年时期的成长过程。

　　《草原上的少年时光》分为两部分。第一部分描述了西部农场生活一年的情况,并叙述林肯·斯图尔特在农场的几年生活。故事始于1868年林肯·斯图尔特一家来到艾奥瓦州北部。当时是秋耕时节,10岁的林肯·斯图尔特就像是他父亲的翻版:他穿着"同样颜色的衣服,都是山胡桃木衬衫和蓝色粗斜纹棉布长裤,吊裤带也和他父亲的一模一样"③。第一部分继续通过一年的周期描述季节性的农场活动和节日,突出时间的流逝。加兰还定期提及林肯的年龄来表明西部男孩的生活规律:冬天上学时10岁,春天播种小麦时12岁,夏末堆干草时还不到14岁。当加兰描述林肯14岁时,突出

---

① Hamlin Garland, *Boy Life on the Prairie* (Lincoln: University of Nebraska Press, 1961), p. xx.
② 同①, pp. 426-427.
③ 同①, p. 1.

了年龄和事件的规律发生变化,尽管他的年龄很大了,但林肯的行为像个孩子,在 7 月 4 日的庆祝活动上,他吃了太多的糖果,结果把自己弄得很不舒服,还和一群镇上的男孩打架。第一部分以一段剥玉米皮的故事结束,这段故事被感恩节晚餐打断了,接着又回到了开头的年代:林肯 11 岁的时候。这两种年表的结合,既是一种经济的叙事方式,将事物的发展历程与生命史联系起来,也是一种暗示什么才是成熟的标志。这种结构表明,对于像林肯这样的男孩来说,成长不是来自所遇到的新的挑战,而是来自年复一年地完成同样的任务,并逐渐掌握完成任务的技能。

当 10 岁的林肯被告知要去管理犁队时,他为这似乎是一个非常好的和有男子气概的任务而兴奋。但正如加兰所描述的大多数农场农活一样,这项工作很快就变成了苦差事,因为它既费力又单调。此外,这对一个小孩子来说太费劲了。加兰是这样描述的,这也是贯穿全书的典型描述:

> 不久,这项任务就变得极其无聊,田野里一片寂寥。这意味着一小时又一小时地走来走去,没有人可以交谈,也没有什么可以打破单调。这意味着到中午时要步行 8 到 9 英里,下午要走同样里程数,晚饭时休息不到一个小时。这意味着要扶好犁,稳定而妥善地持有犁。这意味着拖着沉重的工具在地里转来转去,也意味着会发生许多意外,比如,犁因卷到粗茬或野荞麦而倒在地上。林肯虽然强壮而积极,却相当矮小,为了够到犁柄,他不得不把手举到肩上。事实上,他看起来像一个滑稽而又相当可怜的形象,犁引导线穿过他的小背,沿着犁沟沉重地走着,他那顶破旧的草帽在交叉支撑的上方晃动着。邻居们从来没有见过像他这样干活的人。马路上的人看着田野,笑着说:"这个男孩年纪太小,干不了这种活儿。"①

但是林肯必须坚持他的工作,家里没有足够的钱雇另一个帮手,而且,一个同样令人信服的理由是,对斯图尔特来说,孩子确实是像父亲一样的男人:"让儿子工作似乎是一件自然和必要的事情。父辈们在 9 岁时一样总是

---

① Hamlin Garland, *Boy Life on the Prairie* (Lincoln: University of Nebraska Press, 1961), p. 10.

在农场地里,从来没有听说过有一个星期可以从苦役中解脱出来。"①经过这样的学徒期,父亲的翻版最终将成为父亲一样的男人。

　　他的兄弟们也一样,当林肯努力填补一个成年男人的位置时,他的弟弟欧文和汤米也开始了他们的学徒期,并逐渐承担更多的成人角色。这些在关于脱粒的章节中有据可查。第一个场景是在斯图尔特一家搬到艾奥瓦州大草原之前的威斯康星州。谷物被堆放在谷仓里,直到秋末,在家人和朋友的帮助下脱粒。对于比林肯小2岁的欧文来说,脱粒机的到来和人们的聚会是最热烈的喜悦和家庭的喜剧,因为他被告知他太小了不需要承担任何任务。对于林肯来说,他已经大到可以拿着袋子去收集粮食了,这让他觉得这一切已经变成了一场糟糕的游戏,他现在已经成为脱粒工作中的一部分,他的自由没有了。一年后,这家人搬到了艾奥瓦州,打谷机被用到了更多的田地上。初秋的时候,麦子在田里就可以脱粒了,田里的人都是流动工人,而不是家人和朋友。过去的睦邻友好和魅力有所下降,这让讲述故事的加兰感到不安,但对男孩们来说,最主要的变化是,每个人都进入了学徒期的新阶段:第一年,林肯把拿麻袋的工作留给了欧文,然后开始搬稻草。第二年,欧文代替了他的位置,林肯成为一名切割机手,而汤米则需要代替欧文拿麻袋。

　　尽管工作上有困难,但是由于开阔草原的诱惑,男孩们并不是不愿意当学徒。在他们看来,他们的问题不在于他们被期望工作,而在于当他们不准备工作时候,却不能停下来不工作:"一个男孩想做所有的事情,但是他不想做太久。无论一段时间的工作多么愉快,他很快就会厌倦。他是个实验者。那是他的本行。长期做一件事使他无法接受完整的教育。此外,他想做一个男人的工作。让他去做打捆的活,他渴望到田里去干活,或者做一些他不会的工作。"②虽然加兰在这里听起来像一个说教的长者,但我们被他的话说服了,因为我们看到林肯热情地接受一个又一个任务,然后很快厌倦了他的

---

① Hamlin Garland, *Boy Life on the Prairie* (Lincoln: University of Nebraska Press, 1961), p. 12.
② 同①, p. 181.

劳动,因为它的单调或者因为它对他要求太多。最终,作为一个男人,林肯能够对付一切工作,而不仅仅是一个男孩所面临的任务。

加兰用了戏剧化的方式来刻画林肯成长中的任务——干草堆积。这是一份必须小心做的工作,要确保落入蛋形堆叠的干草中的雨水都会流出来。就像其他农场技能一样,这需要一段学徒期:"几年来,林肯一直受他父亲的指导,学习堆垛的基本知识,他被允许'从底部开始',甚至在'凸起处'铺上一两道。想做好堆垛这项工作,需要技巧和判断力,即使偶尔参加一次'内部课程',对雄心勃勃的男孩来说也是很有价值的。"[1]林肯就是这样一个男孩,当他的父亲滑倒并扭伤手臂时,他得到了一个特殊的机会。父亲把这份工作交给了林肯,并说:"我猜你从今以后就是这里的老板了。"[2]林肯感觉他父亲的话让他成为一个男人了。这项工作一如既往地繁重,但毕竟是一个男人才可以做的工作。林肯没有心思抱怨,带着一种骄傲激情,他决定做一个巨大的燕麦堆来给他的父亲留下深刻的印象,同时他也招来了雇工们的嘲笑,但他成功了。第二天就开始堆更滑的小麦,现在他就没那么幸运了,他的草堆滑倒了,一场意外让他更加痛苦,因为他的父亲在他修好之前就出现了。但斯图尔特先生什么也没说,林肯对他的信任做出了回应,他的父亲认为自己是相当公平的,即使是一场灾难,也让他自己去重做。到了晚上,他把所有的错误都改正了,从那以后,他就成了合格的堆垛工。当然,一项任务的成功并不意味着其他任务的自动成功。尽管林肯的身体因堆积如山的工作而不堪重负,但他毫无怨言地忍受了各项工作,他在西部农场逐渐走向成熟。

当加兰详细描述林肯的成长时,他注意到了草原生活的变化,其中许多都是与农业本身有关的技术变革。虽然这些变化使农民的生活更容易,但它们也造成了过去和现在之间的不连续性,这将成为第二部分中日益重要

---

[1] Hamlin Garland, *Boy Life on the Prairie* (Lincoln: University of Nebraska Press, 1961), p. 184.
[2] 同①, p. 185.

的问题：

> 从前，耙东西是一项又长又难的工作。在威斯康星州的一个山谷农场里，有一排人用手耙收割干草，但与此同时，在艾奥瓦州的大草原上，他们用的是由一匹马拉的旋转耙子，耙子的操作人员是一个走在后面的人。一两年后出现了骑马耙；当林肯能够在干草地里扮演重要角色的时候，耙子已经做了改进了，这样一个男孩就可以操作它了。①
>
> ……
>
> 不久，"固定的动力"让位给了固定的发动机，喇叭形金属齿轮那洪亮的声音减弱为沙哑的咆哮声和松弛的嘎嘎声。发动机成了一个严厉的主人，从黎明到黄昏，围绕着脱粒机的工作变成了一种稳定、无情的驱动；这个黑色的怪物似乎总是大喊着要煤和水，偶尔还会发出仇恨和愤怒的叫声。②

虽然加兰没有说，但很明显，在林肯的时代，父亲和儿子并没有完全相同的经历。尽管如此，林肯和他的父亲可以从男孩学徒的角度来考虑，其实他们经历的本质是一样的。但是蒸汽打谷机的出现预示着下一个时代的农业将是完全不同的事情，林肯必须发展的生活耐力和技能将不再是那么重要的事情。在第一部分的最后几章中，优美的音符就是从这种认识中发出来的。我们可以尊重加兰话语背后的精神，但遗憾的是，这种感伤的语言最终模糊了他所描述的失落感："过去打谷成为一种节日的精神，以及邻里聚会的场景，如今在很大程度上已成为一种回忆。麦地的消失，畜牧场的发展，机器的增加，都让许多旧时的风俗习惯消失了。林肯不再行走在旧式习俗的红色黎明中，他不再行走在十月的红色黎明中，叉在肩上，而大地在狂喜中悸动，等待着太阳的到来。"③

这些变化为我们第二部分的男孩生活做了准备。同第一部分一样，第二部分(除最后一章外)也遵循西部农场一年的周期，从春季末开始。但是

---

① Hamlin Garland, *Boy Life on the Prairie* (Lincoln: University of Nebraska Press, 1961), pp. 108-109.
② 同①, pp. 211-212.
③ 同①, p. 271.

第二部分并没有像第一部分那样,一年接着一年讲一个故事,而是同时讲述了两个故事:一个是上面提到的草原消失的故事;另一个是林肯成长的故事。偶尔,林肯成长的一些阶段会被一些回忆掩盖——这些回忆是展示他所经历的草原生活变化所必需的,但是将这两个故事结合起来,就形成了一个关于林肯在草原上最后3年的感人故事。最后一章,一个成年的林肯回到大草原,把两个故事结合在一起,为整部作品提供了一个感人的结尾。

当斯图尔特一家搬到艾奥瓦州大草原时,白人早就到这里生活了。在第一部分中,加兰评论道:"大草原上有一种狼……它们被简单地称为'草原狼'。除了偶尔出现的鹿或羚羊,再也没有其他动物能生存下来了。这些曾经覆盖在繁花茂盛、阳光明媚的热带草原上的珍禽野味,如今已荡然无存。"① 但在19世纪70年代,西部变化的速度加快了,农场的数量增加了,开阔的牧场消失了。曾经数量众多的狼也开始消失,冬季猎狼成了一个特殊的活动。加兰对狼群遭遇的描述也是对这片土地遭遇的描述:"往北几英里,越过州界线,还有一大片荒地,这是一家东部财团的财产,并不在市场上出售。在那里,狼、狐狸和獾就像在一个岛上一样避难……"② 这是西部地区的一段浓缩历史:西部富裕的土地减少,野生动物将走向灭绝——所有这些都在这几行中得到了暗示。

草原的消失在第二部分关于夏秋牧牛的章节中有详细的描述。随着农场数量的成倍增长,放牧牛越来越令人厌烦。斯图尔特一家在大草原上生活了3年之后,政府通过了一项法律,要求牧场主对他们的牲畜所做的负责,但不要求农民建造围栏。这意味着,以前在这片土地上是"自由"的牛现在必须被赶到西部无人耕种的牧场。对于林肯和他的朋友们来说,这创造了一个新的任务:把牛群赶到开阔的牧场,然后一次和它们待上几个星期。男孩们很高兴,因为他们长期以来一直幻想着西部。他们发现它在很多方面

---

① Hamlin Garland, *Boy Life on the Prairie* (Lincoln: University of Nebraska Press, 1961), p. 127.
② 同①, p. 392.

都不辜负他们的期望：这是一个美丽的国家，有足够的冒险和刺激（有野马、愤怒的公牛和奸诈的响尾蛇）。但这并不是他们梦想中的未被开发的西部，后来他们来到了雪松河，在那里他们找房子，结果令人失望。快到中午的时候，他们来到了一个长长的、低洼的荒野，向左右两边延伸。这似乎是荒野的开始。这是一个潮湿多沼泽的地区，由于这个原因，它还无人认领，但那里已经有成群的牛在吃草了，所以他们继续向西前进。很明显，随着文明向西传播，艾奥瓦州的农民很快就不可能放牧了。对于林肯和他的同伴来说，这种经历只持续了一年。然后，像其他许多人一样，斯图尔特一家变成了卖奶的而不是卖肉的，去他们自己的农场里为他们的动物保留了一小块牧场。加兰指出，有了这样的变化，"驯服的野牛正从四面八方被赶出荒野。镰刀很快就席卷了每一英亩的草地，野生动物统治的西部结束了"①。

随着草原的变化，林肯继续成长。在第二部分中，加兰仍然忠实于第一部分的观点：对于一个农场男孩来说，成长是通过反复遇到同样的任务来实现的。关于春小麦收获的那一章很长，实际上概括了第一部分关于堆放和脱粒的章节。这一章的第一部分详细介绍了林肯的学徒生涯，从拿食物和水，为开脱粒机的人骑领头马、扛禾捆。在他 15 岁的时候，他成功地完成了最艰巨的任务——在指定的地点捆扎小麦。

本章第二部分描述了农业技术变革对农村收获的影响。在林肯成功在固定的地点捆扎小麦一年之后，他的父亲买了一台收割机，它可以收割小麦，并允许骑在机器上的人把小麦捆起来。这就消除了收集谷物的过程，让两个人可以像以前四个人那样捆。尽管如此，捆扎仍是一项艰苦的工作，林肯可以为他的成就感到自豪。但是，草原上的农民生活在一个快速变化的时代：这种收割机极大地促进了收割，但发明已经在忙于更奇妙的事情。已经有谣言说，已经发明了一种机器，可以完全自动来切割和捆扎谷物。随着自动捆扎机的引入，用手捆扎的那种令人眼花缭乱的苦工不见了，将打捆机

---

① Hamlin Garland, *Boy Life on the Prairie* (Lincoln: University of Nebraska Press, 1961), p. 237.

和大风车捆在一起,大大减轻了打捆工作的负担。有了这种改变,林肯的学徒生涯就没有任何意义了。加兰的感伤总结还不足以弥补他那一章所描述的:"但所有这些收益都是有损失的,从旧的到新的不可阻挡的永恒的变化,留下令人愉快的嗡嗡声和情感的联想:熟悉而简单的生活形式的诗歌。"[1]尽管如此,像这样的评论,连同对这一章本身的变化的讨论,以及紧随其后的关于放牧章节的讨论,都是在拉开与这本书第一部分的距离。它所涵盖的一年或几年似乎被锁定在一个越来越不可挽回的过去,林肯努力发展的技能与现在越来越不相关。

离开大草原的林肯也出现在第二部分。我们在第一部分中瞥见了他,在那里他充满想象力的天性被所看过的一出戏剧和壮丽的草原景色激发,并隐约地表现出对城市男孩的嫉妒。这个男孩和农场生活学徒之间的冲突在《草原上的少年时光》的第一部分几乎没有被讨论,尽管这是加兰在《中部边地之子》中对那几年的描写的核心问题。在《草原上的少年时光》中,加兰小心翼翼地将全部注意力放在草原男孩在一个不断变化的世界里的学徒生涯上,然后在第二部分的开头温和地提出冲突的问题。第二部分从一个马戏团的故事开始,这个马戏团给农场的男孩们带来了外部世界的辉煌。无数的动物和令人眼花缭乱的表演者给林肯留下了深刻的印象。起初,他不知所措、目瞪口呆,但最终他能够以新的视角看待自己的生活,并为自己树立新的抱负。在马戏团之后的日子里,

> 一个接一个的精彩表演,特别美丽的女人,和最了不起的男人被召回,命名和钦佩……但在他内心深处,一切变得更难以捉摸、更无形、更微妙——如此微妙,就像芳香的葡萄酒,流遍了他的血液和骨头,还有一些印象,使大草原显得更加美丽,使生长着的玉米显得更加重要,也使这盛景变得更加壮丽,它的盛景像落日时的金色和深红色的云彩一样来来去去。林肯现在有一个梦,世界是广阔的,充满了无数的男人和神奇的女人,以及无数的怪物和闪闪发光

---

[1] Hamlin Garland, *Boy Life on the Prairie* (Lincoln: University of Nebraska Press, 1961), p. 291.

的、叫声刺耳的鸟和沉睡的蛇。有一天,当他长大成人的时候,他会出去看看他梦想的现实。①

《草原上的少年时光》的最后几章中,林肯对农场生活越来越感到不安定。草原家园的改善激发了他的审美情趣,他的雄心壮志在课堂的一次演讲中得到了充分体现,他热切地听他最亲密的朋友讲述他上大学和离开农场的计划。让林肯离开的原因是他在冬季猎狼时从马上摔了下来。随后漫长的恢复期毁掉了林肯来之不易的成熟:"这个热情、吵闹的男孩变得像一个刚长牙的孩子一样虚弱、依赖和抱怨。"②但独处数小时会产生新的抱负:"他的大脑非常活跃……希望、抱负、计划,这些至今还很难说清楚的东西,现在都在他脑子里形成了。他当时 16 岁……教育的问题已经成为所有其他问题的主要问题。他不喜欢农活,与之相关的泥泞、污秽和孤独的劳作,一年比一年更令人厌烦,而城镇和其他行业也相应地变得更有吸引力。"③他的父亲认为他的儿子受过足够的教育,可以成为一名农民,他不愿意让林肯继续上学,因为担心他会离开农场。林肯得到了叔叔的帮助,他的家人同意让他搬到威斯康星州,和叔叔一起做木匠,继续他的学业。在对新生活的期待中,林肯恢复了他的健康:

> 三月的阳光终于把雪堆上的雪融化了,他第一次爬到外面的空地上,那是他过去那个样子的幽灵,一个苍白、悲伤的男孩,拄着拐杖,一双渴望的棕色大眼睛扫视着地平线……一切都是那么美丽,那么赏心悦目,那男孩欣喜若狂,说不出话来。仿佛这个世界是新的,仿佛他的头上从来没有过春天似的。这片美好的古老的土地是那么甜蜜,那么令人敬畏,那么令人激动地光辉灿烂。男孩抬起他瘦削的脸和忧郁的大眼睛望着天空,他的神经在微风、倾盆的阳光和鸟儿振翅高飞的声音的触摸下颤抖着。在那一刻,生活不再简单和局

---

① Hamlin Garland, *Boy Life on the Prairie* (Lincoln: University of Nebraska Press, 1961), pp. 250-251.
② 同①, p. 403.
③ 同①, p. 404.

限——在那一刻,他进入了少年时代。①

作为一个无助的孩子,他现在期待着他的"青年时代"。在牧场的麦田里长大成人的男孩必须接受新的学徒训练。我们可以从象征意义上理解这一事件:导致重生的疾病不是自传性的回忆,而是一种标志着生活变化的传统文学手段。林肯改变了对自己的看法(实际上是幼稚的),从这个角度来看,他面前的世界似乎是一个新的世界。这个事件在男孩生活中的位置进一步表明,林肯的野心蓬勃发展。

《草原上的少年时光》最后一章中,24岁的林肯8年来第一次回到艾奥瓦州。这一章在加兰的生活中并没有完全对应的情节,但由于文学原因而存在,这一章让加兰对过去和现在的不连续性有了最后的一瞥。在这一点上,林肯还没有找到一个成年人的角色来取代他作为一个在大草原上长大的男孩的角色。我们不知道他为什么回来,但他寻求与自己的过去接触,仿佛要重新检查它与现在的关系。和一个朋友一起,他回顾了他的老家:"当他们走近老地方时,林肯的心跳明显加快了。这就像重新发现自己的一部分,追溯自己的脚步。"②但事实证明,与过去的接触是不可能的,当他来到房子对面时,它并不像他希望的那么熟悉,某种神秘的东西从这一切中消失了。这并不像他想象那么重要。从某种意义上说,这是一种更简单、更薄的联系,他带着一种失望的心情继续赶路。每一个成年人在离开很长一段时间后回到童年的家都会有这样的感觉,但是对于林肯来说,这种感觉因为他成长的世界已经完全消失而更加强烈。他看到的每一个地方,都是一个改变了的世界,一片由小巷、田野和房屋组成的土地,隐藏在他刚才看到的树林中。在牛群漫步、孩子们与草原狼赛跑的地方,玉米地和燕麦地起伏着。没有开阔的草原。每四分之一的土地,每一英亩土地都被犁过。野花不见了……就连空气似乎也被驯服了,开始在每座谷仓上方高高耸立的风

---

① Hamlin Garland, *Boy Life on the Prairie* (Lincoln: University of Nebraska Press, 1961), pp. 408-409.
② 同①, p. 417.

车上工作,就像巨大的向日葵一样。即使林肯留在艾奥瓦州,他也会发现自己置身于一个不同于他成长的世界。他8年后的回归使他的童年和成年之间的区别变得尤为鲜明。

《草原上的少年时光》最后一章对于整本书来说就像第二部分对于第一部分一样重要。在这本书的开头,加兰描述了林肯第一次看到艾奥瓦州大草原的情景:"这一幕给他留下了不可磨灭的印象。他仿佛突然被带到了另一个世界,一个没有时间的世界。那里从来没有下过雪,青草永远在万里无云的天空下摇曳。"①在书的最后,林肯的经历告诉他,永恒的印象是一种幻觉。19世纪的技术日新月异,美国西部的土地肥沃诱人,时间不可能在大草原上静止不动。由于他无法感悟过去和不稳定的现在,我们可以预计林肯会感到痛苦,因为他思考的变化已经打乱了他的生活。但加兰对自己现在的满意让他能够慷慨地对待过去。他最后的心情是愉悦的,他的语言动人而不过分感伤。这本书以庆祝结束,林肯和他的老朋友寻找草原的滑草皮,"草原上的男孩们仔细、细致地研究着倾斜河岸上的花草,当他们回忆起在大草原上放牧、采浆果、采榛子的日子,以及所有其他现在已不复存在的童年乐趣时,两人突然意识到文明的进程是不可阻挡的。他们在风的吹拂下瑟瑟发抖,仿佛那是一股时间的洪流,带着他们在鲜花盛开的大草原上迅速地离开了他们的生活"②。

麦克尔德里说:"尽管这本书表面上带有争议性,加兰通过强调草原的变化而实现了统一,这与男孩的成熟是同步的。这是一个逐渐转移的重点,这意味着从男孩到男人的变化,以及对少年时代的回忆。"③在故事的最后,林肯不再是一个男孩的样子回到大草原,而是一个成熟的男人,回忆起自己在西部草原的生活,这时,加兰插入了一首叫"拉马德龙"(加兰家马的名字)

---

① Hamlin Garland, *Boy Life on the Prairie* (Lincoln: University of Nebraska Press, 1961), p. 2.
② 同①, p. 423.
③ Donald Pizer, "Hamlin Garland's *A Son of the Middle Border*: Autobiography as Art," In *Essays in American and English Literature Presented to B. R. McElderry, Jr.*, ed. Max L. Schultz (Athens: Ohio University Press, 1967), p. 76.

的诗来反映对逝去青春的怀念:

> "那么拉马德龙呢?"——你会问。
>
> 哦!朋友,听到这个名字我很难过。
>
> 哦,神奇的西风,山的西风。
>
> 哦,鬃毛刺人的骏马,
>
> 在睡梦中我拉紧缰绳,
>
> 带着痛苦的颤抖醒来;
>
> 城市的心脏和热量
>
> 是墙、监狱和锁链吗?
>
> 失去了我的拉马德龙,失去了野外生活
>
> 我梦想着,但我的梦想是徒劳的。①

第二节 《中部边地之子》《中部边地之女》等晚期小说写真主义创作与实践

　　1899年《草原上的少年时光》出版后,加兰把注意力转向了西部山区,只是偶尔写一两篇自传体小故事。在西部山区那段时期即将结束时,随着他对西部山区小说兴趣的下降,他重新对自己生活中的事件产生了兴趣,并在1911年写下了《中部边地之子》。1914年,当他完成了一份修订本后,科利尔出版社的编辑马克·沙利文(Mark Sullivan)同意出版,这让他欣喜若狂。1914年,科利尔出版社出版了以《中部边地之子》为题创作的共有五章的小说,据说是根据林肯·斯图尔特(《草原上的少年时光》的主人公)一份废弃

---

① Hamlin Garland, *Boy Life on the Prairie* (Lincoln: University of Nebraska Press, 1961), pp. 412-415.

的自传体手稿写成的。在林肯·斯图尔特的第一人称叙述和加兰的第三人称评论的交替中,这部小说把加兰带回了他早年在雪松谷神学院的生活。前三个故事讲述了加兰搬到艾奥瓦州和在威斯康星州的童年经历;第四章讲述的是他在 1869 年至 1876 年这段时期的经历,其中也包括了他父亲从内战中归来的故事;第五章讲述了他在奥萨奇的经历,并以参观神学院结束。

与《草原上的少年时光》不同,书中对收割、脱粒和剥玉米皮等活动的描述被浓缩,以扩大农场工作的苦役这一主题,展示了加兰对他的农场生活日益增长的反抗。1914 年,加兰再次修订《中部边地之子》。1917 年,这一修订本较前版本增加了三部分。在这第一人称的写作中——它们是类似章节在最后这一版书中的浓缩版本——加兰带我们穿过神学院,来到 1884 年他动身前往波士顿的前夕。

《中部边地之子》显然是加兰自传体作品中最成功的一部,也是除了《德切尔库里的露丝》外,他较长作品中最复杂的一部。尽管偶尔会有不准确的事实和令人烦恼的感伤,它仍然是美国文学中构思最缜密、最复杂的自传之一。在这本自传中,加兰能够将他在其他小说中以不同方式处理过的几个引人注目的主题融合在一起,他以一种非常个人化的、生动的、引人入胜的叙述方式呈现了这些。

这部小说讲述了加兰从 1865 年到 1893 年的生活经历,主要是通过讲述加兰家族和麦克林托克家族(加兰母亲的家族)之间的故事。加兰直系亲属的历史可以追溯到苏格兰,也可以追溯到加利福尼亚,他能够记录下一部世界先驱史诗。因为在某种程度上,它讲述了美国 19 世纪的移民和不断移动的边疆、拓荒者的精神以及拓荒者理想的逐渐幻灭。因此,从某种意义上说,这本书是美国移民"西行"艰难困苦的纪念碑。然而,加兰回归的过去更多的是个人的过去,而不是他在《草原上的少年时光》中展现的整整一代人的过去。加兰强调,这个主题与其说是西部,不如说是他所看到的西部。因此,这本书采用了个人历史的形式,记录了一个孩子可能经历过的中西部边疆世界,他逃离了那里,只是为了保持它对他的吸引力。所有这些事件对叙述者的影响都很重要。因此,尽管加兰的个人历史运动象征着 19 世纪后半叶典型的美国人,但这部作品更具有力量,内容也更丰富。正如皮泽尔所言:"这源于加兰能够将家庭冲突中强烈的个人主题与发生冲突的客观现实结合起来,并将个人与更大的文化主题结合起来。"[1]加兰认为自己年轻时的态度是先驱精神,而晚年的态度是成熟时的态度,是在世纪之交这种精神的衰落。

但是也有评价家认为阅读《中部边地之子》时发现加兰的故事属于悲情的形式。在他年轻的时候,这个异象把他从大草原的犁上扯下来,让他去爬帕纳索斯山脚下的山丘。《中部边地之子》无疑是他所有作品中最好的一部,出色地展现了他的人生。实际上,这是一份相当有价值的文献,一份关于美国西部农民历史的极具启发性的文献。它的形式虽然平淡,甚至有点平庸,但加兰把事实融入其中,显示了一种乡村清教徒的无限真诚,一种福音派的激情。在这样一种事业中,在这样一本书中,有一种深刻的悲哀。一个人在追随一个人的进步时,会始终感到他是在用错误的罗盘指引方向,而那些错误的罗盘正把他引向一条对他来说太陡峭、太崎岖、太黑暗的道路。艺术家对美的意识是存在的,并渴望拥抱它,但总是缺乏自信的热情。《中部边地之子》不是那么有趣,却更值得尊敬,正如加兰的写真主义一样,这是一本诚实的书,这是一本真实记载西部农村的书:它讲述了一个有趣的故事,它散发着艰苦的努力和真挚的情感。

故事简单地从一个孩子的角度展开,预示着作品的主要主题:

> 1864 年的时候,我所知道的这整个世界,只是威斯康星州一个小小的斜壁谷里、被树林繁茂的群山所环绕的那个地方,而它的中心是我母亲孤苦伶仃地居住的小屋——当时我父亲参军去打仗。当我自己回忆起那个微妙的时代时,就仿佛看见半明半暗的日光照耀着谷里的大部分地方。我们门前的那条

---

[1] Donald Pizer, "Hamlin Garland's *A Son of the Middle Border*: Autobiography as Art," In *Essays in American and English Literature Presented to B. R. McElderry, Jr.*, ed. Max L. Schultz. (Athens: Ohio University Press, 1967), p. 91.

> 小路从起点到终点都是模糊的,路的分叉处是格林奶奶的房子,它坐落在这个小世界的最偏僻的边缘,那里居住着熊和其他危险的动物。在这个地方的那一边,一切都是恐怖和黑暗。①

加兰保持了自己4岁孩子的视角,讲述了《老兵归乡》中他父亲从战争中归来时发生的同一件事,之后他转向了描写祖父母、叔叔和婶婶与边境环境之间的关系。

加兰与代表开拓精神的严父之间的冲突,以及他对母亲平静地接受农场生活中频繁迁移、苦差和贫困的同情,都成为加兰后来的主要主题。最重要的是,《中部边地之子》讲述的是加兰与父母的关系,这种关系如何影响了他的个人发展,以及他如何成长为一名艺术家的。尽管加兰对创业的想法感到兴奋,但每当他的父亲决定举家搬迁时,他就开始和母亲一样不愿搬家,首先是1868年格林的山区,然后是他们在明尼苏达州的农场,下一年又到了艾奥瓦州的米切尔县。1876年,加兰一家暂时搬到了艾奥瓦州的奥萨奇,加兰的父亲在那里为田庄卖小麦,哈姆林和他的母亲都为即将摆脱农场生活的艰辛而欣喜若狂。然而,不到一年,他们又回到了农场。最后是1881年到南达科他州。

他对父亲的反抗,以及他所代表的一切,最终都达到了高潮,他的父亲决定再次开拓先锋,而加兰则坚持自己的个人发展,在东部开创了自己的事业。然而,尽管他对父亲的反抗已经完全结束,他却越来越为抛弃母亲而感到内疚,想把她从苦难的生活中拯救出来。1887年,加兰来到波士顿之后,有一次回到西部时,他特别被农场生活的压迫条件打动:

> 在那几天里,我觉得生活没有了它的魅力。我不再带着年轻时那种轻率的眼光去看这些劳苦的妇女了。我看不出这些人弯曲的身体和灰白的头发有什么幽默感。我开始明白,我自己的母亲也曾走过类似的一条奴役的路,她从来没有一整天的空闲时间,几乎没有一个小时的时间来摆脱孩子们的拉扯和

---

① Hamlin Garland, *A Son of the Middle Border* (New York: Macmillan, 1917), p. 1.

缝补衣服的需要。①

因此,逃避—内疚—返回的模式被建立起来,编织在整个叙述中。只有在这次西部之旅和与约瑟夫·柯克兰德的会面之后,他才意识到自己是"中边地之子"。柯克兰德说服他必须按照自己的写真主义原则,讲述他熟悉的西部边疆的故事。当加兰开始发展他的小说主题时,尤其是那些包含主要旅行路线的故事时,《中部边地之子》的逃避—内疚—回归的主题终于成了中心。

但加兰对父亲的反叛并不意味着他排斥西部。的确,加兰作为拓荒者之子和作家与西部的关系,与他早期的反叛一样重要。加兰把农场生活描绘成美与丑不可调和的混合体。因此,在一场暴风雨毁坏了他家的庄稼之后,加兰一度写道:"我父亲的痛苦反抗,他无力的愤怒使我震惊,因为在我(和他)看来,大自然当时是一个敌人……传统的作家总是把挤牛奶说成是一种可爱的田野消遣,而实际上这是一项乏味的工作。我们全部讨厌这项工作。"②这篇文章之后的几页展现了一个更浪漫的观点:

> 没有什么比夏天的这些天然草地更慷慨、更欢乐的了。高大的向日葵的迎风起伏,灿烂泛光,无数快乐的食米鸟在鸣唱,红翅的燕八哥在摇摆的柳树上咯咯叫,草地上的云雀从长满青草的沼泽地里歌吟着。在遍地都是野花绿草的高地斜坡上,松鸡唧唧啾啾地叫着,鹬鸟在婉转悲鸣,这一切使我心醉神迷。这是一个广阔的世界,广阔的天空给人一种诱人的暗示,草原外的茫茫大荒一定更加壮丽。③

这种矛盾心理是加兰的西方观和先锋精神的特征。因为加兰不仅可以批评他父亲的开拓精神,而且还可以同情地描述这种精神的衰落,并从中看到自己年轻时幻想的破灭。虽然加兰在父亲和舅舅大卫·麦克林托克身上都看到了先锋精神,但《中部边地之子》中最可悲的人物是加兰的舅舅大

---

① Hamlin Garland, *A Son of the Middle Border* (New York: Macmillan, 1917), p. 366.
② 同①, p. 128.
③ 同①, p. 133.

卫·麦克林托克。大卫舅舅最初被描述为加兰童年时代的英雄,他拉着小提琴演奏一些音调美妙的西部老歌曲,随着家人准备继续前行,这些老歌曲贯穿全书。但后来我们发现大卫舅舅饱受打击,精疲力竭,幻想破灭。在最深刻的场景之一,加州的一个家庭聚会上,大卫舅舅最后一次拿起他的小提琴,让加兰感受到一个骄傲和强壮的男人希望和梦想已经破灭了:

> 要我相信他的悲惨的晚年可不容易啊!我想起当年他架着他的脱粒机沿着斜谷向我走来的样子。我想起了他射击火鸡时用的那支长来复枪,我特别记得在路易斯谷那个遥远的感恩节之夜,他拉小提琴的样子,我还记得他……我所崇拜的偶像大卫——我童年时代笑容满面的小巨人,现在只能在雾霭笼罩着的山丘和山谷里寻找了。①

在加兰成为东部的知名作家后,他仍然为遗弃母亲而烦恼。1893 年,在父亲再次前往西部之前,他把年迈疲惫的父母安顿在威斯康星州西塞勒姆的一所房子里,这宣告了他对父亲的最后胜利。《中部边地之子》中,一家人在西塞勒姆的新宅基地结束了感恩节晚餐,加兰取代他的父亲坐在餐桌的首位,并切了火鸡:"这是我平生第一次坐在家长的位置上,这个事实的重要性没有逃过家人的注意。事实证明,向东走比向西走更有利于我的发展。"②

随着最后的胜利,加兰不仅通过拯救父母和发现自己是一名作家来减轻自己的负罪感,而且具有讽刺意味的是,他意识到自己的自我发现和作为中部边地发言人的成功,源自他对西部的排斥。此外,他能够唤起自己的失落感,并意识到自己永远不会失去对中庸的情感认同——这种认同与他对中西部边疆的反抗一样强烈。

在加兰的自传体小说中,《中部边地之女》也是他写得很好的一部,于 1921 年出版,获得了普利策传记奖。由于故事延续了《中部边地之子》的故事,该书讲述了加兰在美国西部的成长史,同时也讲述了西部地区的发展史。加兰描述了他与书中的"女英雄"祖莱姆·塔夫脱的婚姻,他母亲的死

---

① Hamlin Garland, *A Son of the Middle Border* (New York: Macmillan, 1917), p. 453.
② 同①, p. 464.

和两个女儿的出生,故事以他父亲的去世和第一次世界大战的开始结束。此外,《中部边地之女》还记录了美国内战后到第一次世界大战期间美国印第安人和白人之间的矛盾,对人们了解那个时期美国印第安人和中西部的历史具有重要的价值。作为一部传记文学作品,《中部边地之女》兼具纪实性和文学性。

在《中部边地之女》中,加兰表达的意图是为《中部边地之子》提供一个补充。《中部边地之女》的情节进入了加兰的中年,主题变得更加个人化,场景也不那么史诗化。加兰认为这本书是"对个体及其关系的研究,而不是对定居和迁徙的研究"①。童年时期的西部生活是《中部边地之子》的核心部分,尽管这部作品缺乏童年时期的魅力和吸引力,但作为加兰人生发展的记录,《中部边地之女》则具有重要意义。我们不仅能够看到他的主要浪漫主义作品的创作来源和环境,而且能够更好地理解他的心理情绪——这对他的艺术发展至关重要。我们对他应对中年的尝试有了敏锐的洞察,他在西部山中经历了兴奋,随之而来的是痛苦的写作,以及他的失望和沮丧所造成的缺乏批判性的接受。加兰也意识到,《中部边地之女》中缺少了《中部边地之子》所具有的有魅力的情绪和品质——童年的辉煌史和开拓的英雄主义,因为这些不能成为讲述中年生活的一个组成部分。此外,他知道,"在记录了一代伟人的衰败和荒野逝去的荣耀后,我必须描绘出一首追思曲,悲伤而严厉,青春的魅力应该消失了"②。

《中部边地的开路先锋》虽然不是加兰的第一部自传,但如果按照加兰家族发展的时间顺序排列,它是应该排在第一个的。它讲述了加兰的父亲理查德·加兰从缅因州移民到波士顿,最终在 1850 年与麦克林托克家族在威斯康星州团聚的故事。《中部边地的开路先锋》的故事在 1865 年结束,这是加兰第一次回忆起他的父亲。正如"回忆"一词所暗示的那样,加兰在这

---

① Hamlin Garland, *A Daughter of the Middle Border* (New York: Macmillan, 1921), p. xi.
② Hamlin Garland, *Back-Trailers from the Middle Border* (New York: Macmillan, 1928), p. 143.

本书中讲述的是他所经历的事情。虽然他选择改变一些主要人物的真实姓名，但这个故事基本上是真实的。

《中部回来的拓荒者》是加兰这个系列的最后一本书。从结构上讲，这部作品构思严谨，记录了他的家族从 1914 年父亲去世到 1928 年的历史。通过记录他的家庭迁移到东部，他将其描述为家庭进步的逆转，他试图证明理查德·加兰、伊莎贝尔·加兰的生活也体现了拓荒者的精神，所以他们的孙辈和加兰自己的晚年生活也说明了这个国家的向心力，"我们走回头路，就像我们的父辈走回头路一样，是我们这个时代的典型代表"①。

随着加兰对过去的回忆越来越多，他开始沉浸在回忆中。这些回忆成为他后来 4 本书的中心部分，包括《路边偶遇》《路上的同伴》《我友好的同代人》和《午后邻居》，它们提供了有关加兰创作能力和艺术发展的一些怀旧的信息。

对加兰来说，过去的记忆变成了现实。他在《中部回来的拓荒者》中最后的评论，恰如其分地将他杰出但飘忽不定的艺术生涯推向了高潮：

> 有人说这个世界的记忆，想象，这一切都是幻觉，但对我来说，记忆中的过去越来越现实。因为它使我的思想变得柔和，使我的思想更加丰富多彩，希望能在我们自己编织的国家历史中，为日益丰富的历史增添我的一份微薄之力。当我对周围的环境感到恼怒，对当前的评论感到悲伤时，我在我记忆的山谷中寻求庇护。
>
> 读者们一直鼓励我完成这项任务，现在它终于完成了。
>
> 我的故事讲完了，放下笔，把脸转向壁炉……②

---

① Hamlin Garland, *Back-Trailers from the Middle Border* (New York: Macmillan, 1928), p. viii.
② 同①，p. 378.

第六章 哈姆林·加兰小说系列主题的写真主义研究

哈姆林·加兰一生创作的小说，不管是早期的西部边疆的，还是中期远西部以落基山脉地区为背景的，抑或是晚期的自传体小说，他一直没有忘记自己是西部农民的儿子，没有偏离自己一生追求的"大路"主题，努力为西部农民寻找一条生存之道；他没有忘记西部农民的生存状况，一直寻求"改革"之法；他没有忘记一直在西部农场生活的父辈们，他的作品总是有着淡淡的"怀旧"情绪……

第一节 "道路"为主题的写真主义研究

加兰的《中部边地之女》是继《中部边地之子》之后的又一部受到评论界欢迎的自传体作品，这本书为他赢得了普利策传记奖。借此东风，《哈泼月刊》决定出版12卷本加兰的"边疆版"小说。为了回应对他作品的再次关注，加兰为1922年再版的代表作《大路条条》写了一篇新的序言。加兰在序言中强调，19世纪80年代末，他在南达科他州奥德韦父母的农场时，带着一种苦涩的情绪写下了《大路条条》中的所有故事。他一再强调说，当这本书第一次出版时,他的语气中带有的苦涩让他受到了尖锐的批评,但这种苦涩真正代表了当时中西部农场生活的紧缩和艰辛。加兰继续为他的书做了相关辩护:

> 我承认,艾奥瓦州和威斯康星州农场的生活——甚至是达科他州的农场——已经变得美丽而安全,但在堪萨斯和内布拉斯加州仍然有大片的土地,那里的农舍仍像是农民们一个个孤独的庇护所。茂密的小树林、绿色的草坪、更好的道路、农村免费送货、普及的电话和汽车,使西部农民们对自己的生活稍感满意,但是,要想制止那些地区年轻人从农村涌向城市的潮流,还有许多工作要做。①

这种具有启发性的预言是这句话逻辑的基础,并阐明了加兰早期写作的一个关键方面,从事业成功的角度回顾了他最早的作品,同时又保持着书中积极进取的精神。加兰坚持认为,改革仍然是必要的。也许,当这位年轻的农民作家第一次在《大路条条》中创作这些故事时,他所饱含的对土地垄断和货币政策的愤怒,已经淡出了人们的视线。但在 1922 年,公路和汽车成为农场孤独的生活和美国青年从乡村移居到现代城市这两个相互关联问题的解决之道。在强调这些问题时,加兰呼应了当时倡导的进步乡村生活运动的口号。进步乡村生活运动是一场社会正义运动,旨在改善 20 世纪初西部农村的物质条件,保护农民的生活。鉴于对公路、农村邮件投递和汽车的重视,"道路"主题将《大路条条》《草原上的人们》和《路旁求爱》中收集的各种故事链接在一起。对加兰来说,他早期小说的相关性就在于"道路",即使在民粹主义革命失败之后,他的早期小说仍然受到激进分子的关注,这种关注一直持续到 20 世纪 20 年代。也就是说,加兰的这一回顾表明,他早期的地方主义小说反映了他对道路政策以及单一税制改革和集体主义经济学的担忧。从加兰后来对其早期作品相关性的评估中,我们可以看出,贯穿于早期小说的"道路"不仅仅是一个方便的结构隐喻。同时,通过

---

① Hamlin Garland, *Main-Travelled Roads* (New York: Signet, 1962), p. viii.

阅读加兰早期的小说,我们还可以了解到,在土地改革的呼声中,"道路"政策改革引发了激烈的争论,而加兰早期的小说也反映了对全国道路政策的担忧。

加兰早期小说中的民粹主义思想受到了很多评论家的批评。在对加兰早期创作生涯的研究中,皮泽尔认为:"《大路条条》中的故事只是描述了不公平的土地政策导致的状况,而不是明确支持亨利·乔治的单一税制改革。"①在皮泽尔之前的一篇文章《标准中的哈姆林·加兰》(Hamlin Garland in the Standard)中,他更加明确地表示:"加兰所有在这段时期构思的故事都代表了西部生活的艰难、贫穷和文化匮乏,看起来都是单一税收的故事,但实质上,加兰认为这些情况源自当前的土地政策。"②昆汀·马丁(Quentin E. Martin)指出,加兰早期故事"展示了金钱的垄断是如何摧毁了典型的西部农民,然后帮助制造了民粹主义革命的"③。同样,斯蒂芬妮·富特(Stephanie Foote)指出,加兰想要揭示"支配'自我表达'的'法律'",但在这个过程中,他发现了美国土地法的不公。因此,她认为加兰的写作开辟了一个"意识形态空间",在这里,他对比了"国家层面上管理和叙述事物的方式……事情'真正'是在地方层面"④。然而,在分析加兰作品中民粹主义思想的中心地位时,批评人士忽略了当时政府实施的"公路改良运动"(Good Roads Movement)和土地改革的政策,加兰则是通过关注西部田庄和农民联盟内部的道路政策主张,呼吁进行土地改革,更充分地阐明了他早期作品中"道路主题"的政治价值。加兰的道路既是形象化的主题,又是结构化的设置,它跨越了城市与农业、东部与西部视角之间令人不安的距离。通过使用道

---

① Donald Pizer, *Hamlin Garland's Early Work and Career* (Berkeley: University of California Press, 1960), pp.75-76.
② Donald Pizer, "Hamlin Garland in the Standard," *American Literature* 26, No.3 (1954): 415.
③ Quentin E. Martin, "Hamlin Garland's 'The Return of a Private' and 'Under the Lion's Paw' and the Monopoly of Money in Post-Civil War America," *American Literary Realism*, No.29 (1996): 62.
④ Stephanie Foote, "The Value of Regional Identity: Labor, Representation, and Authorship in Hamlin Garland," *Studies in American Fiction*, No. 27 (1999): 167.

路来描述美国乡村的退化,加兰的道路主题调和了乡村和城市共享国家空间概念,有助于联邦政府对乡村邮政道路的投资。的确,这种文化工作是乡村生活运动的先驱,它将使处于边缘地位的西部农民参与更广泛的国家现代化进程。

"公路改良运动"也许可以描述为一场自发的民众运动,它要求农庄领导和组织在全国各地发展道路基础设施。因为自杰斐逊政府以来,国家没有在公共道路的建设或维修方面进行过任何重大投资,因此,19 世纪末全美国的道路状况是糟糕透顶的。结果是人们很少旅行。因而,美国社会的许多部门都提出支持"公路改良运动"。然而,虽然大家一致认为美国需要良好的道路,但实现道路改良的方式却成为一个有争议的问题。问题最终归结为对国家和州宪法的解释、地区间的竞争以及资金投入。在全国范围内,由于麦迪逊、门罗和杰克逊三位总统先后都否决了国家内部道路改善项目,认为道路的规划、建设和维护是每个州自己的问题,而大多数州又把这个问题留给了当地社区,因此,虽然在人口稠密的城镇附近偶尔还能找到状况良好的道路,但分散在全国的绝大多数农村地区,尤其是西部地区,却从来没有筹集到足够的资金、时间和人力来建造真正好的道路。在大多数农村地区,虽然任命或选举了一名道路监督员来监督道路建设项目,但最终都是无疾而终。一个住在道路边上的农民,通常会把沿着他家门口的道路看作是他私人财产的延伸,主要是为了满足他个人的需要,把他的产品拖到市场上。在大多数情况下,道路税可以按照公路系统支付,也就是说,道路体现的是劳动力而不是现金。这样的安排使狭隘的思想根深蒂固。而且,由于 1873 年以来,全国开始的金本位制度使农民日益贫困,公路项目的投资通常被更紧迫的问题取代,结果是道路情况越来越恶化,每个州要求进行道路改革的呼声也越来越高。

在全国范围内,呼吁道路改革最响亮、最有效的团体是美国自行车手联盟(League of American Wheelmen)。1876 年,高轮普通自行车的问世掀起了一股道路改革的热潮,加兰也参与其中。自行车手联盟成员们特别希望有好的道路,这样他们就可以在闲暇时光享受自行车旅行的乐趣了。然而,自行车手联盟很快意识到,仅为了娱乐活动是无法说服人们相信改善道路的成本是合理的,因此他们针对特定群体调整了道路改善的观点。他们召集农民,告诉他们糟糕的道路是要付出昂贵代价的,因为它们人为地抬高了将农产品运往市场的成本,并阻碍了土地的升值。在谈到道路问题时,该联盟认为,修好从农场到市场的公路,可以分散来自农场的货物,从而降低在繁忙的收获季节需要的额外的道路车辆的维护成本,让那些没有按照国家对良好道路的需求采取行动的政客们感到羞愧。联盟成员们认为,好道路是社会进步的一个指标,而糟糕的道路则代表着国家发展中潜在的问题,暴露了政治上的失败。

尽管该联盟在城市中普遍受到政界人士和道路高管的青睐,但最终在最需要改善道路的地区,那些占据主导地位的顽固农民,把骑自行车的人视为外来的干预者。农民们当然同意优良的道路是可取的,但他们拒绝放弃对地方自治这一关键条件,当然,他们也不具备自行改善道路的资源。联盟逐渐认识到,道路改善要经过州和联邦政府,因为如果没有政府的援助,地方政府,尤其是西部地区,将永远无法提供建设现代公路所需的材料、设备和专业技术。为了在自认为是爱管闲事的人和自认为是先锋的人之间拉近距离,他们在 1892 年创建了"全国好路联盟"(NLGR),游说国会,并在芝加哥哥伦比亚博览会上组织好道路展览。加兰也参加了那次展览。

"美国自行车联盟"和"全国好路联盟"影响力越来越大,但是很多组织并没有积极参与。如 1867 建立的国家农庄组织,他们只是把各地农村地区的人汇集在一起。根据田庄运动历史学家爱德华·马丁(Edward Martin)的说法,农村生活中最大的问题是与世隔绝、贫困和持续的苦差事。然而,他认为:"如果劳动力能够转化为财富,人们能够接触到他们农场之外更广阔的世界,这个问题就可以得到改善。农庄本身代表着农民与外界经济和社会的重要联系,如果有条路能把农庄和农民联系在一起,让他们定期见面,就像用于邮递那样,可以打破乡村生活的孤立。"①个体农民、社区和道路之间的关系在 1883 年俄亥俄州阿克伦顶峰县信标的"农庄笔记"部分得到了体现。据报道,参加奥斯本角农庄会议的人很多,当地道路很糟糕,农场生活也有许多烦恼。农业历史学家克里斯托弗·威尔斯(Christopher Wells)指出:"在内战之后的几年里,关于道路状况的问题和关于农村地区天气的评论一样普遍。"②农庄历史学家大卫·霍华德(David Howard)也肯定了这一点:"道路怎么样这一常见问题反映了这样一种观念,即这条道路把民众联系在一起,形成了一个社区。"③这是杰斐逊的一个想法,也是农庄思想的核心。正如罗伯特·麦克马斯(Robert McMath)所言,农民们明白"将农业社区与更广阔的商业世界联系在一起的支柱是交通和通信线路"④。的确,在一个非常基本的层面上,因为这条路连接了邻居,它象征着农庄的组织力量,这条路成了农庄展示团结的地方。在田庄的影响达到顶峰时,一批批农民驾着精心装饰的马车外出参加田庄会议和野餐,马车淹没了乡村道路。比如,加兰的第一部政治小说《渎职》开篇就描写了一群农民,他们穿着田庄的行头准备去野餐。年轻的农场工人布拉德利·塔尔科特活跃在国会,代表他所在的选区,他看到"农民排成了一条长长的队伍,沿着美丽的高地草原的每条小路快速地流动,朝着聚餐的方向走去"⑤。在小说的后半段,随着塔尔科特在政治上的崛起,他的思想在整个选区的道路上传播开来,"他们在积满灰尘的麦子路上相遇,坐了好几个小时讨论道路建设、固定费率和减少国库盈余的问题"⑥。对农庄来说,这条路象征着睦邻友好、共同的价值观

---

① Edward Martin, *History of the Grange Movement* (New York: Burt Franklin, 1873), p. 451.
② Christopher Wells, "The Changing Nature of County Roads: Farmers, Reformers, and the Shifting Uses of Rural Space, 1880-1905," *Agricultural History*, No. 80 (2006): 147.
③ David Howard, *People, Pride and Progress: 125 Years of the Grange in America* (Washington, DC: National Grange, 1992), p. 92.
④ Robert McMath, *American Populism: A Social History, 1877-1898* (New York: Hill and Wang, 1993), p. 34.
⑤ Hamlin Garland, *A Spoil of Office* (New York: D. Appleton and Company, 1897), p. 2.
⑥ 同⑤, pp.193-194.

和政治参与,是每个西部农民共同的兴趣所在。

最初,许多人认为农庄是改革的有力催化剂,然而,该组织内部的分歧迅速削弱了其政治力量。随着时间的推移,19世纪70年代农庄的运动迅速发展,最终转变成了农民联盟的民粹主义革命,这也推动了土地政策改革与道路条件的改善。例如,1893年,农民联盟发表了《肯塔基州:好道路且没有债券》一文,文中指出了肯塔基州道路状况的巨大差异:"贫困地区在某些季节的道路几乎无法通行,然而收费公路很漂亮,但要向过路人收取费用。"①这篇文章驳斥了农民是好道路建设的障碍的观点,但文中坚持认为,为道路建设发行债券只会让农民在华尔街投机者的债务中陷得更深。罗伯特·麦克马斯说:"加兰曾为《竞技场》介绍过的堪萨斯州的联盟议员约翰·戴维的主张是,应该按照雅各布·科克西提出的模式,建立一个公共工程道路项目。"②科克西当时的想法是:"联邦政府必须让财政部提供足够的资金来加强西部道路的改善,这将带来新的就业机会——道路建设时会要雇佣大量的工人,同时改善基础设施有利于国家的资金流通。"③科克西带领一群失业工人沿着通往华盛顿的主要道路游行,积极传达民粹主义经济改革的想法。这些游行在联盟的报纸上得到了宣传,引起了全国的注意。加兰也参加了一些活动,这些活动吸引了长长的游行队伍,并使用了装饰着政治口号的农用马车。正如加兰对农庄所做的那样,《渎职》中描绘了一场盛大联盟游行,布拉德利·塔尔科特"目睹了一长串起义的农民队伍沿着长路进入城镇,他们举着写有联盟口号的横幅"④。道路状况反映了沿线居民的思想、文化和价值观,因此也反映了国家在某个阶段的某种整体状况,这也是各种良好公路运动的主要目的。加兰的西部之路运用了这一假设,并表明道路状况反映了一个国家可怕的差异。

---

① "Kentucky State: Good Roads but No Bonds," *The American Nonconformist*, No.6 (1893): 1.
② Robert McMath, *American Populism: A Social History*, 1877–1898 (New York: Hill and Wang, 1993), p. 129.
③ "As We Go Marching On," *American Nonconformist*, No.5 (1894): 1.
④ Hamlin Garland, *A Spoil of Office* (New York: D. Appleton and Company, 1897), p. 384.

加兰在《大路条条》的开篇就写道:"西部的大路(跟其他地方的一样)在炎炎夏日里被烤得火热发烫,尘土飞扬;春秋季节,大路泥泞不堪,行人稀少;冬季,寒风席卷着积雪,掠过荒凉的大路。"①这句开场白唤起了一种无人居住的景象,这种景象在全国范围内都是很常见的。当然农村也绝对不是没有田园风情的:"偶尔也能在大路两旁看见一两块富饶的草地,还有云雀、画眉、山鸟们在草地里歌唱的景象。沿着大路向远方走去,会经过一条河的浅滩,河水在浅滩上永恒地欢唱。"②这一描述让读者置身于乡村美景之中,但与之形成鲜明对比的是"火热发烫""尘土飞扬""泥泞""荒凉"的道路。荒凉的景色几乎完全否定了蜿蜒曲折的道路所处的自然环境中如画的元素。接着他写道:"漫长的大路总是令人厌倦的;它的一端是贫穷的小镇,另一端连着劳苦之乡。正如生命的大道一样,有形形色色的人走过,但贫穷和疲倦者居多。"③这条路,作为文学印象画派对这个国家状况的反映,抹杀了美国风景的自然美,因为沿着它跋涉的人是如此的凄惨。由于他们辛苦的生活,他们完全无法被他们周围的自然美景吸引。这种情绪在加兰最受欢迎的两部经济主题的短篇小说《老兵归乡》和《在魔爪下》中也有所体现。在《老兵归乡》中,史密斯沿着那条崎岖不平的盘山而上的红色土路缓缓而回,在回家的路上停下脚步,向下看着山脚下的家。叙述者尖锐地暗示:"旁人看见他一定会说:'他好像正在低头看看自己的墓穴。'"④史密斯的绝望源于他知道自己的农场永远也无法摆脱膨胀的抵押贷款。《在魔爪下》延续了这个主题,叙述者在其中解释了哈斯金的坚定决心:

> 世界上没有任何东西比无家可归的人的绝望更深刻了。在乡村的小道上或者城市的街道上流浪,心里感觉自己没有立足之地,又累又饿却只能站在亮着灯光的窗户外,听着里面的人的欢歌笑语,正是这种饥饿和愤恨不平的情绪

---

① Hamlin Garland, *Main-Travelled Roads* (New York: Signet, 1962), p. 12.
② 同①, p. 12.
③ 同①, p. 12.
④ 同①, p. 128.

逼使男人为盗,女人为娼。促使哈斯金和他的妻子在过去一年里如此拼命干活的原因,也正是对这种无家可归境况的记忆犹新和对自己会再次陷入这种困境中的担心。①

这样的情况表明,在田园式的繁荣乡村里,共和党承诺的自由、民主的土地所有者生活已经变成了一场骗局,这与美国前几代作家宣扬的与自然接触的浪漫理想化是背道而驰的。路的状态与人的精神状态息息相关,如果道路是凄凉的、荒凉的,常常不能通行的,人也必然是不幸的。如果道路反映了国家的状况,就像"公路改良运动"中经常提到的那样,那么正如加兰所看到的那样,这个国家确实处于一种令人遗憾的状态,需要进行深远且深刻的改革。

加兰早期的小说与"公路改良运动"的受众目标一样,都是东部精英和西部民粹主义者。加兰小说中的"道路"主题包含了一系列的价值观,这些价值观反映了他自己对农村经历的想法,这些想法在政治领域产生了共鸣。对于他在世界各地的读者来说,这条道路代表着通往西部风景如画、健康田园景观的入口;对于农村地区的读者来说,这条道路既是邻居们聚在一起交流新闻和八卦的场所,也是偶尔逃离日常苦差事的好地方。加兰的道路主题向他的读者呈现了一种如画般的、伤感的理想主义,也迎合了当时的美国例外主义思想。然而,尽管这部小说充满理想主义,但它仍坚持了改革的必要性,充分地展现了农村生活中更丑陋的现实。除了田园美景,加兰还让他的城市读者感受到了乡下人的贫穷和愤怒。很多人认为乡村读者应该可以看到这条路是快乐的,但加兰反驳了这一观点,他指出,乡村居民很少被允许进入更广阔的世界。在某种程度上,这是他们贫穷的原因之一,也是在不平衡的国民经济中农业经济的体现。农场与世隔绝也反映出政府在建设和维护良好的乡村道路方面同样没有投资。但随着社会各阶层价值观的融合,道路改革成为全面经济改革的需要。因此,加兰的道路主题吸引了各种

---

① Hamlin Garland, *Main-Travelled Roads* (New York: Signet, 1962), p. 158.

不同立场的人群的关注,他提出的只有通过道路改革,农村才会变得更美好的观点也深受广大西部农民的肯定。

正如加兰在《崩塌的偶像》中强调的一样,作家创作的小说应该具有地方色彩,描绘属于自己国家的小说。在加兰的地方色彩小说中,一个主要特点是对特定地区的人——美国西部农村农民的描述,并以良好的道路作为背景向城市读者展示了乡村人的多样性,加兰的主人公总是能发现一条属于自己要走的道路。《路旁求爱》中的一篇小说《泰尔之旅》(*A Stop-Over at Tyre*),讲述了男主人公阿尔伯特·洛尔来到泰尔地区找了一份工作,然后在他的一名图书经纪人朋友哈特利的帮助下,最终成为一名律师的故事。在泰尔,阿尔伯特发现这是一个"典型的"美国小镇,"小镇有一条普通的主要街道,两旁排列着低矮的砖房或木房,这条街道发展成了一条通往远离河流的宽阔沙谷的道路"①。阿尔伯特是在冬季末来到这里的,他的工作主要是在镇上,但当春天开始来临的时候,他漫步到山谷里,"一个春天下午他沿着河边的那条路走了出去"。在小镇外面,阿尔伯特注意到"空气中有一股淡淡的、奇特而强烈的未被覆盖的泥土的气味,风的触摸就像一只潮湿的磁性手的爱抚",阿尔伯特"像野生动物一样吸收太阳的光和热"②。同样,在另一个故事《磨坊主》(*The Owner of The Mill Farm*)中,一个雄心勃勃的年轻人威尔伯走在城外的道路上,他"迈着青春快乐的脚步,走出小镇,向河边走去。当他走到桥边时,他停了下来,用缓慢而愉快的眼睛仔细观察着这一情景。河水从堤坝上奔流而下,欢快地跳跃着,仿佛要跳跃到自由的境界"③。在《大路条条》中的《岔道》中,威尔在失去了他的爱人艾格尼丝后,羞愧地逃离了艾奥瓦州。回来后,他走在风景如画的道路上,发现"乡村变了样儿,眼前的风景是最美好、最自由的田野风光。墨绿色的玉米田如同一片海洋,清风吹过发出一阵低沉的飒飒声,与周围闪亮的叶片构成鲜明对比;绿油油的麦

---

① Hamlin Garland, *Wayside Courtships* (New York: D. Appleton and Company, 1897), p. 123.
② 同①, pp. 154-155.
③ 同①, p. 203.

田里,淡绿色的麦穗已染上柔和的金色"①。这些例子都表明,加兰笔下的主人公总是被乡村美景吸引,对于他们来说,加兰虚构的道路蜿蜒穿过河谷,沿着峡谷盘旋而上,穿过广阔的平原,让他们接触到美国的田园魅力,而不仅仅局限于城市狭窄的街道。加兰借鉴了浪漫主义传统,巧妙地运用了印象画派作画的方式,将这些路边场景融入了美国风景欣赏的基调中。这些故事中的道路释放了加兰笔下人物对美好风景追求的本能,让他们接触自然,帮助他们清除城市生活中的社会压力,生动地呼应了"美国自行车联盟"和"全国好路联盟"对道路改善的主张。

然而,加兰笔下的路边景色绝不是像威廉·布莱恩特(William C. Bryant, 1794—1878)和纳撒尼尔·霍桑等作家笔下那般风景如画,他对农村道路的客观描述也受到了"全国好路联盟"的青睐。在不否认乡村生活乐趣的同时,加兰还通过道路描写揭示了西部乡村生活的真相。在《草原上的人们》中《迪尔林老爹》的开篇,叙述者就通过路边的风景来表达田园理想化与现实之间的距离:"一个骑马沿路而过的游客对路边美丽如画的景色大加赞赏——晴空之下缥缈的雾霭笼罩着低低起伏的大草原,树木点缀出鲜明的色彩,荡漾着隐隐的牛铃声和欢快的机器声。但是置身在这样景色中的一个卖苦力的人和旅游人的感觉是有着天壤之别的。"②《兄弟》中的一个场景同样反映了西部农场生活和严酷的现实之间的真实距离。霍华德·麦克莱恩愉快地驾车离开风景如画的小镇,来到他家的农场:"房子寒酸不堪——一间矮小的白色房子坐落在几棵洋槐树中间,一层半的结构,旁边带有一个边房;一间屋脊下陷的土褐色小畜棚;一个泥泞不堪的畜棚场……顿时,美丽幽静的深谷从霍华德的心目中烟消云散。霍华德看着眼前的一切,感觉一阵寒意袭上心头。"③从公路上看,山谷的美景给他带来了快乐,但他家丑陋泥泞的农场院子明显剥夺了这一切,这种快乐很快就完全消失了。

---

① Hamlin Garland, *Main-Travelled Roads* (New York: Signet, 1962), p. 32.
② Hamlin Garland, *Prairie Folks* (New York: The Macmillan Company, 1899), p. 156.
③ 同①, p. 60.

那些游客显然误解了西部农民对乡村景色的理解。在那些游客眼里，乡村景色是和平的、愉快的、可爱的。然而，事实上，西部农民对那些游客的理解是心怀愤恨的。在《大路条条》的《在玉米林间》一文中，罗布一边比较自己的家乡威斯康星州沃佩克县和南达科他州布姆镇之间的差距，一边斥责那些游客。他怒气冲冲地说："沃佩克是个避暑胜地。我宁愿住在冰山上靠捕蟹过日子，也不愿意被走过的路人轻蔑地叫我'种田的'！……我认为自己比任何一个靠别人劳动成果而生活的人要好得多。我身上的每一分钱都是靠着双手赚来的。"①罗布对游客的愤怒源于农民的一种看法，即当农业为国民经济提供基础时，中间商却在剥削农民的劳动成果。他的爆发与《西姆·伯恩斯的妻子》中的一幕产生了共鸣，在那里，道格拉斯·拉德伯恩——一个来自城镇的进步分子，和学校老师莉莉·格雷厄姆坐在一辆漂亮的敞篷车里，"驱车走在路上时"，一个农民在田间耕作。他们经过时，这个农民怒目而视，"这小白脸今儿早上忘乎所以了。他不要流臭汗干苦力活儿，可是什么漂亮女人都可以搞到手"②。

然而，农民误解了拉德伯恩，实际上，加兰是想通过他来表达自己的政治理念——通过单一税制改革为农民寻求正义。文中的叙述者跟着这两个人开车穿过乡村，女主人公莉莉对农场的贫困感到震惊，这也给了加兰一个机会阐述他的政治思想。坐在马车里的莉莉看到了农民的贫困，"就像城里的娇小姐在看工人安装煤气粗管子一样"③的感觉。加兰通过这个故事想告诉那些游客，不仅仅要看到农村的风景如画，他们还要同情地看待这个国家落后的农村现状。拉德伯恩唤起了人们对农业生活艰难现实的关注，他说："我们是在美丽的夏季看到了农场，想想他们在污泥中，在雨夹雪里干活，滋味又是如何呢；想想看，他们还得在下雪天剥玉米棒子，天上还在刮刺骨的寒风；想想他们一个月以后收获庄稼时的辛苦劲儿。再想想整整一个冬天

---

① Hamlin Garland, *Main-Travelled Roads* (New York: Signet, 1962), p. 102.
② Hamlin Garland, *Prairie Folks* (New York: The Macmillan Company, 1899), p.103.
③ 同②, p. 103.

他们都会封锁在这儿,出不出去!作家们、演说家们长期以来重复'农家乐'的谎言,说了那么多关于'独立的美国农民'的谎话,使农民自己都看不出他们是美国活儿最重报酬最少的人。"① 这一场景带着读者沿着道路真切感受农场生活的真相,超越了田园如画。对于世界各地的游客来说,农场生活缺少了浪漫主义色彩,而浪漫主义色彩会让它看起来对路人很有吸引力。对于农民来说,农场生活的现实是赤裸裸的残酷。拉德伯恩对莉莉的叙述表达了农民的不满,而这种不满,可以为他们经济正义的要求做出辩护。

对于加兰来说,道路往往也代表着一种公共空间,那里是举行重要的临时会议的地方。与罗布描述的他自己和游客的遭遇相反,加兰把路边的聚会描述为联系社区的纽带。在他的叙述中,路边的聚会让他小说中的人物交流新闻和思想,而且通过这些交流,表达了人们的价值观和关注点。《埃尔德·皮尔的考验》就是由一系列的路边聚会构成的。首先,詹宁斯在路边通知培根关于一个教堂活动的计划。他说:"我们将从道格拉斯聘请牧师埃尔德·皮尔每周日下午到教堂来讲道,我们希望得到帮助来支付他的学费。"② 詹宁斯的语气是肯定的,但培根的反应是嘲笑般的,两人的对立观点立刻显露无遗。当天晚些时候,牧师沿路而过,培根对他的仆人有了一种不寻常的好感,便邀请他留在身边。随着故事的发展,培根最终爆发了对宗教的不满,并质疑皮尔的布道,这让老皮尔心绪不宁地离开了这个没有精神领袖的村庄。故事的结尾又是在路边,培根遇到詹宁斯,詹宁斯告诉他,埃尔德·皮尔正在一个新教堂讲道,他在周日会去教堂两次。在这一系列的路边交流中,加兰揭示了西部农民对待宗教的态度的差异,但他也强调了农村社区的基本宗教信仰。类似的,路边的集会也会引发种族煽动、打斗。《黑人埃弗拉姆》(*Black Ephram*)中就通过路边的暴力,宣布了一个黑人法律上的自由。此外,在《老兵归乡》和《兄弟》中,路边的偶遇也会带来邻里聚会。在《"好人"之妻》中,对桑福德夫妇来说,沿着那条自己的路走下去就决定了

---

① Hamlin Garland, *Prairie Folks* (New York: The Macmillan Company, 1899), p. 104.
② 同①, p. 29.

他们的新生活。关键是,道路使每个人都成为邻居,而正是在路边的聚会中,社区价值观才可以得到体现。乡间生活的真相,不可能只是旅行的路上看到的风景如画。在加兰的故事中,邻居们在路边等待和交谈,通过描绘这样的场景,加兰揭示了他们真实生活中的悲伤和担忧。这些遭遇含蓄地说明了格兰杰和联盟的观点,即好道路造就好邻居。

加兰的故事中,经常会出现这样的情况:通过道路上的一个弯道来暴露乡村人们的价值观和主人公的情感。在《山麓会议》(*A Meeting in the Foothills*)中,农业大学的毕业生亚瑟·拉姆齐走遍了整个乡村寻找工作,结果还是找不到。当他感到绝望时,"一个驾着黄包车的人迅速地向他驶来",那个驾车的男人对他说:"你会驾驶吗?"然后说:"我是个地道的西部人,在路上遇到一个无业的人,我就会觉得自己很痛心,我总是想为他们做点什么。"[①]在驾驶的途中,拉姆说了他的困难,结果发现,对方刚好需要一个驾驶助手。于是这段旅程变成了一次非正式的面试,当他们共同的价值观——努力工作、干净的生活和雄心壮志——被涵盖在内时,那个男人给了拉姆工作的机会。这与《在魔爪下》中的场景有些类似。斯蒂夫·康斯尔慷慨地帮哈斯金找了一个出租农场,让他住了一个冬天,还借给他种子和设备让他开始干活。当这两个人驾车在路上行驶时,哈斯金试图表达他的感激之情,但康斯尔阻止了他。康斯尔说:"这没有什么大惊小怪的。一个人跌倒了,东西压在他身上,我只是看见了,把东西挪开扶他站起来而已。这就是我做人的原则,而且差不多是唯一的原则。"[②]当哈斯金说他无以为报的时候,康斯尔解释说:"我不指望什么善报,我的做人原则不是以这种商业原则为基础的。"[③]在这两个例子中,驾驶在路上都是一个交谈和交换观点的机会,在这样的交流中,加兰叙述了朴实的乡村道德的观念。

加兰的道路主题的另一个关键特征:它代表了逃离繁重的农场生活压

---

① Hamlin Garland, *Wayside Courtships* (New York: D. Appleton and Company, 1897), p. 59.
② Hamlin Garland, *Main-Travelled Roads* (New York: Signet, 1962), p. 149.
③ 同②, p. 149.

力的重要方式。在《格蕾丝的一天》中,一个星期天的夏令营聚会给了年轻的本·格里斯沃尔德和一些朋友一个机会,让他们脱掉工作服离开农场。开车去聚会的路上,他们的心情得到了安慰:"天开始黑了,这对于在笔直单调、太阳猛晒的路上走了那么久的他们来说,真是一次解放。他们在浓荫匝地的大橡树、大榆树下休息片刻。"①沿河荫蔽的道路与阳光照射下笔直的道路形成了鲜明的对比,这条道路代表着他们从日常磨难中的短暂休息。在《西姆·伯恩斯的妻子》中,卢克丽霞深情地回忆起"她接受了他的爱后,他们多少次一起坐马车进城"②。在《老兵归乡》中,史密斯太太说她的女儿们:"恋爱中的姑娘们整个星期都干不了什么活儿……星期天的时候呢,她们望眼欲穿,看着马路上,盼望着他的到来。"③

在《传教士的爱情故事》(A Preacher's Love Story)中,"马蒂在一个阳光明媚的冬日开车去科索塔,她在欢乐的铃铛声、阳光的照射、雪花的闪烁中振作起来"④。在《岔道》中,县里的集市把整个社区带到了大路上,"有人驾着马车有说有笑地经过了,巨大的四轮马车上横放着三个座位,一两个男孩拿着饭篮坐在马车后面,颠簸得一上一下"⑤。叙述者说:"这种聚会是西部农村地区中最开心的节日之一,也是乡间情人们最奢侈的时候。这时候,他们会花上一笔大开销,租上一架有篷盖儿的双轮单座轻便马车,带上心爱的姑娘到邻近的镇上去兜风。"⑥男主人公威尔跟上队伍,驾车飞一般地去接艾格尼丝,带她去集市,"空气干爽,令人心情愉快。精神抖擞的马驹奋力地拉着马车前进,这让他把一切烦恼抛在脑后……飞奔的马驹把威尔拉到了一条人迹罕至的岔道,他完全沉浸在思考中。他又开始了自己的白日梦"⑦。离开农场,踏上通往爱人家的道路时,威尔内心充满了喜悦,这让他的思绪在

---

① Hamlin Garland, *Prairie Folks* (New York: The Macmillan Company, 1899), p. 69.
② 同①, p. 88.
③ Hamlin Garland, *Main-Travelled Roads* (New York: Signet, 1962), p. 133.
④ Hamlin Garland, *Wayside Courtships* (New York: D. Appleton and Company, 1897), p. 38.
⑤ 同③, p. 28.
⑥ 同③, p. 26.
⑦ 同③, p. 29.

生命的梦想中徘徊。然而令人烦恼的是，道路作为逃避之所其作用是有限的，因为加兰故事中描述的大多数农场家庭都被困在了农场里。

周期性的逃跑场景突出了西部农场生活的禁锢，因为短暂的短途旅行在农场孤立面前只是最微不足道的休息。威尔在《岔道》中遗憾地提道他嫂子对交易会的期待。她"已经看到这天出行带来的极大喜悦之中所包含的悲怆与令人同情的意义……这个快活的小妇人和丈夫的全部生活就是干活——干那些不知怎么毫无成效，在他们美好心灵上不着痕迹的活儿"①。在加兰的许多故事中，道路状况使旅行变得困难或不可能，这导致了农场生活的沉闷和孤立。

在《传教士的爱情故事》中，一个冬天，马蒂开车急着去接医生，加兰刻意地描述了途中道路的状况。"当气温下降时，路上翻滚的泥土会变硬，变成一种蝎子石，而这种石头会使马匹受伤瘫痪，而那沉重的马车像疯了似的轰隆轰隆地向前进。"②回到农场后，马蒂高兴地告诉她的哥哥，艰难的驾驶不是一种考验，而是一种乐趣，她喊道："我没有机会经常做这么令人兴奋的事情。"③的确，只有重大事件才能促使人们勇敢地走那些崎岖不堪的坏路。例如，在《埃尔德·皮尔的考验》中，培根公开嘲笑皮尔的布道热情之后，渴望整个地区都出来见证这一戏剧性的高潮。叙述者说："在这片荒凉的大草原上，生活除了工作之外，什么都没有，什么引人入胜的娱乐节目也没有，更没有什么让生活充满激情的事，因此，为了见证布道者皮尔的丑态，对人们来说，零下20度的气温和10英里的旅行，根本不算什么障碍。事实上，在场的许多人已经有10年没有在冬天去过教堂了。"④类似的聚会也发生在《艾奇威斯的感情》的故事中，在约翰·威廉姆斯去世两周后，他的财产被分给了他的侄女们。"尽管道路泥泞，但山里的所有人都来到了教堂，希望能看

---

① Hamlin Garland, *Main-Travelled Roads* (New York: Signet, 1962), p. 28.
② Hamlin Garland, *Wayside Courtships* (New York: D. Appleton and Company, 1897), p. 17.
③ 同②, p. 19.
④ Hamlin Garland, *Prairie Folks* (New York: The Macmillan Company, 1899), p. 50.

到两姐妹在分这房产的时候能擦出一点火花。"①这一系列事件表明,糟糕的道路和恶劣的天气是如何让乡村的人们彼此隔离、与世隔绝的。因为糟糕的道路是危险的,所以只有重要的、重大的事情才会让人们离开家。在约翰·威廉姆斯的葬礼上,在把死者装上马车后,"其他队伍满载货物,沿着危险的泥泞道路向村庄的坟场走去"②。在《格蕾丝的一天》中,本·格里斯沃尔德和莫德愉快地驾车前往营地,但当他们来到一片泥泞时,车停了下来。眼前的道路看上去泥泞不堪,十分危险。本说:"这段路可坑人了。"③糟糕的、危险的道路极大地加剧了加兰笔下的农民——尤其是女性——在农场里的孤立和绝望。例如,《在玉米林间》中,朱莉亚在她家那个与世隔绝的农场,在路边河里脱光了游泳,因为"这不是一条大路;可能根本不会有人经过"④。同时,加兰也暗示,农场的孤立让这种不雅行为成为可能。在《兄弟》中,劳拉向霍华德表达了她想多看看外面世界的愿望。她说:"我真想去城里一趟。我从未见过比伦伯维尔更大的镇。我从没亲眼看过演出,只是在杂志上看过。那一定很精彩吧。"⑤她的生活没有高雅和精致,只有来自远方的传说。即使是难得的离开农场的机会,也被糟糕的道路和普遍的孤立状态带来的失望打断。在《一天的快乐》中,迪莉娅·马卡姆和丈夫一起进城,她希望这趟进城之旅能让她松一口气,让她从每天的农活中解脱出来,但旅程让她很失望。在路上,迪莉娅坐在丈夫送去市场的小麦上,膝盖上盖着马毯。她丈夫想和她说话,但她背朝他时根本听不见。走着走着,天气变了,这加重了她的不适。后来,天渐渐地暖和起来,但刮起了一股大南风。路上的灰尘落在女人的帽子和披肩上。她的头发散开了,被风吹得贴在脸上到处都是。天气已经够糟的了,加之路上的交通工具本身很不舒服,这让她感到十分疲倦。这条穿越草原的路平坦而干燥,但是她还是觉得有点颠簸,背

---

① Hamlin Garland, *Prairie Folks* (New York: The Macmillan Company, 1899), p. 236.
② 同①, p. 222.
③ 同①, p. 70.
④ Hamlin Garland, *Main-Travelled Roads* (New York: Signet, 1962), p. 109.
⑤ 同④, p. 89.

上的疼痛又厉害起来。迪莉娅坐在一袋小麦上,没有什么可以依靠的,她只好把孩子放下来,弯腰扶着他不让他从车上掉下去。当她到达镇上时,她几乎因疲劳和疼痛而失去知觉,必须坐一段时间才能恢复。迪莉娅从农场到镇上是如此之难,以至于她最终到达镇上也很难享受这一切。

同样,在《李布雷太太回娘家》中,当李布雷太太决定进行一次迟到已久的旅行,去看望留在纽约的家人时,进城之旅堪称一场磨难。"天气阴冷,路上有一些积雪,但是不够厚,没法驾雪橇。这种天气驾雪橇走不好,坐马车走也不好。"① 叙述者无意中使用了一些惯用的旅行术语,这表明道路的状况总是不确定的,这会让人们躲起来等待更有利的条件。叙述者接着解释:"这是一个寒冷的秋日,地上结着冰,萧瑟的风阴冷刺骨,夹杂着雪花飘落,在这种时候坐在一辆木板车里是最凄凉、最不舒服的了。车轮在雪地上吱吱呀呀地向前滚,寒气钻到座位底下,侵袭着他们的小腿肚;车子底下的木板不停地撞击他们的脚,非常可怕。当他们到达塞达维尔的时候,小图克斯伯里的牙齿冻得咯咯作响,身上每一处肌肉都因长期的颠簸而酸痛。"② 在故事的结尾,当李布雷太太回来时,路况迫使她不得不步行回到农场。"一个有点怪异的矮个子在堆满雪堆的路上艰难地前行……大风钻进她的外套,偶尔还将她刮倒,陷入路旁厚厚的积雪里去。但是,她勇敢地朝前走。"③ 一方面,这个故事赞扬了老妇人顽强的坚忍不拔的精神;另一方面,在这样的环境中,糟糕道路的威胁表明了像李布雷太太这样的草原人所处的环境。

的确,糟糕的道路不仅使乡村家庭彼此隔绝,也让他们无法享受到文化带来的好处。它们还加剧了乡村生活的沉闷,而在强调这种沉闷的过程中,加兰的小说强烈地呼吁改革。《草原上的人们》开篇的那首诗《春天到了》,就刻画了这种沉闷。这首诗的第一节列出了因温暖天气而开始歌唱的各种鸟类。这一节最后宣布:"春天到了!"第二节嘲讽了在庆祝鸟鸣中所暗示的

---

① Hamlin Garland, *Main-Travelled Roads* (New York: Signet, 1962), p. 190.
② 同①, p. 191.
③ 同①, p. 121.

对美国乡村生活的任何理想化的看法：

> 当路上只有一个泥坑时，
> 还有那滴滴答答的话语……
> 直到你的脚踝深陷，
> 说着说着，你已经语无伦次了
> 当鸟儿开始歌唱，
> 春天到了！①

诗歌使田园浪漫主义荡然无存，因为道路的现实使人想咒骂。这种诅咒在《神鸦》中得到了呼应。温文尔雅的主人公罗伯特·布卢姆表达了他对布拉夫·西丁镇周围环境的不满，他哀叹道："他们糟蹋了大自然，他们这矮小的镇子也跟着他们自己一样，好像是漫画里的东西。他们轻视自己所接触到的一切。人行道坏了，马车在街上陷入烂泥了，他们却坐视不管，袖手旁观。"②作为一个局外人，布卢姆能够看到当地人忽视的东西，他们道路的糟糕状态表明了道德发展的堕落状态。他忽视的是，更严重的经济不公正将整个国家淹没在布拉夫·西丁一样的泥沼中。《西姆·伯恩斯的妻子》揭示了农村地区与国家改革的必要性之间的联系。西姆·伯恩斯对自己的生活状态感到沮丧，嚎啕大哭，"倒像是所有的事儿全都一下子堆到我心头上来了。玉米税、公路税……③" 在一个夫妻双方都过度劳累、彼此孤立的经济环境中，支撑这种经济的政治因素给家庭带来了难以想象的压力。这时旁白澄清说，"民主党人说，保护农民是在杀害农民；共和党人说没有。像西姆·伯恩斯这样辛勤工作的农民灰心丧气，他们继续工作，却无法弄清真正的问题所在。"④因此，在《兄弟》中，霍华德送给母亲的礼物没有任何价值，他的愧疚感折磨着他，他恳求母亲给他一个解决农场生活匮乏问题的办法。

---

① Hamlin Garland, *Prairie Folks* (New York: The Macmillan company, 1899), p. 2.
② Hamlin Garland, *Main-Travelled Roads* (New York: Signet, 1962), p. 218.
③ 同①, p. 91.
④ 同①, p. 102.

"我的天哪,"他呻吟道,"使她的生活增添光彩根本无需做很多。"①他轻描淡写地说,无需做很多指的是一些可能会给老太太带来一些快乐的小举动,但这里也暗示了一些公共政策的弊端,这些政策导致了农村的贫困,以及像霍华德的兄弟那样对农民过度征税的问题。

考虑到农庄内部对乡村道路政策的关注,加兰对美国乡村道路的描绘具有更深层次的意义。加兰早期短篇小说中的道路主题隐喻性地、矛盾地反映了美国的发展状况。在一个晴朗的日子里,加兰的道路提供了与强烈的自然美的接触。在他看来,自然美应该被视为国家自豪感的一个主要点,并作为一种教育资源加以培育。然而,一年中的大部分时间里,道路状况普遍不佳,这反映出了一些令人深感遗憾和愤怒的事情。加兰的故事反映了这样一种认识:糟糕的道路条件不仅阻碍了国家自然环境的有益影响,农民的处境还代表着投机资本家为了经济利益而剥削诚实的工人。"公路改良运动"的演说者经常认为,道路是文明的一个指标。加兰的早期作品呼应了这一信念。加兰小说中的道路状况令人遗憾,反映了美国资本主义更为野蛮的一面。加兰的道路主题暗示,道路与其他社会因素一样,是农场生活的基础,它们需要改善,而改善将对农村人民的生活产生重大影响。

加兰的西部边地怀旧情结反映了19世纪末一种越来越强烈的感觉,那就是随着工业化的压力越来越大,一些基本的东西正在消失。这种感觉在加兰1922年对他早期小说再版的评论中得到了体现。他承认,自从他写了那些早期的故事后,农村生活已经改善了,但要真正实现美好的农村生活,还有很长的路要走,"仍然有广袤的土地,那里的农舍仅仅是些孤独的避难所。优美的小树林、绿色的草坪、宽阔的大道、免费的乡村交通、电话及摩托车,这一切都让农民们开始满足于他们的命运,但是追溯农村流往城市的青春河流之前,还有许多可做之事"②。通过他自己的反思,我们可以看到,加兰的早期小说在呼吁渐进改革的同时,也对国家的政治和经济方向感到担

---

① Hamlin Garland, *Main-Travelled Roads* (New York: Signet, 1962), p. 80.
② 同①, p. xi.

忧。加兰不仅挑战了传统的理想化的东方偏见所培养的田园牧歌,他还预见到了现代主义者的矛盾怀疑:向工业经济的转变正在改变生活方式——正在侵蚀共和国的基础。这种矛盾尤其令人心酸,因为尽管加兰明确认为,良好的道路能让农民受益,因为它们与城镇的文化利益更紧密地联系在一起,但他似乎仍对这样一个事实感到不安:与城市接触最终会降低乡村居民的诚实价值和坚定的独立性。

把这些故事放在"公路改良运动"的政治论点的背景下,可以看出加兰这种精心设计的地区主义在某种程度上既能反映历史上的一个关键转折点,又能对其产生影响。19世纪90年代是美国人相互关系和国家领土转变的关键时刻。在这种背景下,加兰小说中普遍存在的道路主题通过杂志、讲坛和书籍的传播,与"公路改良运动"产生了共鸣,旨在说服美国人相信道路改革和新地理的最佳方向。加兰关注的道路,不仅仅是一个结构隐喻,而且是一系列特定地理问题的标志。这些问题是在全国范围内关于道路政策和国家地理安排的辩论中提出的,我们可以借此更全面地了解加兰的小说是如何参与并折射出广泛的改革对话的。

第二节 "改革"为主题的写真主义研究

哈姆林·加兰在19世纪90年代发表的一系列西部小说和他的文学宣言《崩塌的偶像》中,都包含了各种各样的改革活动和主张,因此加兰被认为是对西部农场生活的执着关注者,同时也是对当时社会政治经济进行全面改革的倡导者。

文学评论家和历史学家对这位中部之子的评价有好有坏。一方面,他们钦佩他作为一个具有正义感的作家,对美国当时普遍存在的残酷制度进行艺术上的蔑视和控诉；另一方面，他们又批评他中年逃离西部，随后投身于舒适浪漫的落基山脉。当然，这种评价上的差异部分源于这样一个事实，即加兰的创作在世纪之交前后发生了变化，不仅是在写作地点，而且在主题和意义上也发生了变化。浪漫与现实、悲观与乐观、丑陋与善良的矛盾主题分别在加兰的《大路条条》和《山野情人》中得到了体现。然而当重新审视那些加兰在19世纪90年代创作的、被认为是冷酷无情的作品时，这种矛盾的情绪就很容易理解了。

在加兰早期的作品中，加兰大胆地揭露了美国西部农场真实的一面，因而有一些人夸大了他早期作品中反抗的和不满的元素。当然，在《中部边地之子》这部自传体小说中，加兰对美国文学中缺乏严肃性的事实也提出了质疑。当然，有一种观点是正确的，即《大路条条》至少在一定程度上代表了"对中西部的浪漫描绘的抗议"①。但是，要说《大路条条》的故事只是刻画了"农场生活的丑陋、单调、兽性和绝望"②，那就言过其实了。在"漫长而令人厌倦"的道路上，加兰显得徒劳无功，甚至绝望，但他指出，同一条路穿过"一两块富饶的草地，还有云雀、画眉、山鸟们在草地里歌唱"③。同时，在《在玉米林间》就有一个阳光的结尾："纺织姑娘在河边的浅湾处唱着低沉哀婉的歌曲。"④正如加兰若干年后自己反思的那样，"这本书并不像评论家们看到的那么严肃"⑤。

《其他的大路》也遵循着同样的矛盾脉络。在这本小说集中，有两个故事传达了加兰笔下最严厉的情感，但剩下的大部分似乎都是为了证实序言和结尾那充满希望的论点："青春和爱情能把一个荒凉的草原小镇变成一首

---

① Lars Åhnebrink, *The Beginnings of Naturalism in American Fiction* (New York: Russell & Russell, Inc., 1961), pp. 137-138.
② Lucy L. Hazard, *The Frontier in American Literature* (New York: F. Ungar Pub. Co., 1961), p. 265.
③ Hamlin Garland, *Main-Travelled Roads* (New York: Holt, Rinehart and Winston, 1957), p. 12.
④ 同③, p. 130.
⑤ Hamlin Garland, *Roadside Meetings* (New York: Kessinger Publishing, LLC., 1930), p. 179.

诗,把一条带刺的铁丝网弄成一条通往浪漫的公路。"①在《贾森·爱德华兹》中,一个不幸的家庭用波士顿贫民窟的地产换取了西部大平原地区沿着铁路线的自然、严酷的用地,然而,当加兰的小说代言人——年轻的沃特·里弗斯以"上帝的中尉"②的身份出现时,一切都恢复了正常。在情节上,加兰不总是隐含着正义的声音:《德切尔库里的露丝》中直接展现了西部女性成功的可能性。尽管加兰从未明说过这一点,但他描绘了露丝从威斯康星农场到芝加哥社会的巅峰,让一个谦逊、端庄的农家女孩如此迅速地从乡村学校搬到剧院里最好的包厢里,成为"千万双眼睛注视的中心"③。《第三议会的一名议员》以马萨诸塞州立法机构的一桩丑闻作为背景,故事中的塔特尔扮演了政治学者的角色,他通过立法调查将"铁公爵"戴维斯绳之以法,促成了"那些腐败的老鼠们溃败"④。《渎职》中的主人公布拉德利·塔尔科特更是具有加兰的乐观性格,可能是因为他在中西部的环境更舒适。布拉德利·塔尔科特是艾奥瓦州的一名农场工人,既有时间思考,也有"自我发展的神秘力量"⑤。布拉德利·塔尔科特进入了当地的一所学院,取得了不俗的成绩,尤其是在演讲方面。农场联盟女发言人兼组织者艾达·威尔伯的演讲鼓舞了他,促使他学习法律,然后迅速进入州立法机关,随后进入国会。他所遭受的挫折并不比他的胜利更能说明问题,但是他出现在小说的结尾时,世界在他面前,艾达·威尔伯——他的妻子——在他身边。可以肯定的是,他所服务的国家仍然面临着问题,需要做出更多的改革,但正如艾达·威尔伯向他表达的那样,"一个充满歌声和丰饶的国家"是可以实现的⑥。

  托马斯·布莱索在莱茵哈特版的《大路条条》一书的序言中,强调了加

---

① Hamlin Garland, *Other Main-Travelled Roads* (New York: Harper & Brothers, 1910), p. viii.
② Hamlin Garland, *Jason Edwards* (New York: D. Appleton and Company, 1892), p. 201.
③ Hamlin Garland, *Rose of Dutcher's Coolly* (Lincoln: University of Nebraska Press, 1969), p. 380.
④ Hamlin Garland, *A Member of the Third House* (Chicago: F. J. Schulte & Company Publishers, 1892), p. 183.
⑤ Hamlin Garland, *A Spoil of Office* (New York: D. Appleton and Company, 1897), p. 65.
⑥ 同⑤, p. 375.

兰在《崩塌的偶像》中的写真主义理论主张与他的文学创作之间的差异。布莱索认为加兰理论与实践的脱节十分明显，几乎到了"欺诈的边缘——以激进主义为目标，以快乐的传统为实现"①。实际上，布莱索犯了一个错误，他把注意力全部集中在理论的那部分，就像其他人把注意力集中在加兰所创作的作品那部分一样。实际上就像加兰几乎所有的作品一样，快乐、积极和乐观的情绪弥漫在《崩塌的偶像》所提出的主张里。加兰预计太平洋沿岸地区即将产生的文学作品，它将以劳动的英雄主义和男性的同志情谊处理诚实男人对诚实女人的健康爱情，他告诉我们他会描写他所看到的社会真相。事实上，他的作品中很少有危险或灾难性的东西。在他出版的西部文学作品中，他用近乎愚昧的语气告诉我们："漫步在橘子树、柠檬树或胡椒树之间的情侣们不会对花朵和灌木感到惊奇，它们的出现和香味将是熟悉和可爱的，而不是陌生的。冷杉的粗犷线条和香蕉叶的阔大刀锋不会吸引他们惊讶的目光。所有人都将像枫树或伦巴第白杨树一样，对艾奥瓦州的小学生表示友好和感激。"②这不是悲惨和抗议的现实主义，这是快乐和无所畏惧的、熟悉的现实主义。他写道："我被周围生命的庄严、浩瀚和无限魅力折服了。"③

加兰对更好的社会秩序有着生动的想象：他有意识地回避过去，因为他认为过去很丑陋；他批评现在，但把它看作是通往光明和健康未来的一扇诱人的大门。很少有文章能像《崩塌的偶像》那样充满希望，甚至是以一种热情洋溢的预言性口吻。在这本书中，加兰将进化论作为他哲学的出发点。对我们来说，19世纪晚期对进化论的偏爱，常常表现为强者用来压迫弱者的丛林里的那一张张令人讨厌的人类大嘴，表现为适者生存的残酷主题，以及返祖者的"红牙利爪"。对加兰来说，这意味着一些截然不同的东西——进

---

① Hamlin Garland, *Main-Travelled Roads* (New York: Holt, Rinehart and Winston, 1957), pp. xix-xxi.
② Hamlin Garland, *Crumbling Idols* (Chicago: Stone and Kimball, 1894), pp. 27-28.
③ 同②, p. 28.

化论表明人类的进步。他告诉我们,变化是一切生物的规律,而传统的思想却没有认识到它的作用。因此,传统和保守的观点基本上"是没有希望的,它蒙蔽了年轻人的眼睛,使他们看不到周围生活和文学的力量和美"①。

在加兰的作品中,他会批判他那个时代的瑕疵,但绝不是出于病态的迷恋,也绝不纯粹是为了取乐。相反,他这样做完全是出于积极的、建设性的改革目的。《崩塌的偶像》的核心意义出现在《文学预言》这一章中,标题便能恰如其分地表达加兰的思想。"写真主义作家实际上是一个乐观主义者,一个梦想家。对写真主义作家来说,现在才是至关重要的主题。"②鉴于这一宣言目的,布莱索指控加兰脱离了文学理论和文学实践的言论就是错误的。而且,如果从广义上讲,即使加兰真的犯了错误,他这么做的理由也是最可以理解的、最情有可原的——对人类潜力的信心太大了。前面提到的加兰那些常常是刻意为之的快乐的环境和结局,绝不是一个不加批判的天真的标志。加兰的不满是真实的,他称之为一种"悲伤而严肃"的情绪,他在努力给予"可爱与和平的未腐烂的种子"一些"阳光和自由的空气"③。

被改革精神激励的人很少能保持目标一致,当他们打破了人类幸福的一个障碍时,他们很快就会找到其他相关的障碍,并为之付出努力。虽然加兰的作品总是与农民抗议有联系,但他也有广泛的视野,能包容 19 世纪晚期的各种罪恶。他把当时的各种问题看作是一些基本方法失败的相互关联的结果,而不是把它们看作明显的、独立的现象。加兰对 19 世纪的各种社会问题都提出了自己的观点,并在他的作品中表达了对这些问题的看法,也提出了自己改革的方案和努力的目标。

19 世纪末的宗教问题是加兰关心的领域,也是他认为必须进行改革的社会主要问题之一。他十分支持社会各界所提出的宗教改革的要求,并提倡改变教会的功能,不要抱着个人得救的希望,不要指望来世会补偿现在所

---

① Hamlin Garland, *Crumbling Idols* (Chicago: Stone and Kimball, 1894), p. 10.
② 同①, p. 52.
③ 同①, p. 52.

受的苦难。他认为,宗教必须以直接和有形的方式帮助穷人,这个要比提供精神上的安慰更有立竿见影的意义,它必须使世界成为更美好的生活场所。这些观点在很多激烈的作品中得到了呼应。加兰同情那些由于接受了不合时代和不人道的宗教信条而生活受到挫折的人们。加兰甚至会表现出对宗教的敌意,比如当他介绍一位神学院的学生时,没有明显的理由,就把他说成是"一个受了宗教影响的、没有头脑的家伙"①。也许是因为他发现了当时宗教制度的主要问题,他对某些福音运动的形式特别反感。在自传体小说《草原上的少年时光》中,他回忆道,几年来他所在的社区"因为一位'福音传道者'的工作而变得黑暗,他来这里宣讲人类的邪恶和死亡的迫近"②,他还说他永远不会原谅那个传福音的人。在《格蕾丝的一天》中,加兰对宗教提出的人类复活活动那些原始的、狂欢的和心理变态的过分行为进行了最严厉的控诉。在故事中,一群加兰心爱的年轻人出于好奇参加了一场复活活动,其中一个名叫格蕾丝的女孩,差点被劝诫者病态的催眠咒迷住。但随后,幸亏一位年轻的男士以最直接的方式挑战了复活主义者,拯救了这个女孩,"上帝诅咒你们,滚开,你们动她一下我就把你们宰了"③。当他们在星光下骑马回家时,"天堂"似乎近在咫尺,而"地狱"在复活时又回来了,"过了一会儿,随着呐喊、歌唱、咒语、尖叫、呻吟和祈祷乱成一团,进入高潮时,左边一个农妇发出了一声嘶哑的喊叫,僵硬地倒在地上。她的头左右摇晃着,眼白翻了出来,嘴唇扭成了一种狞笑,她的痛苦的额角使她看上去像是一个受过酷刑的凶犯的死时翻制的面型,仿佛整个地狱里的恐惧全都在这里留下了印痕"④。

他以同样的决心更频繁地在故事中反对那些宗教形式,而那些宗教形

---

① Hamlin Garland, *A Member of the Third House* (Chicago: F. J. Schulte & Company Publishers, 1892), p. 140.
② Hamlin Garland, *Boy Life on the Prairie* (Lincoln: University of Nebraska Press, 1961), p. 347.
③ Hamlin Garland, *Prairie Folks* (New York: The Macmillan Company, 1899), p. 76.
④ 同③, p. 74.

式主张在面对不公正时顺从。通常,加兰会用女性主人公来表达他对宗教说教的厌恶。《草原上的人们》中的《西姆·伯恩斯的妻子》是一部真正的悲剧人物的故事,故事的主人公过着完全贫困和苦难的生活。一个粗心大意的丈夫和农场艰苦的生活把她彻底搞垮了,"就算是一个黑奴干的活儿也比我轻松些……我熬够了……我受的罪连一个印第安人也会给逼疯的……要不是为了几个小家伙我真想服毒自尽呢……"① 当她被唤起对"另一个世界"的一线希望时,她愤怒地说:"别说这些话了。我不需要这样的安慰。我要的是在这个世界上有一个比较好的希望。我需要现在就能够休息,能够快乐。"② 加兰思考着像卢克丽霞·伯恩斯这样的人所处的困境,把自己带入了这个故事,人文主义改革的冲动促使他宣布:"他们所听到的宗教也就是一剂安眠药。人家教诲他们要安分守己,这样来世就可以得到幸福。可是倘若压根儿就没有来世呢?"③

加兰从未公开过什么宗教改革宣言,但在《渎职》一书中,他明确指出了教会应该把注意力转向何处。男主人公布拉德利·塔尔科特看着那些坐在后排年轻的、冷漠的、一言不发的信徒们,便理解了他们的漠视,"死亡、地狱和坟墓!当血液还在心脏里流淌的时候,为什么还要为这些事情烦恼呢?女孩们坐在那里,调皮的眼睛,圆圆的脸颊轮廓(像桃子一样诱人)……,每一个眼神和动作……勾引和诱惑"④。塔尔科特认为,宗教应该抚慰人们,丰富他们的生活,而不应该威胁、恐吓和阻挠他们可以理解的世俗目标。在这个可怜的小镇上,只有教堂拥有"美丽或优雅的气息"⑤。他想知道,"宗教崇拜"除了"对美、诗歌和人生的一种可悲的敬意"⑥之外,还能意味着什么?这些少年人并没有因他们的外貌和邪恶就亵渎了圣殿,事实上,布拉德利·

---

① Hamlin Garland, *Prairie Folks* (New York: The Macmillan Company, 1899), p. 98.
② 同①, p. 115.
③ 同①, p. 106.
④ Hamlin Garland, *A Spoil of Office* (New York: D. Appleton and Company, 1897), p. 176.
⑤ 同④, p. 175.
⑥ 同④, p. 175.

塔尔科特认为："这是教会的正常职能,让这些年轻人看到彼此最好的一面,至少给他们肮脏的生活带来一些音乐和美的暗示。"①

像许多改革者一样,加兰认为国家要对酒的使用制度进行改革。他希望酒的使用能受到普遍的限制。晚年,加兰带着一丝愧疚回忆起他在法国朋友家里无意中冒犯了他们。吃饭时,他把一杯珍贵的陈年葡萄酒放在餐盘旁边,久久不动,以至于女主人认为他很不高兴不肯喝酒。他知道自己被认为是一个没有礼貌的家伙,他试图用他早年在"简朴而有节制的人们"中生活的经历来解释。尽管那一次他的"不礼貌的行为"让他感到懊悔②,然而,在他的作品中,他认为对酒的节制是必须的,也是人类活动和谐的必要条件。

在19世纪90年代,加兰特别支持那些提出对酒的使用进行改革的人。在他的作品中,他也常常把酒描绘成人类误入歧途不可或缺的一部分。《其他的大路》中的《松林中的外来人》(*An Alien in the Pines*)的一个小提琴师威廉姆斯试图重新开始被酒精毁掉的正常生活,甚至尝试了改变生活方式,从城里逃到乡村,结果还是没有成功。在同一本书中,故事《公正的流亡者》(*A Fair Exile*)对达科他州酗酒的恶习进行了猛烈抨击,并对恶魔朗姆酒进行了严厉的抨击。"流亡者"——一个有可能离婚的人——代表着被嘲笑的女性。但是,正如女主人公所指出的,对于一个丈夫是酗酒的人、父亲是芝加哥一家大型啤酒酿造商的人来说,几乎没有什么可期待的。在这样的背景下,她只有逃亡,结果是她又逃到一个到处都是"怒视"和"满口酒气"③的男人的离婚人士聚居地。尽管她的行为同样粗俗,但也似乎更容易让人理解。在作品中,加兰常常把酒当成一个陷阱、一个陌生的和令人反感的东西。通常情况下,当加兰描绘城市社会场景时,他很容易就能察觉到烈性饮料散发

---

① Hamlin Garland, *A Spoil of Office* (New York: D. Appleton and Company, 1897), p. 176.
② Hamlin Garland, *Roadside Meetings* (New York: Kessinger Publishing, LLC., 1930), p. 469.
③ Hamlin Garland, *Other Main-Travelled Roads* (New York: Harper & Brothers, 1910), pp. 251-252.

出的有毒和令人沮丧的气味。在《渎职》一书中,当"纯洁的头脑"和"单纯的"布拉德利·塔尔科特看到一名政党领袖被"醉醺醺地"①从得梅因的一个度假村拖出来的时候,他想辞去在艾奥瓦州议会的席位。《第三议会的一名议员》最好地说明了加兰对精神邪恶者的愤怒。"第三议会的议员"本身就是由有影响力的政治犯、说客和腐败分子组成的,其中的汤姆·布伦南是一位铁路大亨的走狗,经常用酒会来影响立法,控制着这个令人讨厌的小圈子。通过酒,他毁掉了一个善良可敬,但又嗜酒如命的人——沃德参议员。在小说的开头,作者就描写了布伦南在他的律师办公室里唆使两名公职人员——希汉和默尼汉——在清晨喝酒。更可恶的是,布伦南把希利亚德酒店的酒吧房间作为控制"第三议会"的指挥所,立法者和满脸通红的人在那里,混在一种所谓高雅又不道德的放荡氛围中,拿着高薪的酒保擦得锃亮的玻璃杯,还有"脸发紫"的男人,脸上有"肿胀的血管",眼睛里闪烁着"贪得无厌的欲望"②。

这酒瓶在某种程度上证明了社会的堕落,在城市环境中,酒瓶不可避免地和政治腐败纠缠在一起。政府腐败则是加兰更加关注的问题。在作品中,他用直接和说教的语言表明了对政治欺诈的厌恶,同时也呼吁进行政治改革。例如,《第三议会的一名议员》就以政治欺诈作为主题。加兰给这个作品加了一个副标题"一个戏剧性的故事",这就暗示了一个异常的结果。显然,他是想让他的国家意识到政府部门令人震惊的渎职行为,他试图戏剧化地描述,而不是提供解释、原因或解决方案。故事中还是出现了一个敢于对腐朽政治进行斗争的敏感的年轻人,在他的努力之下,进行一场反腐败的政治运动,就像林肯·史蒂芬斯(Lincoln Steffens)在《城市的耻辱:十年后》(*The Shame of the Cities: Decade Later*)中试图做的那样——揭露腐败并进行政治改革。

加兰让我们看到了一种不体面的现象:州议员们在兜售影响力,在买卖

---

① Hamlin Garland, *A Spoil of Office* (New York: D. Appleton and Company, 1897), p. 253.
② 同①, pp. 66-67.

权力。但是,从我们的角度来看,这些解释似乎微不足道,令人不满。他对政治问题的处理,无论多么不充分,都表明了他自己的政治观点。首先,加兰严厉批评了允许立法机构向强大利益集团提供和颁布特殊优惠的政府机制和程序。当"铁公爵"戴维斯和为他服务的政府官员一起被曝光时,司法部部长宣布了一个"改革时代"的开始,并以"一个道德的词"结束,"只要立法者有权将公共财富通过投票投进私人口袋,游说团就会继续存在,而沃德参议员和戴维斯先生就是被这样的人毁灭的"①。其次,加兰提出自己对民主制度的一个基本看法,并提出了一些令人担忧的问题,比亨利·亚当斯在民主政治中提出的更为微妙和深刻。例如,在《渎职》一书中,布拉德利·塔尔科特在听到一个目睹艾奥瓦州立法机构阴暗面的人讲有关其大阴谋的故事时,顿时陷入了幻灭的深渊:

> 他们偷文具、痰盂、废物筐,天哪! 他们偷走了所有可搬动的东西……在他们看来,每一种手段、每一种可想象的诡计、每一种闯入国家钱箱的可能方案都是合法的,值得干的。公共资金是公平的游戏……我的经验告诉我,美国的立法者认为闯入政府金库是基督教的美德。②

带着几分加兰式的天真,塔尔科特问道:

> 全能的上帝! 除了废除政府,没有别的办法。你看! 政府就是这样的。在这里,我们把饥饿、邪恶、没有受过教育的无法无天的暴民拥上王座,然后又想知道他们为什么像萨提尔那样偷窃、贪婪和暴乱。奇怪的是他们不把墙上的油漆刮掉带回去。③

最后,加兰认为令人讨厌的政治是城市社会发展的一个无法避免的副产品。堪萨斯农场联盟的那些外表华丽的、敏锐的和整体的成员,不仅与城市形成对比,而且体现并传达了对那种粗鄙而陌生的气氛的有力控诉。加

---

① Hamlin Garland, *A Member of the Third House* (Chicago: F. J. Schulte & Company Publishers, 1892), p. 198.
② Hamlin Garland, *A Spoil of Office* (New York: D. Appleton and Company, 1897), p. 255.
③ 同②, p. 256.

兰显然对那些表明民主党人天生任性的悲观评论感到不安。因此，上面那个建议将废除政府作为唯一治标之策的人获得了一项重要的证据。尽管艾奥瓦州可能很糟糕，但"我们有最公正、最纯洁、最值得尊敬的立法者。尤其是在我们这些农业发达的州，我们相对来说没有酒。与聚集在首府奥尔巴尼或斯普林菲尔德的疯狂的流氓相比，我们的立法机关是一个民主的地方"①。

显然，这座城市为加兰提供了一个便利的环境，让他可以在文学上表达那些让他感到愤怒的事情，但在另一个层面上，也让他的观点更加全面地得以表达。这座城市隐藏着罪恶：这是真正邪恶的。在情感上，他的厌恶总是潜伏在表面，它偶尔会以一种令人尴尬的、陈腐的忧郁和遐想的形式爆发出来。在《草原上的少年时光》结束时，他对他的"拉马德龙"那匹马进行了追忆，通过体现城市丑陋的必然性逻辑，避免了纯粹的伤感，这种逻辑驱使人们抛弃象征着更简单、更清洁的生活的自由。1894 年，加兰为《麦克卢尔》(*McClure's Magazine*)写了一篇关于匹兹堡和卡内基钢铁厂之行的文章，结尾用了这句话："在上帝明媚的早晨，在美丽的河边的工厂，就像人的胸口上长的肿瘤。"②但加兰不只是简单发自内心地谴责这座城市的崛起。在《渎职》中，布拉德利·塔尔科特从拉德伯恩那里学到了这座城市的精髓，这是理性主义（如果不是犬儒主义）的声音："你认为城市意味着文明，嗯，我想告诉你，也许你不会相信我，城市也意味着罪恶、犯罪、贫穷，以及少数人的巨大财富……"③加兰几乎没有给出解决城市问题的答案，但他对城市道路迅速发展的问题的认识符合他那个时代最好的思想。

当然，加兰的声誉建立在他对美国西部农村的不满和问题的表达上。在波士顿的图书馆里接受了一段时间的自我指导训练之后，这个年轻人转向了西部，以沉痛的心情审视了 19 世纪 90 年代西部农村悲惨和贫困的景

---

① Hamlin Garland, *A Spoil of Office* (New York: D. Appleton and Company, 1897), pp. 255-256.
② Hamlin Garland, "Homestead and Its Perilous Trades—Impressions of a Visit," *McClure's Magazine* 3, No. 1 (1894): 10.
③ 同①，p. 72.

象。他付出了最大的努力,也付出了最痛苦的心力,画出了受那次访问启发而创作的"野蛮而无情"①的作品——《兄弟》《在魔爪下》《西姆·伯恩斯的妻子》和《在那扇低矮的绿门前》。的确,他的厌恶和愤怒,加上他自己的哲学的影响,把他推向了自然宿命论的立场。因此,在他那个时代的作品中,经常可以发现悲观决定论的影子。在《兄弟》中,格兰特·麦克莱恩把自己比成是"一锅糖蜜里的苍蝇"②。在《路边偶遇》中,加兰重申了一个对他来说很有说服力的比喻,美国的农民就像"焦油池里的苍蝇"③一样无助。在《贾森·爱德华兹》中,爱丽丝认为生活是"无情的、可怕的斗争"④。《莫卡辛牧场》中的贝利认为,男人的行为就像"小动物"一样,"战斗、繁殖、死亡"⑤。

正如拉尔斯·阿内布林克所指出的那样,"中部边地之子的真正精神所传达的原则,与严酷的决定论相去甚远"⑥。即使在最黑暗的时刻,加兰仍然保持着乐观的信念,避免表达纯粹的绝望。他坚持认为恶劣的农场条件可以改善,事实上,它们也是可以被完善的。

加兰提出了两种改革方案来改变他那些引人注目的作品中所提到的可悲的情况。农民必须组织起来,通过协调一致的政治行动,他们才能平衡与城镇经济之间的不公平。在《渎职》中,石河郡的绅士们能说会道,衣着考究,组织严密,他们控制着县里的事务,对那些不满和多疑的农民来说,这似乎是永远无可救药的。令那些束手无策的农民感到厌恶的是,这是一个顽固的由少数人统治着的县。根据作者的说法,"这是一个完美的组织反对无组织和相互不信任的例子。联合起来的官僚主义,在一群无组织的正义公

---

① Hamlin Garland, *Roadside Meetings* (New York: Kessinger Publishing, LLC., 1930), p. 175.
② Hamlin Garland, *Main-Travelled Roads* (New York: Holt, Rinehart and Winston, 1957), p. 87.
③ 同①, p. 113.
④ Hamlin Garland, *Jason Edwards* (New York: D. Appleton and Company, 1892), p. 155.
⑤ Hamlin Garland, *The Moccasin Ranch : A Story of Dakota* (New York: Harper & Brothers, 1909), p. 130.
⑥ Lars Åhnebrink, *The Beginnings of Naturalism in American Fiction* (New York: Russell & Russell, Inc., 1961), p. 228.

民的要求下,努力保持自己的地位"①。在像布拉德利·塔尔科特这样的人的敦促下,以农庄为协调机制,秩序取代了农民之间的混乱。加兰对他们虚构的胜利感到心满意足。他们要求"新政",他们发动了一种宏伟的而又和谐的行动。他们聚集在一起,就像"古老的撒克逊人,一群严肃、热爱自由的人组成的组织,随时准备追随他们的领袖"②。他们高举双手,呼喊着,挥动着他们的选票。不用说,这次农民占了上风:

> 在该县历史上,农民们第一次表明了自己的立场。在艾奥瓦州农民的历史上,他们第一次感受到了群众的力量。在美国农场的历史上,第一次出现了团结的感觉。至少,他们终于用自己手中的权利保护自己的利益免受城镇利益集团的侵害。③

就地方上所取得的成就来看,农场联盟的规模要大得多。来自共同利益意识的凝聚力再次成为关键。布拉德利·塔尔科特去堪萨斯观看的这场联盟运动,只不过是"洛克县"农民起义的缩影。"的确如此",加兰告诉我们,"农庄运动的范围扩大了,深化了,而且由于条件的变化,变得更加彻底,影响范围也更广了"④。

加兰另一个更引人注目的方案是呼吁实施亨利·乔治的单一税制。在《进步与贫困》一书中,亨利·乔治思考了一个严峻而矛盾的事实:贫困在我们的社会中蔓延,和进步一样不可阻挡。他认为,解开这个谜底的钥匙存在于我们的土地制度中。那些没有土地的人面临着一个西西弗斯式的任务⑤:为他们使用的房产支付更高的租金,而这些房产的价值是他们而不是所有

---

① Hamlin Garland, *A Spoil of Office* (New York: D. Appleton and Company, 1897), p. 80.
② 同①, p. 89.
③ 同①, p. 121.
④ 同①, p. 339.
⑤ 西西弗斯是人间最足智多谋的人,他是科林斯的建城者和国王。他触犯了众神,诸神为了惩罚他,便要求他把一块巨石推上山顶,而由于那巨石太重了,每每未上山顶就又滚下山去,前功尽弃,于是他就不断重复、永无止境地做这件事。西西弗斯的生命就在这样一件无效又无望的劳作当中慢慢消耗殆尽。

者努力增值的。当租赁者提高财产的价值时,业主获得了不劳而获的增值。在亨利·乔治看来,正义要求所有者只能从他们的财产中获得他们自己努力而得到的那部分。作为国家增长的自然结果而产生的价值增值不属于个人,因为他没有做任何事来赚取它。它属于社会,社会应该以税收的形式没收它———一种足以满足政府所有需要的单一税收。在《进步与贫困》中,加兰看到了农业人口贫困状况的根本原因和解决方法。

这位年轻的作家一次又一次地树立起英国乔治王朝时代的基调,将大自然的辉煌潜力与人类在垄断市场上的拙劣表现进行对比。农场联盟会议结束后,艾达·威尔伯骑着马,在堪萨斯一大片星光灿烂的夜空下回家。她真切地感受到了大草原的壮丽和未被利用的财富,以及城市和乡村对穷人的无限掠夺。她吟诵道:"这一切都让人悲哀!这一切都是悲剧!大自然是如此的慷慨,而贫穷也是如此的普遍。"[1]加兰笔下最令人难忘的人物都是这种恶性局面下的受害者,这些人敢于对这种恶劣的环境进行斗争。《贾森·爱德华兹》中男主人公贾森·爱德华兹向这个沉闷肮脏的城市发出了胜利的宣言:"再见了租金!"但他估计错了,拥有巨额通行权的铁路公司先于他到达达科他大草原,农民们要么支付不合理的租金,要么灾难性地被夺走远离通信和交通的免费土地。

正如亨利·史密斯所指出的,"《在魔爪下》一文中,这位中部边地之子将改革的思想与文学叙述完美地结合在了一起"[2]。在这里,加兰有力而艺术地阐述了困扰和削弱美国农民生活环境的残酷逻辑。由于堪萨斯的自然灾害,哈斯金搬到了艾奥瓦州,那里贪婪的人类并没有给他带来什么好处。和加兰笔下的几乎所有角色一样,哈斯金是个有能力实现自己梦想的人,他付出了巨大的努力使这个破败不堪的农场欣欣向荣。吉姆·巴特勒,一个不公正土地制度的丑陋化身,毁掉了他的努力。作者告诉我

---

[1] Hamlin Garland, *A Spoil of Office* (New York: D. Appleton and Company, 1897), p. 366.
[2] Henry Smith, *Virgin Land: The American West as Symbol and Myth* (New York: Vintage Books, 1957), p. 289.

们,巴特勒相信土地买卖绝对是最稳当的致富途径,虽然他什么也不做,但这个国家的发展壮大了他所持资产的价值。哈斯金已经取得了一定的成功,他提出买下过去三年租下并耕种的农场。但土地所有者意识到这个地方的价值得到了提升,因此开出的价格是原来的两倍。痛苦的对话强调了受害者和压迫者的身份,哈斯金愤怒地指出了他自己努力的成果:

"可是你什么都没做。那是我的汗水,我的资金。"

"你说的没错,可这是我的地。"

"你一点力也没有出,你一分钱也没有拿出来。是我辛辛苦苦,流血流汗地把它经营成这样……我为什么要付出双倍的价钱买我自己的东西——我自己的篱笆、我自己的厨房、我自己的菜园!"

"你自己的东西?法律可不是这么认为的!……这就是法律。很普遍的事,大家都这么做。"①

因为法律唱的是跟老百姓不一样的调子,农民很无助。然而,事情本可以有所不同,最终,按照加兰的说法,情况会有所不同。回到过去,他让贾森·爱德华兹叙述了已经犯下的错误的原因:"如果我们没有征收那么多土地来铺铁路,没有让那些非法占用公地的人吞噬那么多土地,或者如果我们也照样征收他们的地税,我们就不会都拥挤到这里来了;这个鬼地方要么滴雨不下,要么暴风雨肆虐——"②展望未来,加兰这个年轻的知识分子在目睹了西姆·伯恩斯和妻子卢克丽霞的痛苦之后,思考着未来,提出了他的行动纲领:"废除所有间接税;国家控制所有足以影响普通人享受平等权利的特权。他要彻底禁止土地投机买卖。他要让全国所有的土地都能被充分地利用。"③加兰认为这将确保西姆·伯恩斯和他妻子的幸福。

---

① Hamlin Garland, *Main-Travelled Roads* (New York: Holt, Rinehart and Winston, 1957), pp.168-169.
② Hamlin Garland, *Jason Edwards* (New York: D. Appleton and Company, 1892), p. 185.
③ Hamlin Garland, *Prairie Folks* (New York: The Macmillan company, 1899), pp.106-107.

加兰对农场环境的描写和对改善农场环境的呼吁给大多数人留下了深刻的印象。然而,他在他的文学中加入了另一个改革主题,也是最后一个改革主题,它的流行程度超过了农场,在我看来,它的重要性也超过了农场。他称之为"真正的女性问题"①。很可能,加兰因为把父母抛弃在荒凉的乡村环境中,而感到相当大的不安和内疚。他把《大路条条》献给了他的父母,他们一辈子跋涉在尘世生命的大路上,收获的唯有辛劳和困苦……在他的作品中,他迅速地将目光从一般的农民转到引人注目的人身上——从农场的衰亡到女性的死亡。和欧雷·罗瓦格(Ole Rölvaag, 1876—1931)②一样,他的观点也是基于这样一种假设——有时是默认的,有时是明确的——即妇女承担着边疆开拓过程中最可怕的负担。所有不公正都有其结果和合乎逻辑的结局,那就是女性的痛苦。谁在过时的、不人道的宗教影响下受苦?当然是每个人,但女性更容易受到伤害。因此,在《格蕾丝的一天》一文中,格蕾丝几乎屈服于劝诫者近乎病态的影响。宗教让人顺从再次强化了西姆·伯恩斯的妻子卢克丽霞的绝望。在他最辛辣的故事《在那扇低矮的绿门前》中,这位垂死的农妇长期以来一直感到,她那个时代的精神价值宣告了她的人生完全是徒劳的——世人饮酒,妻女受苦。《第三议会的一名议员》中,参议员沃德对酒的嗜好毁了他的生活,但他的妻子——一个"健康而善良"③的人——却要承担所有的恶果。在同一部小说中,加兰无法掩饰自己对作品中的人物——议会操控者汤姆·布伦南——的厌恶,他在"干净、纯洁的女性灵魂"④面前装成翩翩君子。《公正的流亡者》中那个妻子因与酗酒的丈夫和父亲发生争执,经常遭到毒打,最终,她不得不逃到西部达科他州布姆镇的农场,在那里她必须面对那些酒徒和无所事事的混混的玩弄,那些人看到

---

① Hamlin Garland, *A Spoil of Office* (New York: D. Appleton and company, 1897), p. 138.
② 欧雷·罗瓦格是一位挪威裔美国小说家,他以描写挪威裔美国人的移民经历而闻名。
③ Hamlin Garland, *A Member of the Third House* (Chicago: F. J. Schulte & Company Publishers, 1892), p. 29.
④ 同③, p.103.

她就像"野兽看到猎物",眼睛闪烁着"无情的欲望"①。甚至在对肮脏政治的描绘中,加兰也把受害女性的主题扯了进来。这件事引起了这位年轻作家的强烈反应。例如,《渎职》表面上是对政治腐败的抨击,以及对农业激进主义的拥护,但是这一切往往会在作者的女权主义冲动下发生明显的转变。文章主要讲述了布拉德利·塔尔科特如何和议员们斗争,反对铁路建设,但他"对女性的尊重"②就如同他对经济公平竞争的关注一样。当他看到无辜的农场和小镇上的女孩们在得梅因的大厅里转来转去,请求那些穿着"冷酷、古怪、野蛮的州服"③的立法者给她们提供工作机会时,他"心中充满了一种说不出的痛苦的反抗"④。在华盛顿,他对国会议员也有同样的反感,因为他们"对他认为神圣的东西没有那么崇敬"⑤。当他描述他深爱的农村人民所受的苦难时,他几乎本能地缩小了范围,把注意力集中在负担过重的女性身上。在《渎职》接近尾声时,加兰试图表达的是"美国农民对压迫和错误所产生的最可悲、最悲惨、最绝望的反抗"⑥。值得注意的是,他用一种戏剧性的印象画派的方式作为结束——"看着这些人,我觉得很悲哀,也很难忘……她们伤痕累累,粗糙的手掌……疲惫不堪的妇女远离一切使生活体面的东西,她们就像是与饥饿和寒冷做斗争的野兽……"⑦

尽管加兰在19世纪90年代的作品中充满了邪恶形象和英雄主义,但他只有一次把一种邪恶的精神归于一位女性。在《其他的大路》的《山村分家记》(A Division in the Colly)中,一个相当不成熟的女性狡猾地加剧了两姐妹之间的裂痕,她们为了遗产争吵不休。这种邪恶女性的普遍缺失隐含着加

---

① Hamlin Garland, *Other Main-Travelled Roads* (New York: Harper & Brothers, 1910), p. 254.
② Hamlin Garland, *A Spoil of Office* (New York: D. Appleton and Company, 1897), p. 220.
③ 同②, p. 220.
④ 同②, p. 221.
⑤ 同②, p. 302.
⑥ 同②, p. 339.
⑦ 同②, pp. 345-346.

兰对女性的同情。在加兰的作品中,任何悲惨的命运降临到人身上,尤其是凶兆,都是男人的责任。在《西姆·伯恩斯的妻子》中,加兰让莉莉老师承认,"这样的情况对野蛮的丈夫不利,对受苦的妻子也没带来一点好处"①。尽管这承认看起来显得笨拙、沉重、做作。当莉莉意识到女人是"上帝的世界里这一神奇与美的创造物时"②,她的沉思更像是加兰式的。《公正的流亡者》中,当律师和受害人一起坐火车去赫伦湖离婚法庭时,这位年轻的律师痛苦地告诉那个要流亡的妇女:"你在通往地狱的路上!"③但这代表的是对男性社会的一种评判,而不是对年轻女孩的一种评判。她虽然天生纯洁,现在却沦落为色狼中的羔羊。律师代表他的性别告诉她:"我们有责任……对每一个悲剧性的、不完整的女人的生命负责。"④

　　加兰再一次尝试了解决问题的答案。在《岔道》和中篇小说《臭虫之地》中,他塑造了一些妻子,她们无可非议地对麻烦不断的婚姻置之不理。在《贾森·爱德华兹》中,加兰找到了一个初步解决方案,刻画了一个追求自我价值、勇于承担责任、具有理性思考能力的知识女性——爱丽丝。爱丽丝本来作为一个机修工的女儿,无忧无虑地在波士顿学习她喜爱的音乐,还交了一个年轻的编辑男朋友,生活的一切是那么顺利。突然,她父亲的工厂要倒闭了,住的房子的房租又上涨了,正当父母绝望之时,她站出来勇于承担家庭责任。"我可以放弃学习,爸爸。"爱丽丝坚定地申请说,"我边教书边学习打字,我可以帮助……我可以放弃——我说学习——我可以把音乐变成,谋生的手段。我能找到办法。"⑤当她父亲提出去西部的想法的时候,爱丽丝"立刻转过身来,'我们现在就去。去吧!我们也可以去西部,可以帮助你,不是吗?音乐老师在西部很吃香——许多女孩子都去西部——'她迫不及

---

① Hamlin Garland, *Prairie Folks* (New York: The Macmillan Company, 1899), p. 115.
② 同①, p. 108.
③ Hamlin Garland, *Other Main-Travelled Roads* (New York: Harper & Brothers, 1910), p. 254.
④ 同③, p. 256.
⑤ [美]哈姆林·加兰:《大路条条》,邹文华译,长江文艺出版社 2010 年版,第 303 页。

待地想开始行动"①。为了支持全家都去西部,她甚至拒绝了男朋友里弗斯的求爱。

当她到了西部,一切跟他们想的都不一样,他们没看到自由的土地,更没有享受到西部农村的美景。她生活的小镇天气炎热,平原上更是酷暑难当,上面没有一棵树,光秃秃的像沙漠一样。而她住的地方是"在这光秃秃、无边无际的大平原上竖着一些未经油漆的小木屋,它们毫无遮盖地、赤裸裸地站在那里,烈日毫不留情地直射在它们身上,宛如暴晒热带海洋上的水手一样。仿佛停留在黄褐色海面上的小船,在令人恐怖的炎热中,每一间小棚屋都酷暑难当,裂痕斑斑、臭气熏天"②。而她自己做着家庭主妇,干的是缝缝补补的活,她曾经总是很有女人味,可是如今脸上已经暗淡无光了……但她没有抱怨,而是默默承受。当全家被暴风雨击垮之后,又是她站了出来,和她的男朋友一起承担起全家的责任,带领全家搬回波士顿。

但在《德切尔库里的露丝》一书中,他对这个问题及其解决办法做了更全面、更深思熟虑的阐述。典型的是,露丝也生活在一个充满好色之徒的世界里。在送她去威斯康星大学麦迪逊分校的火车上,刹车工用色眯眯的眼神盯着她,而且,无论何时何地,她都能感受到永不消失的男性强烈的目光。但加兰给了她内在的力量来抵抗这一切。事实上,小说有时变成了一种关于激情性冲动的结果的论述。从某种意义上说,这位年轻的农妇体现了一个与之形成鲜明对比的结论:女性已经做出了巨大牺牲——男性还要求女性做出更多的牺牲。"三十岁之前不要结婚。"③另一个女主人公告诉她。作者给出了这个建议背后的理由:

> 大多数女孩在结婚方面早熟……她们 16 岁就有了男朋友,17 岁的时候就结了婚;18 岁的时候常常被人看见她们和丈夫骑马进城,满身尘土,怀里抱

---

① [美]哈姆林·加兰:《大路条条》,邹文华译,长江文艺出版社 2010 年版,第 305 页。
② 同①,第 344—345 页。
③ Hamlin Garland, *Rose of Dutcher's Coolly* (Lincoln: University of Nebraska Press, 1969), p. 94.

着哭泣的婴儿;20岁的时候,她们的肩膀常常又瘦又窄,臀部又平又硬,脸色蜡黄,满腹牢骚。①

在《德切尔库里的露丝》中,加兰讲述了一个直截了当的常识性道理。但是,在这部小说中,他提出了更深层次、更困难的话题。那个建议露丝在三十岁之前不要结婚的女人也告诫她不要成为"第一个把手放在你身上的男人的牺牲品"②。这位来自中土边境的道德严谨的儿子,在谈到性解放和双重标准的问题时,受到了尖锐的批评。如上所述,露丝对男人卑鄙的影射行为感到厌恶,但事情没有那么简单。女主人公本身既是一个生理上的存在,又是一个精神上的存在,她经常体验到性激情的生命力。作为一个孩子,她有一种无拘无束的精神。她对着天空挥舞着她的小拳头,咒骂上帝,蔑视上帝会杀死她,这让她的玩伴们感到恐惧。她津津有味地看着小男孩们在小溪里戏水,她喜欢光着身子沿着玉米垄跑下去。14岁时,她有了她的第一次性经历,作者以一种模糊而谨慎的方式对待。我们只知道发生了一种"过早的激情爆发",露丝长大后将不再让轻率的手触摸自己。在她成长的岁月里,露丝对性还是保守的。在一个朋友家,当她看到一张年轻的参孙掐死狮子的照片时,她为里面闪烁着白色的四肢而脸红。

露丝在这部小说中有两个有益的作用。她以一种健康和克制的态度来衬托作者笔下生活在外部世界中的人的粗野和卑鄙的倾向。与此同时,她那动物般的活力和自然的精神自由却在攻击一种男人对女人更阴险、更微妙的滥用——道德的双重标准。加兰展示了他自己在大学读书时的构思。一位年轻的麦迪逊律师带她去剧院——为了一个无法弥补的错误——看了一场戏剧性地对待一段破裂婚姻的戏。在剧中,一位优雅的丈夫知道他的妻子——作为一个女孩——曾经做过情人和母亲。"在一场自以为是的激

---

① Hamlin Garland, *Rose of Dutcher's Coolly* (Lincoln: University of Nebraska Press, 1969), p. 83.
② 同①, p. 94.

情风暴中",他用"轻蔑和恐惧"把她抛到一边。"在我的软弱中,我受到了无法形容的玷污,"那个心烦意乱的女人承认,"但你的力量,你没有掠夺过软弱的女人吗?法律允许你逃避不光彩的天性,而法律强迫我们一起受苦。"①读了霍桑的《红字》,露丝的思想更加深刻了。她问自己,为什么男人认为女人要么像天使一样纯洁,要么像魔鬼一样邪恶:

> 她读着那本恐怖的书,反抗着黑暗的画面,怒斥着民众对海丝特永无止境的报复,他们谴责海丝特,仿佛她为新英格兰的每一个女儿打开了地狱之门。她既不能理解,从那以后,对这个可怜的、毫无防备的女人所怀有的强烈的仇恨。女人做了什么?②

加兰设计了一场重大的人类对抗。一方面,他描绘的男人虽然本能地想一夫多妻,像动物一样贪得无厌,却又要求女人绝对纯洁;另一方面,他又介绍了一些女性,她们虽然天生善良,但可能出于天真的热情而沉溺于年轻时的轻率。他对《红字》的回答是重建婚姻关系。新男人和新女人将避免过去畸形婚姻的错误,露丝期待有更好的安排。小说的后半部分主要讲述了她和一位成熟而成功的芝加哥记者之间的浪漫故事。在结尾处,他的求婚信传达了整部小说的女权主义思想。她的求婚者坦率地承认,他对自己未来的感情没有把握。他写道:"我想,我会发现你一切都好……但是男人和女人会改变。"③所以他写到了灵活的现实,关于积极的建议,那个更好的加兰式的人告诉露丝:

> 我想让你成为我的同志和爱人,而不是臣民、仆人或不情愿的妻子……我对你没有任何权利,不要求为我做饭,也不要求为我料理家务……你愿不愿意给我生孩子,随你的便……你是自己的主人;来去自如,毫无疑问,也不需要向我解释。你随时都可以自由地和我断绝来往,只要有谁有能力使你比我更幸

---

① Hamlin Garland, *Rose of Dutcher's Coolly* (Lincoln: University of Nebraska Press, 1969), pp. 124-125.
② 同①, p. 119.
③ 同①, p. 379.

福,你就可以完全自由地离开我。①

在许多方面,加兰都对预示着 20 世纪"改革时代"到来的情感和智力问题发出了热烈的呼声。在描述被陈旧的制度所阻碍的生活时,他偶尔会陷入一种近乎绝望的极度吹毛求疵的语调。《在那扇低矮的绿门前》中,垂死的农妇对来世没有任何期待,因为她感觉到上帝本身——如果有的话——永远无法补偿她所遭受的痛苦。更常见的情况是,加兰含糊其词。他接受了亨利·乔治精神的核心论点——痛苦来自人类法律的缺陷和某些情况,而不是来自自然的命令或上帝的设计。他说他厌恶苦难和对他的不公正,但总是带着一种愉快的假设,认为人类能够愿意并创造一个更美好的未来。作为一名艺术家,他可能不得不描绘当下痛苦的场景,腐蚀那将社会与过去捆绑在一起的"思想的铁链"②。但这种必要性并没有削弱他的信念,即对未来充满宏伟的希望。在《渎职》中,当嘉吉以幻梦的口吻推荐《格列佛游记》时,艾达·威尔伯说:"不要把斯威夫特拉进我们的讨论。"然后对布拉德利·塔尔科特提出了警告:"嘉吉有点像美国的斯威夫特……别让他破坏了你的乐观精神。"③她可以接受那些"敢于说出现在的真相"的人,但前提是他们要乐观,前提是他们的现实主义源于"不完美和不公正的汽车会得到改进"④的信念。老迈的惠特曼曾对这位作家说:"我知道未来会很好,尽管如此,还是很好。"⑤

近年来,历史学家倾向于认为世纪之交见证了"纯真的终结"和"信心的丧失"⑥。当然,加兰符合这种模式。就他个人而言,人们对身体衰老的意识

---

① Hamlin Garland, *Rose of Dutcher's Coolly* (Lincoln: University of Nebraska Press, 1969), p. 380.
② Eric Goldman, *Rendezvous with Destiny: A History of Modern American Reform* (New York: Knopf, 1952), pp. 85-104.
③ Hamlin Garland, *A Spoil of Office* (New York: D. Appleton and Company, 1897), p. 249.
④ 同③, p. 249.
⑤ Hamlin Garland, *Roadside Meetings* (New York: Kessinger Publishing, LLC., 1930), p. 113.
⑥ See Robert A. Skotheim, "Innocence and Beyond Innocence in Recent American Scholarship," *American Quarterly* 13 (1961): 93-99.

令人不安,对文学上尚未实现的潜力也有一种默默的苦涩感。文化和社会的变化也产生了同样令人不安的影响。城市被外来部落占领,政治上的蛊惑人心,文学上对"肉欲之爱"和"返老归真的道德"的痴迷,导致了"我们的世界正在瓦解"①的结论。在这里,年老的加兰与约瑟夫·伍德·克鲁奇(Joseph Wood Krutch)的《现代性情》(*The Modern Temper*)和沃尔特·李普曼(Walter Lippmann)的《道德序言》(*A Preface to Morals*)中的哲学绝望相呼应。他逃向平淡无奇的浪漫,逃向神秘的心理领域,这至少是可以理解的。

19世纪90年代的塔尔科特、塔特尔、露丝和其他"加兰人"常常显得浮夸得令人不满意,但他们都是改革派。正如切斯特顿所说:"乐观主义者比悲观主义者更善于改革;相信生活是美好的人,是最能改变生活的人。"②《崩塌的偶像》很好地表达了这一点:"因为他是由对未来的爱和信念支撑的,他可以毫不留情地真实。"当加兰不再是"无情的真实"时,"对未来的爱和信念"③就不再支撑着他,改革是他对未来抱有希望的唯一的方式,改革也是他作品中永恒的主题。

第三节 "怀旧"为主题的写真主义研究

怀旧的英语词汇 nostalgia 来自两个希腊语词——nostos(返乡)和 algos(痛苦),是指对往日家园或往昔时光的怀想。作为一种心理活动和情感体验,怀旧是古往今来普遍存在于人类生活中的社会现象。怀旧主体把过去、

---

① Donald Pizer (eds.), *Hamlin Garland's Diaries* (San Marino: The Huntington Library, 1968), pp.86-103.
② Gilbert K. Chesterton, *Charles Dickens: A Critical Study* (New York: New York, Dodd, Mead & Co.,1906), pp.6-7.
③ Hamlin Garland, *Crumbling Idols* (Chicago: Stone and Kimball, 1894), p.52.

家园等具有一定象征意味的客体想象成完美的、理想化的情景,在对此情景的感性体验中寄托某种稳定感、安全感或归属感,以此来弥合在当下现实中感受到的精神失落或人性分裂,或与令人失望的现实处境形成抗衡。在现代人的精神生活中,怀旧具有强大的乌托邦功能。

哈姆林·加兰对怀旧的情怀很大程度上源于他自己的政治信仰与一种特殊的美学哲学。在19世纪末和20世纪初的美国文学中,加兰的地位一直很脆弱。豪威尔斯虽然是他作品的支持者,却也觉得加兰对中西部生活的描写不甚完美。豪威尔斯尤其批评加兰总是创作出"某种粗糙又迟钝"①的作品。加兰的同时代人则责备他的作品因简化了草原上的生活而缺乏历史和经验的真实性。这两种看似矛盾的批评,部分源于加兰试图坚持他自己独特的文学理论。这种理论既不符合美国文学现实主义的一般预期,也不符合自然主义的一般预期。

加兰提出的"写真主义"文学理论曾经在美国文坛风靡一时。很大程度上,写真主义实际上是加兰对两本主题截然不同的书的研究产物:斯宾塞派经济学家亨利·乔治的《进步与贫困》和尤金·维龙的《美学》。乔治的书让加兰投身民粹主义事业。这是一场政治运动,由一个贸易协会联盟和第三政党组成。这场运动呼吁进行国家经济改革,帮助美国南部和中西部的农民和雇佣劳动者摆脱贫困。加兰基本上把这种经济观与维龙的美学理论结合在一起,反对豪威尔斯倡导的微笑现实主义理论。维龙对美学的定义恢复了这个词在18世纪的原始含义,即对"感觉和知觉"②的研究。在《美学》中,他还认为文学应该产生高度个性化的"生动的印象——无论是道德、智力还是身体方面的"③,而不仅仅是一种旨在用经验性的准确性展现世界的模仿。加兰将乔治的经济学与维龙的美学结合起来,发展了他自己的文学创作理论,并重视印象主义和乡土文学。因为这些作品并没有把区域的特

---

① Hamlin Garland, *Main-Travelled Roads* (New York: Harper & brothers, 1899). p. 4.
② Eugène Véron, *Aesthetics* (London: Chapman & Hall, 1879), p. 95.
③ 同②, p. 108.

殊性包含在国家的统一概念下,因此,写真主义成为加兰挑战东部都市经济和文学霸权的一种方式。

　　加兰的这些思想影响了他怀旧情绪的表达,更影响了他的小说创作。《在魔爪下》有这样一个结尾:"世界上没有任何东西比无家可归的人的绝望更深刻的了。"①而在《大路条条》中,加兰的许多主人公在不同程度上处于一种永久无家可归的状态,这不可避免地会让人产生思乡之情或回归故土的怀旧愿望(虽然无家可归和思乡之情可能是加兰笔下人物的普遍情况)。至少在最初,加兰笔下人物的思乡之情是一种对具体的人和物的思念。因此,加兰的大部分作品开头的段落会通过引入渴望归乡的人物来传递怀旧的精神概念。

　　《大路条条》中的《老兵归乡》最能体现这一点。这个故事以美国内战后不久为背景,描述了一位名叫史密斯的二等兵回到他在威斯康星州农村的农舍的故事。这个故事从两方面表现了怀旧,一是描绘了19世纪末经济动荡之前的中西部地区,二是故事所围绕的一个思乡的士兵——饱受怀旧之苦的典型代表。在整个叙事过程中,史密斯展现了许多怀旧的标志性"症状"。加兰在故事一开始就强调,史密斯在谈到"回家的喜悦"时"心里感到极度的辛酸"②。在故事的后面,当他回到家时,他也陷入一种不由自主的幻想。故事将史密斯描述成了迷失在梦中的人物,"他那双圆圆的灰色眼睛瞪得大大地望着美丽的山谷,好像看见了什么又好像什么都没有看见"③。

　　其他的故事也有类似的情节——《岔道》中的威尔和《兄弟》中的霍华德的思绪都被他们对中西部的老房子的"念头""占据",他们起初都期盼他们的中西部老房子能保持不变。在这两个故事中,我们可以对怀旧概念在时间和空间的两种形态中的运作有个大致的了解。当主人公返回中西部以满足他们对家的空间怀旧欲望时,他们也渴望回到更早的时候。在《神鸦》中,

---

① [美]哈姆林·加兰:《大路条条》,邹文华译,长江文艺出版社,2010,第155页。
② 同①,第124页。
③ 同①,第129页。

当一对夫妇从芝加哥搬到威斯康星州,希望能找到一片工业化前的绿洲时,空间层面的怀旧与时间层面的怀旧相比几乎完全黯然失色。

在加兰的作品中,怀旧在空间和时间上都发挥着作用,这让他对怀旧的理解与他同时代人的理解一致。几乎所有加兰的主人公最初都有一种怀旧感,这种情感导致他们否认自己农村出生地的同时代性,并将出生地定格在某个特定的时间。加兰根据自己独特的写真主义,引入了多种叙事视角,拒绝赋予其任何单一的叙事意识。通过创造这些虚构的结构,他挑战了一个统一的国家时间性的观念,这种观念把国家捆绑成一个想象中的共同体。这恰恰就是加兰所探索的怀旧创造时间裂痕和间断的潜力,以将曾经可能看起来有分歧的群体和观点融合在一起。但是为了让我们可以欣赏加兰使国家时间复杂化的方法,我们必须首先了解他如何将怀旧视为一种情节化操作,而不仅仅是一种情感状态。

通常在地方主义的情况下,怀旧往往自动与保守或倒退的意识形态结合在一起,但加兰的作品表明怀旧可以作为一种灵活的叙述方式,很容易与许多意识形态或政治观点结合起来。为此,可以将海登·怀特(Hayden White, 1928—2018)对19世纪的史学分析作为一个特别有用的视角,来更广泛地阅读加兰的作品和体会其19世纪晚期的怀旧之情。虽然加兰并不像怀特那样严谨地对待怀旧,但他含蓄地将怀特所指的"情节化模式或怀旧叙述所讲述的某种故事与其思想含义模式"[①]加以区分。怀特可以为我们提供一个有用的规则,通过这个规则,我们可以理解情节化的怀旧模式,即使怀特在自己的研究中没有概括这种特定的模式。通过借鉴怀特的一般分析框架,我们可以理解加兰的故事是如何定义现有的怀旧模式的,以便以符合其小说美学和政治目的的方式来重新想象这些故事。

《大路条条》中的大部分作品是在怀旧的叙述结构中进行的,但最生动地表现加兰怀旧的情节化模式的作品是《兄弟》。这个故事记录了一个富裕

[①] Hayden White, *Metahistory: The Historical Imagination in Nineteenth-Century Europe* (Baltimore: The Johns Hopkins University Press, 1973), p. 7.

的明星演员霍华德·麦克莱恩从居住地纽约回到家乡威斯康星州的故事。尽管霍华德愉快地期待着能与家人团聚，重新熟悉他童年时的美丽家园，但当他回到威斯康星州时，竟发现自己的兄弟格兰特和母亲在中西部农场生活的压力下处于一种崩溃的状态。由于经济困难，他们还不得不卖掉旧农舍和邻近的农田，以维持生计。许多故事都围绕着对草原的矛盾观点展开，霍华德和格兰特就是个例子。霍华德渴望欣赏周围景观的"威严"和"雄伟"①，而格兰特则把这片土地看作是一片无情的劳作之地。但故事并不是简单地将霍华德的观点视为愚钝和经验不足，而是始终在一个怀旧的框架中将兄弟俩的两种观点以对话形式表现出来。因此，如果我们回顾作品的整体结构，就可以对加兰怀旧的思想基础和叙事技巧有所了解。

《兄弟》通过描绘故事情感表现并将这种情感锚定到特定的叙事结构中，使故事立马充满怀旧感。故事以霍华德坐火车向西穿过威斯康星州为开端。当他凝视着"正逢收割的麦田"时，他任由"报纸放在膝盖上"②。接下来大部分都在描述风景，风景在故事中所占的比例比霍华德出现的场次还多。因此，这片风景似乎比霍华德更为活跃，也更具有能动性。他只能被动地放下报纸，并对他周围的乡村世界惊叹不已，"他的思绪都在火车前面飞，飞往那远在密西西比河畔的小镇，在那里他度过了自己的青春时代"③。在这种情况下，个人会幸福地迷失在风景中，然后在甜蜜的时刻被风景折服。怀特的浪漫情节化模式包含超越当下环境的人物，与怀特不同的是，加兰的怀旧情节化模式引入了一个拥抱周围感官世界的主人公。

尽管乡村的美景让霍华德抱着怀旧的感情回到了童年时光，但这段叙述却没有将威斯康星州描绘成田园诗般的天堂，即使在这些怀旧的片段中，作者也承认人们在土地上辛勤劳作。在加兰这种传统的怀旧里，农村仍然被想象成一个生产之地，但农作仍然在不同程度上被理想化和升华了：大麦

---

① [美]哈姆林·加兰：《大路条条》，邹文华译，长江文艺出版社，2010，第45页。
② 同①，第46页。
③ 同①，第46页。

可以收割，但收割的困难至少在最初没有被注意到。在这些开头的段落中，加兰基本上确立了传统怀旧的经典情节：主人公厌倦了城市里喧闹躁动和烦琐的生活，于是回到了他田园诗般的家乡，渴望在那里沉浸于当地和乡村的自然美景中。一开始是一个回忆的过程，但最终形成了一个所谓的"恢复性怀旧"的情节，因为主人公回归故土并想恢复童年的家园。

尽管传统的怀旧情节会记录回家的旅程，并在修复家园之时结束，但加兰的故事怀旧才刚刚开始。霍华德一到达目的地，故事就开始重塑传统的怀旧情节化模式。当霍华德进入火车站，加兰打破了故事早期的异时代倾向。下火车后，霍华德观察站台上的一些无所事事的人，并将他们比作站在布鲁克林大桥前的人，这重申了城乡的同时代性。前几段的田园生活也让位于对现代农业生活更为鲜明的描绘。走在死气沉沉的小镇大街上，霍华德发现道路两旁是"两排普普通通的小店铺，旁边没有一棵树，一点给人以美感的点缀都没有"①。这样的时刻似乎证实了对加兰的既定解读，认为加兰从一开始就着手破坏任何被误导的和天真的怀旧欲望，但霍华德对周围的重新怀旧之情立即使这种看法黯然失色。从丑陋的肮脏到自然的美丽，从同时代到异时代，这种有争议的振荡正是加兰的怀旧情节化模式的特有定义。

在霍华德挺身而出帮助弟弟格兰特收割干草的时候，霍华德对该地区的怀旧之情与他弟弟格兰特的愤世嫉俗之间的差异变得极其明显。在跟上他的弟弟及其他农夫之前，霍华德停下来欣赏割过草的山坡和在山坡上吃草的动物，并认为："阳光明媚的山坡上点缀着红色、棕色和灰色的牛群，让人感受到一种古老的东西。"②霍华德沉浸在乡村的美感和怀旧的乐趣中时，时间对他而言再一次停止。当他意识到格兰特会忽略这一切时，他的愉悦感立即减弱，这意味着霍华德知道，至少在目前，农民们无法同他一样欣赏这片土地。当格兰特觉得霍华德的衣服很华丽时，兄弟俩的距离就更加突

---

① ［美］哈姆林·加兰：《大路条条》，邹文华译，长江文艺出版社，2010，第46页。
② 同①，第46页。

出了。霍华德被指责穿了一件这么昂贵的衣服上田里,并受到指责,他却说穿的只是工作服。这种反驳导致了一系列令人不快的比较,最终导致霍华德气得不干活走了。格兰特表示,在"国家走向深渊"的时候,那些纽约人穿着锦衣华服,在纽约城里闲逛,抽抽香烟,拍拍百万富翁的马屁。然而,作品并没有完全放弃怀旧的情节化模式,而是描绘了霍华德偶然发现那条他小时候常走的一条路,在一尘不染的天空中再一次找到了慰藉,既逃离了他弟弟的控诉,也逃离了令人不安的大城市。沿着这条路走到尽头,霍华德发现他童年时代的老房子现在被德国移民占了。一看到他的旧家,一大堆的往事涌入他的记忆,当他渴望重新成为一个孩子的时候,他感到一种奇怪的心痛,让他疲惫不堪。这种经历的情感力量对他影响十分巨大,加兰对此解释说:"他就像一个失去所有生活动力的人。"①这一刻让人想起怀旧的表现,就像是一种精神疾病,会导致哭泣、叹息或呻吟,还伴有静止或麻痹。这是加兰整个故事中的一个关键时刻。

加兰将霍华德的精神崩溃描绘成怀旧情绪所引发的精神崩溃,以此来表明怀旧情绪作为一种情感和一种情节化模式的局限性。在《兄弟》中,霍华德最初失去动力说明他被过去困住了,这表明怀旧并不能表达加兰的政治和美学目的哲学思维。但这一刻转瞬即逝,且这一段怀旧的遐想实际上产生了一种新的渴望——渴望看到母亲回到老房子里,"能再看到壁炉里熊熊的火焰"②。因此,霍华德的怀旧经历成为他和怀旧本身概念化的一个发现时刻:他的怀旧不仅没有使他丧失能力,还激励他采取行动,希望恢复童年的家并在这个过程中恢复家庭的经济安全。通过这种方式,加兰把怀旧想象成一种情感和情节化模式,能够以恢复过去的名义巩固政治承诺。

从霍华德经历这一怀旧情节的那一刻起,怀旧——不仅被想象成对回不去的过去的徒劳渴望,也被想象成对恢复过去以改善当前条件的可实现的愿望——推动着故事向前发展。霍华德和格兰特之间的认知冲突依然存

---

① [美]哈姆林·加兰:《大路条条》,邹文华译,长江文艺出版社,2010,第 69 页。
② 同①,第 69 页。

在,但其他的对比变得更加明显。尽管霍华德的怀旧情绪使他变成了一个能动者,筹谋买下他们的老房子,但格兰特仍然故步自封,对霍华德过去不愿意在经济上支持他们的家庭无法释怀。格兰特仍然是他自身状况的囚徒,他曾一度用带有种族歧视意味的口吻抱怨:"养牲畜和制黄油,把人弄到像黑奴一样。"①换句话说,格兰特似乎陷在了一个故事或某些伟大的悲剧诗歌里,而霍华德则"想起了收获季节时的盈月,想起了瓜宴,想起了月明星稀冬天寒冷的晚上"②,这一切坚定了他让家人回到老家的决心。

除了赋予霍华德以能动性之外,怀旧似乎也能融合加兰的美学和政治目的。加兰批评维龙在《美学》中"将艺术家简化为一个纯粹的复制者"③,但接受他呼吁用一种更个人化或印象主义的艺术来代替现实主义。正如我们已经在《大路条条》中的作品里看到的那样,维龙提倡的是艺术以印象主义的方式描绘出一个多元和相对的理论,这成为加兰早期的小说和批判性作品的理论基础。加兰结合维龙美学的概念形成了自己的"写真主义"理论,但他在评论文章中也使用了更常见的印象主义的标签,与他自己的新词互换使用。加兰强调,将写真主义与"壮观的"和更具模仿性的艺术形式区别开来的是,写真主义关注人以及人的家庭里的戏剧故事、人们的爱及他们的抱负。此外,写真主义者的目标是通过记录"一群不同的、变化的、勇敢的人的戏剧性故事,来捕捉深化的社会差异"④。加兰通过描绘霍华德和格兰特相互矛盾的观点和兴趣来体现他自己的小说理论;通过突出"社会差异"和中西部农村地区的经济衰退,为他的民粹主义政治目标服务。

霍华德的怀旧印象不仅仅例证了他的个人观点,或是说明美国乡村所遭受的不平等现象,他对过去的渴望也会在人们之间建立纽带并创造新的社区形式。怀旧,作为一种情感和表现方式,响应了加兰自己对于印象画派

---

① [美]哈姆林·加兰:《大路条条》,邹文华译,长江文艺出版社,2010,第 81 页。
② 同①,第 82 页。
③ Eugène Véron, *Aesthetics* (London: Chapman & Hall, 1879), p. xxiii.
④ Hamlin Garland, *Crumbling Idols* (Chicago: Stone and Kimball, 1894), p.15.

作家的观点:"通过唤起人们对自然和怀旧场景的回忆,来想象未来的公民,以此来创建地方和国家社区。"①除了在作品中呈现个人印象外,印象画派或写真主义者也让这些人彼此交流。加兰认为只有通过努力培养超越自我的同情来扩大社会精神,才能既支持个人主义,又能想象社区的其他形式。如果将怀旧限制在情感范畴内,怀旧可以帮助加兰将他的美学理论与他的政治实践结合起来。加兰知道,为了取得成功,19世纪90年代的民粹主义者必须完成一项几乎无法实现的任务——他们必须团结几个不同的政治组织和派别,使全国不同的地区之间建立联系,克服城市和国家之间的社会分歧。最终,民粹主义领导层希望这些不同的团体能够团结在人民党的单一旗帜下。为了取得成功,民粹主义必须以与加兰在其小说中为实现和解所做的努力大致相同的方式,调和个人与公共利益的关系,驱动当前农村与城市劳动者互利共生的运动文化的进一步发展。

从19世纪70年代开始,正如历史学家迈克尔·麦格尔(Michael McGerr)所写,农民"长期以来通过各种正式和非正式的安排相互合作"②,最终建立以农庄运动和后来的农民联盟为代表的互惠协会。民粹主义者希望将这些在农村先前存在的互惠主义形式与城市劳动者这样的工人团体和工会的集体主义融合起来,从而创造一支国家层面的政治力量。伊格内修斯·唐纳利(Ignatius L. Donnelly, 1831—1901)回忆起美国革命的传统,在他的《民粹主义政党纲领》序言中概述了这个计划,此前他先后在乔治·华盛顿诞辰纪念日和1892年7月4日的人民党大会上提出过这个计划。在这篇序言中,唐纳利透露了其政党的雄心壮志,他们通过呼吁选举改革、交通和通信基础设施国有化以及打破土地和工业垄断,寻求实现"永久"的城乡"美国劳动力联盟"。加兰在19世纪90年代向全国各地宣扬民粹主义的思想,特别是代表乔治的单一税收理念。他甚至在他的小说中,特别是在《渎

---

① Hamlin Garland, *Crumbling Idols* (Chicago: Stone and Kimball, 1894), p. 29.
② Michael McGerr, *A Fierce Discontent: The Rise and Fall of the Progressive Movement in America*, 1870-1920 (New York: Oxford University Press, 2003), p. 25.

职》一书中,清楚地描述了这一政治运动。但在他的短篇小说中,他通常通过运用怀旧的叙事和情感力量来实践一种更为微妙的想象的互惠主义。通过在人物之间建立起同情的纽带,并对中西部和国家进行一定的历史记载,怀旧可以产生一种有利于民粹主义政党实现合作或互助目标的社会精神。

在加兰的短篇小说中,怀旧在很多方面促进了互惠主义。在《兄弟》中,我们发现霍华德的怀旧情结超越了影响社会凝聚力的各种障碍。例如,当霍华德遇到一个现在住在他老家的德国女人时,他表现出的思乡情感弥补了他们之间的语言差异,因为她回应了"几句德国话,大概就是安慰之类的词语"①。在故事的其余部分,怀旧是霍华德和不同人群建立类似联系的媒介。在一次社交聚会上,霍华德和几个当地农民聆听"古老的曲调"和民间音乐时,怀旧使他们产生无尽的联想和回忆。这种忧郁的音乐最终把所有人凝聚在一起,促使霍华德意识到"生活中充满着无穷无尽的悲哀,而世人却喜欢将其描述成宁静的、田园般的生活"②。这样的顿悟似乎通过霍华德向读者揭示"为在这个世上赢得一席之地,城里的男男女女也跟农村人一样,必须耗尽一生的精力和心血"③。因此,通过回顾他与当地农民共同的遥远的农耕历史,霍华德意识到苦难是劳苦大众的普遍情况。在故事接近尾声的时候,霍华德和格兰特怀旧地回忆起他们共同的童年经历,重燃了兄弟情谊。

怀旧在《兄弟》中所形成的情绪影响了《大路条条》中的其他大部分小说。在《老兵归乡》一文中,分裂国家南北部地区的政治纠纷被更为温和的地区或文化差异取代。作品中的人物并未提及有关奴隶制和人民主权的争论,而是通常以幽默的方式对比北部和南部野生动物和牲畜之间的地区差异。故事的主人公,二等兵爱德华·史密斯为他的家乡患上了严重的心病,这产生了新的区域性的互惠和对立,与故事重建时代的政治背景相比,这种

---

① [美]哈姆林·加兰:《大路条条》,邹文华译,长江文艺出版社,2010,第68页。
② 同①,第83页。
③ 同①,第85页。

互惠和对立更能说明世纪之末的政治情况。当爱德华想到那些"百万富翁把钱弄到英国保管起来"①,他就痛恨自己为了一个想法而战斗,这个想法迫使他把家人留在他们抵押出去的农场上。因此,他回家后意识到,他现在面临比他之前参与南方进军时更危险的未来。然后,故事继续强调了将中西部农村农民与富有的纽约百万富翁区别开来的经济差异;现在,南部和中西部之间的差异几乎可以忽略不计。因此,加兰充分运用怀旧的互惠模式,抹去奴隶制的历史,以想象他自己的重建方式——强调中西部与南部的贫困白人的经济相似性可以追溯到过去。19世纪90年代的民粹主义者在这两个地区之间建立政治联盟,正是利用了这种虚构的过去和地区的相似性。通过这种方式,加兰的怀旧作品以虚构一个可能永远不存在的过去进行反思性的创作,以使其政治计划合理化。这样一段怀旧的过去,重新唤起了一种感伤的美学,以试图在地区之间建立起同情的纽带。

在《岔道》和《神鸦》中,群体之间形成了非常类似的纽带,我们不需要深入研究其中的细节,只需要强调在加兰几乎所有的作品中,他都用怀旧来强调共同利益和历史,正是这些利益和历史将不同的阶级、地区和种族联系在一起。通过这种方式,加兰证明怀旧可以与民粹主义或意识形态含义的互惠主义模式相结合,而不是与保守的意识形态或对地区纪念品的消费需求密不可分。当然,加兰虚构的互惠主义在种族上令人反感的一面也不容忽视。他经常将作品中的欧洲移民异域化,并将其视为当地农民的威胁。即使在19世纪后半叶美国军队和中西部部落爆发了几次暴力冲突的情况下,他的中西部风景也完全没有美洲印第安人的影子。而《老兵归乡》也将奴隶制视为一种理念,以此暗示内战师出无名,是贫困的白人之间的互相对抗。在这些方面,怀旧只是通过一个特殊过程来遗忘他人,从而产生某种社会联系,这个过程被尼古拉斯·达姆斯(Nicholas Dames)视为怀旧的具体遗忘形式。但是怀旧往往和健忘症融合成一个概念,被当作记忆丧失的一种形式。

---

① [美]哈姆林·加兰:《大路条条》,邹文华译,长江文艺出版社,2010,第130页。

然而,在加兰的小说中,怀旧反复、几乎是强迫性地重现记忆。虽然怀旧是有选择地回忆过去,但正是这种通过集体和个人记忆产生社会凝聚力的能力形成了怀旧文化和美学力量。

加兰对怀旧的运用是假想把不同群体的人以一个共同事业的名义聚集在一起。这也形象地体现在《大路条条》的指引时空体——道路上。在巴赫金(Mikhail Bakhtin, 1895—1975)所描述的各种时空体中,"道路最为突出,是与离别、出逃、寻获、丢失、结婚等"①联系最为紧密的时空体。当然,加兰的作品借鉴了以上所有主题,还特别详细地阐述了"失去"这个主题。这个时空体的另一个显著特征与怀旧和加兰小说的研究密切相关,那就是道路以一种特别明确的方式将时间和空间瓦解。巴赫金解释道:"一个时间和空间点上,有许多各色人物的空间路途和时间进程交错相遇;这里有一切阶层、身份、信仰、民族、年龄的代表,……社会性隔阂在这里得到了克服。"②加兰在其短篇小说集中的题词中将道路描绘成一条被许多阶层的人穿过的路径,这与巴赫金对道路时空体的描述相呼应。正如巴赫金和加兰所描述的那样,道路模仿怀旧的时空体维度,因为怀旧本身缩短了社会距离,在时间和空间的二元模式中运作。但是,怀旧和人类学通常以否认同时代性来代表不同文化,怀旧与道路时空体提出相似的问题。如果怀旧以一种按时间顺序的方式,通过唤起一段共同但已失去的过去来消除社会距离,从而在不同的人群之间建立联系,那么它是否只是用空间距离和差异来代替时间距离和差异呢?尽管加兰对游客或记者对乡村的肤浅描述进行了持续不断的抨击,但是否不可避免地将这些乡村地区禁锢在一个逝去的——即使不是田园诗般的——过去,从而使乡村变得僵化呢?

这些问题是否对 19 世纪末和 20 世纪初的美学和文化的发展都有重大的影响,这很难回答。关于怀旧在世纪之交的作用以及与之相关的各种艺术形式的持续争论——从地方色彩书写到工艺美术运动——也同样是关于

---

① [俄]巴赫金:《巴赫金全集(第三卷)》,白春仁、晓河译,河北教育出版社,1998,第 289 页。
② 同①,第 444-445 页。

美学、历史学和人类学在这一时期的新兴学科地位的争论。加兰在他的作品中试图处理怀旧与时空以及历史和政治进步之间的关系,这在《兄弟》故事中得到了充分展示。

霍华德终于赢得了格兰特的谅解,他唤醒了他们共同的记忆,但他还是没能成功地说服他的弟弟允许他修复旧农舍和与之相伴的土地。格兰特和其他许多农民一样,无法想象一种能够替代当前生产关系的方法,尽管这种生产关系在经济和社会上是不公平的;他和他的邻居们都很不满,但不敢承认这一点,也不愿呼吁变革。出于这个原因,加兰在故事的结尾描绘了两兄弟之间一个重要的、最终的对比。虽然他们兄弟俩拥抱在一起,但他们发现自己无言地凝视着对方:"兄弟俩站在那里面对面,手握手。一个皮肤白净,嘴唇丰满,衣着整洁漂亮;另一个却悲惨、阴郁、情绪低落,一张苏格兰式又长又大、皮肤粗糙的脸被太阳晒成古铜色,上面刻满了岁月留下的皱纹,犹如老兵脸上的刀痕,记录着他历经的百战。"①

用两个分号隔开,表明兄弟俩还没有完全和解。他们只是彼此认识,共享同一个空间,但一切是不同步的。霍华德穿着一套时髦的西装,成为新时代的象征;而格兰特则以一个种族化的古铜色苏格兰人的形象出现,成为历史的承载者。这二者很难调和。尽管一些评论家认为这段话根本就是模棱两可的,既不支持霍华德的观点,也不支持格兰特的观点,但加兰并没有真正向读者展示一种选择,而是一种辩证。这篇文章中的分号既是连接词,又是分号。霍华德作为小说中唯一一个具有审美能力的人物,缺乏历史意识。相比之下,格兰特的脸上明显伤痕累累。伤疤常常被认为是记忆的一种表现形式,为他提供了他哥哥所没有的历史。格兰特的脸拥有这些历史,即使他的兄弟霍华德读不懂,这些文字也能被辨认出来,成为当下呼吁采取行动的基础。这样,他们的时间性交汇在一起,构成故事第一部分的异时性也就结束了。因此,这个故事并没有以一种异时的和人类学的方式

---

① [美]哈姆林·加兰:《大路条条》,邹文华译,长江文艺出版社,2010,第93页。

把他们分开,而是用了一个民粹主义者所喜欢的词——融合,民粹主义者在最后一段中把他们自己的政治融合计划描述为霍华德和格兰特时间线的融合。

因此对于加兰来说,怀旧开始成为一种具有美感的记忆形式:它能够将空间和时间的相对性连接起来,这种相对性在加兰的短篇小说和乔治的《进步与贫困》中有所描述。《进步与贫困》是一本宣扬民粹主义者和加兰的政治哲学的书籍。但是,当加兰通过使用怀旧弥合分歧时,也暴露出并回应了乔治作品中存在的一些缺陷。在书中具影响力的章节之一"人类进步的规律"中,乔治提出了一个人类学的主张,试图让大众普遍了解历史,发现"不了解人类进步"的"固定的、僵化的文明"持续存在,这令人苦恼。他还认为,许多文明因"失去了对祖先行为的记忆"[①]而倒退或过早面临衰落。乔治的马尔萨斯(Thomas R. Malthus, 1766—1834)和斯宾塞主义历史观是一个周期性的衰落过程,能动性的可能性似乎相当有限。出于这个原因,乔治在某种程度上矛盾地把自己描述成一个乐观的宿命论者,他一再呼吁改革,并认为,在进步规律中,人类的意志尽管有限,但是一种原始力量。但是,即使他设计了一个税收计划和一套拟议的经济政策,乔治也承认,他的这些计划可能无法防止美国陷入长期衰退。这种宿命论的历史观——尤其是其中的退化论——在19世纪90年代和整个20世纪初当然是比比皆是的。这些理论有一个直接而明确的文学结果——自然主义。加兰更偏爱他自己的写真主义美学,他只是在描述农场生活的辛劳时偶尔在小说中使用自然主义。考虑到加兰与乔治的历史观是一致的,所以当我们认为维龙称赞自然主义,对现实自然的印象持开放态度时,加兰拒绝接受自然主义似乎更加引人注目。可是,加兰不能接受一种"倾向处理犯罪和异常的形式,而放弃劳动的英雄主义和人类的同志情谊"[②]。通过设计一种替代自然主义的方法,加兰撇开

---

① Henry George, *Progress and Poverty: An Inquiry into the Cause of Industrial Depressions and of Increase of Want with Increase of Wealth* (New York: Random House, 1938), p. 481.
② Hamlin Garland, *Crumbling Idols* (Chicago: Stone and Kimball, 1894), p. 28.

了乔治和维龙,因为忠实地坚持他们二人的观点会剥夺他的角色和政治计划的能动性。事实上,加兰小说中隐含着对自然主义以及被怀特描述为论证模式类型的一种含蓄批判。

《兄弟》通过戏剧化地表现自然主义者和怀旧主义者这两种对立叙事之间的冲突,再次阐明了加兰的美学理念。尽管霍华德和格兰特在故事的结尾观点不同,二者之间有辩证对比,但他们有一个非常重要的共同点——他们似乎都与同一环境有着不可分割的联系。格兰特的过去严重影响了他的观点,使得他似乎是自然主义者悲观主义的化身。詹妮弗·弗莱斯纳(Jennifer L. Fleissner)简洁地总结了这一主流的自然主义观点,认为它通过"沉浸在过去的环境中,威胁人类能动性的可能性,而可能改变历史进程的正是这种能动性"①。因此,自然主义通过对这些事件的部分或部分过程的共时表现,把事件置于发生的语境中。语境主义也采用部分论证的机械论模式,而自然主义同样地以决定论的观点来看待语境——不论是历史的还是环境的——这种决定论总是限制或完全消除人的能动性的可能性。加兰在他的小说中通过引入格兰特等人物,探讨了这种论证模式对民粹主义计划的挑战。格兰特坚持一种语境主义论证或自然主义逻辑的模式,拒绝霍华德的帮助,因为他认为自己"注定是个失败者",坚持认为"我们的生活百分之九十九失败了"②。

在加兰的作品中,怀旧最终挑战的是自然主义的逻辑,不是通过想象一个语境之外的位置,而是通过想象一个与这个语境不同的关系。霍华德和他兄弟一样,仍然紧紧和周围的环境联系在一起,但只是怀旧意义上而不是自然主义意义上。霍华德对他的弟弟表示:"环境成就了我,却毁掉了你。"③如前所述,霍华德习惯性地专注于周围的自然风景中并从中获得了灵感。

---

① Jennifer L. Fleissner, *Women, Compulsion, Modernity: The Moment of American Naturalism* (Chicago: University of Chicago Press, 2004), p. 38.
② [美]哈姆林·加兰:《大路条条》,邹文华译,长江文艺出版社,2010,第93页。
③ 同②,第91页。

当霍华德提出任何美的想法时,格兰特只会以死一般的沉默来回应。与格兰特不同,霍华德改变了他与周围环境的关系,从而怀旧地将环境美化并从中获得了力量。他的怀旧改变了他对周围世界的看法,使他能够想象出别的情况来替代现状。正如我们早些时候所看到的那样,怀旧之所以能够在本是零散的群体之间建立一种互惠精神,是依赖于再现过去。那么,对于加兰来说,怀旧表现为博伊姆(Svetlana Boym,1959—2015)所描述的一连串回忆和恢复。事实上,霍华德对过去的回忆构成了恢复性或革命性的必要条件的基础,从而可以改变现状。对于加兰来说,怀旧回顾过往不是为了证明过去决定了现在,而是为了证明现在决定了过去。

通过让过去服从于当下的迫切需要,加兰的怀旧为他的角色们提供了一种历史性的力量,这种力量不是来自他们超越自身状况的能力,而是来自他们内在地参与自身环境或文化的能力。怀旧通过创造服务于当下的共同集体记忆,形成了将自由的能力和欣赏美的能力视为一体的席勒美学。但是,其他美学服务于社会等级制度的建立,而加兰的怀旧是人人可以感受得到的。格兰特在《兄弟》中可能已经屈从于自己的悲惨境遇,但加兰在其他故事中暗示,他笔下所有的角色都有可能经历怀旧。例如,在《在玉米林间》一文中,朱莉亚·彼得森发现自己处于父母的束缚之下,虽然她最初无法想象逃离父母的农场,但她在被中西部景色的美丽征服之后不久就开始想象自己挣脱牢笼。在这段经历之后不久,她遇到了儿时的朋友罗布,回忆起他让她内心愉悦的经历。他们的相遇和彼此的怀旧记忆成为他们最终——即使不浪漫的——私奔的铺垫。《大路条条》中的此类例子表明,即使像朱莉亚这样没有受过教育的贫穷人物,至少也有潜在的审美能力和怀旧体验。正是这种经历,而不是他们所处环境下的现实,使这些人物能够想象别的东西来代替他们的痛苦。

评论家对加兰的小说怀旧研究的缺失,主要是因为加兰的怀旧模式从根本上挑战了我们在文化转向之后理解形式和背景之间关系的方式。无论是以新历史主义还是以文化研究的形式,我们常常把文学作品看作是文化时刻的产物。如此一来,审视加兰对怀旧的运用,既有助于我们了解世纪之交美学与历史之间的关系,也有助于我们质疑一些支持我们自己研究文学和文化的方法的历史模式,也能扩展我们对加兰更多的认识。

结语

　　与马克·吐温那些美国知名作家相比，哈姆林·加兰也许并不算是一位杰出的艺术家。然而，我们也可以认识到，他是一个有能力的作家，他的西部小说从自身经历开始，让我们看到了普通人在西进运动过程中的牺牲，揭示了西部大发展中农民真正的生活，他创作的场景和情节以令人难忘的方式捕捉了人物的情感，引发读者对他所创作的角色的共鸣，不断地赢得人们的欢迎。

　　通过他的小说，加兰成为19世纪农业社会的主要代言人。在他的小说中，加兰说明，作为一个人，人们终于有可能在文学作品中与美国农民打交道，而不是简单地透过文学传统的面纱来看待他们。加兰通过创造新的文学类型，不仅希望向读者介绍西方农场生活的严酷现实，也希望能让读者感受到一个民族的更深层的感情。

　　正如约瑟夫·柯克兰德在1887年所言，加兰是美国小说界一位真正的农民作家，他是第一位在小说中发现大草原的现实主义者。他展现了农耕生活的艰难困苦、挫折和贫乏，同时也展现了平原上开阔的空间和冒险的光辉。他是第一批对美国传统的农场生活的纯洁、健康和自由持怀疑态度的小说家之一。

　　加兰忠实于写真主义原则，践行自己讲真话的本能，利用西部的特定环境，向读者讲述了在恶劣环境中，为了生存,男人和女人必须面对和解决的问题。他成功地反映了大草原生活的严峻和悲惨,以及内战后几十年的孤独和痛苦,并提出要改变农场生活、追求更美好的价值的建议。他用写真主义的手法破除了西部的神话,让人们看到了西部神话背后的真实内幕。加兰在他对中部边界小说的评论中强调,他的观点是一个土生土长的中西部农民的观点:

> 我的创作一直是关于真实的自己生活,而不是来访的坐在马车上的城市小说家。我是在烈日下捆稻草的人之一,我没有注意到金光闪闪的稻谷。风景的美是真的足够了。但在这一切的背后是痛苦和肮脏。我的目标是把场景中所有的东西,包括表面和深层次下的,都放进我的作品里。金色的黄油和阳光并不构成农场生活的全部。①

大多数读者都承认,加兰的很多作品是重要的历史文献,因为它们比当时其他任何作品都更生动地描绘了民粹主义产生的根本原因。豪威尔斯说过,这些故事"充满了日常生活中的痛苦,燃烧的尘土和被践踏的泥泞,过这种生活的人无望痛苦地创造着财富,这些财富使游手好闲的人穷奢极欲,使生产者贫困潦倒"②。加兰自己后来回忆说为了展现那种生活的现实,"我书中把风暴和太阳放在一起,还加上了泥土和肥料。还有野玫瑰和三叶草"③。

尽管加兰的作品存在争议,但他创作的小说整体上还是很感人的,不仅仅是一系列相关的故事,还描绘出了一幅幅引人入胜的美国乡村生活的画面。在小说创作中,加兰的优势在于他驾驭形势和场景的能力,虽然加兰的故事内容很多是对当时现状的描述,但它们包含的远远不是新闻报道。在这方面,托马斯·布莱索认为:

> 它是一种高度有序的叙事艺术,建立在细致复杂的安排之上,并朝着解决问题的方向稳步前进。这个叙述总是直接服务于主题。与记者不同的是,他

---

① Donald Pizer, *Hamlin Garland's Early Work and Career* (Berkeley: University of California Press, 1960), p. 164.
② William D. Howells, et al (eds.), *Prefaces to Contemporaries* 1882-1920 (Gainesville, Fla.: Scholars Facsimiles & Reprints, 1957), p. 38.
③ Hamlin Garland, *Roadside Meetings* (New York: Kessinger Publishing, LLC., 1930), p. 178.

不仅用细节来生动地描述所发生的事情,而且用细节来充实一个主题——道德义愤所播下的种子——这些事件可能发生过,也可能没有,但不可否认有可能发生。与记者不同的是,他不仅仅关注道德;他以最可信的、最真实的细节来发展他的思想,这些细节如此丰富,以至于有了自己的生命和意义。[1]

除了加兰在历史上的重要性,以及他在描写社会抗议和地方色彩的小说中偶尔取得的显著成就之外,他的成功还有一个重要的原因:虽然加兰不是一个有独创性的思想家,但他在作品中反映了他那个时代最重要的知识、社会和美学思想,对民粹主义的兴起、单一税制、印第安人的权利、争取妇女权利的斗争、进化、地方色彩和印象画派等问题,做出了一个积极的改革者应有的回应。随着《崩塌的偶像》的出版,加兰取代豪威尔斯成为美国文学史上正在形成的新潮流的代言人。此外,加兰的自传体作品也记录了他与无数作家、出版商、艺术家和政治家的相识,是他那个时代美国的丰富记录。

当加兰创作出自己最好、最诚实的作品时,他的职业方向仍然是美国文学家中最矛盾的一个。具有讽刺意味的是,他想写更多可接受的材料以获得尊重的愿望严重阻碍了他的艺术。不幸的是,正如我们所看到的,加兰常常不能将他的社会和文学理论与他从个人经验和观察中收集到的材料结合起来。每当他能够在激进的个人主义和威胁个人自由的压迫性的社会和经济力量之间保持一种张力时,他的作品就会保持一种令人信服的生命力。加兰在美国文学史上依然重要的原因不是他的个性,而是他的典型性。他所需要的是更多基于当代重大猜测的理论,然后才能从一个有意义的角度来考虑更多的事实,这就是加兰的意义。

总体来说,加兰写了 50 年小说,他的作品是历史瞬间的产物,毫无顾忌地触及了生活的现实,使人产生同情和震动,他对美国西部文学做出的贡献,足以使他在美国文学史上占有一席之地。

---

[1] Thomas Bledsoe, "Introduction," In *Main-Travelled Roads* (New York: Folt, Rinehart and Winston, 1957), p. xxxii.

附录 哈姆林·加兰生平和职业生涯年表

1860 年　9 月 14 日哈姆林·加兰在威斯康星州西塞勒姆附近出生。

1869 年　搬到艾奥瓦州温尼希克县。

1870 年　搬到艾奥瓦州米切尔县奥萨奇附近。

1876 年　搬到奥萨奇,进入雪松谷神学院,1881 年 6 月毕业。

1884—1887 年　到波士顿研究文学,在波士顿及周边地区授课。

1887 年　遇见豪威尔斯;同年前往西部为小说收集素材后回到波士顿。

1890 年　第一部戏剧作品《在车轮下》(Under the Wheel)出版。

1891 年　第一部短篇小说集《大路条条》(Main-Travelled Roads)出版。

1892 年　中长篇小说《渎职》(A Spoil of Office),《贾森·爱德华兹:一个普通人》(Jason Edwards: An Average Man),《一个小挪威人》(A Little Norsk; or, Ol' Pap's Flaxen),《第三议会的一名议员》(A Member of the Third House)出版。

1893 年　第一部诗歌集《草原之歌》(Prairie Songs),短篇小说集《草原上的人们》(Prairie Folks)出版。

1894 年　第一部理论集《崩塌的偶像》(Crumbling Idols：Twelve Essays on Art, Dealing Chiefly with Literature, Painting and the Drama),《臭虫之地》(The Land of the Straddle-Bug)出版。

1895 年　早期最成功的长篇小说《德切尔库里的露丝》(Rose of Dutcher's Coolly)出版。

1897 年　短篇小说集《路旁求爱》(Wayside Courtships)出版。

1898 年　《尤利西斯·格兰特：他的生活和性格》(Ulysses S. Grant：His Life and Character)和《斯威特沃特之神》(The Spirit of Sweetwater)出版。

1899 年　第一部个人自传体小说《草原上的少年时光》(Boy Life on the Prairie),第一部个人西部游记小说《淘金者之路》(The Trail of the Gold seekers)出版;和祖莱姆·塔夫脱结婚。

1900 年　《鹰之心》(The Eagle's Heart)出版;加兰母亲去世。

1901 年　《山野情人》(Her Mountain Lover)出版。

1902 年　《灰马队队长》(The Captain of the Gray-Horse Troop)出版。

1903 年　《海斯珀》(Hesper)出版。

1904 年　《星光》(The Light of the Star)出版。

1905 年　《黑暗的暴政》(The Tyranny of the Dark)出版。

1906 年　《女巫的黄金》(Witch's Gold)出版。

1907 年　《金钱的魅力》(Money Magic)和《漫长的路》(The Long Trail)出版。

1908 年　《影子世界》(The Shadow World)出版。

1909 年　《臭虫之地》更名为《莫卡辛牧场:达科他州的故事》(The Moccasin Ranch：A Story of Dakota)出版。

1910 年　《卡瓦诺,森林保护员》(Cavanaugh, Forest Ranger：A Romance of the Mountain West)和《其他的大路》(Other Main-Travelled Roads)出版。

1911 年　《维克托·奥尔尼的纪律》(Victor Ollnee's Discipline)出版。

1914 年　《森林人的女儿》(The Forester's Daughter)出版;加兰父亲去世。

1916 年　搬到纽约;《他们在高地路上行走》(They of the High Trails)出版。

1917 年　《中部边地之子》(A Son of the Middle Border)出版。

1918 年　当选美国艺术与文学学院院士。

1921 年　《中部边地之女》(A Daughter of the Middle Border)出版。

1922 年　《开路先锋之母》(A Pioneer Mother)出版;获普利策文学奖。

1923 年　《美国印第安人的故事》(The Book of the American Indian)出版。

1926 年　《中部边地的开路先锋》(Trail-Makers of the Middle Border)出版;被威斯康星州立大学授予名誉博士学位。

1927 年　《美国移民西行记》(The Westward March of American Settlement)出版。

1928 年　《中部回来的拓荒者》(Back-Trailers from the Middle Border)和《草原之歌和西部故事》(Prairie Song and Western Story)出版。

1930 年　《路边偶遇》(Roadside Meetings)出版;移居到洛杉矶。

1931 年　《路上的同伴》(Companions on the Trail)出版。

1932 年　《我友好的同代人》(My Friendly Contemporaries)出版。

1934 年　《午后邻居》(Afternoon Neighbors)出版。

1935 年　《艾奥瓦州,哦,艾奥瓦州》(Iowa, O Iowa)和《快乐之旅》(Joys of the Trail)出版。

1936 年　《心理研究四十年》(Forty Years of Psychic Research)出版。

1939 年　《隐藏的十字架秘密》(The Mystery of the Buried Crosses)出版。

1940 年　3 月 4 日在加利福尼亚州去世。

一 英文著作

[1] ÅHNEBRINK L. The beginnings of naturalism in American fiction. New York: Russell & Russell, Inc., 1961.

[2] AMMONS E, VALERIE R. American local color writing, 1880-1920. New York: Penguin Books, 1998.

[3] BERNARD B. The impressionist revolution. London: Orbis, 1986.

[4] BILLINGTON R A. Western expansion: A history of the American frontier. New York: Macmillan, 1967.

[5] BRITT D. Modern Art: Impressionism to post-modernism. London: Thames and Hudson, 1999.

[6] CADY E H. The realist at war: The mature years 1885-1920 of William Dean Howells. New York: Syracuse University Press, 1958.

[7] CARTER E. Howells and the age of realism. Philadelphia: J. B. Lippincott Company, 1954.

[8] CHAMBERLAIN J. Farewell to reform: The rise, life and decay of the progressive mind in America. Chicago: Quadrangle, 1965.

[9] CHASE R. The American novel and its tradition. Baltimore and London: The Johns Hopkins University Press, 1980.

[10] CHESTERTON G K. Charles Dickens: A critical study. New York: New York, Dodd, Mead & Co., 1906.

[11] DARY D. Entrepreneurs of the old west. New York: Alfred A. Knopf, 1986.

[12] DICK E. The sod-house frontier, 1854—1890. Lincoln: Jensen, 1954.

[13] DONOVAN J. Feminist theory: The intellectual traditions of American feminism. New York: The Continuum Publishing Company, 1992.

[14] EMERSON R W. The essays of Ralph Waldo Emerson. New York: Literary Classics Inc., 1945.

[15] FLEISSNER J L. Women, compulsion, modernity: The moment of American naturalism. Chicago: University of Chicago Press, 2004.

[16] FORD F. Joseph Conrad: A personal remembrance. Boston: Little Brown, 1924.

[17] FORD F. The pre-raphaelite brotherhood. London: Duckworth, 1906.

[18] GARLAND H. A daughter of the middle border. New York: Macmillan, 1921.

[19] GARLAND H. A little Norsk; or Ol' pap's flaxen. New York: Appleton, 1892.

[20] GARLAND H. A member of the third house: A dramatic story. Chicago: F. J. Schulte & Company Publishers, 1892.

[21] GARLAND H. A son of the middle border. New York: Macmillan, 1917.

[22] GARLAND H. A spoil of office: A story of Modern West. New York: D. Appleton and company, 1897.

[23] GARLAND H. Back-trailers from the middle border. New York: Macmillan, 1928.

[24] GARLAND H. Boy life on the prairie. Lincoln: University of Nebraska Press, 1961.

[25] GARLAND H. Cavanagh, forest ranger: A romance of the mountain west. New York: Harper & Brothers, 1910.

[26] GARLAND H. Companions on the trail. New York: Macmillan, 1931.

[27] GARLAND H. Crumbling idols: Twelve essays on art, dealing chiefly with literature, painting and the drama. Chicago: Stone and Kimball, 1894.

[28] GARLAND H. Hamlin Garland: Centennial tributes and a checklist of the Hamlin Garland papers in the University of Southern California library. Los Angeles: University of Southern California, 1962.

[29] GARLAND H. Her mountain lover. New York: The Century Co., 1901.

[30] GARLAND H. Hesper. New York: Harper & Brothers, 1903.

[31] GARLAND H. Jason Edwards. New York: D. Appleton and Company, 1892.

[32] GARLAND H. Main-travelled roads. New York: Harper & Brothers, 1922.

[33] GARLAND H. Main-travelled roads. New York: Folt, Rinehart and Winston, 1957.

[34] GARLAND H. Main-travelled roads. New York: Signet, 1962.

[35] GARLAND H. My friendly contemporaries. New York: Macmillan, 1932.

[36] GARLAND H. Other main-travelled roads. New York: Harper & Brothers, 1910.

[37] GARLAND H. Prairie folks. New York: The Macmillan Company, 1899.

[38] GARLAND H. Roadside meetings. New York: Kessinger Publishing,

LLC., 1930.

[39] GARLAND H. Rose of Dutcher's Coolly. Lincoln: University of Nebraska Press, 1969.

[40] GARLAND H. The book of the American Indian. New York: Harper & Brothers, 1923.

[41] GARLAND H. The captain of the gray-horse troop. New York: Harper & Brothers, 1902.

[42] GARLAND H. The eagle's heart. New York: Harper & Brothers, 1900.

[43] GARLAND H. The Moccasin ranch: A story of Dakota. New York: Harper & Brothers, 1909.

[44] GARLAND H. The trail of the goldseekers: A record of travel in prose and verse. New York: The Macmillan Company, 1899.

[45] GARLAND H. Trail-makers of the middle border. New York: Macmillan, 1926.

[46] GARLAND H. Under the wheel. Boston: Barta Press, 1890.

[47] GARLAND H. Wayside courtships. New York: D. Appleton and Company, 1897.

[48] GEORGE H. Progress and poverty: An inquiry into the cause of industrial depressions and of increase of want with increase of wealth. New York: Random House, 1938.

[49] GOLDMAN E. Rendezvous with destiny: A history of modern American reform. New York: Vintage-Random, 1955.

[50] GOODWYN L. Democratic promise: The populist movement in America. New York: Oxford University Press, 1976.

[51] HART J D. The Oxford companion to American literature. New York: Oxford University Press, 1956.

[52] HAZARD L L. The frontier in American literature. New York: F.

Ungar Pub. Co., 1961.

[53] HENSON C E. Joseph Kirkland. New York: Twayne Publisher, Inc., 1962.

[54] HICKS J D. The populist revolt: A history of the farmers'alliance and the people's party. Lincoln: University of Nebraska Press, 1961.

[55] HILL E C. A biographical study of Hamlin Garland from 1860 to 1895. Columbus: Ohio State University, 1940.

[56] HOLLOWAY J. Hamlin Garland: A biography. Austin: University of Texas Press, 1960.

[57] HOWARD D. People, pride and progress: 125 Years of the grange in America. Washington, DC: National Grange, 1992.

[58] HOWE I. Politics and the novel. New York: Horizon-Meridian, 1957.

[59] HOWELLS W D. Criticism and fiction. New York: Harper and brothers, 1891.

[60] HOWELLS W D, et al. Prefaces to contemporaries 1882—1920. Gainesville: Scholars' Facsimiles & Reprints, 1957.

[61] JAMES H. The art of fiction and other essays. New York: Oxford University Press, 1948.

[62] KAZIN A. On native grounds: An interpretation of modern American prose literature. New York: Harcourt Brace Jovanovich, 1970.

[63] KEISER A. The Indian in American literature. New York: Oxford University Press, 1933.

[64] KOLLIN S. Postwestern cultures: Literature, theory, space. Lincoln: University of Nebraska Press, 2007.

[65] KRONEGGER M E. Literary impressionism. New Haven: College and UP, 1973.

[66] LORD I G. A summer to be, a memoir by the daughter of Hamlin

Garland. New York: Whitston Publishing Company, 2008.

[67] MANE R. Hamlin Garland, l'homme et l'oeuvre. Paris: Klincksieck, 1968.

[68] MARTIN E. History of the granger movement. New York: Burt Franklin, 1873.

[69] MATSON C. The economy of early America: Historical Perspectives. Pennsylvania: The Pennsylvania State University Press, 2006.

[70] MCCULLOUGH J B. Hamlin Garland. Boston: Twayne Publisher, Inc., 1978.

[71] MCGERR M.A fierce discontent: The rise and fall of the progressive movement in America, 1870—1920. New York: Oxford University Press, 2003.

[72] MCMATH R. American populism: A social history, 1877—1898. New York: Hill and Wang, 1993.

[73] MERK F. History of the westward movement. New York: Alfred A. Knopf, 1978.

[74] MICHAELS W B. The gold standard and the logic of naturalism: American literature at the turn of the century. Berkeley: University of California Press, 1987.

[75] MYRES S L. Westering women and the frontier experience. Albuquerque: University of New Mexico Press, 1982.

[76] NAGEL J. Critical essays on Hamlin Garland. Boston: G. K. Hall Co., 1982.

[77] NEWLIN K. Hamlin Garland, a life. Lincoln and London: University of Nebraska Press, 2008.

[78] NEWLIN K, MCCULLOUGH J B. General introduction to selected letters of Hamlin Garland. Lincoln: University of Nebraska

Press, 1998.

[79] PEFFER W. The farmer's side: His troubles and their remedy. New York: Appleton, 1891.

[80] PETER J G. Conrad and impressionism. Cambridge: Cambridge University Press, 2001.

[81] PIRSIG R M. Zen and the art of motorcycle maintenance. New York: Bantam Books, 1974.

[82] PIZER D. Hamlin Garland's diaries. San Marino: The Huntington Library, 1968.

[83] PIZER D. Hamlin Garland's early work and career. Berkeley: University of California Press, 1960.

[84] PIZER D. Realism and naturalism in nineteenth-century American thought. Carbondale: Southern Illinois University Press, 1984.

[85] POLLACK N. The populist mind. Indianapolis: Bobbs-Merrill Company, 1967.

[86] PROUST M. In search of lost time. MAYOR A, KILMARTIN T, Trans. New York: Modern Library, 1993.

[87] RABINOWITZ P J. Before reading: Narrative conventions and the politics of interpretation. Ithaca: Cornell University Press, 1987.

[88] REWALD J. The history of impressionism. New York: Museum of Modern Art, 1973.

[89] SCHELL H S. History of South Dakota. Lincoln: University of Nebraska Press, 1968.

[90] SILET C L P, et al. The critical reception of Hamlin Garland, 1891—1978. Troy: Whitston Publishing Company, 1985.

[91] SMITH H. Virgin land: The American west as symbol and myth. New York: Vintage Books, 1957.

[92] SPILLER R E. The cycle of American literature. New York: The Macmillan Company, 1961.

[93] STALLMAN R W, et al. Stephen Crane: Letters. New York: New York University Press, 1960.

[94] STRATTON J L. Pioneer women: Voices from the Kansas frontier. New York: Touch stone-Simon, 1981.

[95] SUNDQUIST E J. American realism: New essays. Baltimore and London: The John Hopkins University Press, 1982.

[96] Taylor W F. The economic novel in America. Chapel Hill: University of North Carolina Press, 1942.

[97] TOCQUEVILLE A. Democracy in America. BRADLEY P, trans. New York: Alfred A. Knopf, 1989.

[98] VERON E. Aesthetics. London: Chapman & Hall, 1879.

[99] VOSS A. The American short story: A critical survey. Norman: University of Oklahoma Press, 1973.

[100] WALCUTT C C. American literary naturalism, a divided stream. Minneapolis: University of Minnesota Press, 1956.

[101] WEAVER J B. A call to action: An interpretation of the great uprising, its source and cause. Des Moines: Iowa Printing Co., 1892.

[102] WHITE H. Metahistory: The historical imagination in nineteenth-century Europe. Baltimore: The Johns Hopkins University Press, 1973.

[103] ZIFF L. The American 1890's: Life and times of a lost generation. New York: Viking Press, 1968.

二 中文部分

[1] 埃利奥特.哥伦比亚美国文学史.朱通伯,等译.成都:四川辞书出版社,1994.

［2］巴赫金.巴赫金全集:第三卷.白春仁,晓河,译.石家庄:河北教育出版社,1998.

［3］比尔斯.魔鬼词典.莫雅平,译.桂林:漓江出版社,1991.

［4］布拉德伯利.美国现代小说论.王晋华,译.太原:北岳文艺出版社,1992.

［5］常耀信.美国文学史.天津:南开大学出版社,1998.

［6］董衡巽,朱虹,施咸荣,等.美国文学简史.北京:人民文学出版社,1986.

［7］方成.美国自然主义文学传统的文化建构与价值传承.上海:上海外语教育出版社,2007.

［8］惠特曼,等.美国作家论文学.刘保瑞,等译.北京:生活·读书·新知三联书店,1984.

［9］霍顿,爱德华兹.美国文学思想背景.房炜,孟昭庆,译.北京:人民文学出版社,1991.

［10］加兰.大路条条.邹文华,译.武汉:长江文艺出版社,2010.

［11］姜椿芳,等.中国大百科全书:外国文学卷.北京:中国大百科全书出版社,1982.

［12］蒋道超.德莱塞研究.上海:上海外语教育出版社,2003.

［13］马克思,恩格斯.马克思恩格斯选集:第四卷.北京:人民出版社,1972.

［14］毛信德.美国小说史纲.北京:北京出版社,1988.

［15］契诃夫.契诃夫论文学.北京:人民文学出版社,1958.

［16］乔治.进步与贫困.吴良健,王翼龙,译.北京:商务印书馆,1995.

［17］史密斯.处女地:作为象征和神话的美国西部.薛蕃康,费翰章,译.上海:上海外语教育出版社,1991.

［18］史志康.美国文学背景概观.上海:上海外语教育出版社,1998.

［19］唐正序,陈厚诚,等.20世纪中国文学与西方现代主义思潮.成都:四川人民出版社,1992.

［20］屠格涅夫.父与子.张冰,李毓榛,译.北京:中国画报出版社,2016.

［21］王长荣.现代美国小说史.上海:上海外语教育出版社,1992.

[22] 吴富恒,王誉公.美国作家论.济南:山东教育出版社,1999.

[23] 中国大百科全书出版社《简明不列颠百科全书》编辑部.简明不列颠百科全书:第九卷.北京:中国大百科全书出版社,1986.

[24] 朱刚.新编美国文学史:第二卷.上海:上海外语教育出版社,2002.

三 中英文报刊论文

[1] Among the new books. Chicago Tribune, 1900-11-02(10).

[2] As we go marching on. American Nonconformist, 1894(5): 1.

[3] BROWN B. The popular, the populist, and populace: Locating Hamlin Garland in the politics of culture. Arizona Quarterly, 1994, 50(3): 89-110.

[4] Cortissoz R. New figures in literature and art. Atlantic Monthly, 1895 (76): 840-844.

[5] FOOTE S. The value of regional identity: Labor, representation, and authorship in Hamlin Garland. Studies in American Fiction, 1999(27): 159-182.

[6] GARLAND H. Among the Moki Indians. Harper's Weekly, 1896, 40: 801-807.

[7] GARLAND H. Big Moggasen. Independent, 1900, 52: 2622-2624.

[8] GARLAND H. Hitting the trail. McClure's Magazine, 1899, 2(12): 298-304.

[9] GARLAND H. Homestead and its perilous trades: Impressions of a visit. McClure's Magazine, 1894, 3(1): 3-20.

[10] GARLAND H. Joe, the Navajo teamster. Youth's Companion, 1897, 71: 579-580.

[11] GARLAND H. The bad medicine man. Independent, 1900, 52: 2899-2904.

[12] GARLAND H. The faith of his fathers. Harper's Weekly, 1903, 47: 892-893.

[13] GARLAND H. The people of the Buffalo. McClure's Magazine, 1900, 16: 153-158.

[14] GARLAND H. The red man as material. Book Lover's Magazine, 1903(8): 196-198.

[15] GARLAND H. The red man's present needs. North American Review, 1902, 174: 476-488.

[16] HOLBO C. Hamlin Garland's "modernism". English Literary History, 2013(80): 1205-1236.

[17] HOWELLS W D. Mr. Garland's books. North American Review, 1912, 196: 523-528.

[18] Kentucky State: Good roads but no bonds. The American Nonconformist, 1893(6): 1.

[19] MARTIN Q E. Hamlin Garland's "The return of a private" and "Under the lion's paw" and the monopoly of money in post-civil war America. American Literary Realism, 1996, 29: 62-77.

[20] MARTIN Q E. "This spreading radicalism": Hamlin Garland's "A spoil of office" and the creation of true populism. Studies in American Fiction, 1998(26): 29-50.

[21] MCKEEHAN I P. Colorado in literature. Colorado: Short Studies of its Past and Present, 1948, 4: 168.

[22] MEYER K. Why Hamlin Garland is relevant even today?. Globe Gazette, 2010-09-15. https://globegazette.com/community/mcpress/news/local/why-hamlin-garland-is-relevant-even-today/article_65c5920a-c0e1-11df-b7f2-001cc4c03286.html.

[23] MEYER R W. Hamlin Garland and the American Indian. Western

American Literature, 1967: 109-125.

[24] Mr. Hamlin Garland's new novel. Brooklyn Daily Eagle, 1900-12-22(6).

[25] PIZER D. Hamlin Garland. American Literary Realism, 1967(1): 45-51.

[26] PIZER D. Hamlin Garland in the standard. American Literature, 1954, 26(3): 401-415.

[27] RATNER M. A large "slice of life": Reassessing literary naturalism. College Literature, 1997, 24(3): 169-173.

[28] REAMER O J. Garland and the Indian. New Mexico Quarterly, 1964, 34: 257-280.

[29] Simpson C. Hamlin Garland's Decline, Southwest Review, 1941, 26: 223-234.

[30] SKOTHEIM R A. Innocence and beyond innocence in recent American scholarship. American Quarterly, 1961, 13: 93-99.

[31] Three books of the Klondike. The Nation, 1899, 69(1782): 156.

[32] WATTS E. Settler post-colonialism as a reading strategy. American Literary History, 2010, 22(2): 459-470.

[33] WELLS C. The changing nature of county roads: Farmers, reformers, and the shifting uses of rural space, 1800-1905. Agricultural History, 2006, 80: 143-166.

[34] 李志琴.大团圆结局的文化意蕴.长江大学学报(社会科学版),2013(12):9-12.

[35] 潘一禾.乡土意识与现代民族精神书写:论哈姆林·加兰小说的特点和价值.浙江工商大学学报,2014(3):22-29.